De goede zoon

Van Rob van Essen verschenen eerder

Reddend zwemmen
Troje
Kwade dagen
Engeland is gesloten
Het jaar waarin mijn vader stierf
Visser
Elektriciteit
Alles komt goed
Hier wonen ook mensen
Kind van de verzorgingsstaat
Winter in Amerika

The good son
The good son
The good son

Nick Cave, 'The good son'

Holden: Describe in single words only the good things that come into your mind about... your mother.

Leon: My mother?

Holden: Yeah.

Leon: Let me tell you about my mother. [He shoots Holden]

Blade Runner

INHOUD

Zeg.

Ja?

Ik heb je een clip gestuurd van EVSV. Heb je die al bekeken?

Voetbal? Korfbal?

Nee, soap. Echte vrienden slechte vrienden. Ken je vast wel.

Ja, wel eens van gehoord. En dit moet ik zien omdat?

Dat merk je vanzelf. 't Begint bij 1 minuut 32. 't Zijn ruwe opnamen, let niet op het geluid.

Wacht even. [...] Goed, ik heb beeld. Waar kijk ik naar? Het zegt me allemaal niets. Wie zijn die mensen?

Dit zijn nieuwe personages maar dat doet er niet toe, dat is van later zorg. Maar kijk eens naar het interieur.

Ja? Jarenvijftig-, jarenzestigachtig, hè.

Kijk eens goed. Zie je niets? Herken je niets?

Ik kijk nooit soaps, waar moet ik op letten?

Het is het interieur van Bonzo.

Jezus, je hebt gelijk. Hoe kan dat nou? Dat kan geen toeval zijn, toch? Wie zou daar... O ja, natuurlijk.

Precies. Zou hij dat nu expres doen? Of is-ie gek geworden?

Gebrek aan inspiratie misschien?

Dat personage is nieuw, waar-ie precies vandaan komt weet ik niet, maar stel je voor. Als dit al zijn interieur is.

Ja, stel je voor.
We moeten er iets aan doen hè?
We moeten er iets aan doen.

(transcriptie van een telefoongesprek uit de archieven van NAZORG, *ongedateerd, twintigste eeuw, begin jaren negentig)*

I

EERSTE EN TWEEDE DAG

i

Ik had vandaag ruzie bij de kassa van de Albert Heijn in de Rijnstraat. *Bijna* ruzie, niet eens echt. De vrouw achter mij zette haar boodschappen al op de band toen ik nog bezig was *mijn* boodschappen op de band te zetten, ik kan daar slecht tegen, iemand maakt inbreuk op jouw ruimte, op ruimte die in ieder geval op dat moment van jou is en ik weet ook wel dat je zo geen roman moet beginnen, ik ben godverdomme geen *columnist*, maar witheet kan ik van zoiets worden, iemand negeert je bestaan en alleen al daarom zou je haar ter plekke dood moeten maken en tegelijkertijd was er niets aan de hand omdat de vrouw zag hoeveel boodschappen ik nog op de band moest zetten en genoeg ruimte overliet. Geen enkel probleem dus, je zou zelfs kunnen zeggen dat we gestroomlijnd bezig waren met z'n tweeën, alsof we afgesproken hadden het afrekenen zo snel en soepel mogelijk te laten verlopen, maar dan nog, je zou haar op z'n minst een harde duw moeten geven, of met een breed gebaar al haar boodschappen van de band vegen, ik zag haar pot jam al uiteenspatten op de tegels, je zou haar op z'n minst moeten kunnen *aanspreken* op haar gedrag maar ook dat kan niet omdat ik weet dat ik dan niet uit m'n woorden ga komen en ik kan wel thuis van tevoren dingen op schrift gaan stellen die je bij dit soort gelegenheden de ander moet toevoegen maar ook dan zou ik niet weten waar ik de superieure vanzelfsprekendheid vandaan moest halen om zo'n tekst met overtuiging te kunnen uitspreken, ik ben niet iemand voor dat soort teksten, ik ben niet iemand voor dit soort situaties, ik ben te aardig, te meegaand, ik zeg toch: ik had *bijna* ruzie, en in plaats van dat ik daar wat aan doe heb ik die slappe meegaandheid van me alleen maar versterkt met dat boeddhisme en die meditatiecursussen. Wat hebben al die pogingen om mezelf redelijkheid en compassie bij te brengen nu eigenlijk opgeleverd? Er heeft zich de afgelopen jaren in mij een kleine halfbakken boeddhist genesteld, een kleine kale boeddhist in een oranje pij, ik heb hem vetgemest met meditatiecursussen en boeken en boekjes en als dank doet hij me de onthechte glimlach voor waarmee ik situaties als die bij de kassa zou moeten begroeten, laat het voorbijgaan, het is woede, niet *jouw* woede, het is ergernis, niet *jouw* ergernis, je veroorzaakt je eigen lijden door gehechtheid aan je stemming. Ik zou de glimlach van zijn gezicht moeten slaan, het liefst zou ik mijn vingers links en rechts om de randen van mijn ribbenkast haken, de boel uit elkaar trekken en mijn handen naar binnen steken om die kleine kale innerlijke boeddhist eigenhandig te wurgen, om zijn keel zo strak te omklemmen dat zijn hoofdje opzwelt en zijn oogbollen als kleine knikkers naar buiten schieten om stuk te spatten tegen de muur.

En daarna alles en iedereen doodschieten, te beginnen in de Albert Heijn. Dat zal natuurlijk niet gaan, zoveel munitie heb ik niet, ik heb niet eens een wapen. *Ik ben ongewapend.* Drie woorden die je de kou om het hart doen slaan. Ik loop al zestig jaar ongewapend op deze planeet rond. Vreedzame jaren grotendeels, ik geef het toe, maar opeens komt het me absurd voor, alsof ik zestig jaar naakt heb rondgelopen en iedereen heb uitgenodigd om zijn gang met mij te gaan. Niet langer! Ik zal pas innerlijke rust vinden als ik me kan bewapenen. Een pistool is genoeg, of een revolver, wat is het verschil ook weer, zie je wel, ik weet niets, en ik weet al helemaal niet hoe je aan zo'n ding komt. Ergens een louche café binnenlopen en dan aan de barman vragen of... Op de een of andere manier gaat dat niet werken, denk ik. Toen ik op het Archief werkte, had ik De Meester om een wapen kunnen vragen, De Meester had contacten, maar dat wisten we toen nog niet, ik niet tenminste, dus dat had ook niet gekund, en hoe lang is dat inmiddels al geleden, veertig jaar, als ik toen een wapen had gekocht was het allang weg geroest op zolder of in de keukenla, dan had ik nu sowieso een nieuwe moeten kopen. En om zomaar ergens iets te bestellen en thuis te laten bezorgen, dat zie ik mezelf ook niet zo gauw doen, als dat al lukt weet je nooit op wat voor lijsten je terechtkomt. En dus zal ik straks weer naakt de straat op gaan, als in een droom waaraan je 's ochtends met schaamte terugdenkt. *Schaamte!* Daarvoor heb ik geen dromen nodig, een bezoek aan de Albert Heijn is genoeg.

Toen ik weer thuis was en de boodschappen had opgeruimd ging ik in de stoel van mijn moeder zitten, die sinds een week als een mastodont midden in mijn kamer staat, op de plek waar de mannen hem hebben neergezet, geen goede plek, ik weet nu al dat ik voortdurend over dat snoer ga struikelen, zet daar maar neer heren, zei ik, bedankt, en ik bedenk nu pas dat ik ze een fooi had moeten geven. Daar hebben ze op de terugweg vast nog over gemopperd. Of misschien ook niet, misschien hielden ze zich alleen maar bezig met de vraag waarom die man de oude sta-op-stoel van zijn moeder wilde overnemen. Nou heren, ik kan u vertellen, dat weet die man zelf ook niet, zijn zus wilde het ding niet hebben en het verzorgingstehuis ook niet, het leek hem opeens een goed idee toen hij het kamertje van zijn moeder moest leeghalen, en zo werd hij ook hier weer het slachtoffer van zijn quasi-boeddhisme, volg je intuïtie, er zijn diepere bewustzijnslagen aan het werk, dat soort invallen wil iets zeggen, die stoel wil naar jou.

En dus zit ik hier in mijn woonkamer in een massieve gruwelijk lelijke met oranje en bruine stof overtrokken sta-opfauteuil met het bedieningspaneel te spelen. Op de icoontjes zijn de delen van de stoel die door de desbetreffende knop kunnen worden bewogen wit gemarkeerd, er zijn maar drie onderdelen en zes knoppen, per onderdeel een knop voor naar boven en een knop voor naar beneden, maar toch word ik steeds weer volkomen verrast door wat er gebeurt als ik een knop heb ingedrukt, nooit komt het deel van de stoel dat beweegt, of de richting waarin het beweegt, overeen met mijn verwachtingen. Bzzzt. Ik wilde met mijn rug naar achteren. De voetsteun komt omhoog. Bzzzzzzt. De zitting gaat omhoog en kiept naar voren. Bzzzt. Ik wil dat de zitting weer omlaag gaat voor ik uit de stoel glij, maar nu gaat de voetsteun omlaag. Bzzzzt. Nu gaat de rugleuning weer naar achteren. Twintig jaar geleden heb ik dit bedieningspaneel aan mijn moeder uitgelegd. Hoe ze het ding omklemde en elke knop met twee vingers indrukte, bzzzt, bzzzzt, bzzzt, en hoe de stoel elke keer niet deed wat ze wilde, niet alleen die eerste dag maar nooit, en hoe ik met steeds minder geduld uitlegde hoe het werkte – kijk, er staan zes stoeltjes afgebeeld, bij elke knop is het deel van de stoel wit gemaakt waar die knop voor bestemd is, zie je wel? Op dit plaatje is de rugleuning wit dus met deze knop...? Precies! En de volgende keer dat ik langskwam hetzelfde verhaal. Nooit ging het vanzelf, nooit nam ze de tijd. Haar hele leven *bevroor* ze altijd even voordat ze een handeling uitvoerde, alsof ze niet durfde, alsof ze bang was dat ze het verkeerd zou doen en gestraft zou worden, of uitgelachen, en als ze dan aan die handeling begon ging dat haastig, zonder overleg, alsof ze de verloren tijd wilde goedmaken, die fractie van een seconde waarin ze even in ijs was veranderd. En zo ging het ook met die stoel, als een kip zonder kop drukte ze op knoppen in de hoop dat het vanzelf goed ging. Hoe geïrriteerd ik daarvan werd. Jezus mens, neem nou eens rustig de tijd en kijk naar die plaatjes! En nu zit ik zelf met die knoppen te klooien. Misschien is daarom wel van hogerhand besloten dat ik me over deze stoel moest ontfermen, om me bescheidenheid bij te brengen, om me op mijn nummer te zetten. Toen ik nog met haar kon wandelen, toen ze nog in de aanleunwoning woonde, na de dood van mijn vader, hoe ze toen op de terugweg al ver voordat we haar voordeur in zicht hadden haar sleutel uit haar tasje pakte en als een klein steekwapen voor zich uit hield, en hoe me dat ergerde, we moeten nog minstens driehonderd meter, we zijn de hoek nog niet eens om mens, moet je echt *nu* al je sleutel pakken? En hoe ik als ik terugkom van de Albert Heijn mezelf er steeds weer op betrap dat ik nog voor ik in mijn eigen straat ben m'n sleutel al in m'n hand heb, als, inderdaad, een klein steekwapen; alsof het genetisch bepaald is. Altijd dat haastige gedoe, altijd de neiging om het laatste stukje over te slaan, nooit overal *helemaal* zijn. Alles wat ik met die meditatiecursussen had moeten afleren. Vooralsnog werkt die stoel beter dan al die cursussen en weekenden. Bzzzt. Rugleuning naar beneden, kijk, in één keer goed nu.

Het is een oude stoel, je vraagt je af hoe lang het mechaniek nog meegaat. We hadden eigenlijk allang een nieuwer model voor haar moeten kopen maar ze zat er nauwelijks meer in, ze bracht al haar tijd door in de gemeenschappelijke huiskamer met de andere dementerende bejaarden, en daar waren ze al een paar generaties sta-opstoelen verder, een maand of wat geleden kwam ik die huiskamer binnen en wist ik niet wat ik zag: het was alsof ze met z'n allen, tien vrouwen en één man, dementerend en wel op de brug van Starship Enterprise zaten, maar dan zonder de apparatuur en de beeldschermen, elf hoogbejaarden in gloednieuwe zachte stoelen met hoge rugleuningen en zachte kussens, dapper op weg naar een plek waarvan nog geen mens is teruggekeerd. Tussen die stoelen gleden dan ook nog twee zorgrobo's heen en weer, met hun aaibare bont, aan hen was ik ook nog niet gewend terwijl ze daar toch ook al een paar jaar rond gleden, telkens als ik ze zag kreeg ik het idee dat er iets niet klopte aan hun aanwezigheid, dat ze hier niet thuishoorden, alsof ze vanuit de toekomst hierheen waren getransporteerd. Maar dat heb ik vaker de laatste tijd, het is alsof er vanuit de toekomst voortdurend nieuwe dingen over me worden uitgestort, het zal betekenen dat ik oud word, vroeger was zestig het nieuwe veertig, maar dat was toen we veertig waren, en andere mensen zestig. Een paar weken eerder had ik gezien hoe drie demente hoogbejaarden om een zorgrobo heen stonden en haar zachtjes *aaiden*, met bijna krachteloze handen en met blije glimlachjes, steeds weer die oude vingers die over dat afhangende bont gleden, ik vond dat op de een of andere manier eng, iets voor een nachtmerrie of een horrorfilm. En nu weer deze nieuwe stoelen. Pas toen ik goed keek zag ik dat ze *bewogen*. Ik dacht eerst dat ik het verkeerd had gezien, maar nee: al die in een zee van onwetendheid wegzakkende bejaarden werden door hun stoelen zachtjes gewiegd en gekneed en gemasseerd en ze vonden het nog prettig ook, natuurlijk vonden ze het prettig, ze zaten met half dichte ogen te genieten. Het zag er obsceen uit, een ander woord kan ik er zo gauw niet voor verzinnen, behalve ranzig, en mijn moeder zat daar met haar toen nog negenennegentigjarige muizengestalte ook in zo'n knedende, wiegende stoel, en ze keek verdomme alsof ze zachtjes *klaarkwam*, niet dat ik weet hoe mijn moeder eruitzag als ze klaarkwam, ook dat zou een reden zijn om naar wapens op zoek te gaan, maar ze zat met gesloten ogen en half geopende mond te genieten, misschien zaten er wel uitstulpingen in de zitting van die stoelen die bij allerlei lichaamsopeningen naar binnen konden en ik stond daar met afgrijzen (ja, dat is het woord) bij de ingang van de gemeenschappelijke huiskamer te kijken naar die rij nieuwe stoelen met die zwijmelende bejaarden erin en wilde het liefst ter plekke met blindheid worden geslagen. Dat zijn onze nieuwe stoelen, zei Roxy, en ze keek er trots bij, alsof ze ze zelf had ontworpen, maar ze ontwierp geen stoelen, ze verzorgde demente bejaarden. Begin twintig, melancholieke ogen, en hees, alsof ze stiekem rookte. Ze werken niet meer met knopjes, zei ze, ze hebben orale bediening. Ik had geen idee of ze dat dubbelzinnig bedoelde en liep de zaal in om mijn moeder te begroeten, voordat ik *haar* in zo'n stoel zou zien, met haar melancholieke ogen en net zo'n uitdrukking op haar gezicht als mijn moeder.

Zo'n stoel zou je thuis hebben, met al die zachte, pulserende in- en uitstulpingen. Je kwam er nooit meer uit, gelukkig is mijn stoel van een vorige generatie. BZZZT. Nee, de zitting. BZZZT! De zitting! BZZZT! Niet omlaag, omhoog! Nu druk ik zelfs met twee vingers tegelijk, nog even en ik ben mijn moeder, misschien is dat al heel lang het geval en weet ik het nog niet. Ik ben haar natuurlijk ook, ik ben mijn moeder en mijn vader, even door elkaar geschud, in een glas gegoten en daarna mocht het leven me door een rietje langzaam opzuigen. IJs erbij? Parasolletje?

Ik probeer me te concentreren op de knoppen. Nadenken, niet wild tekeergaan. Ademhalingen tellen. BZZZT. Nee, omhoog! Hoe meer ik me probeer te concentreren, hoe meer mijn woede groeit. Om die stoel, om die vrouw bij de Albert Heijn, om het mailtje van mijn uitgever, wat moet ik ermee, waarom begint ze nu opeens te zeuren over plot en dat soort dingen, ik ben niet kwaad, ik ben moe, het zijn drukke weken geweest, ik zou moeten gaan slapen, ik heb ooit in deze stoel geslapen toen ik bij mijn moeder waakte, toen slaagde ik er op de een of andere manier in rugleuning, zitting en voetsteun in een vrijwel horizontale lijn te krijgen, dat moet nu ook kunnen of heb ik die nacht een of andere geheime combinatie gebruikt, nee dat is onzin, BZZZZZZT, voetsteun, BZZZT, rugleuning, kijk, we liggen, we liggen zelfs zo horizontaal dat ik me afvraag of ik niet achterwaarts om ga kiepen, maar dat is toen ook niet gebeurd, die nacht dat ik bij haar waakte, mijn moeder zwaar ademend in haar bed, ik in die stoel, ik deed nauwelijks een oog dicht, ook nu niet, of toch wel – nee, ik word gebeld. Lennox.

ii

Alsof we elkaar gisteren nog gesproken hebben. Tenminste, zo klinkt hij. Ik ben vooral verbaasd. Dat het Lennox is hoor ik pas als hij zich voorstelt, het nummer zei me niets. Waar belt hij voor? Niet om me een wapen aan te bieden, dat zou mooi zijn, Lennox leest je gedachten en vervult je wensen, en hij werkte toen ook met De Meester, dus waarom niet, maar daar belt hij dus niet voor, hij belt om me te vertellen dat Bonzo zijn geheugen kwijt is en dat wij naar hem toe moeten om daar wat aan te doen. Nog steeds erg toevallig trouwens, want Bonzo en De Meester zijn een en dezelfde persoon. Niet zijn hele geheugen, zegt Lennox, alleen dat deel van zijn leven dat wij voor hem hebben verzonnen. Nou ja, wij – *jij* vooral; we hebben je nodig.

Bonzo, zeg ik, Bonzo? Laat me even nadenken.

Ik weet natuurlijk meteen over wie hij het heeft, maar ik wil niet dat hij dat weet, ik wil de indruk wekken van iemand die zo'n rijk en druk leven leidt dat namen van vroeger niet meteen een belletje doen rinkelen. Het gaat er niet om of *hij* daar intrapt, ik doe het voor mezelf, ik moet er zelf intrappen.

Nadat ik er ben ingetrapt zeg ik dat ik niet begrijp hoe iemand een *gedeelte* van zijn geheugen kan kwijtraken. Lennox zegt dat hij ook niet precies weet hoe dat werkt, maar dat het nu eenmaal zo is. Wie weet bestaat het geheugen uit lagen en wordt door een trauma één zo'n laag gewist terwijl de andere lagen intact blijven. Hier spreekt iemand die populairwetenschappelijke boeken leest, maar dat zeg ik niet, ik wil Lennox niet meteen al tegen me in het harnas jagen, ik spreek hem net weer na al die jaren, en bovendien: Bonzo? En daarbij nog: trauma? Wat voor trauma, vraag ik, waar heb je het over? Wat er precies is gebeurd weten we nog niet, zegt Lennox, maar hij is weer de Bonzo van vroeger.

Hoezo de Bonzo van vroeger, vraag ik, staat hij dan weer voor ramen van studentenflats studentes te neuken?

Nee nee, zegt Lennox rustig, alsof dat een volstrekt normale vraag was, hij is ook een dagje ouder.

Pas dan vraag ik me af hoe Lennox het weet van dat geheugenverlies. Betekent dit dat je al die tijd contact met Bonzo hebt gehouden? vraag ik. Of jullie met z'n allen, jullie van de Dienst, weet ik veel.

Ik hoor Lennox glimlachen. Ik weet niet hoe dat kan, iemand horen glimlachen, het klinkt net zo absurd als iemand horen zweten, maar ik hoor het luid en duidelijk, alsof hij naast me zit.

Hij is nooit helemaal uit het zicht verdwenen, zegt Lennox. Niemand verdwijnt ooit uit het zicht.

Ik toch wel, zeg ik, ik heb bijna veertig jaar niets van je gehoord. Ik probeer er hoorbaar bij te glimlachen, maar ik weet niet of dat lukt, en ik kan het hem moeilijk vragen, zeg Lennox, hoorde je me zojuist glimlachen?

Ook jij bent niet uit het zicht verdwenen, zegt Lennox, niet echt.

Hoe dan? vraag ik, je gaat me nu toch niet vertellen dat je al jarenlang tegenover me woont – en ik kijk daadwerkelijk vanuit mijn bijna liggende positie op de stoel van mijn moeder naar de overburen, maar de mensen die daar wonen hebben zoals vrijwel altijd de gordijnen dicht.

Ach, enzovoort, zegt Lennox, enzovoort, en ik voel me opeens vrolijk, omdat ik dit van vroeger ken, hoe Lennox een conversatie kon afbreken als hij er genoeg van had. Enzovoort, enzovoort, maar dan op zo'n toon dat je je er niet aan ergert. Hij zag er ook altijd ontspannen uit, met z'n halflange blonde strohaar en dat ontbrekende neusbotje, als iemand die ooit gebokst had en een goeie klap had gekregen maar daar niet meer over inzat.

Hij heette niet echt Lennox.

Lennon? vroeg ik bij onze eerste ontmoeting. Nee, Lennox, zei hij, kom op, dat verstond je toch zeker wel, het klankverschil lijkt me nogal opvallend.

Mijn interesse was meteen gewekt. Door die platte neus zag hij er niet uit als een intellectueel maar door wat hij zei dacht ik meteen: eindelijk iemand in de groep met een goede vooropleiding.

Annie Lennox? vroeg ik. Het was midden jaren tachtig, The Eurythmics hadden hit na hit, ze lagen lekker in het gehoor maar echt goed vinden mocht je ze niet. Nee, gewoon Lennox. Ja, dat begrijp ik, dat je geen Annie heet, maar ik bedoel, heb je jezelf naar Annie Lennox vernoemd? Ondertussen deed ik mijn best niet naar zijn neus te kijken.

Ik weet wat je bedoelt, zei hij, maar nee. Hij keek me aan, onderzoekend, met misschien een vage herkenning. Ik dacht even dat hij zijn handen op mijn schouders zou leggen. Niet alles heeft een reden, zei hij.

Nou, zei ik, eigenlijk wel, toch? Oorzaak en gevolg en dat soort dingen.

Ja maar, zei Lennox, dat geldt alleen als je dingen isoleert. Als hij zijn handen op mijn schouders had gelegd, was dit het moment waarop hij ze er vanaf zou hebben gehaald.

O ja, zei ik, het grote plaatje en zo; maar een puzzel vanuit de verte gezien bestaat nog steeds uit een heleboel stukjes. Ik wist niet waar ik dat vandaan haalde en of het ergens op sloeg. Enzovoort, zei Lennox terwijl hij al wegliep, enzovoort, enzovoort.

Maar waarom word ik daar nu, veertig jaar later, vrolijk van – betekent dit dat ik het een mooie tijd vond, dat ik heimwee heb? En waarom luister ik naar hem, waarom verbreek ik de verbinding niet maar vraag ik wat er precies aan de hand is en hoe het Bonzo al die tijd is vergaan? Later zal Lennox uitleggen dat het allemaal komt omdat we geen kinderen hebben, maar nu stel ik vragen alsof we nog steeds dezelfde personen zijn als toen we in het Archief werkten, alsof deze tijd in het verlengde ligt van die periode lang geleden, alsof het vanzelf spreekt dat we iets aan Bonzo's problemen met zijn geheugen gaan doen.

Waar zit hij, waar moeten we naartoe? vraag ik, alsof het al vaststaat dat ik met Lennox meega. En waarom ook niet, ik heb toch niets te doen. Het kamertje van mijn moeder is leeg en mijn uitgever wil mijn boek niet uitgeven.

Dat merk je vanzelf wel, zegt Lennox. Ik ben al om, vanwege deze vier woorden die hij heeft gebruikt: *we hebben je nodig*.

iii

Bzzzzt. Bzzt. Het geluid zit in m'n oren nu, alsof ergens in mijn hoofd een miniatuurversie van mijn moeder met het bedieningspaneel van haar stoel zit te worstelen, en wie weet, ze is dood, ze kan overal zijn.

Jij zit vol ergernis, zegt Lennox, het ontgaat me niet hoe vol je daarmee zit.

Hij heeft gelijk, ik erger me kapot. Ik erger me aan mijn medepassagiers, ik erger me aan de hoge temperatuur, ik erger me eraan dat ik geen kant op kan. Ja, ja, ik weet het, zeg ik dan ook maar. Mijn overhemd plakt aan mijn rug, maar als ik mijn jasje wil uittrekken moet ik me eerst langs Lennox naar het gangpad werken.

Dat vraag ik me af, zegt hij, of jij dat weet.

We zitten in een bus. Ik begrijp er niets van, ik had gedacht dat we met een auto zouden gaan. Vroeger mediteerde ik, zeg ik. Laat me raden, zegt Lennox, de klad kwam erin. Het is geen lijnbus, het is een bus vol toeristen, een oud

Amerikaans model, met ronde hoeken en boven de ramen een rij langwerpige raampjes die meegaan met de bocht van de dakrand. De vorige keer kwam Lennox me thuis afhalen met een limousine maar dat is lang geleden en de tijden zijn blijkbaar veranderd, en de budgetten ook. De chauffeur draagt een donker uniform en een pet met een glimmende zwarte klep. Zo nu en dan werpt hij een blik in zijn spiegel, hij heeft een droef hoofd, als een oude hond die veel slaag heeft gehad. De overige passagiers zijn Russen, Japanners en Chinezen. Zij mogen nog vliegen, eenmaal in Europa gaat vrijwel alles over de weg. We rijden naar het zuiden, niet over snelwegen maar over de kleine, kronkelende toeristenwegen, dwars door het BGH. Om ons heen doen onze medepassagiers hun best om vanaf hun beeldschermpjes hardop de woorden 'Beschermde Groene Hart' op te lezen, tot grote hilariteit van henzelf. Lennox ziet dat ik me ermee wil bemoeien en schudt terwijl hij me aankijkt sussend zijn hoofd. Blijkbaar moeten we niet opvallen en we vallen dan ook helemaal niet op, als enige Nederlanders tussen een buslading toeristen. Of misschien probeerde hij me tegen mezelf te beschermen, tegen het pleasende deel van mezelf dat al klaarstond om volslagen onbekenden de juiste uitspraak van het Beschermde Groene Hart bij te brengen, in ruil voor hun snel vervluchtigende maar blijkbaar volstrekt onmisbare dankbaarheid. *Mijn immer pleasende zelf*, als ik nog eens een autobiografie ga schrijven, wordt dat een hoofdstuktitel, of misschien wel de titel van het geheel. Bij wijze van spreken dan, want het is een lelijke titel. Maar het is sterker dan mezelf, het is ook niet van mezelf, het is de gejaagde nederigheid van mijn moeder, hoe ze, als we door het Huizer Bos naar de Blaricummerheide liepen, haastig in de struiken sprong als er een fietser aankwam, terwijl ze al niet meer goed liep, het ging voetje voor voetje, gearmd liepen we over het bospad omhoog maar bij het minste geringste gerucht van een fietser, hop! de struiken in, met gevaar voor eigen botten, ik zag me al midden in het bos een ambulance bellen, er zaten overal gaten in de bodem tussen die struiken en die zag je niet, maar nee, stel dat zo'n fietser even zou moeten inhouden, dat kon echt niet hoor, al bestond dat probleem helemaal niet want zoals ik haar dan altijd aan haar verstand probeerde te brengen: *ze kunnen er gewoon langs*! Maar ik heb het zelf ook alleen word ik er kwaad bij, ik sta op het punt om me uit mijn stoel te verheffen en al die Russen en Aziaten '*Het Beschermde Groene Hart!*' in het gezicht te schreeuwen, ze blijven maar luidkeels hun eigen versies door de bus kraaien en dat wordt steeds irritanter en ik zou bijna blij zijn met mijn woede want het betekent in ieder geval dat ik niet meer op hun dankbaarheid uit ben. Ondertussen kijkt Lennox me van opzij ernstig aan, alsof zich ergens op mijn huid een drukmeter bevindt waarvan hij de stand van zaken afleest, en hij legt een hand op mijn arm om me op mijn plaats te houden.

Hij heeft iets aan zijn neus laten doen. Ik heb hem veertig jaar niet gezien en hij heeft een neus; het kostte me moeite hem te herkennen toen hij vanmorgen op het Cruijffplein op me af kwam lopen. Dit is onze bus zei hij. Ik dacht eerst dat hij iemand gestuurd had maar hij was het zelf. Tenminste, dat zei hij. Ik dacht dat ik hem herkende maar nu weet ik dat niet meer zo zeker. Ik zou hem kunnen overhoren over ons gemeenschappelijke verleden op het Archief, maar daar begin ik niet aan, stel dat hij geen enkel antwoord weet. Ik pak mijn palio en maak een foto van zijn profiel. De eerste foto mislukt omdat hij verbaasd opzijkijkt, om te zien wat ik opeens aan het doen ben. Gewoon voor je uit blijven kijken, zeg ik, niets aan de hand. Als je wilt, wis ik hem straks. Hij kijkt voor zich uit, maar wel met opgetrokken wenkbrauwen. Dat geeft niet, zo keek hij vroeger ook vaak. Ik maak een foto en veeg met een vinger de neusbrug weg. Verdomd, zeg ik, je bent het echt. Jezus, zegt Lennox, beetje laat om dat nu nog te controleren, hè?

We zijn al uren onderweg. Ik vraag me af waar De Meester – ik moet Bonzo zeggen van Lennox, ik vraag me af waar Bonzo uithangt. Met zijn geheugenverlies. Lennox zei dat ik bagage voor een paar dagen moest meenemen dus het is geen klusje dat we in een dag gaan klaren. Ik vroeg Lennox of we weer naar het klooster gingen en hij zei: ja en nee, dus daar schiet ik niet veel mee op.

We stoppen bij een rijtje molens waar we koffie kunnen drinken en foto's maken. De toeristen drinken koffie en maken foto's. De chauffeur staat met zijn handen in zijn zakken over het weiland uit te kijken. Ik wil naast hem gaan staan maar Lennox houdt me tegen, weer met z'n hand op m'n arm, hij had gebedsgenezer moeten worden met z'n handopleggingen. Als iedereen genoeg foto's heeft genomen gaan we de snelweg op om een paar rivieren over te steken.

Ik hoop niet dat we de hele dag in deze bus blijven zitten. Ik had bij die molens gewoon het weiland in moeten lopen, je komt altijd wel ergens uit, er is altijd wel een stad aan de horizon waar je een trein kan nemen. Terug naar huis, weer gewoon aan m'n bureau aan het werk, elke dag naar de Albert Heijn, zodra ik die ene vrouw zie achter haar in de rij gaan staan en dan m'n boodschappen op de band gooien terwijl zij nog bezig is. Niet luisteren naar de protesterende kleine innerlijke boeddhist. Had ik die niet al gewurgd?

De bus neemt een afslag, ik kijk op de borden, blijkbaar gaan we naar Mersbergen. Misschien is dit wel zo'n bus die al die nieuwe dorpen afgaat, het hele land door, het zijn er steeds meer, in de Markerwaard zijn ze al jaren bezig het centrum van Amsterdam na te bouwen. *Brabantse gezelligheid.* Grote beeldschermen langs de weg. *Carnaval twaalf maanden per jaar.* Nog voor we de bebouwde kom hebben bereikt raken we al verstrikt in een optocht, inclusief wagen met prins. De prins zwaait met een versierde stok, zijn wagen wordt voortgetrokken door een tractor met een als boer verklede chauffeur. Alle deelnemers aan de stoet zijn verkleed, de kostuums komen zo uit de kast, je ziet de vouwen nog zitten. Alaaf! Alaaf! roepen ze, hard en op dringende toon, alsof ze op zoek zijn naar iemand die Alaaf heet. De kreet blijkt voor onze medepassagiers eenvoudiger te leren dan 'Het Beschermde Groene Hart'. Vanuit het niets duikt een muziekkorps op, de als boeren uitgedoste muzikanten spelen een hectisch nummer dat door de andere deelnemers aan de stoet even hectisch wordt meegezongen, alsof het een lied is dat gauw uit moet zijn, voor het ontploft. Ze maken er hoekige, haastige dansbewegingen bij, hopsa hopsa hopsasa, ze zijn allemaal verkleed, boeren, boerinnen, cowboys, matrozen, bisschoppen, er zit van alles bij. We zitten er middenin, ik hoor lichamen langs de bus schuren. Lennox kijkt rustig voor zich uit, alsof dit deel uitmaakt van zijn gebruikelijke woon-werkverkeer, en wie weet, ik weet niets van hem, ik heb hem ook nog niets gevraagd. De chauffeur werkt zich toeterend naar een grote parkeerplaats aan de rand van het dorp, waar meer bussen staan. Als we uitstappen krijgen we allemaal een stempeltje op onze hand met het nummer van de bus. Dat nummer is 34. Ik kijk ernaar, de inkt is paars, ik moet denken aan de stempeltjes die je vroeger kreeg als je naar concerten ging, of naar schoolfeesten. Dat is lang geleden, eigenlijk is het onbegrijpelijk dat ik me nog steeds in dezelfde wereld bevind als toen. Ik bevind me dan ook helemaal niet meer in dezelfde wereld, door die ouderwetse stempeltjes moet ik me niet van de wijs laten brengen.

Het betekent niets, zegt Lennox. Ik kijk hem vragend aan, hij knikt even naar het stempel op mijn hand. Het getal, zegt hij. Blijkbaar dacht hij dat ik er betekenis in probeerde te ontdekken. Ik dacht aan andere dingen, zeg ik. Heel goed, zegt hij, dat zouden meer mensen moeten doen. Hij klinkt afwezig, we haken onze tassen over onze schouders en ik loop achter Lennox aan het dorp in, weg van de groep. Ze laten ons gaan, er is niemand die ons naroept of achternakomt.

De straten zijn smal en leeg en de huizen klein, de deuren komen direct op de straat uit, er zijn geen voortuinen, alles is van steen. Lennox lijkt de weg te kennen. Vanuit de verte klinkt feestgedruis, soms harder, soms zachter, alsof een kind aan de volumeknop zit. Als we een zijstraat inslaan zie ik ergens boven de daken de bovenkant van een langzaam rondwentelend reuzenrad, ik zie kleine silhouetten in de mandjes. Lennox haalt een sleutel uit zijn zak en maakt een voordeur open. Het is een jarenzestigvoordeur, met veel glas, matglas met noppen, en een horizontale brievenbus in het midden. Het moet een imitatie zijn, want dit dorp is nog maar een paar jaar oud. Wacht hier maar even, zegt Lennox, ik ben zo terug. Hij sluit de deur achter zich en ik zie door het matglas zijn silhouet het huis in verdwijnen. Ik zet mijn tas op het smalle trottoir en neem plaats op de vensterbank van het raam van de woonkamer. Ik kan er niet echt op zitten maar het is beter dan staan. De gordijnen achter me zijn dichtgetrokken. Heel vaag hoor ik fanfaremuziek en gejuich. In de huizen tegenover me beweegt niets.

Iedereen is aan het werk, hier wonen de mensen die veertig uur per week carnaval vieren. Ik las ooit een interview met een bewoonster die zei dat ze het als haar eigen vorm van fitness beschouwde. Er lopen een paar toeristen langs die op hun schermpjes kijken. Als ze de straat uit zijn, kijk ik op mijn eigen palio. Een bericht van mijn uitgever, ze vraagt naar een reactie omdat ze nog niets van me gehoord heeft. Er zijn nog veel andere mogelijkheden en ze hebben nog alle vertrouwen in me. De onuitgesproken vraag is: *je bent toch niet kwaad hè?* We zijn een kinderachtige generatie, we wijzen iemand af en onze voornaamste zorg is ons ervan te verzekeren dat diegene *ons* niet afwijst.

Ik stuur geen antwoord. Niets beweegt, maar dan zwiept er achter de huizen aan de overkant iets door de lucht wat vrijwel onmiddellijk weer verdwijnt, iets onmogelijks, als het terugkomt zie ik wat het is: een lange staak, een razendsnel rondwiekende stalen balk met aan het uiteinde twee stoeltjes waarin zwaaiende poppetjes zitten, in een seconde zijn ze weer weg maar ze komen steeds weer terug, in een vast ritme, schreeuwend en zwaaiend, telkens als ze boven de huizen uitkomen schreeuwen ze, een dun, hoog gegil, dat nog naar me onderweg is als ze weer achter de daken zijn verdwenen. Hoe vaker ze langskomen hoe meer ik de indruk krijg dat ze met hun gebaren en gegil mijn aandacht proberen te trekken, dat ze willen dat ik iets voor ze doe. Ik kan niets voor ze doen, ik kan ze niet bevrijden en er zitten vrolijk knipperende lampjes aan de balk dus het is allemaal feestelijk bedoeld. Maar ze blijven schreeuwen, het is nu of ze met elke omwenteling langgerekt mijn voornaam roepen, alsof ze me niet alleen hier op de vensterbank zien zitten maar ook weten wie ik ben, met elke omwenteling klinkt mijn naam duidelijker en dringender, ik ben blij wanneer Lennox komt voorrijden met een auto en door het omlaag gedraaide portierraam stap in! roept. De hele tijd dat ik daar zat ging ik ervan uit dat Lennox de deur uit zou komen van het huis waarin hij verdwenen was, maar mijn verbazing legt het af tegen mijn opluchting en zonder Lennox om uitleg te vragen loop ik om de auto heen en stap in.

iv

Hoe je zonder nadenken in een auto stapt – gewoon, een auto, je gaat zitten, klikt de gordel vast en registreert vaag hoe het er allemaal zo'n beetje uitziet, ligt er troep op de vloer, zit je een beetje gemakkelijk, maar zonder dat je er uitgebreid op let, je kan er een gesprek bij voeren, er kan buiten iets aan de hand zijn waarvoor je meer aandacht hebt, volstrekt achteloos stap je in, zonder dat je erbij stilstaat dat die auto dagenlang je directe omgeving zal zijn, dat je dagenlang niet beter zult weten dan dat je in deze auto zit, dat het zal voelen als weken; de auto zal een tweede huid worden, het zal een heel andere auto zijn dan die auto uit het begin, in *die* auto zal je nooit meer stappen, zoals je ook nooit het huis hebt bewoond dat je bezichtigde voor je het contract tekende. Hoewel, goed beschouwd ben ik net ingestapt en weet ik nog helemaal niet dat ik dagen in deze auto zal doorbrengen. Dat het een benzineauto is valt me ook niet op; ik heb mijn hele leven in dergelijke auto's gezeten, voor mij zijn het gewone auto's, maar het betekent dus dat Lennox een ontheffing moet hebben – of niet natuurlijk, ik weet nog steeds niet waar hij tegenwoordig werkt en wat we aan Bonzo's geheugenverlies gaan doen, vooralsnog rijden we door Mersbergen, hij slaagt er in ieder geval in om de carnavalsstoeten te vermijden. De klinkerstraten zijn voorzien van fel gekleurde stipjes in patronen waarin geen enkele orde valt te ontdekken, misschien is het een omvangrijke gecodeerde boodschap die zich over alle straten van het dorp uitstrekt en zegt het iets over onze missie, en is *dat* de reden dat we Mersbergen aandoen – nee, het is confetti, ik kijk achterom in de hoop daar de stipjes te zien opwaaien in onze slipstream, maar ze blijven liggen alsof ze aan de klinkers zijn gelijmd. Ik kijk ook nog even boven de huizen, maar die zwaaiarm is verdwenen, ik heb het idee dat ik nu terug zou moeten zwaaien, omdat we hier vertrekken.

Hoe gaat het met je, vraagt Lennox. Goed, zeg ik. Hij lacht schamper, maar niet op een vervelende manier. Schamper en vertrouwd. Zo voelt het, terwijl ik hem toch jaren niet heb gezien. Als het goed met je ging was je niet meegegaan, zegt hij. Hoezo, wat is dit voor onzin, hij heeft me toch zelf gevraagd, met dat verhaal over Bonzo? Je hebt blijkbaar geen dringende werkzaamheden, niets in je agenda, je kan zo mee, hoppakee, misschien komt het je wel goed uit, ben je op de vlucht, voor iets, voor iemand? Nee. Ja, voor de stoel van mijn moeder, voor mijn uitgever, voor een vrouw bij de Albert Heijn. Maar dat zeg ik niet. Het is dan ook niet waar. Het enige dat ik uiteindelijk deed was het beurtbalkje iets te hard tussen onze boodschappen plaatsen. Lang geleden lijkt dat alweer en we zijn nog maar net begonnen.

Het gaat prima, zeg ik, maak je geen zorgen.

We zijn wel ouder geworden hè? roept Lennox. Daar heeft hij gelijk in, we zijn ouder geworden, zeker hij, omdat ik hem na veertig jaar terugzie, en mezelf stukje bij beetje in de spiegel heb zien verouderen. Zijn haar is grijs en dun, de huid onder zijn kin hangt slap, hij ziet eruit als iemand die door een grimeur of een computerprogramma kunstmatig is verouderd voor het laatste deel van de film. Hier, kijk! Hij tilt zijn hand van het stuur en steekt hem naar me uit, met gespreide vingers.

Ik zie je niet trillen, zeg ik.

Trillen? Die vlekken, op mijn handen!

Er zitten inderdaad bruine vlekken op de bovenkant van zijn hand.

Ik ging ermee naar de dokter, ik dacht dat is vast huidkanker. Zegt die man: meneer, dat zijn gewoon ouderdomsvlekken.

Hij legt zijn hand terug op het stuur en lacht, alsof hij het een goede grap vindt. Ouderdomsvlekken! En de conditie is ook minder hè. Zoals we vroeger de hele dag dozen sjouwden, in het Archief. Dat zouden we nu niet meer kunnen hè?

Nou, de hele dag, zeg ik. Een beetje schaken in de gangpaden, naar die ouwe agenten kijken.

Ja ja, zegt Lennox. Maar ondertussen sjouwden we wat af. En dan met Guido, als we archieven gingen ophalen. Trap op trap af. Ik moet er niet aan denken. Maar goed, het hoeft ook niet meer. En jij? Ook oud en gebrekkig?

Valt mee, zeg ik, ik heb alleen een zoemgeluid in m'n hoofd. Misschien vermoeidheid, of een innerlijke echo van verkeerslawaai. Ik ben niet meer gewend zo lang onderweg te zijn.

Een innerlijke echo van verkeerslawaai, herhaalt Lennox op dicteersnelheid. Dat is mooi gezegd, je kan wel zien dat ik met een schrijver op stap ben. Je hebt gewoon tinnitus. Dat is de leeftijd.

Nee, zeg ik, dit is alsof er een insect in m'n hoofd zit, het houdt steeds weer op. Als het tinnitus is, dan is het tinnitus die naar de juiste plek zoekt.

Ik had ook kunnen zeggen dat mijn moeder in haar stoel

in m'n hoofd zat, maar de vergelijking met een insect lijkt me beter, die vergt in ieder geval minder uitleg.

Tinnitus die naar de juiste plek zoekt, dicteert Lennox, weer zo'n poëtische vondst. Hoe klinkt het?

Nou gewoon, wat ik zeg, als een insect. BZZZZZZZT, BZZZZT, BZZZT, BZZT, BZZZZZZT, BZT.

Maar dat is Guido! roept Lennox, dat is Guido die met zijn karretje in je hoofd rondrijdt.

Ja dat zal het zijn, zeg ik.

Guido... zegt Lennox, Guido... Alsof hij zijn best doet hem voor zich te zien, in zijn elektrische rolstoel. Die klonk wel zo, hè? En hij kijkt voor zich uit, bedachtzaam knikkend, handen aan het stuur.

Je had gelijk, zegt hij nadat we een paar minuten zwijgend naast elkaar hebben gezeten.

Wat? Wanneer?

Toen we elkaar tegenkwamen, op het Archief, toen ik me aan je voorstelde. Jij verstond Lennon. Je vroeg in ieder geval: Lennon? Je had gelijk, het was een variant op Lennon. Lennon met een x. Het had niets met Annie Lennox te maken.

Lennon met een x, knik ik.

Ja, zegt hij, om het meer weetikveel te geven. Een *bite*. Scherpte. Ik was een Beatlesfan, ooit.

Ik ook, zeg ik.

Dat weet ik, zegt Lennox, daar hebben we het vroeger vaak over gehad.

Is dat zo, daar staat me niets meer van bij.

Ja, dat is zo, als ik zoiets zeg, kan je daar gewoon van uitgaan. We hebben het daar vroeger uitgebreid over gehad, over The Beatles, en dat we daar allebei net te jong voor waren geweest. Jij had een oudere zus, ik een oudere broer.

Ik weet nog waar je was toen je hoorde dat Lennon was doodgeschoten. Het was ochtend, je lag in bed, je moeder kwam je kamer binnen en zei dat er een Beatle was doodgeschoten, dat was op de radio geweest, ze wist de naam niet precies meer, Lennen? Jij had toen die vier foto's van *The White Album* aan je muur hangen, en ze wees feilloos de goede foto aan: is dat die? Daar ben je je altijd over blijven verbazen, dat ze John Lennon er zo uithaalde.

Hij kijkt even naar me, daarna kijkt hij weer naar de weg, met een klein glimlachje. Hij heeft alles onthouden wat ik hem vroeger heb verteld. Dat voelt niet goed. Hij is me steeds de baas geweest. Met schaken won hij ook altijd.

We rijden door, ik denk terug aan mijn moeder die mijn slaapkamer binnenkwam, werkloos was ik toen, schoolverlater zonder diploma, vandaar dat ik uitsliep. Een paar maanden eerder was ze ook binnengekomen, en had ze me toegesist: slaap jij *naakt*?, alsof ik een verschrikkelijke overtreding had begaan die voor hogere autoriteiten verborgen moest blijven. En misschien klonk er ook wel jaloezie in haar stem door omdat ik aan iets begon waarvan zij allang afscheid had genomen. Een maand later verhuisde ik naar Amsterdam, waar mijn zus studeerde; ik kon ergens in Oost van iemand die ze kende een gekraakte etage overnemen. Ik ben er nooit meer weggegaan. Uit de stad, bedoel ik; op die etage heb ik maar een halfjaar gewoond.

Of ben je dat allemaal vergeten? vraagt Lennox, die blijkbaar iets aan mijn gezicht denkt af te lezen. Nee, ik ben alleen vergeten dat wij het erover hebben gehad, zeg ik.

V

Het is ver in de middag, we rijden al uren over snelwegen. Links en rechts weilanden, bedrijventerreinen, andere snelwegen die ons kruisen, met viaducten en fly-overs. De lucht is betrokken, de overheersende kleur is grijs. We naderen de grens. Een landgrens – hoe ouderwets klinkt dat niet, je zou verwachten dat alle grenzen ondertussen digitaal zouden zijn, en wij zelf ook; en wie weet, er gaan geruchten. En je zou tegelijkertijd verwachten dat grenzen belangrijker worden dan ze in decennia zijn geweest, dat ze door groepjes patriotten zouden worden bewaakt zo niet verdedigd omdat alles uiteenvalt – kortom, je kan alles verwachten, maar vooralsnog ziet het ernaar uit dat we straks gewoon kunnen doorrijden, tenzij er de afgelopen uren dingen zijn gebeurd waarvan ik nog niet op de hoogte ben. De radio is uit, Lennox gebruikt geen routeplanner, hij weet blijkbaar waar hij moet wezen. Moet ik mijn palio uitzetten? vraag ik. Hoezo, zegt Lennox. Ik weet niet, zeg ik, ik dacht, misschien is dit een geheime missie? Het klinkt potsierlijk, ik schaam me meteen voor wat ik zei, maar wat zijn we *dan* aan het doen, zijn we twee mannen van zestig die een ritje maken? Je mag alles aan laten, zegt Lennox. Als een arts die dwars door kleren heen kan kijken. Dus zijn we traceerbaar zeg ik. Voor wie? vraagt Lennox. Voor wie maar wil, zeg ik, voor wie maar toegang heeft tot de gegevens... Ik weet het ook niet, misschien is Lennox wel degene met toegang, wat weet ik ervan, ik weet alleen hoe je een boek schrijft en zelfs daarvan weet ik niet precies hoe het gaat. Je moet me er meer over vertellen, zeg ik, ik weet nog steeds niet precies wat we aan het doen zijn. Straks gaan we ergens eten, zegt Lennox, dan vertel ik de rest.

Rechts van ons schuift een colonne zelfrijdende vrachtwagens voorbij. Een halve meter tussenruimte, ik hoop dat er iets misgaat ergens vooraan zodat ze allemaal tegelijk moeten stoppen, ik heb zoiets nog nooit gezien, alleen op filmpjes. Hier en daar zit iemand achter het stuur, de rest van de chauffeurs ligt waarschijnlijk te slapen. Je zou een muur van geluid verwachten (ik wel, ik ben geprogrammeerd in de oude wereld) maar ze zijn allemaal elektrisch. Ergens doet de laatste rijschoolhouder straks het licht uit. Automobiel betekende altijd al zelfrijdend, dus eigenlijk kan je zeggen dat de auto eindelijk zijn bestemming heeft bereikt, de lange eeuw waarin we zelf aan het stuur zaten is niets meer geweest dan een overgangsperiode, het tijdperk waarin de auto nog niet volmaakt was.

Vertel eens een verhaal, zegt Lennox.

Hè?

Ik ben toch met een schrijver op stap? De meester van de plotloze thriller.

Dat weet hij dus. Nou ja, het is ook niet moeilijk om daarachter te komen, ik schrijf ze niet onder pseudoniem.

De meester van de plotloze thriller, herhaalt Lennox, zachter, peinzend maar met nadruk, alsof we op het toneel staan en hij zijn uitspraak herhaalt om mij eraan te herinneren dat ik nu verder moet gaan met *mijn* aandeel in de tekst.

Ik heb die bijnaam niet zelf verzonnen, zeg ik.

Nee, zo gaat dat, zegt Lennox, alsof hij er alle verstand van heeft.

Vind je 't erg? vraag ik.

Wat moet ik erg vinden?

Nou, als je weet dat ik ze schrijf, zeg ik, dan weet je ook hoe die detective heet. Vind je 't erg dat ik je naam heb gebruikt?

Lennox? vraagt hij. Ach, erg, erg. Misschien is het juist een hommage hè. Ik lees ze niet, dat scheelt misschien ook. Hij kijkt me even aan. Lennox met de boksersneus, zegt hij terwijl hij tegen de voorruit glimlacht. Lennox met de boksersneus.

Dat gaf hem wel een mooi *hardboiled* uiterlijk vond ik, zeg ik.

Natuurlijk, knikt Lennox. Natuurlijk. Alleen heeft hij die neus niet meer, hè?

We rijden langs industrieterreinen, links en rechts staan grote loodsen met blinde stalen wanden, nergens is enige activiteit te bespeuren, op lege parkeerplaatsen brandt hier en daar een hoge lantarenpaal. Fly-overs op betonnen poten, brede kruispunten met stoplichten, de snelweg wordt tweebaans, aan weerskanten rijzen hoge woonkazernes omhoog, okerkleurige gevels met rechthoekige raamgaten waarachter geen licht brandt. Onder sommige ramen zijn lijnen gespannen waaraan grauwe kleding te drogen hangt. De lucht is betrokken, zodat het lijkt of het later is en de schemering al is ingetreden. Opeens is het druk geworden, de stad kan de toevloed van verkeer niet aan, we rijden stapvoets en staan regelmatig stil, de zelfrijdende vrachtwagens moeten ergens een afslag genomen hebben, ze zijn nergens meer te zien.

Lennox trommelt op het stuur. Achter de ramen van de woonkazernes wordt hier en daar een lamp ontstoken, als een toneeldecor dat tot leven komt omdat de toeschouwers zijn gearriveerd. Ergens op vijf of zes hoog haalt een vrouw de was naar binnen, naast haar kijkt een kind naar buiten, van links naar rechts en weer naar links, alsof het zich verbaast over het uitzicht. Ik kijk achterom om te controleren of het licht aanblijft in de etages waar we langs gereden zijn.

Wat kijk je? vraagt Lennox. Ik zeg niets terug. Meter voor meter rijden we verder de stad in. Opeens schieten we weer op, de weg wordt vierbaans, met reusachtige flauwe bochten, in de verte staan grijze wolkenkrabbers waarvan de toppen oplossen in laaghangende bewolking, meteen daarna is het panorama verdwenen alsof het er nooit is geweest en rijden we weer door smalle straten, langs hoge woonblokken, met bomen langs de weg die hun bladeren verliezen, ze liggen koperkleurig op het trottoir. Er zijn kleine winkels met veel stickers en plakkaten op de verlichte ramen, we komen langs een school met een hek van vierkante stenen pilaren en zwarte ijzeren spijlen, er is een pleintje met een droge fontein en daarna staan we weer stil omdat alles vastzit. Op het trottoir lopen schoolmeisjes door de dode bladeren, sommige alleen, andere in groepjes van drie, naast elkaar, over de volle breedte van de stoep, met losse haren. Ze hebben allemaal hetzelfde uniform aan, groene jasjes, witte overhemden, glimmende zwarte schoenen, eeuwig afzakkende grijze kousen. Ze kijken op schermpjes die ze elkaar laten zien, degenen die alleen zijn lopen langzamer en worden ingehaald, maar ook de snelste groepjes moeten zo nu en dan inhouden om een kous op te halen of op een tas te wachten. Kijk voor je, zegt Lennox, hier ben je te oud voor. En hij begint titels op te noemen die ik herken, tenminste, ik herken het concept, het zijn al dan niet verzonnen titels van pornoclips waarin als schoolmeisjes verklede actrices optreden. In die clips dragen de actrices hun haar doorgaans in vlechten om er jonger uit te zien, maar dat werkt niet, ze zien er alleen maar ongeloofwaardig uit, zeker als ze ook nog sproeten op wangen en neus hebben getekend. De meisjes die maar langs blijven lopen (blijkbaar is hier ergens in de buurt een grote meisjesschool uitgegaan) dragen geen vlechten, ze zijn jong genoeg om er niet jonger uit te willen zien, ze zijn onrustbarend jong en Lennox heeft gelijk, maar ik kijk dan ook niet naar hen maar naar hun tassen. De meisjes hebben rugtassen in verschillende kleuren maar allemaal van hetzelfde model, zachte, mollige tassen met twee haken waarmee ze aan schouders kunnen worden gehangen – zachte haken, gevuld en bekleed met dezelfde stof waarvan de tas is gemaakt, maar versterkt met staaldraad lijkt me, en uitlopend in een stompe punt van zwart metaal. Het zijn tassen die kunnen kruipen: als je ze op de grond zet, kruipen ze achter je aan, ze trekken zich vooruit aan die haken, eerst de ene, dan de andere. Erg veel vaart ontwikkelen ze niet, meisjes houden in om de afstand tussen hen en hun tas niet te groot te laten worden, ik weet niet of de tassen hun bazin herkennen of dat ze zich op goed geluk voortbewegen. Telkens als een haak traag naar voren reikt, strekt de stof zich waarmee hij is bedekt, als de haak zich samentrekt, ontstaan er kreukels, en zo kruipen ze voort, als blinde schildpadden, als uit de boom gevallen luiaards met verlamde achterpoten. Kijk die tassen, zeg ik, en Lennox zegt ja, zonder te kijken, alsof hij alles al gezien heeft en in gedachten bij een toekomst is waarnaar ik alleen maar kan raden.

vi

De avond valt, we zijn inmiddels in het centrum, niet het zakencentrum maar het oude centrum, met hotels en restaurants en pleinen. We lopen naar het hotel dat Lennox heeft uitgekozen. Hij heeft de auto in een ondergrondse parkeergarage ondergebracht, ik zag de auto in de glazen lift verdwijnen en stelde me een groot ondergronds circuit voor waar jongens met toegangscodes voor elke auto de hele nacht aan het racen zijn.

Het is druk op straat en er zit gruis in de lucht, kleine bewegende deeltjes die je nét niet kunt zien, die je vermoedt, maar die zich op de een of andere manier toch manifesteren. Het zal aan mijn ogen liggen maar het zou ook een vorm van fall-out kunnen zijn, iets wat een gevolg is van iets anders, een gebeurtenis die onomkeerbaar is, maar er betrekkelijk weinig toe doet omdat *wij* er betrekkelijk weinig toe doen. Ik heb het postmodernisme nog meegemaakt (postmoderne gebouwen staan tegenwoordig op de monumentenlijst zag ik laatst in een krant staan) en we leven nu ook in een post-tijd, een post-iets, *posthumaan* bijvoorbeeld, waarbij je humaan in alle betekenissen van het woord mag opvatten; het antropoceen was meteen toen het ontdekt was al afgelopen, of niet zozeer afgelopen als wel overklast. Nog even en de tassen kruipen samen naar school en de meisjes kunnen thuisblijven. En als ik zeg dat ik iets over postmoderne gebouwen in een krant zag staan bedoel ik natuurlijk geen krant, maar een berichtje op een scherm, er zijn alleen nog nostalgiekranten, de echte kranten zijn namen op schermen, kleine onbetekenende namen dan ook nog; en geen wonder dat ze zo klein zijn geworden, toen ze de snelheid van het nieuws niet meer konden bijhouden, begonnen ze de drammerige zelfverzekerdheid waarmee ze ooit de wereld hadden geduid in te zetten bij het aanraden van boeken die je gelezen moest hebben, films die je gezien moest hebben, series die je gevolgd moest hebben, restaurants waar je gegeten moest hebben, wijnen die je gedronken moest hebben, steden die je bezocht moest hebben, kleren die je gedragen moest hebben, vloeren die je gelegd moest hebben, reizen die je gemaakt moest hebben – het was alsof er iemand bevelen in je oor schreeuwde, een strenge betweter en een dreinende peuter ineen die een steeds kleiner wordend domein verdedigde.

Nostalgiekranten lees ik nog wel eens, papier in je handen, ritselend omslaan, ik wil iets vasthouden wat niet meer verandert nadat ik het heb opgepakt of aangeschaft, een echte krant, een echt boek, maar op een gegeven moment zijn er geen dingen meer, alleen pixels. Ik zal de dingen missen want ik ben zelf ook een ding. Bij de CoffeeHub in de Rijnstraat hebben ze zo'n apparaat waarop je een willekeurige datum uit de tweede helft van de twintigste eeuw kunt intoetsen en dan rolt binnen tien seconden de krant van die dag uit een gleuf, op papier dat nog net niet is vergeeld maar op het punt staat daarmee te beginnen en op een formaat dat nu belachelijk groot aandoet maar dat toen normaal was. Je bestelt koffie en gaat zitten en slaat de krant open en de tranen schieten je in de ogen. Ik las er gisteren nog een, voordat ik naar de Albert Heijn ging waar ik toen die bijna-ruzie kreeg, en misschien kwam dat wel omdat ik net die krant gelezen had. Ik weet niet meer welke datum ik had ingetoetst, ik moest twee keer toetsen (*de door u gekozen datum viel op een zondag*, vertelde het apparaat me na de eerste keer, *toets nu uw volgende keuze in*), maar ik kies meestal iets uit de jaren tachtig of negentig, toen ik veel tijd had om kranten te lezen, en dan sla je het ding open en zie je die verschrikkelijk achterhaalde opmaak en die columns van allang overleden columnisten die iedereen toen zo ontzettend scherpzinnig vond en die zichzelf toen ook zo ontzettend scherpzinnig vonden en waarom ook niet, als iedereen je scherpzinnig vindt ga je niet als enige roepen tuttut mensen, zo bijzonder is het ook weer allemaal niet wat ik doe; en al dat nieuws dat allang weer voorbij is en waarvan niemand toen nog wist waarnaar het zou leiden en in veel gevallen weten we dat nog steeds niet omdat we niet meer weten wie al die mensen waren en waar al die landen liggen, en al die advertenties, vooral die advertenties, van kleding en auto's en televisies, iedereen is dood en alles is stuk en versleten, en als het nog bestaat weet niemand hoe het gerepareerd moet worden en dat is niet erg maar alleen al het feit dat het allemaal bestaan heeft beneemt je soms de adem. En dan de overlijdensadvertenties, alsof die mensen gisteren nog leefden en de recensies van boeken die ooit geschreven zijn door mensen die hoopten op een tweede druk, die hele wereld is ooit van ons geweest en bestaat niet meer, zelfs die vergeten schrijvers zou je aan je borst willen drukken, samen met de columnisten, de kleding, de auto's, de televisies en de overledenen, en wat is er voor in de plaats gekomen? Iets wat niet van ons is maar van anderen. Overal zie je vijftigplussers met natte ogen op terrassen oude kranten lezen, vaak zie je hoe iemand de krant na een paar minuten woedend verfrommelt en van zich af werpt – nou ja, ik heb het mezelf ooit zien doen, ik heb het zelf ooit gedaan, gisteren bijvoorbeeld, omdat het me te veel deed denken aan de uren die ik in de krantendepots van het Archief doorbracht nadat The A-Team uiteengevallen was, dubbele nostalgie was het, gekwadrateerde nostalgie en dat was te veel voor me op dat moment. En op willekeurig elk ander moment. En ik schopte de verfrommelde krant van me af en ging naar de Albert Heijn en maakte net geen ruzie en liep met mijn boodschappen in een tasje naar huis en ik kwam thuis, ruimde mijn boodschappen op en ging in de stoel van mijn moeder zitten, BZZZT, BZZT, BZT, BZZZZT. Toen belde Lennox en met hem ben ik nu onderweg, naar het klooster en tegelijkertijd niet naar het klooster. Nu zijn we weer helemaal bij, of vergat ik nog iets?

vii

Ik heb niet opgelet waar we naartoe gingen, Lennox duwt een glazen deur open, we zijn bij het hotel waar we blijkbaar gaan overnachten. De receptie is donker, alsof er ergens een lamp kapot is. Eigen naam gebruiken? vraag ik voordat ik mijn gegevens invoer op de toetsenborst van de receptierobo. Waarom niet, zegt Lennox, tenzij je iemand anders wil zijn, maar daar is het misschien te laat voor. Te laat? Ja, hoe oud ben je inmiddels, zestig? O, op die manier. De receptierobo glimlacht, om de zoveel seconden trekt hij zijn lippen in een vriendelijk bedoelde grimas die een ironisch geduld uitstraalt maar dat laatste is mijn persoonlijke interpretatie, het is een apparaat, laten we dat niet vergeten. Wel slaat hij waarschijnlijk alle gesprekken uit zijn directe omgeving op, inclusief mijn vraag of ik mijn eigen naam moet gebruiken, dus het heeft sowieso geen zin meer om een andere te verzinnen. Ik toets mijn naam in. Het is niet de eerste keer dat ik bij zo'n robot incheck en ik *weet* dat het een apparaat is maar het blijft iets vreemds intiems houden om op zijn borst mijn gegevens in te voeren. Het zou aardig zijn als het apparaat bij bepaalde toetsencombinaties een klein zuchtje van genot zou slaken, maar dat is te frivool, daar zijn het de tijden niet naar, misschien valt het wel onder misbruik en word je bij onverantwoord gebruik van dergelijke toetsencombinaties gearresteerd. Dankuwel, zegt de robo. Hij noemt me bij de naam die ik zojuist heb ingetoetst en die mijn eigen naam is, hier is uw kaart. Hij houdt een bleke hand naar me op alsof hij een aalmoes verwacht, uit een gleuf in de pols schuift een kaartje naar voren dat in zijn handpalm valt. Die gleuf ziet er wat ongelukkig uit, als de nooit geheelde wond van een zelfmoordpoging – alsof de robo's onze wereld nu al niet zien zitten, want ze hebben allemaal die gleuf. Ik heb altijd al tegen een van hen willen zeggen dat ze verticaal moeten snijden, niet horizontaal, dan kan het bloed er sneller uit, maar ik doe het niet, de kans is groot dat ze antwoorden dat ze geen bloed hebben, op die neutrale toon van ze waaronder onafzienbare depots vol spot en sarcasme schuilgaan, en anders vragen ze wel of ik mijn mouw even wil opstropen, ja dankuwel andere mouw ook meneer, en als ze zich dan peinzend vooroverbuigen knikken ze alsof ze het altijd al hadden gedacht, je weet nooit hoeveel ze weten nadat je je naam hebt ingetoetst. Het enige dat je kan hopen is dat het ze geen zak interesseert en anders valt er wel iets te verzinnen, ik werkte ooit in een café, hoe vaak daar niet gebroken glas in de spoelbak lag – maar zit ik me nu in gedachten te verdedigen tegen een machine?

Pak uw kaart alstublieft, zegt de robo, pak uw kaart alstublieft. Het klinkt dringend, alsof hij kramp in zijn hand krijgt. Ik pak het kaartje. Nu zou hij een zucht van opluchting moeten slaken maar zo is hij niet geprogrammeerd, nogmaals, uiteindelijk zijn het simpele apparaten, die spot en dat sarcasme zitten in mijn eigen hoofd.

Een halfuur later zitten we in een restaurant dat Lennox heeft uitgezocht. Klein, Italiaans, rood geblokte kleden op de tafels, maar ze zijn wel van plastic. Vol is het niet, een paar tafeltjes verderop zit een jong gezin, tenminste, ik zie een man, een vrouw en een jongetje van een jaar of vier, het zou natuurlijk ook zo kunnen zijn dat het jongetje zijn oppas en haar vriend heeft uitgenodigd voor een pizza en een glas rode wijn maar vooralsnog ga ik ervan uit dat ze een gezin vormen – en nadat ze hun eten hebben gekregen (inderdaad pizza) vouwen ze hun handen en bidden ze, niet alleen de volwassenen, het jongetje ook, heel devoot, zoals kinderen dat kunnen doen, juist omdat ze niet anders *kunnen*. Zo lang ze nog geloven tenminste, maar wie heeft ooit van een vierjarige gehoord die van zijn geloof viel, dat is nog te jong, bij mij gebeurde het ook pas jaren later. Ze pakken het serieus aan met z'n drieën, hun gebed duurt langer dan het herezegendezespijzeamen dat je zou verwachten bij gelovigen die buiten de deur eten; en wat is het eigenlijk vreemd om mensen te zien die ergens in geloven waarvan jezelf al eeuwen geleden afstand hebt genomen, wat is er met ze aan de hand, hebben ze het nieuws nog niet gehoord? Ik vraag me af wat ze bidden, *Waar menig mens eet brood der smarte, hebt Gij ons mild en wel gevoed* – maar dat gebed was al oud toen mijn vader het bad, en wie zegt dat dit landgenoten zijn. Mijn vader bad altijd hardop voor en na het eten, tot hij ermee ophield. Waarom hij stopte heb ik nooit geweten, misschien vond hij dat mijn zus en ik te groot werden, dat hij het niet meer voor hoefde te doen, en voortaan baden we in stilte, het was niet zo dat mijn moeder het overnam, die vond ongetwijfeld dat ze dat niet kon, want ze vond dat ze niets kon; en zo hoefde ze ook niets en werd ze niet beoordeeld, ze wilde nog geen boodschappenbriefje schrijven omdat ze bang was dat we haar zouden uitlachen om haar handschrift. Ze vond dat anderen alles beter konden en dat kwam natuurlijk ook ergens vandaan, een paar jaar voordat ze begon te dementeren vertelde ze wat haar beste vriendin tegen haar had gezegd toen ze zich verloofde met de man die later mijn vader zou worden: ga je met *hem* trouwen? Zou niets voor mij zijn, met z'n sarcastische opmerkingen altijd.

Het gezin is klaar met bidden, vader, moeder en zoontje kijken naar elkaar alsof ze willen controleren dat ze er allemaal nog zijn, en dat herken ik, ik herken het heel erg, die post-gebedsblik is onvermijdelijk en terwijl ik het zie, bedenk ik dat het met schaamte te maken heeft, dat het er niet om gaat om te kijken of er niemand is ontsnapt, maar dat die blik smeekt: jij hebt toch ook je ogen de hele tijd dichtgehouden, je hebt me toch niet *zien* bidden? Het lijken me aardige mensen, ik zou naar ze toe willen lopen om ze op zachte toon voor te houden dat ze ermee op moeten houden, met dat geloof, met die God, dat dit het beste is voor iedereen en zeker voor het kind. Echt, bouw het af, hou er mee op, ik weet ook niet alles maar als God al bestaat dan heeft hij zich gevormd uit de samenklonterende gedachten van mensen die ver voor ons leefden, en misschien is het tijd dat we onze gedachten uit die klont terugtrekken zodat die weer wat kleiner wordt. Maar waarom zou ik ze daarmee lastigvallen, als je God hebt, kan je deze wereld aan, hoe absurd het er allemaal ook mag uitzien, omdat je eigenlijk in een andere, stabiele wereld leeft. En terwijl ik toekijk hoe ze hun pizza's aansnijden (de man helpt de jongen en hevelt de helft van diens pizza over naar zijn eigen bord) voel ik me verrassend mild. Er is iets, of beter gezegd, er is iets niet: mijn woede is weg, ik erger me niet. Die onderstroom van ergernis die thuis altijd maar doorgaat ontbreekt, alsof hij plaatsgebonden is. De woede is vervangen door lichte nervositeit, wat niet onprettig is, bijna rustgevend, omdat het reisnervositeit is; waar gaan we naar toe, wat is er precies met Bonzo aan de hand – en omdat ik hier niet in m'n eentje ben zijn die vragen niet onrustbarend. Ik heb het grootste deel van mijn leven dingen in mijn eentje gedaan en dat is natuurlijk helemaal niet de bedoeling, daarvoor zijn we niet ontworpen. Ik besluit nog even niets te vragen aan Lennox, ik laat het nog even rusten, nog even hoef ik niets te weten.

Je wilt weten wat we aan het doen zijn hè, vraagt Lennox, ik zie het aan je gezicht. Nou, ik zal je vertellen wat we aan het doen zijn, we zitten tegenover elkaar in een klein restaurant dat hopelijk niet te duur is, ik heb eerlijk gezegd niet op de prijzen gelet toen ik bestelde.

Ik heb er niets van gemerkt dat hij heeft besteld, maar inderdaad, daar komt het eten, het wordt op borden gerangschikt voor ons neergezet, en ik vraag niet verder, ik begin te eten.

VIII

Leid mij, dat is de boodschap die ik uitzend. Daarom vraag ik niet naar de details van deze reis, daarom verbaas ik me er niet over dat Lennox voor ons tweeën heeft besteld – nou ja, dat eigenlijk wel. Hij heeft twee keer hetzelfde besteld, ravioli met salade, misschien houdt hij van symmetrie; dat is me vroeger nooit opgevallen maar een mens kan veranderen. *Leid mij en bestel voor mij.* Ik schaam me maar dat is niet zo erg, dat is een bekend gevoel. Ik ken mijn plaats, stel dat ik Lennox had meegenomen zonder hem uitgebreid te vertellen waar we heen gaan en wat we gaan doen als we daar eenmaal aangekomen zijn, dat scenario is onvoorstelbaar. Laten we het dus maar bij het geloofwaardige scenario houden: ik zit tegenover Lennox ravioli te eten in een klein Italiaans restaurant en Lennox is de baas. We zitten bij het raam, als ik opzijkijk zie ik een smalle, donkere straat, verlicht door een paar ouderwetse lantarenpalen. Een van de huizen aan de overkant is beschilderd met lichtgevende groene verf en straalt een mooie warme gloed uit, als het afstemlampje van antieke buizenradio's. Ik wil eigenlijk alleen maar *kijken*. Je kan me overal naartoe leiden, als ik maar mag kijken hoe het eruitziet. Ik wil dat tegen iemand zeggen, maar er is niemand. Ja, er zijn die pizza-etende christenen, maar die ken ik niet, en er is Lennox, maar die heb ik veertig jaar niet gezien en met die nieuwe neus is het toch net of hij het niet helemaal is. Ik mis Colenbrander, dat is een ding dat zeker is, maar ik kan niet meer naar hem toe. Een jaar of vijf nadat ik voor het laatst in zijn spreekkamer tegenover hem had gezeten zag ik zijn overlijdensadvertentie in de krant staan, dat is bijna dertig jaar geleden. Hij was geen almachtige god, maar dat we een almachtige god nodig zouden hebben die ons onze zonden vergeeft is een misverstand, we hebben een god nodig die aan onze kant staat en onze zonden wegwuift, een kleine god, een mens eigenlijk, en dat was Colenbrander. Ik wil dat hij in dat zacht gloeiende groene huis aan de overkant woont, en dat ik nu op kan staan, de straat oversteken en aanbellen en dat hij dan opendoet, of iemand anders en dat ik kan doorlopen naar de zitkamer, groot, ruim, verlicht door een paar goed geplaatste schemerlampen, Colenbrander slaat zijn krant of tijdschrift dicht, staat op en schudt mij de hand en vraagt hoe het gaat, alwetend hoeft hij niet te zijn, dat zeg ik net, dat is allemaal niet nodig, als hij maar aan mijn kant staat, zonder dat hij verlangt dat ik aan zijn kant sta, die evenredigheid, die eeuwige behoefte aan gelijk oversteken, ook dat is allemaal niet nodig, als je geleid wilt worden hoef je niet te leiden, dat kan niemand van je verlangen – is Lennox dan misschien de god aan wie ik me nu heb overgeleverd? En Bonzo dan, want die moeten we niet vergeten, zodra ik Lennox ga vragen wat we aan het doen zijn, gaat het over Bonzo die voor hij Bonzo was De Meester heette, De Meester was de god van ons allemaal, hij deed voor hoe het moest toen hij voor het raam van de studentenflat E5 bij haar heupen pakte. Gelukkig ben ik de god van niemand, ik sta op het zachte tapijt in de zitkamer van het zachtgroen gloeiende huis en haal mijn schouders op als antwoord op Colenbranders vraag hoe het ermee gaat. Hoe zal het gaan, zegt dat gebaar. Was jij niet dood trouwens, ik heb je advertentie zien staan. Ja, knikt hij glimlachend, hij draagt een dunne trui met V-hals, een dure trui denk ik, licht oker, staat mooi bij zijn donkere huid, ja ik was inderdaad dood. Maar na drie dagen opgestaan, lach ik en hij glimlacht toegeeflijk, zijn kroeshaar is iets grijzer geworden maar verder is hij nauwelijks verouderd, hij lijkt nog steeds op Hans Faverey. Hij heeft me ooit verteld dat hij diens gedichten kende, hoe kwam dat ter sprake, niet omdat ik hem had verteld dat hij op Hans Faverey leek, we praatten niet op voet van gelijkheid met elkaar, ik had zonden en hij mocht ze wegwuiven, misschien had hij gevraagd welke boeken ik de laatste tijd gelezen had en had ik toen net een Faverey-periode, dat soort vragen stelde hij graag, veel urgente dingen hadden we ook niet meer te bespreken op het laatst, hij stond aan mijn kant, dat was genoeg, op een gegeven moment hield het op, dat was jammer maar pas toen ik zijn advertentie zag staan dacht ik: nu kan ik nooit meer naar hem toe. Hij kijkt me nog steeds glimlachend aan, welwillend maar keurend, dat leren ze nooit af, die therapeuten, en ondertussen is zijn vriend binnengekomen met een fles en een paar glazen. Wat wonen jullie hier mooi zeg ik, wat veel ruimte en wat is alles in evenwicht. Ja, zegt de vriend, evenwicht, dat is waarnaar we streefden. Ik wil hem vragen hoe hij dat doet, streven naar evenwicht, maar Lennox heeft toetjes voor ons besteld, een bolletje ijs met slagroom met een kers en koffie ernaast. Hij blijkt nu al een hele tijd aan het woord te zijn geweest, hij heeft net uitgelegd wat er aan de hand is en wat we gaan doen. Ik probeer door m'n geheugen een beetje terug te spoelen en wat quasi-achteloze vragen te stellen erachter te komen wat hij heeft verteld, Bonzo is zijn geheugen kwijt, dat wist ik al, een *deel* van zijn geheugen, het deel dat wij voor hem gemaakt hebben. Het deel dat jij gemaakt hebt, zegt Lennox, bijna met een buiging, alsof hij me er alle credits voor wil geven die ik verdien. En dat is hij dus kwijt, zeg ik, alles wat ik voor hem verzonnen heb. Ja, zegt Lennox. Mooi zo, denk ik, en ik moet even nadenken voor ik de tevredenheid die ik voel kan plaatsen maar dan herinner ik me de wandelingen die ik in de jaren na het klooster door Amstelveen heb gemaakt, in de vallende avond, toen de scholen uit waren en de straatverlichting opgloeide, eerst paars, dan groen dan melkwit – en dat dat nu allemaal weer van mij is. Het was eigenlijk altijd voor mij bestemd, het was mijn eigen jeugd, dus misschien moet ik het hier maar bij laten, wat deze missie betreft. Opstaan, servet op het bord gooien (heb ik een servet? Ja, het ligt op mijn schoot), naar het station lopen, trein terug naar huis nemen. Wat heb ik met Bonzo's geheugenverlies te maken? Goede vraag. Lennox heeft het over Guido.

Wat zei je nu over Guido? vraag ik.

Luister je wel naar wat ik je allemaal vertel? vraagt Lennox. Het is een op mopperende toon gestelde vraag, goedmoedig, de vraag van iemand die zijn pappenheimers kent, ja, hij is duidelijk de baas. Zoals hij vroeger als we in de gangen van depots zaten te schaken ook opeens kon roepen: ik weet niet waar je zit met je gedachten, maar jij bent aan zet hoor. Je weet toch hoe Guido vroeger met computers bezig was, in het klooster al? vraagt Lennox. Guido had Bonzo toen al het liefst zijn hele jeugd in virtual reality willen laten zien. Dat kon nog niet maar hij heeft niet stilgezeten. Hij wil de jeugd van Bonzo uit onze geheugens aflezen, zodat hij die informatie weer naar Bonzo kan overbrengen. Of beter nog: bij Bonzo kan inbrengen. Hopelijk helpt dat. Want nu denkt hij weer dat hij De Meester is.

Hij is De Meester toch ook, zeg ik.

Jawel, zegt Lennox (hij wil een vermoeide zucht slaken, zie ik, maar hij houdt hem binnen), maar officieel is De Meester ooit in een vat beton uit een rivier getakeld. Dus dat schiet niet op. Hij moet Bonzo blijven. En aangezien zijn jeugd als Bonzo vooral in jouw hoofd zit, heeft Guido vooral jouw hoofd nodig. Je hoeft er niets voor te doen, het gaat automatisch, je hoeft alleen maar mee te gaan.

Hij weet blijkbaar hoe ik te lijmen ben. *We hebben je nodig.* En ik hoef er niets voor te doen. Het lijkt wel sciencefiction, zeg ik.

Je moet mij ook niet vragen hoe het allemaal kan, zegt Lennox.

Ik zal het je niet vragen, zeg ik. Maar heeft Guido die maquettes dan niet meer?

Die zijn toen meteen vernietigd, zegt Lennox, wat denk jij nou. En bovendien, dat zijn ouderwetse methoden. Lijm en karton! Nu gaat het digitaal, man. Hij neemt een hap van zijn toetje. Nou ja, van die dingen dus. Enzovoort, enzovoort, enzovoort.

Maar wacht even, zeg ik, betekent dit dat Guido, dat jullie al die jaren contact met Bonzo hebben gehouden, dat jullie hem niet uit het oog zijn verloren? Werken jullie nog steeds voor de Dienst, hebben jullie dan veertig jaar lang...

Je hoeft niet alles te weten.

Is het dan gevaarlijke kennis?

Daar moet hij een beetje om lachen, bijna meewarig, maar niet onplezierig, en ik lach met hem mee.

Hoe is hij zijn geheugen eigenlijk kwijtgeraakt? vraag ik. Een ongeluk? Trauma?

Dat weet ik niet, zegt Lennox. Hij bedoelt natuurlijk dat ik dat ook beter niet kan weten. Hoe minder de ander weet, hoe veiliger. Leer mij Lennox kennen, hoeveel van die plotloze thrillers heb ik inmiddels niet geschreven? Er hoeft helemaal geen sprake te zijn van een ongeluk of een hersenbeschadiging, wie weet zit er zonder dat we daarvan op de hoogte waren een houdbaarheidsdatum aan nieuwe identiteiten en is die van De Meester gewoon uitgedoofd. Een vreemd idee, een literair idee, misschien moet ik daar eens iets mee doen, maar dat heb ik net al gedaan en dat is bij mijn uitgever niet in goede aarde gevallen.

Waar zit Guido tegenwoordig? vraag ik terwijl ik een slok koffie neem. Blijkbaar heeft Lennox koffie besteld.

Hij glimlacht. Je bedoelt: waar gaan we naartoe?

Ja, zeg ik.

Weer dat toegeeflijke lachje.

ix

Na de koffie was ik het liefst teruggegaan naar het hotel, maar Lennox wil nog uit en ik ga met hem mee. Alle zijstraten zijn donker, maar de straat waarover wij lopen is druk en verlicht. Lennox gooit hier en daar muntjes in bakjes van bedelaars, ik neem aan dat hij bij het restaurant heeft afgerekend, ik heb daar niet zo op gelet. Hij neemt me mee naar een nachtclub in een steeg, een pijltje van rood neon wijst naar een zware ijzeren deur die openzwaait wanneer Lennox iets in een luikje mompelt. We geven onze jassen af en komen in een donkere zaal, waarvan de afmetingen zich niet meteen openbaren; ver voor plafond en achterwand heeft duisternis het overgenomen. Ergens, het kan tegen een muur zijn maar ook midden in de ruimte, staat een verlichte bar van donker hout, glimmende taps en glinsterende flessen. Voor de bar staan vijf obers op een rijtje. Een van de obers is kaal en heeft geen neus maar een driehoekig gat, als bij een schedel.

Dan viel het bij jou nog wel mee, zeg ik. Bij jou zat er nog huid overheen.

Tussen ons en de duisternis achter in de club staan ronde tafels met witte lakens, die een diffuus licht lijken uit te stralen. De meeste zijn leeg, ze staan ver van elkaar af. De ober zonder neus komt op ons af en brengt ons naar een tafel. Hij loopt weg, komt terug en zet een ijsemmer met een fles champagne op het laken. Hij komt me bekend voor, niet alsof ik hem eerder heb gezien, maar alsof zijn aanwezigheid allerlei onuitgesproken vermoedens bevestigt. Hij schenkt, na een knikje van Lennox, twee glazen vol.

Waar ben ik? vraag ik fluisterend aan Lennox als de ober zich heeft teruggetrokken.

We zijn hier, zegt Lennox. Zoiets heeft hij eerder ook al gezegd. In een volgend leven moet hij zo'n pijltje op een stadsplattegrond worden, U BEVINDT ZICH HIER. Bestaan er nog stadsplattegronden, aan het begin van buitenwijken, of bij winkelcentra, of aan de rand van het centrum? Ik rij geen auto, ik weet het niet. Ondertussen gebeurt er niets.

Vertel eens een verhaal, zegt Lennox.

Dat heb je vandaag al eens gevraagd, zeg ik.

Ik ben toch nog steeds met een schrijver op stap? Vertel dan maar eens een verhaal.

Zo werkt dat niet, zeg ik. Als je met een goochelaar op stap bent, ga je er toch ook niet vanuit dat die voortdurend trucs doet?

Jawel hoor, zegt Lennox, de meeste goochelaars hebben altijd wel een paar eenvoudige trucs tot hun beschikking om hun omgeving te vermaken. Ze vragen een muntje, laten het verdwijnen en halen het uit je oor, dat soort dingen, of ze laten je aan een kaart denken en halen die vervolgens uit hun binnenzak.

Alsof hij geregeld met goochelaars op stap is, en wie weet, misschien is hij al dertig jaar een impresario met honderd goochelaars onder zijn hoede, waarom ook niet, het in de gaten houden van Bonzo zal hij vast niet in zijn eentje hoeven doen, dat is geen dagtaak, daar heeft hij mannetjes voor, misschien gaat er zo meteen een goochelaar uit zijn stal optreden en zijn we daarom hier.

Vertel nou maar iets, zegt Lennox. Ik wil weer een tegenwerping maken, maar hij lijkt het te menen en misschien moet ik hem zijn zin geven.

Goed dan, zeg ik. Ik vertel over een jongen die op een wintermiddag ergens aan een gracht voor zijn eigen voordeur staat en niet naar binnen kan; het slot is bevroren. Net wanneer hij denkt: ik moet bij iemand een keteltje heet water gaan vragen komt er een meisje langs, blauwe muts, dikke jas, haar schaatsen hangen over haar schouders op haar borst, ze zijn met hun veters aan elkaar vastgebonden. Ze ziet wat er aan de hand is, schuift de jongen opzij, buigt zich voorover, spert haar mond open en begint op het slot te ademen, langzaam en met lange halen, alsof het een meditatieoefening is. Na een paar minuten richt ze zich weer op. Haar gezicht is rood aangelopen, kleine lokken blond haar hebben zich onder de rand van haar muts uit gewerkt. Probeer nou eens? vraagt ze. De jongen steekt de sleutel erin en het slot gaat moeiteloos open. Het meisje gaat mee naar binnen.

Het verhaal is uit.

De lakens op de ronde tafels om ons heen lichten op, als stapstenen voor iets groots wat straks vanuit het donker onze kant op zal komen. Bij de bar staat alleen nog de ober zonder neus. Het is alsof iemand met zwarte verf een omgekeerd klein hart op zijn gezicht heeft geschilderd.

Het is eerder een anekdote dan een verhaal, zegt Lennox. En die jongen had het ook zelf kunnen doen.

Wat had hij zelf kunnen doen?

Op het slot ademen.

Ja, zeg ik. Maar dan had je geen verhaal.

Hm, zegt Lennox. Hoe verzin je nou zoiets?

Ik weet het niet, zeg ik.

Het is een sentimentele romantische anekdote over jonge mensen, ik ben zestig, is dat alles wat ik kan verzinnen? Wat was dat dan ook voor een vraag van Lennox. Misschien was het een persoonlijkheidstest en ben ik gezakt. Proefpersoon heeft een sentimenteel gemoed. Zou het liefst eeuwig jong zijn, zou het liefst alleen maar eerste liefdes willen, de een na de ander.

De ober verschijnt en tilt de glazen van tafel. Ik kijk van onderaf zijn gaten in. Het is of ik recht naar zijn hersens kijk. Het is donker in zijn hersens. Hij vraagt of hij nog iets voor ons kan doen. Ik denk even dat Lennox hem gaat vragen om een goocheltruc, maar nee. De ober loopt weg, alle tafels zakken langzaam naar beneden, de stoelen ook. Lennox gaat staan, ik ook, mijn stoel is al zo diep gezakt dat ik Lennox' hand nodig heb om overeind te komen. De stoelen verdwijnen in de vloer, je ziet zelfs geen naad meer, op de plek van elke tafel is een ronde lichtvlek overgebleven, zo groot als het tafelblad. De cirkels zijn het eindpunt van lichtzuilen die van boven komen, zachte pilaren van mistig licht. Wij staan in het donker, hier en daar zie ik andere gestalten in het donker staan, ver weg, mannen voornamelijk, mannen in pakken. Er verschijnt iets in de lichtzuil, een kleine werveling van verschillende kleuren als het binnenste van een glazen knikker, het strekt zich naar boven en beneden uit en wordt een vrouw die langzaam danst. Elke zuil bevat zo'n vrouw, verschillende vrouwen met verschillende sluiers. Het is knap gedaan, ze zijn net echt. Ik kijk naar details, stofuitdrukking, vloeiende beweging – alsof ik op een congres ben waar het nieuwste op het gebied van hologrammatica wordt getoond en ik verslag moet uitbrengen, en een advies over aankoop. De vrouw in onze lichtzuil danst langzaam met haar sluiers, ze zijn vaag blauw, vaag groen, doorzichtig, en ze is echt, geen lichtbeeld meer, ze kijkt over ons heen, een beetje verveeld, blootsvoets, er is geen muziek, of toch, ver weg, zacht genoeg om de schuifelende geluiden te kunnen horen die de voetzolen van de vrouw maken in de lichtcirkel op de vloer. Ze heeft gewicht. Ze is minstens veertig, haar borsten hangen een beetje, ze heeft dik donkerbruin haar. Ze danst, soms komt een hand buiten de lichtzuil. Lennox staat ergens achter me, ik doe ook een paar stappen achteruit, het voelt niet goed om zo dicht bij haar te staan. De sluiers zijn weg, ze draagt nu een donker colbertje en verder niets, de randen vallen over haar borsten, je ziet de welving links en rechts, niets wekt zoveel honger als iets wat je net niet kan zien maar wat je met een simpele handbeweging – het is intiem alsof het alleen voor mij bedoeld is, het is tussen haar en mij, ik zie haar ademen, ik *hoor* haar ademen, elke ademhaling zuigt een gat in mij, een leegte die alleen door haar kan worden gevuld, ze staat met haar benen uit elkaar en strekt haar armen omhoog en haar borsten gaan mee, je ziet ze helemaal want het colbertje schuift opzij en omhoog, ze heeft schaamhaar, een stevige donkere driehoek, ik doe weer een stap naar achteren want ik kan mijn armen niet naar haar uitstrekken, er zou een schim van mij moeten zijn die dat wel doet, maar zelfs die schim moet ik binnen zien te houden. Ze gaat weer verder met sluiers, lichter van kleur deze keer, en niet alleen de sluiers, zij zelf ook, ze lijkt jonger, ze is jonger. Ranker, haar borsten minder zwaar, alles meer roze en frisser rood, vochtiger ogen, een onaanraakbaar vriendelijke zachte huid, het wordt bijna ondraaglijk om naar haar te kijken omdat de afstand groter wordt en met die afstand het verlangen. Verlangen is een veel te beheerste term voor iets wat wilder is, niet woest als golven, maar strakgespannen als een snaar die ook gebruikt kan worden om te wurgen. Alles wat strak staat lijkt beheerst, maar dat is gezichtsbedrog, het staat alleen maar strak omdat er geen alternatief is, strak is de enige mogelijkheid, zo strak dat het pijn doet. Zachter is ze nu, minder aards, het licht valt nu ook anders op haar huid, niet om details te laten zien, er zijn ook minder details omdat ze gaver is, ze danst nu weer langzaam met sluiers, en is nog jonger geworden, in een loshangend wit overhemd deze keer, lichter, zacht en slank tegelijk, veronderstelde onschuld, nog niet vermoorde onschuld, zacht gloeiend licht in haar, vochtig licht als dauw, snaren worden strakker aangedraaid, het is nauwelijks nog mogelijk om naar te kijken, zo jong is ze nu geworden, ze beweegt met een onbevangenheid die alleen bij haar bestaat, ze kijkt niet meer om zich heen, ik kan niet *niet* naar haar kijken, zachte bijna witte haartjes op haar onderarmen, ze wordt nog jonger, en jonger, heuveltjes nu, een paar haartjes, een kleine doorzichtige tutu, handjes boven haar hoofd, om haar as – de pijn van vroeger, toen ik het nog niet helemaal begreep, het gevoel dat ik iets zag wat niet mocht en dat ik dringend moest plassen, *mama mijn piemel doet zo raar*, de tot het uiterste aangedraaide snaar is een strakke tot het uiterste gevulde urinebuis, het meisje draait om haar as, zonder tutu, dit is niet goed meer natuurlijk, het licht moet uit maar omdat het licht niet uitgaat scheur ik me los en doodmoe draai ik weg, mijn blik, mijn lichaam, de snaar die mijn lichaam is, was, ik ben alleen hier, alleen met meisjes in lichtkolommen, andere meisjes maar even jong, iedereen is allang weg, ik maak ook dat ik wegkom, ik loop het donker in, dit is een test geweest en iedereen wist dat en iedereen heeft ervoor gezorgd op tijd de ruimte te verlaten maar ik ben te laat, ik ben de enige, alsof het eigenlijk voor mij alleen bedoeld was, omdat ik naar die schoolmeisjes keek vanmiddag? Ik vind een deur en trek hem open, een kleine ruimte met een bar, op een bankje zit Lennox met een vers glas bier. *Ik keek naar hun tassen!* roep ik. Lennox veegt het schuim van zijn bovenlip en zegt: leuk voor je, over welke tassen heb je het eigenlijk? Jij bent hier ook net, zeg ik. Nee, dit is mijn tweede glas, zegt Lennox.

Ik neem me voor morgen alleen maar naar volwassen vrouwen te kijken. En als we dan 's avonds weer naar zo'n club gaan – maar waarom zouden we dat doen, waarom zou elke dag eindigen met een test, en waarom met *dezelfde* test, is dit een reis waarin iemand, ik dus, aan allerlei proeven wordt onderworpen en is Lennox de gids, de testbegeleider, hoe heet het? En wat betekende de test van vanavond dan precies? Of hangen alle testen samen en wordt de betekenis pas aan het eind duidelijk? In het midden van mijn leven bevind ik me in een donker bos. Lennox geeft me een biertje. Morgen kijk ik alleen maar naar volwassen vrouwen, zeg ik na mijn eerste slok, dan kan je je test daar vast op afstemmen. Zo te zien heeft hij geen idee waar ik het over heb.

Als mijn glas leeg is, keren we terug naar het hotel. Ik krijg een knikje van de receptierobo, bescheiden, in het voorbijgaan, ik knik terug. Ik vond het prettig om toegeknikt te worden. Wij zijn zo eenvoudig geprogrammeerd, veel eenvoudiger dan die robo's waarschijnlijk; geef ons een knikje en we voelen ons op prettige wijze erkend in ons bestaan, ook al komt het knikje van een apparaat. We gaan de strijd niet verliezen, er is geen strijd, we zijn zelf ook apparaten. Ik dacht toen ik binnenkwam onwillekeurig: is dit dezelfde robo als vanmiddag of is dit de nachtdienst, alsof ze net als wij diensten draaien, alsof ze niet dagen achter elkaar achter zo'n balie kunnen staan. Wij zien ze als mensen met bewustzijn, zij zien ons als apparaten van een andere herkomst. Lennox wenst me welterusten en loopt door naar zijn kamer. Ik loop door naar mijn kamer, in een andere gang, op een andere verdieping.

x

Het raam van mijn kamer kan open. Ik rook al dertig jaar niet meer, anders was dit het moment. Ik leun naar buiten en buig me voorover. Beneden ligt een binnenplaats met een paar vuilnisbakken en kartonnen dozen, verlicht door een vaag schijnsel dat naar buiten valt door een vanaf mijn plek onzichtbare deur of ruit. Een tijdloos beeld, al was er natuurlijk een tijd dat er nog geen vuilnisbakken en kartonnen dozen bestonden. Wat nog ontbreekt is een miauwende kat, en de receptierobo die stiekem een sigaret rookt, met gretige halen, een bleke glanzende schim in het donker, een man met een verhaal.

Achter de binnenplaats staat een rij huizen, daarboven staan sterren. Al sinds mijn jeugd hoor ik dat je boven grote steden geen sterren meer kunt zien maar ik zie ze altijd en heb geen extreem ontwikkeld gezichtsvermogen. Het is een warme nacht, ik sta in mijn overhemd, het is een *te* warme nacht, zoals alle nachten te warm zijn, maar omdat ze nacht voor nacht langskomen is elke nacht een incident, morgen kan het anders zijn en het kan ook aan andere dingen liggen dan aan ons. Eén ster zou groter moeten worden, zoals op de eerste pagina van *De geheimzinnige ster* van Kuifje, die plaatjes van de nachtelijke warme stad die ik vroeger fascinerend vond, en een beetje eng, door de harde contrasten, de slagschaduwen en de mensen die 's nachts zwetend over straat liepen. Een ster om ons de wacht aan te zeggen. Iets van buitenaf, dat zou het beste zijn.

De receptionist is weg, de steeg is leeg. Nee, hij heeft daar nooit gestaan. Ik moest maar eens naar bed. Ik sluit het raam en ga op bed liggen. Meteen heb ik geen zin meer om te slapen, ik slaap nooit goed in hotels, daarvoor reis ik te weinig. Toch hou ik van hotelkamers, hoe onpersoonlijker hoe beter, ik denk dat we beter af zouden zijn als we in onpersoonlijke interieurs zouden wonen, al dat gedoe om ons thuis te voelen, om een thuis te scheppen, dat is allemaal tevergeefs, of tijdelijk, wij zijn zelf de samenhang, zodra je dood bent is het weg, dat zag je bij het kamertje van mijn moeder. Van haar eigen spullen was niet zoveel meer over: wat boeken, kleding, een paar messen en vorken, wat vaatwerk, drie vazen, ingelijste foto's, de twee bijzettafeltjes, de sta-opstoel, en toch was het haar kamertje, een ingedikte echo van de woningen die ze had bewoond. Maar toen ik na de begrafenis het kamertje binnenkwam was het bescheiden interieur niets meer dan een samenraapsel van oude, losse onderdelen, rijp voor de kringloop, zelfs de ingelijste tekening die ik als tienjarige voor haar maakte had niets meer met haar, of met mij, te maken. Al die jaren dat ze dat kamertje had bewoond was ze er toch maar in geslaagd alles bij elkaar te houden, alsof zij de hartslag van de hele verzameling had gevormd en het leven eruit was verdwenen op het moment dat we haar gekiste lichaam uit het kamertje hadden gedragen.

Ik open mijn palio. Rechtsonder verschijnt de receptierobo die glimlachend meldt dat er de hele nacht door warme snacks verkrijgbaar zijn. Ik vraag me af of hij ze zelf komt brengen en hoe dat zal zijn. Misschien is *warme snacks* in robospeak wel een eufemisme voor heel andere diensten. Weg, zeg ik, en hij verdwijnt. Ik herlees het bericht van mijn uitgever en vraag me af hoe het dan verder moet, als ze er zo over denkt. Wegvegen, volgende bericht. Of ik nog eens een schrijfcursus wil geven. Sinds de invoering van het basisinkomen is iedereen aan het schrijven geslagen, maar dan ook echt iedereen. Robo's kunnen onderhand ook heel aardige verhalen produceren, vol samenhang en in verschillende talen tegelijk, maar we willen zelf schrijven, en de lezers die nog over zijn willen iets wat door een mens is gemaakt, iemand als zij; we willen elkaars boodschappen lezen, we willen iets lezen wat is geschreven door iemand die we kunnen verbeteren en overstijgen. En als ze van mijn generatie zijn schrijven ze hun autobiografie, alsof ze de wereld willen beschrijven voordat die verdwijnt. De wereld is al verdwenen, zeker de literaire wereld waarin ik ooit begon, toen er voor in boeken nog geen disclaimers werden opgenomen als: *uitgever en auteur hechten eraan te benadrukken dat de op pagina x, x en x beschreven gedragingen, handelingen en/of uitspraken dan wel gekozen perspectieven uitsluitend dienen voor de ontwikkeling dan wel afwikkeling van het verhaal en/of verdieping van de personages en/of om bepaalde tendensen te accentueren en op geen enkele wijze overtuigingen en opvattingen uitdragen die zij delen of op actieve of passieve wijze zouden willen ondersteunen.* Natuurlijk was er veel heisa toen dergelijke teksten gemeengoed werden maar ik vond het wel aardig eigenlijk, ook omdat ik toen al met die plotloze thrillers bezig was en dus eigenlijk weinig meer bij literatuur te zoeken had. Ze hadden wel iets moois, die disclaimers, ze waren het eindpunt van de emancipatie van de lezers. Van kinds af aan hadden die lezers alles wat die schrijvers verzonnen tot zich genomen en als zoete koek geslikt, die hele parade van afwijkende, niet sporende, depressieve of anderszins gestoorde individuen die zich vaak volkomen krankzinnig gedroegen hadden ze zonder protest door hun hoofd laten trekken, ze hadden gedwee alles geabsorbeerd wat de schrijver nodig achtte over ze uit te storten en nu was het genoeg, waarom zouden ze zich nog langer laten vergiftigen met foute ideeën en afkeurenswaardig gedrag? Ze wilden geen afwijkingen zien in de boeken die ze lazen, geen gevallen die rijp waren voor psychiatrische bijstand, ze wilden hun eigen wereld terugzien, ze wilden niet verontrust worden maar gerustgesteld. Ze hadden zichzelf al getoond en gevierd op de sociale media en nu wilden ze zichzelf ook terugzien in de boeken die ze lazen. Tot nu toe waren romans reflecties geweest van de schrijvers, spiegels die door hen konden worden geslepen hoe ze maar wilden; hun karikaturale zelf, hun karikaturale visie op het leven, alles konden ze hun lezers voorschotelen zonder dat iemand zich afvroeg waarvoor dat allemaal eigenlijk nodig was; nu was de literatuur de spiegel van de lezer geworden en de krasjes die de getemde schrijvers alsnog moesten aanbrengen *omdat het nu eenmaal niet anders kon* moesten met disclaimers worden geneutraliseerd. Dit alles betekende natuurlijk wel het einde van de literatuur, maar hoe erg was dat nu eigenlijk? Het moest toch een keer aflopen, en van geweld was geen sprake geweest.

Met andere woorden: die schrijfcursus ga ik niet geven. Ik veeg het bericht weg waarna meteen weer het bericht van mijn uitgever oplicht. Moet ik kwaad worden, moet ik op mijn sporen gaan staan, hoe heet het, strepen? Of ben ik opgelucht? Ik weet het nog niet, ik vraag me af of dit het einde van de serie betekent. Dat zou jammer zijn want ik leef ervan. Aan de andere kant, het was nooit de bedoeling om er een serie van te maken. Ik schreef nog recensies in die tijd, geen idee meer welke roman ik behandelde, maar ik schreef iets als: *veel sfeer en stemming, zonder dat de spanning ooit wordt ingelost. De roman leest als een plotloze thriller.* Ergens in mijn hoofd ging toen zo'n gloeilampje branden en dezelfde dag schoof ik de roman waaraan ik werkte opzij en begon ik aan wat ik dacht dat een tussendoortje zou worden. Een hoofdpersoon had ik zo gevonden, Lennox met de boksersneus, een Philip Marloweachtige privédetective. *Een plotloze thriller.* Van een ondertitel werd het een serie. Ik was bij mijn gewone romans al nooit goed in plotten geweest, en nu kon ik daar een concept van maken. Wat ik niet had zien aankomen was dat lezers zich ermee zouden gaan bemoeien, dat ze bij elk Lennox-boek massaal plots zouden gaan verzinnen. Eerst nog omdat ze dachten dat ik er wel degelijk een plot in verborgen had en tussen de regels allerlei aanwijzingen had verstopt, later werd het een hobby, hele community's hielden zich ermee bezig, voor elk boek werden moeiteloos tientallen zo niet honderden plots verzonnen. Ik kon de verhalen zo vaag en onsamenhangend maken als ik wilde, sterker nog, hoe vager en onsamenhangender hoe beter, want hoe meer mogelijkheden ik de lezers daarmee bood. De onverwachte maar lucratieve gang van zaken verschafte me ook een reden om me in stilzwijgen te hullen en interviews af te wijzen – *om het mysterie in stand te houden, om niet tussen de boeken en de lezers in te gaan staan.* Bij toeval en zonder het te weten had ik ingespeeld op de behoefte van lezers om niet meer beleerd te worden, geen ondergeschikte positie meer in te nemen. Ik had per ongeluk de toekomst of het einde van de literatuur ontdekt: je geeft de lezers wat ze willen, je laat ze *zelf* het verhaal verzinnen. Schrijver, lezer, eindelijk was iedereen gelijk – en daarvan kon ik *leven*!

Maar nu zijn er dus problemen met de laatste aflevering. *Ben je er zelf gelukkig mee?* vraagt ze. Dat doet ze handig, meteen twijfel proberen te zaaien, de verantwoordelijkheid bij de schrijver leggen. *We lazen het hier met verbazing, niet alleen vanwege de sciencefiction-elementen maar vooral omdat er zich in dit deel iets als een plot lijkt uit te kristalliseren, en dat is natuurlijk in strijd met het concept van de serie. En de titel,* Mannen zonder kinderen, *er zijn vergelijkbare titels van* Hemingway *en* Murakami, *is het echt nodig om daar een derde variant aan toe te voegen?* Wat ze eigenlijk bedoelt: *Het is alsof je toch liever weer literatuur schrijft.* En kijk, ze willen van me af: *We zouden het er eens over kunnen hebben of ook andere auteurs zich op het concept van de plotloze thriller zouden kunnen werpen, al dan niet met behoud van het personage* Lennox. Ik weet niet eens of ik dit erg moet vinden. Misschien kan ik er op die manier als bedenker van de franchise (heet dat niet zo?) nog wat inkomsten uit halen.

Maar de schrik slaat me om het hart als ik verder lees, want om haar punt te maken gaat de uitgever nog wat dieper in op het *verhaal* van het manuscript dat ze heeft afgewezen en ik zie dat de geschiedenis zich herhaalt: het boek gaat over Bonzo, daar had ik helemaal niet bij stilgestaan, ik heb sommige namen veranderd en het verhaal naar de toekomst verplaatst maar dat is natuurlijk niet genoeg, ze hebben me destijds duidelijk gemaakt dat ik erover moest *zwijgen*, en ook al heb ik niets getekend, die afspraak was bindend. Het is dus precies hetzelfde als toen met EVSV, ik mag van geluk spreken dat er twee keer van hogerhand is ingegrepen, ook al wisten ze dan niet wat ze tegenhielden; eerst bij EVSV, en nu bij mijn uitgeverij. Hoewel, geluk – de eerste keer was het meteen einde carrière, en misschien is dat nu ook wel het geval.

Blijkbaar is dit het enige verhaal dat ik heb. *Iedereen heeft ten minste één verhaal in zich*. Wie heeft dat ooit gezegd of geschreven? Ik niet, het lijkt me een optimistische schatting, de meeste mensen zullen ook dat ene verhaal moeten verzinnen; ik mag blij zijn dat ik tenminste nog dit verhaal heb.

XI

Ik schakel mijn palio uit en sluit mijn ogen. Ik ben moe, ik zou moeten gaan slapen, nee, ik zou eerst nog moeten mediteren, ik heb zelfs mijn opblaasbare meditatiekussen in mijn tas gestopt voordat ik van huis vertrok. Blijkbaar had ik grote plannen, thuis kom ik er al jaren niet meer toe, waarom onderweg dan wel? Het is een meditatiekussen voor op reis, misschien dat ik het daarom automatisch in m'n reistas stopte. Ik ben te moe om het op te blazen.

Bovendien, wat heeft het me nu helemaal gebracht, dat mediteren? Ik weet wat het me heeft gebracht: ik ging opeens twee keer per dag afwassen, ik spaarde de vaat niet meer op, en in de Albert Heijn legde ik mijn boodschappen kalmer op de band, met meer overleg, elke boodschap apart, op zijn eigen stukje band – en al die tijd heb ik gehoopt dat iemand tegen me zou zeggen: ha, aan de rustige manier waarop u uw boodschappen op de band legt zie ik dat u mediteert. Maar dat is nooit gebeurd. Wat het me wel heeft opgeleverd: ik kan niet eens meer gedachteloos mijn boodschappen op de band zetten, terloops, schots en scheef, zonder me druk te maken over klanten voor en achter me; nee, het moet allemaal met aandacht en bewustzijn, en hoe meer aandacht en bewustzijn hoe meer reden tot ruzie en frustratie, en kreeg ik daarom ook niet de neiging die vrouw in de Albert Heijn aan te vliegen: omdat ze mijn zorgvuldig uitgebalanceerde compositie van neergelegde boodschappen dreigde te verstoren? Ik geloof dat ik mijn reismeditatiekussen maar gewoon in mijn reistas laat zitten.

Slaap heb ik nu ook niet meer. Aan, zeg ik, en de tv tegenover het bed springt aan, prompt en haastig, alsof alle kanalen heel erg op mijn bevel hebben zitten wachten. Aan een ronde tafel wordt gepraat over kunst. Het is de nazit van een begrafenis die al lang geleden heeft plaatsgevonden, maar geen van de aanwezigen lijkt zich daarvan bewust. Alles gaat snel, maar sommige dingen komen terug; dit had ook een programma van tien, twintig jaar geleden kunnen zijn, en wie weet. Ook toen was de wereld al vreemd; ik mag het gevoel hebben dat ik mijn wereld kwijtraak, maar waarschijnlijk is de wereld die ik zie verdwijnen, de herkenbare wereld, altijd al een illusie geweest. Toch was het een mooie illusie: de wereld was op mij afgestemd, en ik op de wereld. De presentator is met de twee vrouwen die bij hem aan tafel zitten naar een tentoonstelling geweest. Blijkbaar na sluitingstijd, ze lopen door de lege zalen die ik me nog van vroeger herinner, toen ik kunstgeschiedenis studeerde en je in musea urenlang door zalen kon dwalen zonder iemand tegen te komen, zelfs geen medestudenten, laat staan docenten. Sinds de invoering van het basisinkomen is het in diezelfde zalen drukker dan ooit, vooral met mensen van mijn leeftijd, met z'n allen schuifelen ze door zalen met kunst uit de twintigste eeuw. In de nieuwste kunst is niemand geïnteresseerd, ze willen zien wat vroeger gemaakt is, wat de handboeken heeft gehaald, waar ze ooit over hebben gelezen in de kranten die toen nog bestonden en die ze nu uit apparaten kunnen oproepen als ze ergens koffiedrinken. Ze willen zien wat ze eerder zagen, toen ze nog jong waren en er nog toe deden, net als die kunstwerken. Ze willen de schok van het nieuwe nog eens ondergaan, maar dan als echo.

Op tv zijn ze ondertussen weer terug in de studio en bespreken ze wat ze hebben gezien. Sommige dingen waren goed, andere *spraken niet zo aan*. Zo kunnen we nog eeuwen doorgaan tot alle schilderijen zijn vergaan en vergeten, of in ieder geval de conceptuele hoopjes grind en de kartonnen dozen met uitgesmeerde hompen vet. Kijk, daar begint de presentator over waarneming en kijken met andere ogen. Alsof hij het erom doet. Veertig jaar geleden kwam ik bij colleges over hedendaagse kunst al voortdurend filosofische en quasi-filosofische teksten tegen over waarneming en bewustzijn en ongebaande paden, vaag moralistisch, met een zen-achtige verbazing over het alledaagse. Toen al hing die vaag-boeddhistische saus over ons leven, kunst als oefening in kijken, in vervreemding, kijk eens hoe merkwaardig het dagelijkse eigenlijk is, wat is kleur, wat is vorm, wat is de afwezigheid van vorm, wat is kunst? Even was het nieuw, daarna viel op hoe opgelegd het eigenlijk was, en hoe politiek gekleurd, hoe onverdraaglijk links-humanistisch; het moest maatschappijkritisch, maar de kritiek mocht maar van één kant komen. Zonder tekst was de kunst nergens, de meeste moderne werken waren alleen maar te begrijpen als je beschikte over voldoende kennis over de biografie dan wel de intenties van de kunstenaar. Bij tentoonstellingen waren bordjes met verklarende teksten onmisbaar, als een bril die nodig was om het kunstwerk überhaupt te kunnen *zien*; eigenlijk ging het vooral om die bordjes, en waren de werken aanhangsels, bijlages, nageboorten. Daar ben je dan een hele tijd ingetrapt, tot ver na je studie. Gelukkig was er ook andere kunst, waren er andere musea, met zalen vol werken uit de middeleeuwen, de renaissance, de Gouden Eeuw waar Emmy zo dol op was dat ze er speciaal voor naar Nederland was gekomen – maar op een dag ontmoetten oude en nieuwe kunst elkaar en toen was het afgelopen, ik weet nog precies waar en wanneer dat was. Ik weet nog wanneer het voor mij afliep met de kunst. Ik weet nog wanneer de kunst *overleed*. Het was op sinterklaasavond 2008, in het Rijksmuseum, toen ik naar *For the Love of God* ging kijken, die met diamanten bezette schedel die Damien Hirst had gemaakt, of beter: had laten maken. Een platina schedel, bedekt met zo'n achtduizend kleine diamanten en één grote op het voorhoofd; die grote diamant was omringd door een krans van wat kleinere diamanten, als een blind maar feestelijk versierd derde oog. Hirst had zichzelf een omstreden reputatie bezorgd met een serie aquaria waarin dode dieren in een bad van formaldehyde zweefden, en over de met diamanten bedekte schedel werden dezelfde opmerkingen gemaakt als over die eerdere werken: het was banaal, het was vulgair machtsvertoon, was het überhaupt kunst? *For the Love of God* werd eerst in Londen tentoongesteld, daarna kwam het naar het Rijks, ook dat was omstreden, wat moest zo'n gehypet modern werk tussen de landschappen, de binnenhuistaferelen en de schutterstukken van de oude meesters? Geen krant die er niet over schreef, overal in de stad zag je de poster met de letterlijk schitterende schedel tegen een diepzwarte achtergrond, opgewekt grijnzend, met open mond en gave tanden, achteraf leek het ding nog het meest op een uit de toekomst teruggestuurde emoji die meer wist dan wij, veel meer, maar die er niet aan dacht om al die kennis met ons te delen.

Het Rijksmuseum zat toen midden in die jaren durende verbouwing, er was maar één vleugel open, waarin alle topstukken waren ondergebracht. In het hart van die vleugel werd de schedel van Hirst tentoongesteld, in een kleine, speciaal voor de gelegenheid opgetrokken zaal, een zwarte kubus waarin tien mensen tegelijk werden toegelaten. Het museum bleef er ook in de avonduren voor open, ik had gehoord dat het tegen etenstijd het rustigst was en ik besloot op sinterklaasavond te gaan, dan zou het ongetwijfeld nog rustiger zijn, alleen toeristen en kinderlozen zouden zich op zo'n avond naar musea begeven. Ik volgde de bordjes en belandde in de tijdelijke Erezaal, waar alle *greatest hits* van de gouden eeuw die kleiner waren dan *De Nachtwacht* waren ondergebracht: *Het Joodse bruidje*, *De staalmeesters*, *De brief*, *Het melkmeisje*. Midden in die zaal was een meanderend wachtparcours afgezet met zuiltjes die door platte zwarte linten met elkaar waren verbonden. Tussen de linten stonden zo'n vijftig bezoekers te wachten. Aan het eind van het parcours stond een geüniformeerde suppoost die zo nu en dan een paar mensen een schemerige poort door stuurde waarachter zich een pikdonker gat bevond, als een lichtloos hiernamaals. Nadat ik een halfuur had staan wachten mocht ik naar binnen. Na de poort volgden een paar haakse bochten, die waren aangelegd om te voorkomen dat er daglicht tot het Heilige der Heiligen zou doordringen; want zo voelde het: ik drong door tot het binnenste van een tabernakel. Midden in de donkere ruimte, in een glazen kubus, op een zwarte sokkel, op ooghoogte van een kind, stond een hel verlicht, met diamanten bedekt afgietsel van de schedel van een mens. Veel kleiner dan op de posters die overal in de stad hingen en ook in andere opzichten anders: blikkerender, schitterender, en niet in zwart-wit: facetten van de diamanten lichtten roze en blauw op. Het object was veel agressiever dan ik had verwacht, op de posters had hij er bijna aaibaar uitgezien, met dichte oogholtes, bezet met tientallen kleine diamantjes, gesloten holtes waar je graag je duimen over zou laten glijden; maar nu zag ik dat die oogholtes niet helemaal dicht waren, achter in elke holte zat een gat, alsof er dan toch iets van binnen naar buiten keek. In combinatie met die opgewekte lach gaf die veronderstelde blik de schedel iets tartends, waarmee we werden uitgedaagd en meteen overklast, alsof wij, de toeschouwers, eigenlijk helemaal geen rol speelden in zijn bestaan. Ik herinner me de toeschouwers met wie ik samen in die donkere kubus stond en ik herinner me ook dat de minachting van de schedel terecht was. Ik herinner me de man die naast me stond, van Hirst kan je alles verwachten, zei hij, hij heeft een haai op sterk water gezet. 't Kwam niet uit zijn hart, hij wilde niet laten horen *wat* hij wist, hij wilde laten horen *dat* hij het wist, dat hij voor niemand onderdeed. Want iedereen wist het, van die haai. Een vrouw ging voor de schedel door de knieën en nam 'm nauwkeurig op, ze bewoog haar hoofd langzaam heen en weer. Prachtig, mompelde ze, prachtig, maar ook bij haar kwam het niet uit het hart, er sprak eerder verlangen uit dan een oordeel – verlangen naar kunst als duidbare, esthetische ervaring. Maar daarmee redde je het hier niet, hier werden geen verlangens ingewilligd, hier werd de spot gedreven met onze opvattingen over kunst, maar dan niet op een veilige, in handboeken en artikelen te vangen manier *binnen de kunst zelf*. Daarvoor was de destructie te groot.

Het ging uiteindelijk niet om de werking die de diamanten schedel binnen zijn eigen zwarte zaaltje had. De echte schok had ik al eerder ontvangen, toen ik in die tijdelijke Erezaal tussen de platte zwarte linten stond te wachten tot ik het heiligdom van de schedel binnen mocht en mijn blik liet glijden over de schilderijen die daar hingen. *Het Joodse bruidje*, *De staalmeesters*, *De brief*, *Het melkmeisje* – de topstukken uit de Gouden Eeuw bleken opeens aan de muren van een wachtkamer te hangen. Ze hingen daar niet om te worden bekeken, bestudeerd, bewonderd; ze hingen daar ter verstrooiing van die driedubbelgevouwen rij wachtenden, ze hingen daar om de wachtkamer een beetje aan te kleden, en eenmaal gedegradeerd als middel om de wachtenden gelegenheid te geven de tijd te doden maakten ze een armetierige indruk. Ik keek vanaf mijn opschuivende positie in de rij met een zijdelingse blik, misschien lag het daaraan, misschien lag het aan de manier waarop de schilderijen belicht werden, maar overal zag ik op het vernis en de verfstreken van die topstukken kleine glinsterlichtjes, en al dat oplichtende geglinster gaf de schilderijen iets kitscherigs, alsof ik keek naar zorgvuldig vervaardigde reproducties waarbij men zijn best had gedaan het effect van de afbeeldingen te vergroten door extra glimlichtjes aan te brengen, alsof ik keek naar afbeeldingen die eigenlijk thuishoorden op de platte deksels van koektrommels.

Op het moment zelf had ik nog niet door dat dit effect *blijvend* zou zijn. Ik heb die schilderijen van Rembrandt en Vermeer nog verscheidene malen teruggezien, de eerste keer nietsvermoedend, latere keren met steeds grotere wanhoop, maar ik kon er niet omheen: ze wisten zich niet van de schok te herstellen, er hingen nog steeds kitscherige reproducties aan de muren. Het was alsof ik die werken nu pas in hun ware gedaante zag.

En het effect beperkte zich niet tot de schilderijen die op die sinterklaasavond in de wachtkamer van Hirst hadden gehangen. Ook in andere musea was een betovering verbroken. Ja, het was mooi wat er hing maar die schoonheid was een afspraak en die afspraak was afgezegd, opgezegd, het contract was door een grijnzende schedel verscheurd, hoe symbolisch wil je het hebben. In elk museum liep ik rond met het idee: maak hier een wachtkamer van en er blijft niets van over. Ik heb nooit meer een schilderij serieus kunnen nemen, overal zag ik kitscherige glimlichtjes. Soms zag ik in het glas waarmee een schilderij of een prent werd beschermd in plaats van de weerspiegeling van mijn eigen gezicht vanaf de andere kant, vanuit de diepte van het werk, een vage schedel opdoemen. En als ik me op die wandelingen door museumzalen verbaasde over mijn eigen cynisme (maar dat was het niet, het was afwezigheid van het vermogen om geraakt te worden, dat vermogen was me *afgenomen*) dacht ik: o ja, sinterklaasavond 2008. Ik had als student kunstgeschiedenis de gebruikelijke filosofische verhandelingen gelezen over het einde van de kunst, maar dat het deze vorm zou aannemen, had ik niet zien aankomen: een vorm waarin met terugwerkende kracht kunstwerken van hun aura werden ontdaan. Wanneer ik in latere jaren terugdacht aan mijn bezoek aan *For the Love of God*, raakte ik er steeds meer van overtuigd dat die opstelling van de wachtrij in de Erezaal deel had uitgemaakt van het kunstwerk dat ik had bezocht, sterker nog, daar misschien wel het belangrijkste deel van was geweest. Verander een museumzaal in een wachtkamer waarin de bezoeker naar de schilderijen kijkt zoals hij naar kalenders of posters van de Zwitserse Alpen zou hebben gekeken: terloops, om de tijd te doden, zonder ook maar iets echt te zien – zonder dat hij het weet ziet hij de kunst in haar ware gedaante. Als het de bedoeling van Hirst was om een werk te maken dat alle andere kunstwerken uitschakelt, is hem dat gelukt. Het was alsof de schedel door de opstelling waarin hij werd geëxposeerd in staat was waarde te overschrijven – de waarde van alle andere kunstwerken, waar ook ter wereld. Misschien zat er wel een uitgekiende strategie achter, en was de opstelling ontworpen om bij de toeschouwer op subliminaal niveau een vorm van inprenting plaats te doen vinden, misschien had het allemaal met lichtwerking te maken.

Zo'n schedel die als een zender de waarde van kunst in de hoofden van bezoekers kan vernietigen klinkt eerder als iets wat je zou verwachten bij Kuifje (*De geheimzinnige schedel*) of Suske en Wiske (*De schitterende schedel*), en het veronderstelde fictieve karakter van de hier beschreven gebeurtenissen wordt alleen maar versterkt doordat de herkomst van de door Hirst gebruikte diamanten met geheimzinnigheid is omgeven, de schedel later nooit meer is geëxposeerd en zelfs niemand weet waar die zich op dit moment bevindt – maar het heeft zich daadwerkelijk zo afgespeeld, ook al drong pas later tot me door wat er precies op die sinterklaasavond was gebeurd.

Uiteindelijk liet ik de musea links liggen. Ik heb het er zelden met iemand over gehad, omdat ik wist dat anderen het niet zouden begrijpen, of op z'n minst een woord als *overreactie* zouden gaan gebruiken. Ik heb er later nog een plotloze thriller aan gewijd, *Lennox en de wachtkamer van de dood*, maar die ging over diefstal van kunstwerken, niet over diefstal van de kunst zelf. Ooit vertelde ik over mijn ervaring met *For the Love of God* aan iemand die de schedel ook had gezien en die zei: o, maar ze hadden in de tijd van die restauratie ook van dat verschrikkelijke behang in het Rijksmuseum, weet je zeker dat het daar niet aan lag? Ja, dat wist ik zeker, ik had het godverdomme toch niet over het *behang*?!

xii

De tv staat nog aan. Ik zeg uit, en hij gaat uit. Ik moet de kunst vergeten, er zijn andere dingen aan de orde, ik moet me concentreren op de reden van onze reis. Ik kan me alvast proberen te herinneren wat ik nog weet van Bonzo's jeugd. Hoe helderder mijn gedachten, hoe beter ze straks in mijn hoofd af te lezen zijn – dat vermoed ik tenminste, ik heb geen idee hoe dat in zijn werk zal gaan maar dat merk ik nog wel. Het is prettig om erover na te denken, het roept goede herinneringen op aan de tijd van het Archief en het klooster.

2

THE A-TEAM

i

Lennon? Nee, Lennox. Annie Lennox? Nee, gewoon Lennox. Ja, dat begrijp ik, maar heb je je naar Annie Lennox vernoemd? Nee, nee, dat is toeval. Hij klonk wat geïrriteerd, maar ik was blij dat er iemand in ons team zat met wie ik kon praten. Tot nu toe waren al mijn directe collega's lager opgeleid dan ik. Toen ik drie jaar eerder zonder diploma van school was gegaan, had mijn conrector schamper geroepen: wat wil je dan gaan doen, ongeschoold werk? Dan kom je in een heel andere wereld terecht, tussen heel andere mensen, die *moeten* je niet, je hebt niets met ze gemeen! Hij had ongelijk, bleek nu, waarom zouden ze mij niet moeten, maar met ze praten viel niet altijd mee. Dat lag niet aan hen, het lag aan mij, voor je het wist zakte ik door mijn knieën om in eenvoudige woorden met ze te converseren, of lachte ik geforceerd om grappen die op mij veel surrealistischer over kwamen dan op de rest. Zo werd het op een gegeven moment gewoonte om tijdens de koffiepauze stiekem mini-dildo's in elkaars koffie te laten zakken, kleine stijve pikjes van roze rubber. Dat kon alleen als het doelwit even niet oplette of afwezig was (verdiept in krant, gesprek met buurman, naar het toilet); wanneer het slachtoffer vervolgens nietsvermoedend zijn beker naar zijn mond bracht, werd met onderdrukt gelach het moment afgewacht waarop hij zou ontdekken welk voorwerp in zijn koffie naar boven schoof en voorzichtig zijn lippen kuste. Er werd in de dagen dat dit spel heerste veel gevloekt en gelachen aan onze tafel, maar ik *verbaasde* me vooral, bijvoorbeeld over het feit dat er rubberen kunstpenissen werden gemaakt die zo klein waren dat ze in een volgeschonken middelgrote koffiebeker konden verdwijnen. Waarschijnlijk werden ze bij wijze van gimmick in de op toeristen gerichte winkeltjes in het centrum verkocht, maar het was een vreemd idee dat mijn jonge collega's (we waren allemaal rond de twintig) dergelijke winkels binnenliepen om zo'n souvenir te kopen, met al hun luidruchtig besproken afkeer van homo's en kontseks. Kunt u het inpakken, het is een cadeautje; ik nam niet aan dat ze het ding achteloos in hun zak staken. Naarmate het vaker werd gespeeld, werd het spel met de kleine fallussen steeds baldadiger. Ze werden uit koffiebekers getrokken en in andere gegooid, koffie plensde over de formicatafels en in volle asbakken (vrijwel iedereen rookte, als je een beetje doorrookte kon je er in de koffiepauze twee sigaretten doorheen jagen), de kantinebeheerster kwam mopperend met een doek langs, en ondertussen keken aan de andere tafels de mannen en de vrouwen toe die vervolgopleidingen hadden gedaan (de universiteit, de archiefschool) en met wie ik ongetwijfeld meer gemeen had gehad dan met mijn directe collega's als ik mijn school had afgemaakt en hier vier, vijf jaar later was terechtgekomen. Ja, dat was het, ik was hier te vroeg beland, ik had door voortijdig van school te gaan de tijd verslagen, maar daardoor was ik wel het contact met mijn eigen mensen kwijtgeraakt, want aan elke tijdreis hangt een prijskaartje.

Het was een opluchting dat op een gegeven moment, toen

ik twee maanden van mijn jaarcontract achter de rug had, Lennox verscheen. Hij zei niet veel in het begin, en tijdens de koffiepauzes keek hij met een vage glimlach naar het spel met de kleine dildo's. Wanneer er een fallus in zijn koffie belandde, haalde hij die eruit met de geamuseerde distantie die ik op dergelijke momenten ook probeerde uit te stralen maar die hij veel beter onder de knie had, en met dezelfde kalme glimlach waarmee hij vragen over zijn neus beantwoordde. Nee, hij was geen bokser, ja, zo was hij geboren. Maar ondanks het feit dat hij geen bokser was, had hij door zijn ontbrekende neusbotje wel de uitstraling van een vechter, en daarom maakte niemand het hem moeilijk en hoefde hij geen enkele poging te doen om zich te bewijzen. Mij wilden ze nog wel eens goedmoedig *professor* noemen, maar Lennox kreeg dat nooit naar zijn hoofd geslingerd, al had hij in tegenstelling tot mij het vwo wel afgemaakt en was hij dus in wezen hoger opgeleid dan ik. Hij schaakte, en ik ook – nadat we dat van elkaar hadden ontdekt zaten we vaak in gangpaden van afgelegen depots op krukjes tegenover elkaar, met tussen ons in Lennox' opklapbare schaakbord, op de juiste hoogte gehouden door een stapel archiefstukken. Soms schaakten we ook in de pauzes, tussen het gewoel van de dildotafel, al moesten we dan wel uitkijken dat de koning of een koningin niet opeens werd vervangen door een felroze rechtopstaande plastic penis.

De Meester werkte er ondertussen ook al een maand, maar diens moment zou pas later komen, voorlopig viel hij vooral op door de sterke verhalen die hij vertelde over wat hij allemaal als kind en puber had uitgehaald en die veel later allemaal waar bleken te zijn, zoals we konden lezen in de artikelen en boeken die verschenen nadat hij in beton gegoten uit de Rijn was gehaald; vooralsnog twijfelden we aan het waarheidsgehalte van zijn anekdoten, wat hem ertoe bracht elke opgehaalde herinnering te besluiten met de mededeling dat hij op het graf van zijn moeder zweerde dat het waar was. Waarna bij leden van de dildotafel uiteraard de gewoonte ontstond om geconfronteerd met opkomende twijfel verontwaardigd te roepen: *ik zweer het op het graf van de moeder van De Meester*, maar alleen als de zoon van die moeder er niet bij was, want De Meester was een grote, sterke jongen met wie je niet graag ruzie kreeg. Het spel met de kleine penissen kon hem maar matig bekoren, en zijn koffie werd doorgaans dan ook ongemoeid gelaten.

Het Archief van Amsterdam was in die jaren nog gevestigd aan de Amsteldijk, in het negentiende-eeuwse voormalige stadhuis van een ooit geannexeerde buurgemeente, een vierkant neo-renaissancistisch gebouw van donkere baksteen met midden op het dak een sierlijk witte klokkentoren. Het werd geflankeerd door bijgebouwen die de afgelopen decennia waren neergezet om de groeiende stroom archieven op te vangen. Om die bijgebouwen heen werden nieuwe depots opgetrokken, en aan dat bouwproject hadden wij, de jongens van de dildotafel, onze tijdelijke betrekkingen te danken. Uit de grote hoeveelheid werkloze jongeren die de samenleving door middel van uitkeringen voor dakloosheid en hongerdood behoedde, werden om de zoveel weken kandidaten geplukt die twaalf maanden lang moesten helpen bij de interne verhuizingen die het gevolg waren van de bouw van de reusachtige nieuwe voorraadkamers voor de aanzwellende stroom documenten die voor het nageslacht moesten worden bewaard. Onze tijdelijke arbeidsplaatsen werden door de overheid gesubsidieerd; de werkervaring die we zouden opdoen, moest ons van voldoende energie en motivatie voorzien om na het uitdienen van het jaarcontract zelfstandig een manier te zoeken om het opgedane werkritme op de arbeidsmarkt te gelde te maken.

Nu er door de bouw van de nieuwe depots meer opslagruimte werd geschapen aan de Amsteldijk, konden de archieven die in de loop der decennia her en der in de stad in kleine en grote opslagruimtes waren gehuisvest, naar de hoofdvestiging worden overgebracht. Veel van die partijen moesten opnieuw worden geïnventariseerd en verpakt. Maar eerst moesten ze worden opgehaald. Dat waren de mooiste dagen van dat jaar: wanneer ik met een andere tewerkgestelde jongere (bij voorkeur Lennox) en een archivaris met een busje door de stad trok om ergens een oud archief op te halen. Er waren meerdere archivarissen die deze taak op zich namen, maar meestal waren we de bijrijders van een archivaris die Guido Jansen heette maar die door Lennox en mij Guido Gazelle werd genoemd omdat hij altijd stevig doorliep. Of hij zich nu naar de depots begaf om stukken terug te zetten die door bezoekers in de studiezaal waren bestudeerd of in de pauze een tweede kopje koffie ging halen, altijd beende hij met grote passen naar zijn doel, als een alcoholist die in de verte de rolluiken van de slijterij al ziet zakken. Dat de door ons verzonnen bijnaam probleemloos werd overgenomen door onze collega's van de dildotafel die geen enkele scholing in negentiende-eeuwse Vlaamse dichters hadden ontvangen, zagen we als een kleine triomf, en misschien ook wel als bewijs van onze superioriteit.

Guido Gazelle was een jaar of dertig, en dus, in ons perspectief van twintigjarigen, veel ouder dan wij. Met zijn lange zwarte haar, baard en snor zag hij er niet uit als de gemiddelde archivaris, hij leek eerder een beeldhouwer of, waarom niet, een dichter. Gemiddelde archivarissen zag je überhaupt weinig in het Archief, tijdens een van onze ritjes legde Guido uit dat dit kwam omdat alle studenten aan de archiefschool die een beetje afweken, of het nu om kledingstijl, politieke overtuiging of seksuele voorkeur ging, naar Amsterdam trokken, zodat voor de rest van het land de gemiddelde, kleurloze archivarissen overbleven.

Met uitzondering van de laatste rit heb ik alleen maar goede herinneringen aan al die keren dat we er met z'n drieën op uit trokken. In de decennia erna kon het zomaar gebeuren dat ik ergens in Amsterdam door een straat liep en opeens dacht: hé, hier hebben Guido, Lennox en ik nog een archief van zolder gesjouwd. We kwamen overal, meestal gingen we 's morgens op pad, kriskras de stad door, zo herinner ik het me althans, in het echt zullen we per dag niet meer dan één expeditie hebben gemaakt. Het busje was oud en aftands, en van de gemeente, dus het was niet erg als er een deuk in kwam, de stad stond toen nog vol met van die paaltjes die amsterdammertjes werden genoemd en waar je algauw tegenaan reed. Guido had een beduimelde foliant ter grootte van een telefoonboek waarin alle archieven stonden die vanwege ruimtegebrek op de hoofdvestiging aan de Amsteldijk elders waren ondergebracht, en alle stukken die ooit aan het Archief waren beloofd maar wegens datzelfde ruimtegebrek nooit waren opgehaald. We kwamen bij instituten, departementen en bedrijven, en we voelden ons heel wat als we door schuif- of draaideuren naar binnen stapten en ons bij receptionistes meldden die meestal geen idee hadden waarvoor we kwamen en nerveus of gelaten iemand probeerden te bereiken die dat wel zou kunnen hebben. Vaak duurde het lang voordat zo iemand was gelokaliseerd, ook wanneer Guido van tevoren had gebeld en de naam kon noemen van degene met wie hij gesproken had. Achteraf verdenk ik Guido ervan dat hij die telefoontjes en namen had verzonnen (hoe vaak zei zo'n receptioniste niet: kunt u die naam nog eens herhalen, volgens mij werkt hier niemand die zo heet) en gewoon erg hield van de verwarring die hij stichtte door volkomen onverwacht binnen te vallen en zwaaiend met zijn foliant het archief te benoemen dat zich ergens in het gebouw moest bevinden, waarbij hij vaak ook nog eens op luide toon het aantal dozen en soms zelfs de nummering van die dozen voorlas, want zijn foliant bevatte veel informatie. Wanneer de receptioniste iemand had gevonden die er meer vanaf zou moeten weten, haalde die er op zijn of haar beurt weer iemand bij die er nog meer verstand van had, waarna verwoede pogingen werden ondernomen sleutels te lokaliseren van deuren die jarenlang ruimtes hadden afgesloten waarvan niemand meer wist wat er zich in zou kunnen bevinden. Niet zelden werden we het middelpunt van een hele verzameling werknemers die druk overlegden terwijl receptionistes gepensioneerde personeelsleden belden voor nadere informatie, waarbij eerst nog telefoonnummers van die voormalige collega's moesten worden opgezocht, waarna, als die eenmaal gevonden waren, tijdens de daaropvolgende gesprekken met enige regelmaat een weduwe of weduwnaar excuses moesten worden aangeboden omdat degene op wie alle hoop was gevestigd inmiddels was overleden – soms zo recent dat de receptioniste haar excuses alleen maar kon stamelen en er om ons heen een bedremmelde stilte viel, als een geïmproviseerde herdenkingsminuut waaraan ook Guido, Lennox en ik meededen, ook al hadden we dan nog minder banden met de overledene dan de overige aanwezigen.

Vrijwel nooit keerden we onverrichter zake terug, Guido

gaf niet op tot de dozen of mappen waar het om ging waren gevonden. Soms werden we geconfronteerd met stapels losse papieren. Voor dergelijke gevallen, door Guido *losbladige systemen* genoemd, hadden we altijd dozen en zakken bij ons. Meestal bevonden de collecties die het doel van onze komst waren zich in donkere zolderruimtes, onder eeuwenoude balken, of in veredelde onverlichte gangkasten die tegelijkertijd dienden als opslag voor schoonmaakmiddelen en toiletpapier. Wanneer we bezig waren dergelijke zolders of kasten leeg te ruimen, kwam het regelmatig voor dat er een aantal werknemers om ons heen kwam staan, zwijgend en met een waarderende bewondering die ik nooit helemaal kon plaatsen. Als het bedrijf of de instelling groot genoeg was voor een eigen kantine, werden ons geregeld maaltijden of taartpunten aangeboden en terwijl wij die tot ons namen, kwamen dezelfde toeschouwers bij ons zitten om vragen te stellen en naar onze antwoorden te luisteren, alsof wij vrijbuiters waren die een vak uitoefenden dat met vele avonturen gepaard ging en waarvan uitoefening door henzelf door praktische bezwaren en gebrek aan durf werd voorkomen.

Overal in de stad lagen archieven op inzameling te wachten, niet alleen bij gemeente-instellingen, bedrijven en fabrieken maar ook bij roeiverenigingen en klaverjasgenootschappen. We gingen ook bij particulieren langs, we kwamen overal. Zodra er een voordeur werd opengetrokken en zich een trappenhuis voor ons onthulde riep Guido naar boven: de archiefdienst!, alsof we een ophaalservice waren, verwant aan voddenboeren en handelaren in oud ijzer. Vaak werden we boven aan de trap opgewacht door beverige alleenstaande bejaarden, die op trage toon begonnen te vertellen over het archief in kwestie. Hun uitleg werd door Guido met grote, demonstratieve gebaren afgekapt. Ik weet alles al! riep hij in dergelijke gevallen, ik weet alles al! Wat hem bij verschillende gelegenheden blikken vol ontzag opleverde, alsof deze wat verwilderde archivaris die met zijn twee schildknapen de boel kwam ophalen over paranormale gaven beschikte. Aangeboden koffie of taart werd door ons geweigerd, bij particulieren gingen we zo snel mogelijk te werk. De trap op stommelen, de beverige bejaarde man of vrouw ontdoen van het archief van de kaartclub of aquariumbond, de trap weer af stommelen, inladen, wegrijden – het had altijd iets van een overval. Lennox en ik speelden met het idee om voor dergelijke snelle inzamelmomenten bivakmutsen aan te schaffen, maar dat durfden we niet aan Guido voor te stellen uit angst onze hand te overspelen; we wilden niet dat hij andere bijrijders zou kiezen. Als op de terugweg naar de Amsteldijk achter ons toevallig een politiesirene klonk, stelde ik me altijd voor dat wij de reden voor die luidruchtige ophef waren, en dat het zaak was de autoriteiten zo snel mogelijk af te schudden. We noemden ons The A-Team, naar de bekende tv-serie uit die dagen waarin ook alles draaide om een groepje vrijbuiters in een busje, en onderweg barstten we vaak uit in de herkenningstune van die serie. Lennox vond dat we een tekst bij die melodie moesten maken, maar verder dan *wij rijden hier/ met een bus vol papier* kwamen we niet, en dat waren eigenlijk al te veel lettergrepen.

ii

Amsterdam leerde ik goed kennen in die dagen. Ik ondervond niet alleen hoe de stad was opgebouwd, in jaarringen om de oude kern, *eeuwringen* zou een beter woord zijn, maar ook hoe iedereen zich op straat gedroeg. Voetgangers, fietsers en automobilisten speelden een eeuwig spel van drukte en doorrijden en oversteken en stoppen en optrekken, over grijs asfalt of bruine steentjes, langs grachtenhuizen of kantoren, onder schreeuwerige felgekleurde reclame of in donkere smalle straten die tussen grauwe woningrijen leken te zijn uitgegraven. Vaak was het wild weer, met buien en blauwe luchten en felle wolken en natte straten en nijdig opgloeiende achterlichten. Bij elke scherpe bocht of noodstop verschoven achter in het busje de dozen waarin de archiefstukken zaten verpakt. Wij zaten met z'n drieën voorin, Guido achter het stuur, ik in het midden omdat ik de kleinste was, alles was zoals het moest zijn.

Op diverse plaatsen in de stad bevonden zich grote verzameldepots waar in de loop der jaren verschillende archieven waren opgeslagen, en ook die moesten naar de nieuwbouw aan de Amsteldijk worden verhuisd. Het grootste van die verzameldepots bevond zich in een voormalige broodfabriek op de hoek van de Weesperstraat en de Nieuwe Prinsengracht; een ongenaakbaar, hoog oprijzend bakstenen complex uit de negentiende eeuw met roestige muurankers, kleine raampjes en een wilde verzameling ronde schoorstenen van verschillende hoogte. Kleine poorten gaven toegang tot een doolhof van lage ruimten die vol stonden met stellingkasten en verlicht werden door beverige tl-balken of looplampen die door middel van kilometers lange verlengsnoeren met het dichtstbijzijnde stopcontact waren verbonden. Steile trappen in schemerige trappenhuizen voerden naar verdiepingen en tussenverdiepingen die op elkaar waren gestapeld en in elkaar waren geschoven op een manier die deed vermoeden dat alleen de architect ooit heeft geweten hoe het gebouw precies in elkaar stak, en dan nog alleen op momenten dat hij de bouwtekeningen voor zich had liggen en door niets of niemand werd afgeleid.

In die doolhoven waren oude bestanden van verschillende gemeentediensten, ziekenhuizen en politiebureaus opgeslagen. Samen met andere collega's van de dildotafel werden Lennox en ik regelmatig een aantal dagen of weken in de oude broodfabriek tewerkgesteld om die collecties verhuisklaar te maken, meestal onder leiding van Guido Gazelle, die, als hij ons kwijt was en het tijd was om weer met het busje op pad te gaan, zich in het labyrint begaf onder het schreeuwen van de woorden: *Jongens! Ritje!*, een kreet die door anderen werd overgenomen tot het hele gebouw ervan galmde, waarna Lennox en ik moesten zien uit te vinden waar de oerbron van het geluid zich bevond. Erg massaal was het koor overigens nooit, want veel mensen liepen daar niet rond. Wanneer Lennox en ik over de verdiepingen dwaalden, kwamen we zo nu en dan schimmen in stofjassen tegen, zonder uitzondering oude mannen met grijs achterovergekamd haar en zware brilmonturen, die iets onduidelijks met archieven deden, of wie weet ooit nog iets te maken hadden gehad met de productie van dagelijks brood voor de massa's die hier decennia geleden had plaatsgevonden. Lennox daagde me uit om zo'n man een keer aan te raken, zodat we zeker zouden weten dat het hier niet om een geestverschijning ging, en nadat we een passende beloning hadden afgesproken, nam ik me voor om de volgende keer dat vanuit het duister zo'n schim voor ons zou opdoemen, van mijn pad af te wijken en tegen hem op te botsen. Het duurde een aantal dagen voor ik het durfde. Ik raakte de oude man met mijn schouder. Hij deed een pas opzij, mompelde dat ik uit moest kijken en vervolgde zijn weg zonder oogcontact te hebben gemaakt. Wat de beloning was die ik met Lennox had afgesproken, weet ik niet meer, misschien heeft hij een week lang de gevulde koeken betaald die we in de pauze haalden bij een bakker in de Jodenbreestraat.

Op een van onze zwerftochten door het fabriekscomplex die we in pauzes of onder werktijd ondernamen, ontdekten we ergens achter in de eerste verdieping aan de zijkant van het gebouw (voor zover we nog enig idee hadden waar we waren) een ruimte waarin een lange tafel stond die werd verlicht door drie lampen met kappen van groen glas die op regelmatige afstand van elkaar aan een horizontale koperen staaf waren bevestigd, als de verlichting boven het biljart in een bruine kroeg. In het licht van die lampen bewogen zich drie, vier mannen. Ze maakten langzame bewegingen, zo nu en dan deed een van hen een stapje naar achteren, van de tafel vandaan, om even later weer terug te keren en zich over de tafel te buigen. Even dacht ik dat ze daadwerkelijk aan het biljarten waren, maar het tafelblad was bedekt met vellen papier, mappen en een vreemd object dat nog het meest leek op een opengewerkte doos. Tegen de achterwand van de ruimte stonden stellingkasten met archiefdozen, ringbanden, stapels papier en meer van die vreemde doosachtige objecten. Ik keek met opgetrokken wenkbrauwen naar Lennox, die zijn schouders ophaalde, voorzichtig, alsof hij bang was dat een te wild schouderophalen de mannen om de tafel zou alarmeren.

Ze waren oud, de mannen, minstens net zo oud als de stoffelijke geestverschijningen die we zo nu en dan in het gebouwencomplex tegenkwamen, maar ze hadden geen stofjassen aan, ze droegen truien of vesten, en leren schoenen die kraakten als ze een stap naar of van de tafel zetten. We hadden ze nooit eerder gezien, ook deze ruimte zagen we voor het eerst, we bevonden ons in de buurt van de politiearchieven, misschien had het daar iets mee te maken. Een van de mannen schroefde een thermoskan open en schonk drie plastic bekertjes vol koffie – de geur dreef naar ons toe en het was alsof de blikken van de mannen met de geur werden meegetrokken, ze draaiden tenminste allemaal hun hoofd in onze richting en bekeken ons zwijgend. Het enige dat bewoog was de damp die van de koffie in het licht van de biljartlampen omhoogkringelde.

Een van de mannen keerde zich om naar de tafel, pakte een bekertje en richtte zijn blik daarna weer op ons. Hebben jullie niets te doen? vroeg hij. We keken terug zonder iets te zeggen en toen hoorde ik ver weg: *Jongens! Ritje!* – zo'n geluid waarvan je beseft dat het al minstens drie, vier keer geklonken moet hebben op het moment dat je het voor het eerst hoort. We keerden ons om, gingen op zoek naar Guido en toen we een kwartier later in de grijze middag over de troosteloze Wibautstraat reden, vroeg Lennox: die mannen onder die lampen aan die tafel, wie zijn dat?

Ik vond het jammer dat hij dat vroeg, ik had me al voorgesteld dat we tijdens onze ontdekkingstochten steeds weer bij de mannen zouden uitkomen, zonder dat we ooit de weg ernaartoe uit ons hoofd zouden leren, zodat het altijd weer een kleine verrassing zou zijn als we daar belandden, en dat we bij de drempel van die ruimte (bij wijze van spreken dan, er was geen drempel, er was slechts de brede opening in de muur van de belendende ruimte) zouden blijven staan, en dat we langzaam het vertrouwen van de mannen zouden winnen, en dat een van hen zich op een goede dag van de tafel zou losmaken om met de thermoskan de koffiebekertjes bij te vullen die we bij ons hadden (want we waren tijdens een koffiepauze op weg gegaan). Vervolgens zou hij ons uitnodigen om met hem mee terug te lopen naar de tafel en uitleggen wat ze daar aan het doen waren en wat die vreemde opengewerkte dozen waren, waarin ik nu, terwijl ik in het busje aan de scène terugdacht, ook allerlei kleine gekleurde objecten zag, alsof mijn geheugen bestond uit filmbeelden waarop je kon inzoomen.

Ach, jullie hebben de agenten met hun bouwplaten ontdekt, zei Guido glimlachend, sorry, *gepensioneerde* agenten, moet ik zeggen. Ik vraag me af wat er met ze gaat gebeuren als we de broodfabriek gaan sluiten.

Wij vroegen om nadere uitleg (bouwplaten? gepensioneerde agenten?) en Guido verschafte die, terwijl we door de smalle straten van Betondorp reden, op zoek naar het adres waar volgens Guido's onfeilbare foliant het archief van een sociaaldemocratische hengelsportvereniging op ons zou moeten liggen wachten.

Ook toen we wisten wat die mannen daar aan het doen waren, hielden Lennox en ik op onze wandelingen door het complex dikwijls halt bij de ruimte waar de mannen zich over hun tafel gebogen met hun projecten bezighielden. We slaagden er nooit in de weg ernaartoe helemaal uit ons hoofd te leren, we wisten ongeveer waar we moesten zijn maar precies zoals ik me had voorgesteld was het altijd weer een verrassing op welk moment zich de opening in de wand voordeed waarachter de mannen aan hun lange tafel stonden. We bleven op afstand, als bezoekers van een dierentuin die door een onzichtbare barrière worden gescheiden van wezens die hun eigen gang gaan en daarbij niet mogen worden gestoord.

Toen we op een ochtend eerder dan gebruikelijk aan onze omzwervingen begonnen, troffen we niemand bij de tafel aan. De ruimte was donker, de biljartlampen boven de tafel waren uit, het leek ook meteen kouder. Het enige licht kwam uit een openstaande deur waarachter zich een betegeld trappenhuis bleek te bevinden. Vanuit dat trappenhuis zou binnen een paar minuten een van de gepensioneerde agenten de ruimte betreden, maar vooralsnog waren we alleen en hadden we alle gelegenheid om te bekijken wat er op de tafel stond uitgestald. We wisten inmiddels van Guido dat de drie, vier mannen die deze ruimte bezochten zich met oude, onopgeloste moordzaken bezighielden. De merkwaardige opengewerkte dozen die op tafel en in de stellingkast stonden, waren gedetailleerde maquettes van locaties waar een moord had plaatsgevonden. Er stonden er een paar op tafel, twee sterk verkleinde binnenruimtes die uit meerdere kamers bestonden, een van de twee omvatte ook een stuk straat met een lantarenpaal en een tegen de gevel geparkeerde fiets. In de stellingkasten stonden nog meer maquettes, maar het was te donker om goed te zien wat die voorstelden. Van nadere bestudering kon bovendien geen sprake zijn want vanuit het trappenhuis kwam de eerste gepensioneerde agent binnen. We hoorden hem niet aankomen, we registreerden zijn aanwezigheid door een plotselinge en tijdelijke afname van het beschikbare licht.

Niks door elkaar gooien jongens.

We deden een stap terug. De man trok zijn jas uit en gooide die over een stoel. Hij liep naar de tafel, stak zijn hand omhoog en draaide de gloeilampen in de groene glazen kapjes wat strakker aan. Een voor een begonnen ze te branden. Het licht viel op de tafel, met elk lampje dat aanging werd de rest van de ruimte donkerder. Lennox en ik bleven staan, we werden tenslotte niet weggejaagd. De gepensioneerde agent had een plastic tas bij zich, waaruit hij een thermoskan haalde die hij op tafel zette. De anderen komen zo, bromde hij, op geruststellende toon, alsof we een afspraak met het complete groepje hadden. Ik bekeek de maquette met het stukje straat en de man zei: dat is hier vlakbij, aan de Achtergracht. Ik knikte, hoewel de straatnaam me niets zei. Ik keek van bovenaf in een aantal kamers die waren voorzien van kleine meubels. In een slaapkamertje lag voor het bed een man op zijn buik in een plas bloed. Hij droeg een donkergrijs pak maar had blote voeten. Hoe klein hij ook was, ik zag duidelijk aan elke voet vijf teentjes. De zolen waren een beetje zwart.

Hij heeft op blote voeten gelopen, zei ik.

De oude agent trok een paar plastic bekertjes uit een rol en zette ze op tafel. Ja, maar we weten niet wanneer, zei hij zonder me aan te kijken, hij kan ze gewoon een tijd niet gewassen hebben.

Ja, dat is zo, zei ik beschaamd.

De vraag is eerder, zei Lennox, wat er met zijn schoenen is gebeurd.

Dat is een goede vraag, zei de man.

Ik vond de vraag nogal voor de hand liggen.

Die liggen onder het bed, maar dat kunnen jullie niet zien natuurlijk. De man veegde zijn gelig-grijze haar naar achteren, liep naar de maquette en tilde het minuscule bedje op. Daar lagen tussen een aantal al te grote stofpluimen twee zwarte herenschoentjes.

Maar waar zijn de sokken? vroeg Lennox.

Precies, zei de man, waar zijn de sokken. Wat is er met je neus gebeurd? Gevochten?

Nee, zo ben ik geboren, zei Lennox. Daar kan je wat aan laten doen, zei de man, ze zijn heel knap tegenwoordig. Vanuit het trappenhuis klonk gestommel, er kwamen drie oude mannen binnen, met dikke jassen en volle plastic zakken. Een van de mannen ritste zijn jas open, liep naar de tafel en haalde iets uit zijn tas, een doosje, hij maakte het open, tilde er iets uit en plaatste het voorzichtig voor de schouw van de woonkamer van het pand aan de Achtergracht. Het was een glimmend zwart kacheltje. Aan de achterkant stak een kort pijpje uit dat in het gat van de schouw werd gestoken. De andere mannen bogen zich over de maquette en mompelden goedkeurend. Lennox en ik hadden als vanzelf ruimte voor ze gemaakt.

Het gaat om de details, zei de man die als eerste aanwezig was geweest tegen ons. Terwijl de anderen hun jassen uittrokken haalde hij het bedje uit de slaapkamer, en het nachtkastje, en het lijk, en de schoenen – voor die laatste gebruikte hij een pincet. Alleen de bloedvlek bleef over. Vandaag gaan we de slaapkamer behangen, zei hij. Een van de andere mannen legde voorzichtig een aantal kleine rolletjes op tafel. We beschouwden dit als een goed moment om de ruimte te verlaten.

We kwamen vaak terug, en werden nooit weggejaagd. Het was alsof de mannen na jarenlang vrijwel onopgemerkt aan hun projecten te hebben gewerkt (we gingen er tenminste voetstoots vanuit dat ze al jaren bezig waren) wel wat publiek konden gebruiken. We bewonderden hun maquettes en nadat we een aantal keren waren langsgekomen en zwijgend hadden toegekeken, begonnen de mannen ons te wijzen op pas doorgevoerde veranderingen of verfijningen. Ik paste ervoor op om naar aanleiding van wat ik zag slim bedoelde opmerkingen over de moordzaak in kwestie te maken, dat was duidelijk niet onze functie, onze functie bestond eruit getuige te zijn van wat de mannen fabriceerden. Dus keken we zwijgend toe terwijl ze aan de gang waren met hun vouwkarton, hun pincetjes en lijmpipetjes en vlijmscherpe mesjes. Meestal waren ze met z'n vieren, maar ze leken zo op elkaar (oud, gezet, grijzend haar, brillen, leren jacks of windjacks, rokershoest – zo nu en dan trok een van hen zich terug op een naburig, al lang niet meer functionerend toilet om een zelf gedraaide sigaret op te steken) dat we nooit met zekerheid konden zeggen of het om dezelfde vier ging; het kon ook gaan om een groep van zes, zeven van wie er nooit meer dan vier aanwezig waren. Ze hadden een aparte ingang, ontdekten we algauw, een klein poortje aan de gracht, we gingen daar wel eens kijken hoe ze tussen tien en halfelf arriveerden op rijwielen of oude brommers.

Op een dag lieten ze ons de foto's zien waar ze hun priegelige bouwactiviteiten op baseerden. Dit is waar we nu mee bezig zijn, zeiden ze. Grimmige foto's waren het, van een prostituee die in haar peeskamertje was vermoord, met ingeslagen schedel lag ze op haar bed; dat de foto's zwart-wit waren vergrootte de impact alleen maar – er steeg een volstrekt desolate stemming uit op, een volledig ontbreken van leven of gevoel, alsof ze betekenden dat er geen hoop meer was, dat alles slecht zou aflopen, dat het al slecht afgelopen was; ze schokten me meer dan ik liet blijken. Pas nadat ik de foto's had gezien begreep ik, of dacht ik te begrijpen, waarmee deze oude rechercheurs bezig waren, en hoe belangrijk dit voor hen was. Tijdens hun actieve jaren waren ze voortdurend met dergelijke scènes geconfronteerd, en zeker de zaken waarvoor nooit een dader was gevonden, waren altijd in hun hoofd blijven spoken. Ze bouwden hun foto's om tot driedimensionale beelden, en ergens in dat proces werd de kale, absurde treurigheid van die korrelige foto's verzacht en ontstond er iets wat ondanks de aanwezigheid van bloed en lijken toch altijd iets vriendelijks had, iets *onschuldigs*. De foto's waren in hun hoofd gaan zitten, ze bouwden hun maquettes om hun vroegere ervaringen letterlijk een plaatsje te geven, buiten hen, in hun bouwsels. Dat ze op deze manier nieuwe aanwijzingen over de moord in kwestie zouden vinden, leek me onwaarschijnlijk, en bijzaak; wat Lennox en ik zagen was een grootschalig en durend proces van verwerking, waarbij de werkelijke wereld werd teruggebracht tot het formaat van een poppenhuis.

Ik weet niet of ik het destijds ook zo had kunnen verwoorden, maar het was wel ongeveer wat ik bedacht, en deze interpretatie zorgde ervoor dat ik de mannen een zekere tragiek toebedeelde die goed paste bij mijn levensgevoel van die tijd, en de sombere muziek waarnaar ik luisterde. Ik was jong en probeerde wereldwijzer te zijn dan ik was, en zat nog vol minzaamheid, het is een raadsel waar die vandaan kwam en waarop ze gebaseerd was, het zou een aparte studie waard zijn, *De minzaamheid van de adolescent*, maar dat mag iemand anders doen – op een gegeven moment stond ik bij de lange tafel toe te kijken hoe de oude rechercheurs aan het werk waren, eentje was er net in geslaagd de lantarenpaal van de Achtergracht te laten branden, en daar was iedereen op een kalme manier tevreden over, er stonden verschillende maquettes op de tafel die dag, en ik zei, de tafel overziend: dit is zo speciaal, dit moet eigenlijk naar een museum. En het was (het is, nu) alsof er op dat moment een klok ging tikken, alsof ik met die opmerking een aftelmechanisme in werking zette dat een eind maakte aan tijdloosheid en vanzelfsprekendheid en een tijd inluidde van toepassing, van toe-eigening, verandering; ik zie de schouders van de oude rechercheurs een beetje inzakken alsof ook bij hen de vraag opkomt waarmee ze nu eigenlijk bezig zijn, ik zie de tikkende klok een einde maken aan onze dagen in de voormalige broodfabriek en de ritjes met Guido, de klok tikt door, Guido valt van de trap, de ritjes zullen voortaan door anderen worden gedaan, en ondertussen wordt het laatste van de nieuwe depots opgeleverd, het depot dat uitkijkt op de meisjesflat aan de Rustenburgerdwarsstraat.

iii

De meisjesflat was niet exclusief voor meisjes, maar de jongens zaten niet in ons schema. Eerst even dit. Guido Gazelle viel van de trap toen we ergens in Oud-West bij een bejaarde buurtactivist de archiefstukken van Speeltuinvereniging Saspescheha (*Samen spelen schept harmonie*) gingen ophalen. Ik ben die naam nooit vergeten omdat het 't laatste archief was dat we met z'n drieën ophaalden. Guido liep naar beneden met een kartonnen doos vol oude multomappen die bol stonden van het vocht toen de traploper losschoot. Ik liep achter hem en zag hem naar beneden roffelen, een vreemd gezicht, alsof hij een nieuwe manier van transport had uitgevonden die hij nog niet tot in alle details beheerste. Hij klapte tegen de voordeur en zijn been lag raar, een nog vreemder gezicht, binnen één seconde was hij lijkbleek. Ik bleef staan, met een doos in mijn handen. Ook mijn doos zat vol multomappen, met omslagen in vrolijke jarenzeventigmotieven. Die loper zeker weer? riep de oude buurtwerker ergens boven me. Ik kon niet doorlopen, omdat het hele portaal door Guido werd geblokkeerd en ik mijn doos nergens kwijt kon. Toen ik met doos en al in de woonkamer van de oude activist was teruggekeerd zei ik dat hij een ambulance moest bellen. Lennox liet een doos uit zijn handen vallen en liep naar beneden om te kijken. Ja! riep hij, ambulance! De oude man begon met beverige vingers in een vergeelde telefoonklapper te bladeren.

Lennox ging mee naar het ziekenhuis, ik belde naar het Archief om te vertellen wat er gebeurd was en dat iemand het busje moest komen ophalen, want ik had geen rijbewijs. Daarna nam ik de tram naar de Amsteldijk. Het was net theepauze toen ik daar aankwam. De collega's van de dildotafel hadden al gehoord wat er gebeurd was, maar wilden ook nog wel een ooggetuigenverslag horen. En waar was Lennox? Die was mee naar het ziekenhuis. Ha, dan kon hij meteen wat aan die neus van hem laten doen. Al met al namen ze het nogal luchtig op, maar Guido kwam vooralsnog niet terug, die had op een heel vervelende manier zijn been gebroken en in het ziekenhuis werd tegelijkertijd een nare vorm van botkanker bij hem ontdekt, kortom, toen hij terugkwam op het Archief zat hij in een elektrische rolstoel en had hij nog maar één been. Lennox en ik hebben hem in het ziekenhuis opgezocht, maar we wisten niet goed wat we tegen hem moesten zeggen. Hoe is het met je been? Het was wel duidelijk hoe het met zijn been was, het was eraf. Op de Amsteldijk ging tijdens de koffiepauze een ontstellend grote uitklapbare beterschapskaart rond waarin we allemaal onze naam moesten schrijven. Op de voorkant stond een tekening van een verpleegster in een veel te krap uniform die een reusachtige thermometer omhooghield. Ze zei ook nog iets gevats, ik heb geen idee meer wat.

De ritjes werden overgenomen door een andere archivaris, die Hutman heette. Door onze tafelgenoten werd hij uiteraard Kutman genoemd, met een routineuze achteloosheid die in de buurt kwam van onthechting. Kutman koos zijn eigen bijrijders. Lennox en ik zaten daar niet bij, waarschijnlijk omdat hij dacht dat wij verantwoordelijk waren voor zijn bijnaam, zoals we ook de bijnaam voor Guido hadden verzonnen – alleen al het niveauverschil tussen beide bijnamen gaf aan dat hij beter had moeten weten.

Ook op de oude broodfabriek kwamen we na het ongeluk van Guido niet vaak meer. We brachten onze dagen voornamelijk door op de Amsteldijk, waar we de nieuwe depots inruimden. Die depots kregen nauwelijks daglicht, elke verdieping had slechts twee, drie smalle ramen, langgerekt als schietgaten. De schietgaten van het laatst opgeleverde depot keken uit op een speelplaatsje met een glijbaantje en een klimrek, met daarachter een studentenflat. Die flat kenden we wel, hij stond aan de Rustenburgerdwarsstraat, Lennox en ik liepen er langs wanneer we in de lunchpauze naar de bakker liepen voor onze gevulde koeken. Er stonden zoveel fietsen voor de ingang geparkeerd dat het trottoir er onbegaanbaar door werd en we onze toevlucht tot de straat moesten nemen, wat elke keer weer voor lichte en snel vervluchtigende ergernis zorgde, maar verder speelde de flat geen enkele rol in ons bestaan. Maar vanuit het depot keken we uit op de achterkant.

Toen ik op een ochtend in mijn eentje op het depot stellingkasten aan het opbouwen was, een nauwkeurig werkje omdat van tevoren was bepaald welke archieven in de kasten zouden komen te staan en van elke plank was berekend op welke hoogte hij diende te worden aangebracht, belandde ik tijdens een kleine ingelaste pauze bij een van de smalle ramen. Gedachteloos staarde ik naar de achtergevel van de studentenflat waar opeens een paar verschoten gordijnen opengingen. De flat stond zo'n vijftig meter van het depot af, het was niet zo dat ik er met m'n neus bovenop stond, maar ik zag wel dat het een meisje was dat de gordijnen opendeed, een groot blond meisje dat alleen een shirt en een onderbroek aanhad, ze draaide zich om en liep met wiegende kont weg bij het raam, de grijze duisternis van haar kamer in.

Ik bleef roerloos staan. Minuten gingen voorbij. Ze kwam niet terug.

Er waren nog veel andere gordijnen dicht.

Het gebouw had acht etages, ik telde de ramen per etage, dat waren er ook acht. Sommige gordijnen waren al open, in de kamers was het donker, je kon niet veel van het interieur zien, maar pats! daar ging ergens licht aan, een meisje in een ochtendjas en een witte handdoek om haar haar kwam een kamer binnen, trok een kast open en deed haar ochtendjas uit. Ze pakte wat kleren uit de kast, ze bukte, met bungelende borsten, ze trok een witte slip en een witte bh aan, deed het licht uit en veranderde in een bewegende schim zonder details, daarna ging ze de kamer weer uit.

Gespannen en met een droge mond bleef ik staan. Lange tijd gebeurde er niets, toen ging er hier en daar een gordijn open, een jongen, een meisje, weer een jongen, iedereen aangekleed, klaar om de dag te beginnen, ik zag nog steeds die twee meisjes voor me. Ik ging weer aan het werk maar legde mijn gereedschap steeds neer om terug te keren naar het raam met uitzicht op de studentenflat. Tot aan de koffiepauze gebeurde er niets meer. Terwijl ik met mijn collega's koffiedronk zweeg ik over wat ik had gezien.

Het depot had vier verdiepingen, ik probeerde uit vanaf welke etage je het beste zicht op de flat had, maar dat lag er maar aan welke ramen je in de gaten wilde houden. In de loop van de volgende weken werd het steeds onrustiger in het depot, op alle vier verdiepingen werden stellingkasten opgebouwd waarin archieven werden ondergebracht, het was een komen en gaan van karren met stellingmateriaal en archiefstukken, het optrekken van de stellingkasten ging gepaard met galmende slagen en vloeken, hier en daar schetterden transistorradio's – toch waren er nog eenzame momenten om door de schietgaten naar de studentenflat te kijken, zo nu en dan deden schaars geklede meisjes gordijnen open, blote ruggen, ruggen met bh-bandjes, billen in slipjes. Helemaal naakt waren ze zelden, doorgaans stapten ze in verwassen oversizede slaapshirts met blote benen door hun kamer, pakten een handdoek van een stoel of uit een kast en verdwenen naar de gang, ongetwijfeld op weg naar de doucheruimte, hun haren wild en ongekamd. Maar juist die observaties waren het intiemst. Het was alsof je de slaap nog kon ruiken in hun verwarde haar en hun lichaamswarme shirts, het was alsof je die warmte ook kon voelen – juist omdat je verder niets zag, omdat het daardoor rustiger was, vrediger, alsof het vanzelf sprak dat je hierbij was, alsof je even naar ze zou kunnen glimlachen en dat je dan een haastig, half glimlachje terug zou krijgen. Maar ook bij de ongekamde meisjes in grote shirts bestond altijd de mogelijkheid dat zo'n shirt over het hoofd werd getrokken en dat je dan die borsten zou zien. Soms gebeurde dat inderdaad en dan stond je zo strak als een veer. Je moest er niet naar kijken / je zou de sleutel van het depot moeten hebben om er een heel weekend ongestoord naar te kunnen kijken.

Het was een wonder dat mijn collega's de flat nog niet hadden ontdekt. Toen ik op een ochtend om halfnegen met Lennox meeliep naar het nieuwe depot, waar we allebei archieven in stellingkasten moesten plaatsen, hij op de derde, ik op de tweede, zei ik: let eens op de studentenflat. Studentenflat? Hij leek niet te weten waarover ik het had. Door de ramen van het depot, zei ik. Ramen? Die kleine strookjes? En wat zie ik dan?

Kijk nou maar, zei ik.

Het was een rustige ochtend, een meisje met kort blond haar dat ik niet eerder had gezien opende haar gordijnen gekleed in een wit hemd, dat was alles, een hemd was beter dan een shirt, dat wel, door de armsgaten zag je vaak een halve borst.

Ik begrijp wat je bedoelt, zei Lennox in de koffiepauze, die ene met dat zwarte haar.

Zwart haar?

Ja man.

Waar dan? Ik zag alleen maar een blonde met kort haar.

Ergens rechtsonder, twee- of driehoog.

Na de pauze liep hij met me mee om me het raam te wijzen. Daar, bij die lichtgroene gordijnen. Hoe laat? vroeg ik. Ja, dat wist hij niet meer. Eigenlijk moesten we... zei hij, kijk, het is een schaakbord, zie je wel. Acht ramen in de hoogte, acht ramen in de breedte. Die zwarte, dat was G3.

Goed systeem, zei ik, die blonde die ik zag zat op B5.

Kijk, hier hebben we wat aan, zei Lennox.

iv

Drukke weken braken aan, zeker toen we, nadat in de nieuwe depots interne telefoons waren geplaatst, onze aanpak verder konden professionaliseren. Als Lennox en ik op verschillende verdiepingen werkten, konden we elkaar bellen. B5! A7! Niet om elkaar te attenderen op wat er te zien was – tenzij een schaars geklede studente heel lang op een kamer bleef rondscharrelen, wat zelden gebeurde – maar om na te praten, in korte uitwisselingen die vrijwel geheel bestonden uit het raamnummer en uitroepen als: ja! en: gemist!

Eigenlijk bereidden we zonder het te weten de grote scène van De Meester voor. Hij (De Meester) was in onze groep ondertussen uitgegroeid tot een vaste waarde, sterke verhalen vertellend en op het graf van zijn moeder zwerend dat ze waar waren. Opmerkelijk veel van die verhalen zouden later waar blijken te zijn, toen er achtergrondinformatie over hem verscheen in de pers en in boeken over de Bataviersontvoering (waaronder uiteraard *Waarom ontvoer je dan geen diamantair?* van Zeger P. de Groot, waarvan je vroeger altijd hoorde dat het 't meest uitgeleende boek in gevangenisbibliotheken was), maar op dat moment hadden we natuurlijk geen idee, hij liep nog gewoon rond, zoals wij allemaal, zijn plotselinge verdwijning en de theorieën over zijn dood waren nog niet meer dan vage mogelijkheden die afhingen van keuzes die zouden worden gemaakt, zowel door hemzelf als door anderen. Niet alleen wisten we niet wat hij in zijn vrije tijd deed, we hadden er ook geen belangstelling voor. Niemand van ons had het over wat we buiten werktijd deden. Ik schaakte met Lennox, ik liep tijdens de pauzes met hem naar de bakker, we praatten met elkaar maar kwamen niet bij elkaar over de vloer, had hij naast het schaken nog andere hobby's? Ik had geen idee. Misschien moet ik hier ook even verklaren waarom ik De Meesters echte naam gebruik.

Ja, dat zou wel prettig zijn. Je hebt het toch gewoon over Harry de M.?

Inderdaad.

Kan dat zomaar?

Tot nu toe heb ik van alles veranderd in het verhaal, en zal dat ook blijven doen, hoe flauw dat soms ook uitwerkt, een ontvoerde biermagnaat die Batavier heet, *come on*, en Guido heette ook geen Guido, maar om De Meester een andere naam te geven, dat zou geen spel meer zijn, hij heeft al een naam die verzonnen lijkt, dat speelt ook mee, wie heet er nou De Meester en is ons allemaal de baas? Ik heb die naam gewoon *nodig*, dat is het, en ook als ik hem een andere naam geef weet toch iedereen meteen over wie het gaat.

Harry de Meester, van die loods bij het Westelijk Havengebied.

Precies, en daar ga ik dan ook niet het *Oostelijk* Havengebied van maken. En jij vraagt je natuurlijk af of dit zomaar kan, of ik dan geen gedoe krijg met overheidsdiensten en advocaten en wat al niet, met alles wat ik nog ga vertellen.

Ja, ik stond inderdaad op het punt om...

Maar kijk, de truc is, ik schrijf dit vanuit de toekomst, zoals je ongetwijfeld hebt gemerkt. Vandaar dat ik er zo nu en dan wat postapocalyptische hints tussendoor gooi, en die rare robo's.

O, op die manier. En dat maakt alles goed? Dat je je in gedachten naar de toekomst verplaatst?

Nee, ik zit daar echt, dat zeg ik, dat is nu juist de truc. Ik schrijf dit in de toekomst, in een huiskamermuseum in een grote stad waar net de regenzone overheen is getrokken. Overheid, advocaten, niemand kan me hier bereiken, en Lennox is ziek, ik heb zeeën van tijd om eens op papier te zetten hoe dat allemaal is gegaan met De Meester.

Oké... Hij is niet in beton gegoten, niet in de Rijn gegooid, hij is Bonzo gaan heten. Dat weten we inmiddels.

En de rest weet je straks ook. De beheerder, hij heeft zich voorgesteld maar ik verstond de naam die hij noemde niet goed, zet nu een kop koffie voor me neer. Echte koffie, redelijk zeldzaam tegenwoordig, ik moet eens vragen hoe hij daaraan komt. Kijk, dat was weer zo'n verwijzing naar een onzekere toekomst. Ik moet nog aan hem vragen of hij verwacht dat ik hem betaal, daar hebben we het ook nog helemaal niet over gehad. Waar was ik. We noemden hem altijd bij zijn achternaam.

Wie?

De Meester, over wie hebben we het nu de hele tijd? Hij toonde weinig belangstelling voor de ontwakende studentes, alsof dat iets was waar hij boven stond, maar nadat ze eenmaal hadden doorgekregen waarmee Lennox en ik ons 's ochtends bezighielden, werd onder de andere collega's van de dildotafel het schaakbord dat we als een raster over de studentenflat hadden gelegd algauw gemeengoed. Het was verbazingwekkend hoe snel ze, als niet-schakers, zich de letter-cijfercombinatie eigen maakten waarmee elk raam werd aangeduid. Eigenlijk hadden Lennox en ik die hele flat en alles wat er zich achter de ramen afspeelde liever voor onszelf gehouden, maar dat ging niet, misschien waren we ook wel te trots op onze ontdekking.

Toen onze collega's eenmaal op de hoogte waren, kenden ze onze favorieten binnen een paar dagen al net zo goed als wij, en het was opvallend met hoe weinig bravoure hun kijksport gepaard ging. Aan de dildotafel vonden zelden overmoedige terugblikken plaats, er was nauwelijks sprake van geschreeuw en gesnoef achteraf. Zo nu en dan riep iemand wel: ik ga haar pakken, ik ga haar pakken!, vooral als E5 zich weer had laten zien, het meisje met haar wiegende kont, het eerste meisje dat ik had gezien, maar dergelijke kreten werden meteen afgestraft door collega's, die met kalme spot vraagtekens zetten bij de praktische uitvoering van deze enthousiaste voornemens. Er bestond een zeker ontzag voor wat we zagen, ontzag dat gepaard ging met gelatenheid, omdat het allemaal zo dichtbij was en tegelijkertijd zo ver weg. Soms keken we toe in een dromerige stemming, alsof ook wij, net als de meisjes op ons schaakbord, net ontwaakt waren, en nog niet helemaal wakker.

Maar hoe dromerig de stemming ook kon zijn, daaronder lag altijd een hunkering die met een zwijgende oerschreeuw ontwaakte zodra we *echt* iets zagen, iets wat verderging dan een meisje met blote benen in een shirt; meisjes die met blote borsten door hun kamer liepen bijvoorbeeld, meisjes die voor hun kledingkast hun ochtendjas uitdeden zodat je hun schaamhaar zag, meisjes die zich bukten om hun kleren van de grond te pakken. Eén keer zagen we B5 zich aankleden in het gezelschap van een jongen die voor het raam in zijn onderbroek stond te roken. Die jongen veroorzaakte zoveel hectische opwinding bij ons (hij moest doodgemaakt worden, op verschillende manieren die met elkaar gemeen hadden dat ze lang duurden en dat van verdoving geen sprake was) dat ik even dacht dat hij onze verontwaardiging kon zien en horen; hij bevroor tenminste in zijn bewegingen, maar een paar seconden later rookte hij weer kalm verder; en het schampere gelach dat opging toen hij zijn hand in zijn onderbroek stopte om aan zijn ballen te krabben heeft hij vast ook niet gehoord. We zagen hem nog twee keer terugkeren, steeds met die sigaret voor het raam, steeds in een witte onderbroek, en beide keren werd hij door ons begroet met een gescandeerd: je staat *ervoor*, lul! je staat *ervoor*, lul!, omdat we dankzij zijn aanwezigheid nauwelijks konden zien hoe B5 zich aankleedde.

Maar dergelijke spreekkoren waren zeldzaam. Meestal keken we in relatieve stilte. De smalle ramen werkten als magneten die ons naar zich toe zogen, elke ochtend weer, en zo stonden we daar, één, soms twee man per raam, elk raam zo smal dat we dicht tegen elkaar stonden, of over elkaars schouders keken, zo nu en dan liep er iemand weg, zo nu en dan kwam er een ander langs om de leeggekomen plaats in te nemen, om elf uur werd het verkeer minder, dan waren de meeste studenten wel wakker. Kopieën van het schaakbord hingen inmiddels naast elk raam van elke etage van het depot.

Soms verlangde ik terug naar de dagen waarop ik de flat voor me alleen had gehad, nog voordat Lennox er zijn schaaknotatie op had losgelaten, toen het uitzicht nog van mij was, en ongeclassificeerd, en vager. Ik had dat jaar mijn eerste liefde achter de rug, lang had die niet geduurd, drie maanden, toen ik op het Archief terechtkwam was het net voorbij. Die liefde had zich afgespeeld in een koud najaar, en als ik haar (de liefde, niet het meisje) zou moeten schilderen zou het een serie worden met bleke lichamen in donkere kamers, maar je zou die schilderijen dan moeten kunnen laten trillen om het wonder van de opwinding uit te drukken. Seks was groter geweest dan wij, met onze welwillende onbeholpenheid. Maar het welwillende had je nodig, dat was een begin, daarna kon gejaagd jubelende opwinding het overnemen, om voor even allesoverkoepelend te worden, en allesdoordringend. Daarna kwam de onbeholpenheid weer terug, de houterige welwillendheid, en de soepele schikking. Ik had haar leren kennen in de wachtkamer van de Sociale Dienst, we waren aan de praat geraakt (ze leende een stuk van mijn *Volkskrant*), we gingen wat drinken toen we allebei met onze consulent gesproken hadden, ik wachtte op haar. We hadden alle tijd om onszelf buiten de tijd te plaatsen, het ideale en ideële gebied waar jonge minnaars zich graag en misschien wel noodgedwongen ophouden; omdat we allebei werkloos waren, konden we hele dagen in bed blijven liggen, tot het weer donker werd en we nog even snel naar de winkel renden voor wat boodschappen. Het was niets nieuws natuurlijk maar we initieerden elkaar deze wereld in, de wereld van regelmatige seks met dezelfde ander, de wereld van gedeelde woorden en woordjes, de wereld die zich langzaam liet wegzakken in terugkerende opwinding, in onmiddellijk te bevredigen hunkering. En altijd in schemerige kamers, die lijven, slank, een beetje mager, aangekleed bijzonder onopvallend, alsof ze zich nog niet bewust waren van de opwinding die ze teweeg konden brengen, alsof dat een bezetenheid was die van buiten kwam, en wie weet. Als het inderdaad van buiten kwam, had het steeds meer moeite om naar binnen te komen. Het was alsof we te snel op elkaar uitgekeken raakten, maar het had niets met kijken te maken maar met het feit dat we elkaar niet zoveel te zeggen hadden als we onze kleren eenmaal weer aanhadden; en die stemming sloeg over op de momenten dat we ze uit hadden. Ze had een naam natuurlijk, ze heette Lieneke.

Ondanks deze drie maanden met Lieneke die hadden aangetoond dat het mogelijk was en dat het zelfs voor de hand lag, bleef seks, maar dat is een te beperkt woord, bleef de hunkering naar bevrediging die tegelijkertijd de erkenning en de voltooiing van die hunkering inhield, iets onbereikbaars houden. Het was alomtegenwoordig, maar dat was nu juist het probleem; die onbereikbaarheid werd veroorzaakt door het feit dat het overal was, onder ieders kleren, in ieders armen, in ieders lichaam. Je kon nooit overal zijn, je kon maar op één bord tegelijk spelen. Zelfs deze flat tegenover het vierde depot was niet genoeg, er zouden vijf, zes van die flats om het depot moeten staan, tien, elf, in een driekwart cirkel en daarachter nog zo'n cirkel, je zou op meerdere borden tegelijk moeten kunnen spelen, je zou op alle borden moeten kunnen spelen – als je simultaan speelde met de wereld zou je die wereld eindelijk in zijn geheel kunnen *bevatten*, over die wereld kunnen *heersen*. Want daar ging het om, en daarom waren wij zo hulpeloos, we heersten niet, we keken ongewapend toe, achter die schietgaten die bovendien waren afgedekt met glas.

In de rosse buurt zaten ook vrouwen achter glas, maar hier, bij de studentes, benadrukte de dubbele laag glas (die van ons en van hen) hun onbereikbaarheid, dit waren *gewone* meisjes, als je wist waar ze uitgingen kon je naar dat café gaan en ze een drankje aanbieden – maar nu eigenlijk niet meer natuurlijk, nu we meer van ze hadden gezien dan ze zelf wisten. Zelf wisten ze van niets, ze keken uit op een speelplaatsje en een nieuw gebouwd archiefdepot dat ze op een stuk braakland hadden zien verrijzen (wat moeten ze het vroege gehei hebben vervloekt), een groot bakstenen blok met vrijwel blinde muren, ze waanden zich onbespied, die drie smalle stroken glas per etage waren de betiteling *ramen* eigenlijk niet waard.

Niet alle jongens deden met ons mee, een paar hielden zich afzijdig, en dat was dapper van ze want ze werden door de rest meteen als homo's bestempeld. Soms kwam De

Meester naar het depot en keek met ons mee, altijd roerloos, met zijn handen in zijn zakken; hij wekte de indruk dat hij eerder kwam kijken naar waarmee wij ons bezighielden dan naar de objecten van onze belangstelling. Hij zou nooit opgewonden een letter-cijfercombinatie roepen, zelfs niet voor de grap, wat anderen wel deden; we konden het schaakbord inmiddels dromen en elke al dan niet serieus bedoelde combinatie die werd afgeroepen deed meteen onze hoofden in één beweging in de juiste richting draaien.

Jongens, zei De Meester op een grijze ochtend, jullie staan alleen maar te *kijken*. We hadden net E5 zien opstaan, ze rukte de gordijnen open en kwam even later terug van de douche, waarna ze haar kleren voor de dag uitkoos – het was een mooie ochtend geweest. *Kijken*? Wat wilde hij dat we dan nog meer deden? Maar met een minzaam glimlachje keerde hij zich om en liet zich nooit meer bij de ramen zien – niet aan deze kant, tenminste.

V

Later heb ik me wel afgevraagd of ik niet met De Meester bevriend had moeten zijn in plaats van met Lennox. Natuurlijk, Lennox en ik waren vanaf onze eerste ontmoeting voorbestemd om de rest van onze tijd op het Archief samen op te trekken, we hadden allebei vwo gedaan, we schaakten, we waren de intellectuelen van de groep, maar ook De Meester was niet dom, hij had havo gedaan, tot op zekere hoogte althans, want hij had die niet afgemaakt, vertelde hij me ooit. Ook dat had een band kunnen scheppen, ik had tenslotte ook geen eindexamen gedaan. Soms leek er sprake te zijn van een zekere verstandhouding tussen ons, wanneer hij als enige lachte om een opmerking die ik maakte en waarvan hij de ironie snapte die zelfs Lennox ontging. (Ik wou dat ik hier een voorbeeld van had, maar er schiet me niets te binnen.)

Achteraf is het natuurlijk beter dat ik niet met De Meester bevriend ben geraakt, wie weet op welke manieren hij me bij zijn activiteiten had proberen te betrekken – kom, jij bent goed met woorden, schrijf jij nou es een goede losgeldbrief – en wie weet of ik sterk genoeg was geweest om daar nee tegen te zeggen. Als ik al een keus had gehad. Maar als personage heeft De Meester veel voor op Lennox, hij beantwoordt helemaal aan het archetype van de Legendarische Vriend, iemand die groter is dan jezelf, iemand aan wie je jezelf optrekt en die in een belangrijke periode van je leven op positieve of negatieve wijze een vormende rol speelt, juist door het overwicht dat hij heeft; terwijl hij als ridder door het leven galoppeert ben jij niet meer dan een schildknaap. Lennox was vager, alsof hij er nooit helemaal bij was, alsof hij elders een ander leven had waarin zijn contouren duidelijker getekend waren dan in het bestaan waarvan ik getuige was.

Toen ik op een ochtend met Lennox in het vierde depot aan het werk was, ging de telefoon. Ik nam op, van ons tweeën bevond ik me het dichtst bij het toestel. Een buitenlijn, zei de receptionist. Oké, zei ik, verbind maar door. E5, zei een stem, over tien minuten. Er werd opgehangen voordat ik: ben jij dat, De Meester? kon roepen. Volgens mij was het De Meester, zei ik tegen Lennox, hij zei E5, tien minuten. Hoe kan hij nou weten wat er over tien minuten gebeurt? vroeg Lennox, hij wil ons alleen maar laten zien hoe goedgelovig we zijn. Maar we gingen wel bij het raam staan.

Na een paar minuten keek Lennox op zijn horloge. Schiet op, zei hij, ik heb nog meer te doen. Daar moesten we om lachen.

We wachtten, we konden ons niet veroorloven om De Meesters telefoontje schouderophalend af te doen. Zo nu en dan keken we om, alsof we verwachtten dat hij daar zou opduiken, haha, gefopt. Maar nee. Kijk, zei Lennox.

E5 deed de gordijnen open, zoals de eerste keer dat ik haar had gezien, op de ochtend waarop het was begonnen. Maar nu was ze helemaal naakt. Blond schaamhaar, zag ik. Ze is echt blond, zei Lennox – dat is wat je dan zegt, dacht ik, zelf had ik het voor me gehouden. Er was beweging in het grijsduister achter haar, onder haar oksels schoven twee handen naar voren, die zich om haar borsten legden. Tien jaar later zou Janet Jackson zich op die manier laten vereeuwigen op de cover van de *Rolling Stone*, en het is die foto die ik voor me zie als ik aan de handen op die borsten denk, alsof E5 en die handen hun pose achteraf hebben aangepast tot het precies op die foto leek, behalve dat de borsten van E5 groter waren dan die van Jackson. Achter de schouder van E5 verscheen een hoofd – het hoofd van De Meester. Hij keek niet naar ons, hij keek de hele tijd niet naar ons, hij keek naar beneden, naar de bleke, blote schouder vlak voor hem, en later, toen hij bezig was haar van achteren te neuken, keek hij omhoog, over ons heen in feite, met samengeknepen ogen, misschien had hij ze wel dicht; zijn handen had hij niet meer om haar borsten, hij had haar stevig bij haar heupen vastgegrepen, zo stevig dat zijn vingers een beetje in haar vlees verzonken, ik dacht niet meer aan Janet Jackson maar aan Pluto en Proserpina van Bernini, niet toen natuurlijk, *nu* – ik kende dat beeld toen nog niet, met de vingers van Pluto die in het dijbeen van

Proserpina grijpen, je ziet hoe het vlees meegeeft, en dat in marmer, hoe knap is dat niet gedaan, maar de kunst kwam pas later, toen ik met Lennox naar Boijmans in Rotterdam ging en het zaadje werd geplant, hoe kan ik aan Boijmans en kunst denken wanneer De Meester voor het raam E5 staat te neuken? Want hij neukt haar, en dat is verbijsterend. Hij heeft zijn handen naar beneden laten glijden en haar bij de heupen vastgegrepen, stevig, zij heeft haar benen naar achteren geplaatst en haar handen tegen het glas gezet – maar dat is een scène uit een film, ik weet niet meer welke, of moet ik zeggen: films? Toch staat ze daar, met haar handen tegen het glas, ze brengt haar onderkaak naar voren om een haarlok uit haar gezicht te blazen, gejaagd, alsof ze haast heeft en ik kan het zien wanneer hij bij haar naar binnen gaat, alsof ze op dat moment allebei een vastere vorm aannemen, alsof alle vaagheid is verdwenen, alsof er nu iets *begint*, iets wat niet te licht moet worden opgenomen en dat afgemaakt moet worden, ze zien er hongerig uit, ze kijken allebei naar boven, hij met samengeknepen ogen, zij met wijd open ogen, niet in dezelfde richting, alsof elk van hen verlossing van een andere kant verwacht, er komt ritme in hun bewegingen, ik zie hem in haar stoten en terugglijden, als close-ups van een pornofilm, ook dat verzin ik erbij – het vierkante beeldje waarnaar ik kijk, in de verte, tussen andere vierkanten waarvan nog een flink aantal met dichte gordijnen, doet achteraf erg denken aan de thumbnails op de pagina's van pornosites, maar dit beeld kan ik niet aanklikken, vergroten, opblazen tot volledig scherm, ik zie alleen dit kleine beeld en toch zie ik *alles*. De Meester neukt E5, recht voor mijn ogen. Het is niet iets wat in een paar seconden voorbij is, zoals de glimpen van de meisjes achter de ramen tot nu toe, het is iets wat doorgaat, en doorgaat.

Misschien kennen ze elkaar, zei Lennox naast me.

Dat lijkt me nogal duidelijk, zei ik.

Nee, ik bedoel, dat hij haar al die tijd al kende, en dat...

Ik luisterde niet. Ik keek. Ik zag haar borsten, haar onderlichaam, haar buik waardoorheen schokgolven bewogen na elke stoot en hoe die schokken net iets later in haar borsten leken aan te komen dan in de rest van haar lichaam – maar ik keek vooral naar de handen van De Meester die haar heupen vastgrepen, zo stevig dat het vlees meegaf; ik keek ernaar met mijn armen langs mijn lichaam hangend. Nog nooit waren mijn handen zo leeg geweest. Ik voelde die leegte, mijn vingers waren doelloos en krachteloos. Ik keek naar links en naar rechts. Voor elk raam verdrongen zich collega's met lege handen. De Meester had niet alleen mij gebeld. Achter mij stond iemand in mijn nek te hijgen. E5 verlegde haar handen tegen het glas. De Meester vond een nieuw ritme.

Als dat raam het maar houdt, zei de jongen achter me. Hij probeerde achteloos te klinken, maar zijn stem sloeg over. Ik zie ze met de gesprongen ruit naar beneden tuimelen, van vijf hoog, ik weet niet of je dan dood bent, maar goed aflopen zal het ook niet. Naakt en met al dat glas, alles in slow motion maar neerkomen zullen ze. Het raam houdt het, met haar bleke handpalmen er plat tegenaan gedrukt, en ze neuken door, in een ijzeren ritme, ik voel het om me heen, de jongen achter me ademt in het ritme in mijn nek, ik hoor vaag ritmisch gebonk boven me, daar staan ze ook te kijken blijkbaar, daar slaan ze tegen de muren, ik hoor het onder me, ik hoor het nu ook om me heen, ze slaan tegen de betonnen muren en tegen het raam, steeds harder, het is of ze boven en onder me met grote boekenkarren tegen de muur rijden, steeds sneller, het ritme is overal en het klinkt dringend, alsof het hele gebouw naar voren moet, dichter bij die flat, dichter bij dat raam, het is een hard ritme, het is een strak ritme, het is een ontzagwekkend gebonk en het zou me niet verbazen als het depot nu daadwerkelijk naar voren zou schuiven. Het is geen begeleiding, dat gebonk, het is verlangen, het is hunkering, het is een met zoveel kracht uitgedrukte eis dat geen fundament daartegen bestand kan zijn, horen en zien vergaat je tot het voorbij is, en het is meteen duidelijk wanneer het voorbij is, je ziet de kracht wegvloeien van de figuren achter het raam, je ziet het ritme stokken, er blijft helemaal niets over. Soms denk ik dat alle beelden en geschiedenissen die ik hier ophaal verzonnen zijn, dat we niets anders waren dan spermatozoïden met een rijke verbeeldingskracht en dat De Meester de enige van ons was die zich wist te verenigen.

vi

Daarna verslapte alles. Het was alsof het hoogtepunt van De Meester een hoogtepunt voor iedereen was geweest, waarna elk van ons afzonderlijk zijn weg bergaf zocht. Voor de studentenflat bestond nog weinig belangstelling. Als ik op het depot langs een raam kwam, wilde ik nog wel eens een blik naar buiten werpen, maar langer dan vijf minuten heb ik nooit staan wachten en ik heb nooit meer wat gezien. Het gerucht ging dat De Meester E5 nog een paar keer had geneukt, met de gordijnen dicht, en dat hij na de laatste keer beneden bij de deur een briefje had gehangen met de tekst *ze kunnen jullie zien vanuit het archief*. De kopieën van de schaakborden bleven nog lang naast de ramen hangen, tot het plakband alle kleefkracht had verloren.

Ik bracht minder tijd door met de bouw en inrichting van stellingkasten in de nieuwe depots omdat ik steeds vaker opdrachten kreeg die een iets groter beroep op mijn intelligentie deden. Soms mocht ik een eerste inventarisatie maken van binnengekomen archieven, dan kon ik dagenlang m'n eigen gang gaan, zonder enige vorm van toezicht. Na de theepauze trok ik me voor de rest van de middag vaak terug in de krantenkamer waar zich ingebonden jaargangen van verschillende kranten bevonden, vanaf de achttiende eeuw tot nu. In de jaargangen van *Het Parool* uit de jaren vijftig en zestig ging ik op zoek naar verslagen van de moordzaken waarmee de gepensioneerde agenten in de oude broodfabriek zich bezig hadden gehouden, in de naïeve hoop in die artikelen aanwijzingen en wellicht zelfs oplossingen tegen te komen waarmee ik ze alsnog zou kunnen verrassen. Ook las ik in diezelfde jaargangen de columns van Simon Carmiggelt, een auteur van wiens werk ik toen nog erg hield. Ik bestudeerde de tekeningen en foto's in de advertenties, die een hevig gevoel van melancholie opriepen. Die melancholie werd nog vergroot toen de oude archieven van de Bijenkorf binnenkwamen en ik de opdracht kreeg die uit te pakken en een voorlopige inventarisatie te maken.

Het Bijenkorf-archief bevatte naast mappen vol administratie en ingebonden jaargangen van het personeelsblad dozen vol plakboeken met advertenties en catalogi van toeleveringsbedrijven die meubilair, huishoudelijke apparatuur en verlichting produceerden. Ik bracht dagen door met bladeren, op zoek naar foto's van interieurs en apparaten uit de jaren vijftig en zestig. De melancholische stemming die ik mezelf hiermee bezorgde, werd nog versterkt door een schrijnend gevoel van onvervulde en onvervulbare verlangens. Om dit te verklaren moet ik iets over mijn ouders vertellen. Ik heb dat elders al eens gedaan dus ik zal het kort houden.

Mijn ouders werden geboren in de jaren twintig van de twintigste eeuw. Ze kwamen uit streng gereformeerde gezinnen en hadden elkaar dan ook leren kennen in de kerk die ze twee keer per zondag bezochten. De Bijbelvertaling en de psalmberijming die ze daar gebruikten stamden uit de zeventiende en achttiende eeuw, de aarde was zesduizend jaar oud en in zes dagen geschapen. Toen ze een paar jaar na de Tweede Wereldoorlog trouwden, hadden ze inmiddels allebei met de kerk gebroken; mijn vader had het initiatief genomen, mijn moeder ging met hem mee. Mijn vader had kweekschool gedaan (de gebruikelijke studierichting voor intelligente gereformeerde jongens uit de lagere middenklasse) en was een linkse onderwijzer geworden die Gerard Reve, W.F. Hermans en Anna Blaman las en gedichten schreef die hij nergens kwijt kon; ik herinner me uit het ouderlijk huis een map met afwijzingsbrieven van alle grote uitgeverijen uit die tijd.

Halverwege de jaren zestig, toen ik een jaar of vier was en mijn zus vier jaar ouder, keerden mijn ouders terug naar de kerk van hun jeugd. We woonden toen in Amstelveen, in een nieuwe wijk met rijtjeshuizen en galerijflats en veel groen. Ditmaal was het mijn moeder die het initiatief nam. Het geloof in God was ze nooit helemaal kwijtgeraakt, ze verlangde waarschijnlijk naar haar familie waarvan ze in haar godloze periode was vervreemd – hoe dan ook, ze wilde terug naar de kerk en dreigde bij mijn vader weg te gaan als hij niet meeging. Mijn vader ging mee. Waarschijnlijk (alweer *waarschijnlijk*, mijn ouders praatten er nooit over) speelden die afwijzingsbrieven van uitgevers ook een rol; eenmaal terug in de schoot der kerk, ontpopte mijn vader zich tot een gevierd schrijver van christelijke jeugdboeken en gewild columnist in onderwijsbladen. Afwijzingen waren er niet meer bij; de literaire drempel in de gereformeerde gemeenschap lag een stuk lager dan in de echte wereld.

Om hun nieuwe (of weer opgenomen oude) leven te markeren en een geschiktere omgeving te bezorgen, verhuisden mijn ouders met mijn zus en mij naar Rijssen, een zwaar christelijk stadje in het oosten van het land, waar het merendeel van de inwoners elke zondag twee keer een van de vele kerken bezocht. Rijssen telde talloze kerkgenootschappen. Wij waren lid van de Gereformeerde Gemeente in Nederland en Noord-Amerika, en de meesten van mijn medeleerlingen op de lagere school die ik vanaf mijn zesde bezocht waren lid van diezelfde kerk; maar er waren ook klasgenoten die zondags andere, minstens zo strenge gereformeerde kerken bezochten. Kerken en kerkjes domineerden het straatbeeld, sommige nauwelijks groter dan een huiskamer, andere groot genoeg om drieduizend gelovigen te kunnen herbergen. Regelmatig scheurde er een kerk, doorgaans vanwege conflicterende opvattingen over de juiste interpretatie van een Bijbeltekst, waarna degenen die waren uitgetreden hun spaargeld aanspraken om ergens op een braakliggend terrein razendsnel een nieuw kerkgebouwtje op te trekken. Het was niet ongebruikelijk om op straat ruziënde volwassenen (doorgaans mannen) tegen te komen die elkaar woedende kreten toeschreeuwden waarvan de onbegrijpelijkheid niet werd veroorzaakt doordat ze werden uitgesproken in een dialect dat voor mijn in het westen gevormde oren altijd een bepaalde mate van onbegrijpelijkheid bleef houden, maar het gevolg was van het feit dat beide mannen elkaar bestookten met teksten die afkomstig waren uit de zeventiende eeuw. Een van de twee was naar een ander kerkgenootschap overgestapt of had plannen in die richting, en werd door de ander daarvoor ter verantwoording geroepen, een strijd die door beide partijen met behulp van her en der uit het geheugen opgediepte Bijbelteksten op het scherpst van de snede werd uitgevochten. Wanneer je in die tijd op zondagochtend luchtopnamen van het stadje had gemaakt, zou je kleine in het zwart geklede eenheden zich gezinsgewijs vanuit hun huizen naar de diverse kerkgebouwen kunnen zien begeven, gezamenlijk oprukkend in colonnes die, naarmate het godshuis dichterbij kwam, door aanvoer vanuit zijstraten steeds dikker werden. Als je dat jarenlang elke zondag deed, zou je de lijnpatronen van de colonnes op subtiele wijze kunnen zien veranderen. De meeste gelovigen bleven optrekken naar de kerk die ze al van jongs af aan bezochten, maar andere, die sinds jaar en dag met hun buren naar de dezelfde kerk waren gewandeld, konden opeens een zijstraat inslaan, op weg naar een andere kerk, de eerste keer verbijsterd nagekeken door de overige leden van de colonne. Sommige lijnen werden dunner, andere dikker, naargelang de populariteit van een bepaalde dominee of kerk. Soms zag je nieuwe, aanvankelijk nog dunne lijnen ontstaan als er ergens een nieuw kerkgebouw was neergezet, soms zag je vanuit verschillende wijken bijna onzichtbare lijntjes samenkomen op een plek waar helemaal geen kerk stond, dan was iemand in zijn garage een eigen geloofsgemeenschap begonnen.

Vanaf veilige afstand waargenomen kunnen die elkaar met Bijbelteksten beschreeuwende mannen en die zich op zondagochtend door het stadje slingerende colonnes een amusante indruk wekken, maar voor de actoren zelf stond er van alles op het spel. En van een spel was geen sprake, het ging om leven en dood. Binnen gezinnen konden de conflicten over de juiste interpretatie van het woord van God zulke heftige vormen aannemen dat gezinsleden hun heil in verschillende kerken gingen zoeken, waarna mede door het verbod op echtscheiding de spanning binnen dergelijke huishoudens tot ondraaglijke hoogte kon oplopen. Het ging dan ook om de bestemming die je na je dood voor eeuwig door het Opperwezen zou worden toegewezen; en daarbij ging het niet zozeer om de hemel als wel om de hel.

Mijn ouders kenden de hel nog uit hun jeugd. Voor mijn zus en mij was hij nieuw. Niet alleen zagen we ons van een breed opgezette Amstelveense nieuwbouwwijk vol licht, lucht en ruimte overgeplaatst naar een rijtjeshuis in een sombere kleine gemeenschap in een heel ander deel van het land waar alleen maar radio was en geen televisie, die gemeenschap bleek nu ook nog eens slechts een voorportaal te zijn van een heel ander bestaan. Opeens werden wij geconfronteerd met een God en een boek dat Zijn woord was en waarin stond hoe je je diende te gedragen; en alles draaide om waar je na je dood terechtkwam.

Bijbelteksten waarin hel en hemel werden beschreven waren schaars en niet gesteld in een voor kinderen begrijpelijke taal. In de kerk waren beelden verboden, die stonden voor afgoderij. De kinderbijbel was dan wel geïllustreerd, maar afbeeldingen van hemel of hel waren daarin niet te vinden; hoe die eruitzagen, was alleen bekend bij God en de mensen die daar al waren, wij mochten daarover niet speculeren. Angst joeg die hel intussen wel aan. Eeuwig vuur, waarin je eeuwig brandde! Van het vuur dat ik had gezien (en ik had verbazingwekkend weinig vuur gezien) wist ik dat het doofde als de brandstof op was. Hoe zou mijn kleine lichaam eeuwig kunnen branden? De doctrine was onduidelijk, dat hielp ook niet. Je moest niet zondigen, dat stond vast. Wat zonden waren, was niet alleen vastgelegd in de Tien Geboden, er was ook een hele verzameling daarvan afgeleide of later bij de canon gevoegde zonden, van fietsen op zondag tot televisiekijken. Als je na je dood in aanmerking wilde komen voor de hemel, moest je vergeving vragen voor de zonden die je onvermijdelijk beging. Aan de andere kant had God in zijn wijsheid al voor het begin der tijden bepaald wie zou worden gered en wie zou worden verdoemd. Hoeveel je ook bad, hoe stevig je je handen ook vouwde en je ogen dichtkneep, het zou zomaar kunnen dat je al verloren was. Verloren, verkoren, het scheelde niks, maar het scheelde alles, tot in der eeuwigheid.

Het gebrek aan beeldtraditie redde me aanvankelijk nog. Echt bang werd ik pas nadat mijn ouders mijn zus en mij hadden meegenomen naar het paasvuur. Het was niet ver bij ons vandaan, op een braakliggend terrein aan de rand van de bebouwde kom. Het schemerde, de gigantische stapel hout en takken stond al in brand toen wij aankwamen, er waren al behoorlijk wat toeschouwers, en hoewel we niet vooraan stonden, voelde ik de hitte die van het vuur af sloeg. De brandstapel was zo hoog en zo groot als een huis, dit was dus vuur dat lang zou duren, maar eeuwig was het niet. Het was heet, het was gevaarlijk, maar zelfs als het onze richting opkwam konden we eraan ontkomen door hard weg te rennen, want het kwam maar van één kant. Maar wat, dacht ik, als het terrein waarop wij naar het paasvuur stonden te kijken zelf de top was van een immense brandstapel, zo groot als de provincie, zo groot als Nederland, zo groot als de *wereld*, de top van een reusachtig paasvuur dat van onderen werd aangestoken zodat we het heel lang niet merkten totdat we op een gegeven moment rook zouden zien aan de horizon, overal om ons heen, in het noorden, het zuiden, het oosten en het westen, en dat daarna de vlammen zouden komen, eerst ver weg en dan dichtbij, van alle kanten, zodat we niet weg konden rennen, en we konden ook niet samen blijven want de top van de brandstapel zou inzakken en instorten, stukje bij beetje, zoals nu ook voor mijn ogen bij het paasvuur gebeurde, we zouden elkaar kwijtraken en de grond zou heet worden en dan zou je zelf gaan branden en dat deed verschrikkelijk zeer, met een pijn die je je niet kon voorstellen, je wilde je voeten terugtrekken maar dat kon niet, waar je ze neerzette brandde het ook, en dan de rook nog, je hoorde nooit van rook in de hel maar waar vuur was, was rook, door de rook zou je niets kunnen zien en zou ook niemand *jou* kunnen zien, je was helemaal alleen, je zou misschien wat schimmen zien maar wie dat waren wist je niet en die schimmen stonden ook in brand en misschien werd je wel omvergegooid tegen de brandende bodem en dan zou de pijn nog gruwelijker zijn, je was gemaakt van vlees en vlees kon branden tot alleen de botten over waren, het zou eeuwig duren en dat kon alleen maar betekenen dat het steeds opnieuw zou beginnen, zodra je as was, werd je weer nieuw en stond je weer naast je ouders en je zusje naar het paasvuur te kijken, nietsvermoedend, en dan: weer rook aan de horizon, noord, zuid, oost en west, aanstormend vuur, en vuur onder je waar geen ontkomen aan was, razend vuur, de angst is nog erger dan de pijn, tot de pijn begint, dan is de pijn erger en telkens als het opnieuw begint herinner je je de pijn van de vorige keren, steeds herinner je je *meer* pijn en daar komt steeds meer pijn bij – die nacht stond ik naast het bed van mijn ouders en riep: ik ben zo bang voor de hel!

Ik kwam nooit in de slaapkamer van mijn ouders, en zeker niet midden in de nacht, ik zag weinig in het donker maar er was beweging, tweeledige beweging, twee wezens werden wakker.

Wat zegt hij? vroeg mijn vader.

Ik ben zo bang voor de hèhel!

En met die met meer volume uitgesproken en op het eind uitgerekte herhaling kwam schaamte naar binnen stromen, schaamte die ervoor zorgde dat ik mezelf zag als een dreinend kind, niet door de manier waarop ik mijn noodkreet had herhaald maar door de vraag die mijn vader had gesteld: hij stelde hem niet aan mij maar aan mijn moeder.

Ik stond aan de kant waar mijn moeder sliep. Heeft hij koorts? vroeg mijn vader. Mijn moeder legde een hand op mijn voorhoofd. Ik zag nu ook wat meer, de gordijnen lieten licht door van de straatlantaren die voor ons huis stond. Hij voelt wel een beetje warm, zei mijn moeder, voel jij eens? Maar mijn vader voelde niet, hij draaide zich om en zei dat ik moest gaan slapen. Ga maar terug naar bed en niet meer nadenken.

Maar de hel dan, zei ik teleurgesteld, alsof me iets werd ontnomen. Ga maar slapen, zeiden ze. Over de donkere overloop liep ik terug naar mijn kamertje, nog steeds vol schaamte. Later die week nam mijn moeder me op een middag, nog voor mijn vader terug was van zijn werk, apart en vertelde me gehaast fluisterend dat ik maar veel moest bidden en dat ik moest vragen om bekering en dat ik als ik heel goed leefde en niet zondigde niet in de hel zou komen en nogmaals dat ik veel moest bidden. Door haar gespannen haast klonk het alsof ze een geheim vertelde dat te gênant was om met kalmte en beleid te worden doorgegeven; ze keek ook nog eens gehaast om zich heen, alsof ze wilde controleren of niemand haar zo hoorde praten. Maar je weet toch nooit of je gered bent? riep ik. Jawel jawel! Ze snauwde, alsof ze kwaad was – maar wat ik voor schaamte en woede hield was haar eigen angst voor de hel, dat wist ik toen alleen nog niet.

Het was dezelfde gejaagde haast waarmee ze me een paar jaar later seksuele voorlichting probeerde te geven, nadat ik bij haar had geklaagd dat mijn piemel zo raar deed als ik een plaatje van een blote vrouw zag. Op een middag toen we alleen thuis waren kwam mijn moeder naar mijn kamertje met het biologieboek van mijn zus. Mijn zus zat al op de middelbare school en haar biologieboek had een hoofdstuk over voortplanting met plaatjes van naakte mensen. Mijn moeder sloeg dat hoofdstuk open, veegde gehaast met haar vinger over die plaatjes en vertelde hoe het werkte, fluisterend, alsof ze bang was dat de buren met hun oren tegen de muren gedrukt stonden mee te luisteren. Ik knikte al net zo gejaagd als zij fluisterde, toen ze klaar was klapte ze het boek dicht en liep naar het kamertje van mijn zus om het terug te zetten. Ze had me niets nieuws verteld, ik wist het allemaal al, ik had al vaak in dat biologieboek gebladerd, ik weet ook niet precies waarom ik ermee bij haar kwam, blijkbaar wilde ik het van haar horen, wilde ik haar erop wijzen wat er aan de hand was met mij, wilde ik haar op haar *taak* wijzen.

Maar vooralsnog was ik nog niet klaar met de hel. Het was een verbijsterend besef dat niemand je kon troosten als het over de hel ging want hij bestond echt en er was altijd een kans dat je erin terecht zou komen. Ook het idee dat we ons op de top van een reusachtige brandstapel bevonden bleef nog lang bij me, niet voortdurend, het besef schoot zo nu en dan omhoog, onafhankelijk van plaats en tijd, als een ondergronds smeulend vuur dat op onvoorspelbare momenten opeens door de oppervlakte brak. Wanneer ik donkere wolken aan de horizon zag, dacht ik: rook, en keek ik altijd naar de andere windrichtingen, of het daar aan de horizon ook zwart werd.

vii

Er is een aflevering van *Star Trek: The Next Generation* waarin de bemanningsleden van starship Enterprise tijdens een van hun reizen door het heelal allemaal het bewustzijn verliezen, heel kort, niet langer dan dertig seconden. In de dagen die volgen, komen ze er door middel van allerlei aanwijzingen achter dat er tijdens hun collectieve bewusteloosheid veel meer tijd moet zijn verstreken dan die halve minuut. Iemand heeft een botbreuk opgelopen die is gezet, plantjes in het laboratorium zijn gegroeid – kortom, er klopt van alles niet. Uiteindelijk blijken ze geconfronteerd te zijn met een beschaving die niet ontdekt wilde worden, waarna in gezamenlijk overleg is besloten bij de hele bemanning van de Enterprise de herinnering aan die ontmoeting te wissen.

Ook het ouderlijk huis in Rijssen zat vol aanwijzingen over een verloren tijd. Hoewel de terugkeer van mijn ouders naar de kerk een grote zuivering teweeg had gebracht, waarbij niet alleen de televisie het huis uit ging maar ook veel wereldse boeken en tijdschriften werden verbannen, waren er thuis nog voldoende sporen te vinden van de godloze tijd. Niet alle wereldse boeken waren verdwenen. Een paar dunne boekjes van Nescio en Carmiggelt hadden de zuivering overleefd, er waren plakboeken en fotoalbums van de openbare scholen waar mijn vader had gewerkt, en ook de in de jaren vijftig aangeschafte moderne meubels bleven gehandhaafd, al werd in de loop der jaren wegens slijtage een aantal vervangen door traditioneler exemplaren, niet van rank staal of rotan maar van degelijk eikenhout. Op de kleurige metalen boekenplanken verschenen werken over theologie en kerkgeschiedenis.

Een kleine vijftien jaar lang, van eind jaren veertig tot begin jaren zestig, waren mijn ouders erin geslaagd buiten de wereld van hun jeugd te treden. Door de sporen van hun godloze periode die nog in hun huishouden aanwezig waren, kreeg ik in de jaren waarin ik opgroeide tot een gewetensvol christelijk jongetje dat bang was voor de hel voortdurend het idee dat er een andere wereld achter de onze lag. Aanvankelijk ging daar een lichte dreiging van uit, maar naarmate ik in mijn puberteit in stadia van mijn geloof viel, werd de aantrekkingskracht van die wereld steeds groter, wat zich uitte in een voorkeur voor schrijvers als Nescio en Carmiggelt, en voor het moderne, eenvoudige meubilair dat in de jaren vijftig werd gepropageerd door publicaties als *Goed Wonen*, een tijdschrift waarvan ik in Rijssen op zolder ooit een aantal exemplaren aantrof, in dezelfde doos waarin de map met afwijzingsbrieven van al die uitgevers zat.

Veel van de meubels die op de pagina's van *Goed Wonen* figureerden werden destijds verkocht in de Bijenkorf, en toen ik tijdens mijn laatste maanden aan de Amsteldijk het archief van dat warenhuis uitpakte vond ik ze terug in catalogi, brochures en advertenties, samen met de metalen boekenrekken, de transistorradio's en de van moderne dessins voorziene dekschalen die we thuis hadden gehad. Het heimwee naar die tijd dat ik tijdens mijn puberteit had ontwikkeld, beleefde in die weken zijn hoogtepunt. Het was heimwee naar een tijd die ik zelf niet had meegemaakt, maar die ongetwijfeld een beter uitgangspunt voor mijn leven was geweest dan het benauwde provinciale gereformeerdendom waarin ik uiteindelijk opgroeide. Een van mijn favoriete vondsten was een brochure van Philips uit de jaren vijftig waarin werd uitgelegd hoe je de moderne huiskamer sfeervol kon verlichten met behulp van zorgvuldig geplaatste dan wel opgehangen lichtpunten. Illustraties maakten duidelijk hoe het moest: de vader die in zijn moderne fauteuil de krant las en de moeder die op de moderne bank door een tijdschrift bladerde deden dat in het licht van staande lampen, terwijl boven de a-centrisch geplaatste moderne tafel een hanglamp de dochter bijlichtte die haar huiswerk maakte; in het licht dat van de tafellamp en de leeslampen voor hem overschoot speelde op de met modern zeil belegde vloer een jongetje met een hijskraan.

Er waren meer van dergelijke folders, brochures en boekjes en in een hoek van een klein depot richtte ik een apart plankje in voor mijn favorieten, die ik niet alleen uit de archieven van de Bijenkorf haalde, maar ook uit die van andere instellingen, zoals het Gemeentelijk Energiebedrijf en de Woningstichting. Zonder acht te slaan op voorschriften en archiefwetten sleepte ik mijn vondsten naar mijn plankje. Het liefst had ik de gepensioneerde agenten in de oude broodfabriek opgezocht om te vragen of er ergens in de jaren vijftig of zestig geen onopgeloste moord in een modern ingericht huishouden had plaatsgevonden, en of ik dan mocht meehelpen met het bouwen van de maquette; en of we, als er niet zo'n moord te vinden was, er niet een konden verzinnen, of desnoods helemaal overslaan, zolang we maar zo'n huiskamer met strategisch aangebrachte lichtpunten en modern meubilair konden bouwen. Maar alle archieven uit de oude broodfabriek waren inmiddels naar de nieuw gebouwde depots overgebracht; ik had daar nog wel een paar keer de nieuwe locatie van de politiearchieven bezocht maar de oude agenten had ik niet aangetroffen.

Lennox werkte in die dagen elders in het gebouw. Om twaalf uur kwam hij me nog regelmatig halen, we liepen nog steeds vaak samen naar de bakker voor onze gevulde koeken. Voor waar ik mee bezig was toonde hij geen enkele belangstelling, waarom zou hij ook, hij wist er niets van, ik vertelde hem er niet over, het leek me het beste om mijn plankje voor mezelf te houden. De belangstelling kwam van Guido, in zijn elektrische rolstoel die hij met een pookje op de rechterarmleuning bediende. Je kon hem horen aankomen, niet alleen door het strakke gezoem dat steeds even werd onderbroken als er een zwenking gemaakt moest worden – BZZT, BZZZT, BZZZZT, BZZT, BZZZT BZZZZT – maar ook aan het onderdrukte gevloek waarmee die onderbrekingen gepaard gingen, want het duurde even voor Guido aan zijn nieuwe vervoermiddel gewend was en de gangen en paden van het Archief waren niet berekend op rolstoelgebruikers.

Toen ik op een middag terugkwam van de lunch zat hij in zijn rolstoel bij mijn plankje. Hij bladerde door brochures met gelukkige, rustige gezinnen onder goed geplaatst lees-, speel- en sfeerlicht en keek glimlachend op toen hij mij zag. Vroeger, in de dagen van The A-Team, had hij nooit naar me opgekeken, toen was hij langer dan ik. Hou je van die stijl, vroeg hij, en hij tikte op de brochure die hij in zijn hand had, van dat kale, dat strakke, dat toch tegelijkertijd bescheiden is? Het heeft iets Japans, iets boeddhistisch, vind je ook niet?

Hij was magerder geworden, zijn haar nog langer, zijn baard nog wilder. Hij zag er nog steeds uit als een kunstenaar, maar dan een kunstenaar die alles kwijt is geraakt en net is opgedroogd nadat hij uren in de regen heeft gestaan.

Zijn stem klonk rustig maar hij schoof voortdurend heen en weer, en de hand waarmee hij stuurde trilde, alsof er bij de volgende beweging van het pookje van alles op het spel stond, alsof er iets gruwelijks zou kunnen gebeuren waarvoor hij de verantwoordelijkheid droeg. Het was onmogelijk om niet naar zijn ontbrekende been te kijken. Het was ook onmogelijk om daar wel naar te kijken, want het ontbrak. Maar ik paste er wel voor op om dergelijke paradoxen met hem te delen, ik kwam niet verder dan eenlettergrepige antwoorden op zijn vragen.

Hij bleef me regelmatig opzoeken in het depot waar ik het Bijenkorf-archief uitpakte. Het geluid was onmiskenbaar. Liftdeuren die opengingen, BZZZT BZZZZZZT BZZT BZZZT BZZZZZZT – daar komt Guido. Soms had hij folders of boekjes bij zich die volgens hem goed bij mijn verzameling pasten. Meestal klopte dat. Ik vroeg nooit uit welk archief hij die stukken had ontvreemd en we hadden nooit lange gesprekken. Ik vroeg me altijd af of hij niet stiekem de spot met me dreef, al was er niets in zijn gedrag wat daarop wees.

Op een dag was hij verdwenen. Hij had ander werk bij de gemeente gekregen hoorden we, in een gebouw, zo namen we aan, dat beter op zijn manier van verplaatsen was toegerust. Ik kon me voortaan weer over mijn nostalgieverzameling buigen zonder dat ik bang hoefde te zijn gestoord te worden.

VIII

Mijn jaarcontract zat er bijna op, maar er was ook nog de kunst. Het Rotterdamse museum Boijmans van Beuningen had een groot aantal houten schilderijrekken over die het

Archief kon overnemen, maar die ter plekke, in de depots van het museum, uit elkaar moesten worden gehaald. Vijf dagen lang vertrokken Lennox en ik met De Meester en nog vier andere collega's van de dildotafel 's ochtends vroeg in een busje naar Rotterdam om die rekken te demonteren. In betere tijden zou Guido achter het stuur hebben gezeten, nu reed Kutman, somber en zwijgend, alsof hij ons nog steeds zijn bijnaam kwalijk nam. De schilderijrekken bevonden zich in het magazijn van het museum en bestonden uit latten, latten en nog eens latten, die met koperen schroeven aan houten frames waren bevestigd. Nadat de latten waren genummerd moesten we al die schroeven met elektrische schroevendraaiers los draaien. Saai en eentonig werk, maar in de pauzes liepen Lennox en ik de museumzalen in. Kutman en de anderen zagen dat hoofdschuddend aan, maar dat kon ons niets schelen. Ik had wel vaker in musea rondgelopen, maar dit was anders, want ik liep niet langer alleen door zalen, het was alsof opeens mijn ogen verder opengingen, we staken elkaar aan met een enthousiasme dat ons beiden verbaasde. Oude kunst, nieuwe kunst, het maakte ons niet uit, we namen het allemaal in ons op, alsof alles nieuw was, en dat was het ook. We liepen opgetogen rond, die week, en ik heb toen begrepen dat het kijken naar kunst, het ondergaan van kunst, te maken heeft met opgetogenheid, in welke vorm dan ook. Noem het contemplatieve opgetogenheid, noem het opgetogen ontzag – je kan er allerlei omschrijvingen voor verzinnen, maar het woord *opgetogen* moet daarin voorkomen – nee, er is nog een ander en schijnbaar eenvoudiger woord dat hier beter past omdat het een mooie dubbele betekenis heeft: *opgewekt*. Zo liepen wij door die zalen, in onze verschoten werkoveralls, minzaam bekeken door bezoekers, wantrouwend bekeken door suppoosten, opgewekt, opgewekt, opgewekt. En soms met de slappe lach wanneer Lennox opeens uitbarstte in een monotoon, door kleine onderbrekingen gespatieerd gezoem om de illusie te wekken dat Guido Gazelle naderde. De laatste twee dagen sloot De Meester zich bij ons aan, hij had gemerkt hoe vrolijk we van onze pauzes terugkwamen en wilde wel eens zien wat ons zo opwond. Hij keek met ons mee en liet zich meeslepen door ons enthousiasme, in een bedaarder tempo, als een vader tijdens een boswandeling met drukke kinderen die zich zo nu en dan laten terugzakken om hem deelgenoot te maken van een vondst; en hij toont zich oprecht geïnteresseerd in de dennenappel of de braakbal, want hij komt eigenlijk nooit in een bos. Lennox vroeg hem of hij inderdaad iets met E5 had gehad, dat gerucht ging maar niemand had hen ooit samen gezien. Een tijdje, zei hij, onbezorgd glimlachend, als iemand die laat zien dat hij het zich kan veroorloven in het midden te laten of hij de waarheid spreekt. Ja ja, zeiden Lennox en ik tegelijkertijd, op het graf van je moeder zeker.

Tijdens die vijf dagen begon ik veel van kunst te verwachten, en het kan niet anders dan dat mijn ervaringen in die week mij ertoe aanzetten om me een halfjaar later op te geven voor een studie kunstgeschiedenis. Ik weet nauwelijks meer wat we zagen tijdens onze pauzes, maar een paar werken ben ik nooit vergeten, want behalve *opgewekt* hoort er nog een ander woord bij die week, en dat is *stofuitdrukking*. Daar kwam Lennox mee, die had de term van zijn moeder, die aan de Volksuniversiteit een cursus Kijken naar kunst had gevolgd. Het ging erom hoe schilders probeerden de textuur uit te drukken van de dingen die ze schilderen. De plooien in de gewaden van heiligen in schilderijen uit de late middeleeuwen en de renaissance, de diamanten en het bont waarvan de kleding van bisschoppen waren voorzien, maar vooral de glazen, de kazen en het brood in de stillevens uit de zeventiende eeuw. Er hing een klein schilderij van Pieter Claesz, met een glas troebele drank, een mes, een in stukken gesneden haring en een broodje, en vooral naar die haring en dat broodje keerden we steeds weer terug om naar de glinstering op de huid van de vis te kijken, en naar het korrelige van het brood. Ik begreep dat het bij dergelijke werken niet ging om imitatie, of in ieder geval niet *alleen* om imitatie, maar ook om transcendentie, al zou het goed kunnen dat ik dat woord toen nog niet kende. De schilder riep niet: kijk *mij* nou, hij riep: kijk *dit* nou! Hoewel we ook de zalen met moderne kunst bezochten, en de moderne beelden in de tuin, bestond de kern van onze pauze-expedities uit de zoektocht naar uitgedrukte stof. Later zou ik andere voorkeuren ontwikkelen, kon ik niet genoeg krijgen van twintigste-eeuwse kunst, van expressionisme en dada tot het postmodernisme, omdat dat eigentijds was, omdat dat iets zou zeggen over ons en onze tijd en onze geschiedenis, of misschien ook wel omdat ik het mooi vond, en ook dat bleef niet; nog later ging mijn voorkeur uit naar de landschappen en al dan niet gefantaseerde steden op vroeg-renaissancistische schilderijen, de kruisigingen, de ontmoetingen van heiligen, de scènes uit het leven van Jezus waar je op de achtergrond vervagende heuvels met iele boompjes zag, en steden met muren en paleizen en kerken, alles klein en ver weg in gedempte tinten, je zou er willen rondlopen, over die heuvels, je zou al die achtergronden aan elkaar willen koppelen zodat je van landschap naar landschap kon trekken, en van stad naar stad, zelf ook heel klein, ergens op de achtergrond.

Het intermezzo in Boijmans duurde kort, maar toch hebben die dagen me gevormd, in elk geval toch voor een deel – zoals die hele Archief-periode mijn leven heeft bepaald. Je wordt als werkloze jongere twaalf maanden lang tewerkgesteld bij een gemeentelijke instelling omdat ze daar extra mankracht nodig hebben en hop, daaruit vloeit dan de rest van je leven voort, dat is de afslag die ertoe deed, je hebt hem niet eens zelf genomen. En uiteindelijk ben je dan, vele jaren later, wanneer je eigen wereld eigenlijk al niet meer bestaat, met Lennox op weg naar het zuiden omdat er iets met De Meester is, want De Meester is Bonzo, had ik dat al gezegd?

Jawel, maar het is goed om het nog eens te benadrukken. De Meester werd later Bonzo, en er is iets mis met diens geheugen, begrijp ik het zo goed?

Ja, dat heb je goed begrepen.

En Bonzo is dan een soort schuilnaam neem ik aan. Of een codenaam.

Precies. Ik moet het zelf allemaal nog eens rustig teruglezen, ik ben nu de draad al kwijt geloof ik. Neem dit hoofdstuk over het Archief. Heb ik een beetje 'n goede indruk van die tijd gegeven, en van Lennox?

Volgens mij wel.

Dank je. Maar De Meester, die heb ik behoorlijk tekortgedaan in dit deel, alles is overschaduwd door wat hij later is gaan doen. Behalve dat hij E5 voor het raam van haar kamer in die studentenflat pakte en dat hij een paar keer met ons door Boijmans liep, valt er nog veel meer over hem te vertellen. Zo had hij bijvoorbeeld een Goggomobil, of misschien was het wel een echte Messerschmitt, zo'n smal autootje op drie wielen met glimmend chroom en twee koplampen vlak naast elkaar, als een Volkswagen Kever die vanaf beide zijden door reusachtige handen is samengedrukt. Hij kwam er wel eens mee naar zijn werk en trok daar veel bekijks mee. Ik heb er ook een keer in gezeten, nadat we bij hem thuis zijn verjaardag hadden gevierd. De Meester woonde bij zijn moeder, op een etage in de buurt van het Waterlooplein. Zijn vader was allang uit beeld, dat is tegenwoordig allemaal terug te vinden in de boeken, destijds zei De Meester dat hij die man in elkaar zou slaan als hij hem tegen het lijf liep. Er waren alleen maar mensen van het Archief die avond, blijkbaar hield hij zijn werelden gescheiden, het had ook wel wat gehad om daar met alle toekomstige ontvoerders gezeten te hebben, maar misschien kende hij die nog niet. We waren eigenlijk best verbaasd zijn moeder daar aan te treffen, hij had zo vaak op haar graf gezworen dat we er automatisch van waren uitgegaan dat ze niet meer leefde. Van de kamer waarin we zaten herinner ik me nog dat er een kleine walkmanspeaker tegen het plafond geplakt zat, met veel tape in verschillende kleuren, en met de geluidsopening naar boven. Het snoertje liep naar de geluidsinstallatie, en De Meester legde uit dat het een maatregel was voor als ze last hadden van de bovenburen, dan zetten ze even muziek aan. Dan blaas je dat boxje toch op? vroeg iemand van ons, maar volgens De Meester was dat niet zo. Hij wilde wel even een demonstratie geven, maar dat vond zijn moeder niet goed. Zijn moeder was klein en donker, dat grote en blonde had hij dan van zijn vervloekte vader. Van ons, zijn collega's, kreeg hij een onderbroek met de kop van een olifant; de piemel moest in de slurf. De Meester moest daar vreselijk om lachen, trok zich terug en kwam even later slechts gekleed in die onderbroek weer binnen. Later die avond kreeg hij verschrikkelijke ruzie met zijn moeder, ik weet niet meer waarom, er was bier en wiet, en aan dat laatste was ik niet zo gewend, van het einde van het feest kreeg ik weinig mee, behalve de steeds weer door mijn collega's herhaalde kreet: *het blijft wel je moeder hè De Meester, het blijft wel je moeder*; en dat De Meester Lennox en mij wegbracht in zijn Messerschmitt. Terwijl hij ons over donkere straten stuurde, zaten wij achterin strak tegen elkaar aan geperst op een bankje voor dwergen. Voor ons fietste Guido, die had blijkbaar ook de hele avond meegemaakt, en omdat hij toen nog fietste, moet het voor zijn ongeluk zijn geweest. De Meester trok op tot vlak achter Guido, die telkens lachend omkeek, maar toen De Meester hem bleef opjagen, begon hij te slingeren en wilde handgebaren naar achteren te maken. Wij moesten daar enorm om lachen. Uiteindelijk week Guido uit naar de stoep. Terwijl hij ons nakeek stak hij een arm omhoog en balde hij woedend zijn vuist, iets wat je eigenlijk alleen maar in kinderboeken en stripverhalen ziet. De Meester bracht me helemaal naar huis, naar het kamertje aan de Weesperzijde waar ik toen woonde, ik weet nog dat we over het pleintje voor het Amstel Hotel scheurden en dat ik begon te schreeuwen toen hij het fietstunneltje naar de Weesperzijde in reed, omdat ik wist dat daar paaltjes stonden om te voorkomen dat auto's het tunneltje als sluiproute gebruikten. Daar kunnen we tussendoor! riep De Meester, en hij had gelijk, we konden ertussendoor. Dat was een gok, van die paaltjes, zei hij grijnzend toen hij voor mijn voordeur stilhield, ik weet zeker dat het niet meer lukt als ik het morgen weer probeer. Slaap goed!

Ach, enzovoort, enzovoort. Ik merk dat ik iets te gretig

op zoek ben naar herinneringen aan dat jaar dat ik in het Archief werkte, of ze er nu toe doen of niet. Had ik bijvoorbeeld al verteld dat we op een gegeven moment de melige gewoonte ontwikkelden om bij alles wat iemand zei te reageren met de kreet: o, heet dat tegenwoordig *zo*, alsof alles over seks ging? Eerst gebruikten we die nog alleen voor dingen die inderdaad dubbelzinnig konden worden opgevat, maar algauw kon iemand niet meer aankondigen dat hij even naar de studiezaal ging of dat hij nog eens koffie ging halen zonder dat uit vele kelen tegelijk opklonk: o, heet dat tegenwoordig *zo*? Maar dat gebeurde op elke werkvloer neem ik aan, en het zal nog steeds gebeuren. Ik geloof dat ik het wel zo'n beetje heb zo, wat jammer is, ik zou liever nog wat doorzeuren over die tijd, ik heb geen zin om terug te keren naar de toekomst.

3

DERDE EN VIERDE DAG

i

Goedemorgen, zegt het bed, u heeft zeven uur drieëndertig minuten in bed doorgebracht, waarvan u vijf uur vierenveertig minuten heeft geslapen. Gezien het gemiddelde voor uw leeftijd kan ik u aanraden...

Stil, zeg ik.

Ik heb zachte muziek die uitstekend geschikt is om...

Stil! roep ik. Het bed zwijgt. Ik sla het dekbed van me af, slinger mijn benen over de rand en sta op. Vroeger ging dat makkelijker. Ik schuif de gordijnen open. De binnenplaats van het hotel. Leeg, geen rokende receptierobo's. Nieuwe avonturen.

Liever was ik thuis geweest. Liever ben ik *altijd* thuis, ik zit de rest wel uit, wie is er ooit van reizen gelukkig geworden. Het is ook nog eens woensdag, de dag waarop ik altijd naar mijn moeder ging, maar dat hoeft niet meer. Elke week elke woensdag, ook toen mijn moeder allang niet meer wist welke dag het was. Tot op het laatst glimlachte ze met oplichtende ogen wanneer ze me in de gemeenschappelijke huiskamer op zich af zag komen, maar dat deed ze bij iedereen die op haar af kwam. Ze was gelukkiger dan ooit die laatste vijftien jaar, er werd voor haar gezorgd en ze hoefde niets te doen, dat was iets waarnaar ze haar hele leven had verlangd. En al was ze ongelukkig, zou het dan mijn taak zijn om elke woensdagmiddag dat ongeluk voor een paar uur te verlichten? En voor wie dan, voor haar of voor mij, of voor de onzichtbare goden van het geweten die me sinds de dagen van de godsdienstige opvoeding nooit meer hebben verlaten? De opvoeding die zij me had bezorgd door terug te keren naar die kerk van haar jeugd, net toen ze zelf haar kinderen had gebaard. Midden in de jaren zestig, het hele land zoop en naaide, maar mijn ouders dachten: kom, we stappen in een tijdmachine en gaan een paar eeuwen terug, toen mensen nog echt in God geloofden. Eert uw vader en uw moeder. Die wetgever voelde ook al nattigheid, die zag ook wel aankomen dat het niet vanzelf zou gaan met dat eren, daar was een gebod voor nodig. Of misschien was het vooral bedoeld voor zijn eigen zoon, die hij ooit naar de aarde zou sturen en die daar nog bijna het eeuwige leven bij inschoot. Ach, uw moeder vindt het altijd zo leuk als u komt. Daar deed ik het dan waarschijnlijk voor, voor die aardige verzorgers, die vertederd toekeken als ik mijn moeder begroette. Als ik iemand anders in mijn plaats had gestuurd zou ze het niet gemerkt hebben, ik had hem gewoon aan de verzorging kunnen voorstellen met de mededeling dat dit voortaan de zoon van dienst was. Toen ze jaren geleden nog redelijk zelfstandig op de bovenverdieping van het tehuis woonde waren mijn bezoekjes nog functioneel, toen ik in het dorp de boodschappen deed die ze zelf niet meer kon doen, toen zat ze helemaal alleen in haar anderhalve kamer, op die sta-opstoel die ik om wat voor redenen dan ook naar mijn eigen etage heb laten overbrengen, toen had ze gezelschap nodig, maar sinds ze op de gesloten afdeling zat is ze nooit meer alleen geweest, vijftien jaar zat ze dag in dag uit met de andere dementerende bejaarden in de gemeenschappelijke huiskamer. Ik had visitekaartjes moeten laten maken om aan iedereen uit te delen zodra ik de schuifdeuren van de hoofdingang door was, verplegers, activiteitenbegeleiders, schoonmakers, vrijwilligers, goedemiddag, heeft u mijn kaartje al, ik ben de goede zoon, kijkt u maar, daar staat het, *De Goede Zoon*, ziet u wel? Trompetters zouden me voor moeten gaan, op de achtergrond zouden violen moeten klinken, het is verdomme een musical, *De Goede Zoon*. De goede zoon/ zijn moederliefde is een eerbetoon. De goede zoon/ richtsnoer voor auto- en voor allochtoon. De goede zoon/ hij maakt de billen van zijn oude moeder schoon. (Nou, dat hoefde allang niet meer; vroeger, toen ze nog boven woonde, zette ik haar nog wel eens op de pot, maar op de gesloten afdeling deden de verpleegkundigen dat.) De goede zoon/ hij doet zijn dingen zonder vlagvertoon. De goede zoon/ hij is een zeer aimabel manspersoon. De goede zoon/ hij belt zijn oude moeder met de telefoon. (Dat hoefde ook niet meer, de laatste vijftien jaar, en belangrijker, ze kon zelf ook niet meer bellen.) De goede zoon/ hij doet zijn dingen zonder winst en zonder loon. Enzovoort, enzovoort. Kookt witte rijst met prei en rode poon. Zijn inzet is zeer buitengewoon. Als hij geen zin heeft dan stuurt hij een kloon. Rijmwoorden rijgen zich aaneen. Dochters hebben het moeilijker. Geen wonder dat mijn zus minder vaak langskwam, ze had gewoon minder rijmwoorden. Wie vocht er?/ Een moeder met haar dochter.

Ik ben er vanaf, maar ben ik daar blij om? Die woensdagmiddagen zaten zo in mijn systeem dat ik zelfs nu nog denk: ik moet naar mijn moeder vanmiddag – zelfs hier, voor mijn doen zo ver van huis. Jarenlang heb ik als ik afscheid van haar nam gedacht: het zou wel eens de laatste keer kunnen zijn dat ik haar zie. En dan probeerde ik een gezicht te trekken dat erbij hoorde, en vol aandacht naar haar te kijken, en haar beverige zwaaigebaar bewust te registreren. Maar daar kwam ook weer de klad in, toen ik met die woensdagen begon had ik geen idee dat ze honderd zou worden. *The Long Goodbye*. Titels dienen zich aan. Dat zou dan het gevoelige liedje moeten worden van de musical, het nummer dat ook buiten de musical om zal worden uitgevoerd, de single zou je bijna zeggen maar dat soort dingen is er al heel lang niet meer. *This is the longest of all goodbyes...* pompompom... *you turn your back and then she dies.* Gezongen door die mooie jonge verpleegkundige, hoe heet ze ook weer, Roxy, terwijl ik zwaaiend naar mijn moeder de gemeenschappelijke huiskamer verlaat en naar de gang loop, op weg naar de als boekenkast vermomde uitgang die vroeger werkte met een code die je moest intoetsen maar die later overging op gezichtsherkenning en me altijd een goede thuisreis wenste. En mijn moeder die de hele musical door in haar kneedstoel zit te glimlachen, haar orgasmofauteuil, dat is haar enige taak, een vriendelijke glimlach voor iedereen, maar wat een acteerprestatie, en wat had ze het goed voor elkaar, voor altijd opgenomen in een wereld waar ze nooit meer alleen was, waar ze uit bed werd gehaald en waar ze in bed werd gestopt, waar eten en drinken voor haar klaar werden gezet en als het moest zelfs in haar mond gestopt of gegoten, waar ze geen beslissingen meer hoefde te nemen – vooral dat laatste, geen beslissingen, haar hele leven had ze er moeite mee dat ze in haar eentje beslissingen moest nemen, dat niemand meekeek en ingreep, dat ze zelf moest ingrijpen. En misschien was ze te ver heen om dat allemaal te kunnen beredeneren, *zeker* was ze daarvoor te ver heen, maar juist daarom genoot ze ervan, elke dag weer, ze glimlachte er vriendelijk bij, ze leefde bij de dag, elke veilige dag weer, geen angst voor de dag van morgen want die kon ze zich niet meer voorstellen, om zo in het moment te leven is maar weinigen gegeven (dat rijmt, dat mag ook in de musical), echte mindfulness is blijkbaar pas mogelijk als je mind er niet meer is. Die glimlach waarmee ze iedereen begroette die haar kant op kwam of naar haar keek, die heb ik eigenlijk nooit helemaal vertrouwd, met haar vrolijke kleine oogjes, ik heb het goed voor elkaar hè, zei die glimlach, jullie rennen voor me; en als ze 's avonds in haar bed is gestopt en de verpleegkundigen haar vriendelijk welterusten hebben gewenst en de deur van haar kamertje zachtjes achter zich dichttrekken zegt ze hoofdschuddend tegen zichzelf: jonge jonge jonge, wie had kunnen denken dat het *zo* makkelijk zou zijn. En dat nummer wordt het hoogtepunt van de musical.

Ondertussen heeft het toilet mijn ochtendontlasting geanalyseerd en ligt er een dicht bedrukt vel papier in het bakje van de printer. Eén alinea is felrood. Blijkbaar ben ik vergeten de scanfunctie uit te schakelen. Ik verfrommel het vel en gooi het in de prullenbak. Als ik mijn palio aanzet, zie ik ook daarop de uitslag, alles is nu vastgelegd en ik zal aan de advertenties die ik de komende dagen ga zien kunnen afleiden hoe het er met me voorstaat.

Lennox zit al te ontbijten wanneer ik beneden kom. Het is lekker, zegt hij, ze hebben vrij veel, meer dan bij ons.

We zijn dus al niet meer bij ons, we zijn echt op reis. Ik loop naar het buffet, het is inderdaad overdadig, waar halen ze het vandaan, ze hebben zelfs bananen. Want het zijn schrale tijden, dat had ik misschien eerder al moeten benadrukken, misschien had ik meteen moeten aangeven hoe weinig er in de schappen lag van de Albert Heijn waar ik die niet gevoerde ruzie met die vrouw had, en dat het feit dat er in die Albert Heijn nog kassa's met lopende banden en beurtbalkjes waren, en caissières in plaats van afleesrobo's, slechts te danken was aan allerlei subsidieregelingen die na invoering van het basisinkomen zijn verzonnen om jongeren aan het werk te houden omdat ze anders tot lethargie en misdaad vervallen. Robotisering en basisinkomen werken alleen maar voor de geletterde middenklasse die musea platlopen en eindelijk eens al die boeken kunnen gaan lezen die ze de afgelopen decennia op aanraden van recensenten en boekenpanels hebben gekocht, jongeren gaan er massaal van uitslapen en plunderen, omdat ze het idee hebben dat toch alles gratis is. Ik leg het maar even uit, ik wil deze wereld goed oproepen, zodat ik het zelf ook allemaal voor me zie.

Ik ontbijt tegenover Lennox, we zitten vredig aan onze tafel, zo nu en dan wisselen we wat woorden, wie zouden we kunnen zijn, twee vertegenwoordigers op weg naar een grote klant, twee oude vrienden die een laatste roadtrip maken omdat een van hen terminaal is – wie van ons zou dan ziek zijn, ik denk dat ik dat ben, Lennox zit tenslotte achter het stuur, ik laat me meevoeren. Geef toe, als we mochten kiezen zou ik de zieke willen zijn, niet om me op te offeren (O, Lennox, jij hebt nog zoveel *meer* om voor te leven!) maar om er vanaf te zijn, om rondgereden te worden; en dan niet naar plekken die ik nog van vroeger ken (Ach, zie je dat, je oude kleuterschool, die *staat* er nog), liever zou ik gewoon wat rondgereden willen worden en dan maar kijken, eigenlijk heb ik nooit iets liever gedaan dan dat.

ii

Na het ontbijt vertrekken we naar de parkeergarage. Het is ochtend, en ochtenden vormen meestal een korte optimistische episode als je op reis bent. De wereld ruikt veelbelovend, nieuwe wegen openen zich – maar deze keer ontbreekt dat gevoel, alsof ik aan iets ben begonnen waarvan ik nu al weet hoe het afloopt. Maar dat is niet zo, ik heb geen idee waaraan ik ben begonnen, laat staan dat ik weet hoe het afloopt.

Je bent onrustig, zegt Lennox, moet je ergens naartoe?

Ja, naar mijn moeder, zeg ik bijna. Ik kan het nog net inslikken.

We rijden de parkeergarage uit, door de stad, rondwegen op en af, langs woonkazernes, leegstaande bedrijfspanden, daarna snelwegen door glooiend laagland, het is nog steeds ochtend maar het lijkt wel eeuwig middag. Misschien is het ook wel middag, al snel heb ik geen idee hoe lang we onderweg zijn, het geluid van de motor verwekt voortdurend een licht gevoel van hypnose, misschien zelfs wel van rust. In de baan rechts van ons stuiven karavanen chauffeurloze vrachtwagens voorbij, in onze banen rijden niet veel auto's zonder chauffeur, dat is allemaal minder geworden nadat zelfsturende auto's van de tweede generatie door treinen werden gegrepen en het water in reden en er geruchten rondgingen dat ze door een combinatie van elkaar versterkende computerprogramma's depressies waren gaan ontwikkelen. Ik zeg daar iets over tegen Lennox, hij glimlacht en zegt dat hij altijd heeft vermoed dat de producenten zelf die geruchten hebben verspreid omdat een programmeerfout die menselijke gevoelens als angst en onzekerheid veroorzaakt een stuk romantischer klinkt dan sensoren die volstrekt niet tegen hun taak zijn opgewassen, en ondertussen konden ze rustig aan die sensoren werken. Menselijke auto's, zeg ik, dat wilden we als kind al. Dat *zagen* we als kind al, verbetert Lennox, hoe je gezichten in auto's kon zien, dat had jij ook vast. O zeker, zeg ik, dat wat ingehouden, benepen gezicht van een Volkswagen Kever, of die auto's met zo'n chromen grille, alsof het hun gebit was en ze met opgetrokken lippen reden, dat gaf ze altijd wat agressiefs. Ja, knikt Lennox, ja, die auto's met metalen grilles. Hij noemt merken en types die mij niets zeggen, ik heb nooit zoveel met auto's gehad, daarom zit ik ook op de bijrijdersstoel, mijn hele leven al, ik zou mijn autobiografie zo kunnen noemen, *Op de bijrijdersstoel*, als het niet zo tuttig zou klinken. Zestig, zeventig jaar geleden had zo'n titel nog gekund, nu niet meer, maar ik vind dat we een prettig gesprek hebben, opeens, Lennox en ik, ook omdat we zacht praten, ondanks het geluid van de motor, we praten niet boven het geluid uit, we praten *in* het geluid, zonder stemverheffing, en toch verstaan we elkaar moeiteloos. *Zonder stemverheffing praten*, dat is een van de fijnste dingen die je kan doen, je zou er een van de doelen in je leven van kunnen maken, het klinkt zelfs een beetje boeddhistisch, quasi-boeddhistisch dan, westers boeddhistisch, maar toch. Eigenlijk is dit de eerste keer dat we praten sinds we zijn vertrokken, en ik voel me op mijn gemak. Wat weet ik eigenlijk van hem? Ik vraag hem wat zijn vader deed.

Mijn vader? Die was kapper, in Noord.

Amsterdam-Noord? Ben je daar opgegroeid?

Lennox knikt. Boven de kapperszaak. Kapst, heette die.

Kapst?

De overtreffende trap van kapper. Kap, kapper, kapst. Mijn vader hield van puzzelen en woordspelletjes. Dit was niet een van zijn beste vondsten, hij moest iedereen uitleggen hoe het zat. Half Noord dacht dat onze achternaam Kapst was. De zoon van kapper Kapst, zo stond ik in de wijk bekend. Volgens mijn vader was het allemaal gratis reclame. Als ze maar over je praten. In een hoek van de winkel zat een luik, daar ging het afgeknipte haar in. Elke zaterdag – Lennox verheft zijn stem, alsof het nu dan toch nodig is het motorgeluid te overstemmen – moest ik meehelpen in de winkel. Mijn zusje nooit, maar ik wel. Misschien omdat het een herenkapper was. Of omdat mijn vader niet wilde dat zijn klanten via de spiegel naar mijn zusje loerden. Je hebt mijn zusje nooit gezien, maar ze was erg mooi. Nog steeds, denk ik. Misschien wilde mijn vader ook wel dat ik de zaak later zou overnemen, dat is hem dan niet gelukt. Hoe dan ook, elke zaterdag moest ik met een zachte bezem de haren naar het luik vegen. Je kon het optillen met een ketting die aan de muur was bevestigd. En dan veegde je de haren zo het donker in. Want het was donker daarbinnen, je zag niets en ik boog me er ook nooit overheen want ik was altijd een beetje bang dat ik erin zou vallen. Ik was nog erg jong toen.

Hoe jong?

Zes, zeven, weet ik veel. Erg jong. Dat luik was verschrikkelijk. Ik wist ook niet waar al dat haar heen ging. Dat weet ik eigenlijk nog steeds niet. Werd het opgehaald, bevond zich ergens aan de achterkant van het huis een deur naar die kelder, kwam er een haarwagen die om de zoveel tijd de kelder leeg kwam zuigen? Hoe groot die kelder was wist ik ook niet. Misschien zat het haar van generaties Noorderlingen erin, in langzaam verterende lagen, met in de onderste lagen het haar van mannen die allang dood waren. Toen ik me eenmaal realiseerde dat er haar van steeds dezelfde mannen door het luik kwam, vroeg ik me af of die haren elkaar dan opzochten, ik vroeg me van alles af over die haren.

Nadat ik in de *Donald Duck* iets had gelezen over slaapwandelen durfde ik niet meer in slaap te vallen omdat ik bang was dat ik naar het luik zou slaapwandelen en het zou openen om me er dan in te laten vallen, en dat ik dan zou wegzinken in al dat haar, zacht en verend maar tegelijkertijd prikkend en stekend, met die verschrikkelijke vage geur van oude haren, en dat ik dan door al die lagen haar naar de bodem zou zakken en zou stikken, met mannenharen in mijn mond en in mijn keel. Godverdomme... godverdomme dat luik...

Zacht mompelend zit Lennox naast me.

Ik had, zegt hij terwijl hij me even aankijkt, sowieso een hekel aan die zaak. O man, ik heb er nog steeds nachtmerries van.

Ik kijk naar zijn haar. Dun, halflang, het valt net over zijn kraag, hij wordt al aardig grijs. Knip je jezelf?

Nee, ik ga naar de kapper. Gewoon zo'n goedkope zaak. Zonder luik. Geen probleem, als ik maar niet ga nadenken. Shit man, dat luik. Ik droom er nog van. Vannacht bijvoorbeeld, in zo'n zacht bed. Had jij ook zo'n zacht bed? Alsof ik op haren sliep. Nou dan slaap ik niet goed. En als ik dan eindelijk inslaap word ik stikkend wakker. Godverdomme man.

Ik ben benieuwd wat zijn bed vanmorgen tegen hem heeft gezegd. Maar misschien is hij een ervaren reiziger die weet welke dingen hij moet uitzetten voor hij gaat slapen, iemand die zijn slaaptijd en ontlasting voor zichzelf houdt. Ik ken dat luik waarover hij het had, de kapper van mijn moeder in Rijssen had er ook een. Soms moest ik mee, als de meester of de juffrouw ziek was of zo, weet ik veel. De kapper kon goochelen, dat vond ik een beetje verdacht, want goochelen was werelds en misschien wel een vorm van bedrog, gereformeerden goochelden niet. Hij had trucs met slingers en balletjes.

Onze kapper had ook zo'n luik, zeg ik. Ik dacht vroeger altijd dat ze pruiken maakten van het haar dat daarin verdween.

Met al dat vuil dat wordt meegeveegd zeker.

Ja, daar stond ik niet bij stil als kind. Misschien werden die haren gewassen.

Lennox maakt kokhalzende geluiden. O man, zegt hij. Gewassen, gestoomd. Stel je voor dat er in zo'n kelder brand uitbreekt. Die geur van brandend haar.

Ja, zeg ik, maar ik wil er niet over nadenken. Ik krijg meteen Holocaust-associaties. Mijn moeder geloofde dat ook de Joden die in de gaskamers waren vermoord in de hel kwamen; ze kon ook niet anders volgens het geloof waarnaar ze was teruggekeerd. Mijn vader was met haar meegegaan maar soms toch niet helemaal. Denk je niet dat die mensen genoeg hebben geleden? riep hij verontwaardigd. Hij las veel over de oorlog, het was op een bepaalde manier de tijd van zijn leven geweest. Hij was zestien toen het begon, het waren zijn vormende jaren, spannende jaren ook. Hij had ondergedoken gezeten, hij had ze overleefd.

Tik.

Tik.

Tik.

Tik tik.

Tik tik tik tik.

Tik tik tik tik tik tik tik tik tik tik.

Tik tik tik tik tik tik tik tik tik tik tik tik tik tik tik tik tik tik tik tik tik tik tik tik tik tik tik.

Lennox doet de ruitenwissers aan. We rijden de regenzone in.

iii

Door de stromende regen zijn we naar het wegrestaurant gerend, en daar drinken we aan een statafel oploskoffie uit stenen mokken waar stukjes uit zijn. Ik wel, tenminste. Lennox is naar het toilet. Heb jij dat ook, vraagt hij als hij terugkomt en zijn mok oppakt, dat je veel vaker moet pissen dan vroeger?

Ik knik, nu zijn we weer twee mannen die hun kwalen bespreken.

Ouderdomsvlekken, vaker pissen... Lennox neemt hoofdschuddend een slok koffie.

En dunner haar, zeg ik.

Dank je, zegt Lennox.

Ik vraag me af of erectiestoornissen nog langskomen, en wie ze gaat noemen.

Als we in het Archief naar de wc gingen was het niet om te pissen hè, met die studentes in die flat, zegt Lennox.

Het gaat niet over stoornissen, wel over erecties.

Is dat zo, daar staat me niets van bij, zeg ik, dat we toen meteen naar het toilet renden, het kon ook niet, er waren helemaal geen toiletten in die nieuwe depots, dan had je helemaal naar de oudbouw moeten rennen, en tegen de tijd dat je daar aankwam...

Was je al niet meer stijf, wou je zeggen? Nou, ik wel. En

anders deed je het ergens anders. Ik ben Wilbur wel eens tegengekomen in een gangpad ergens in een afgelegen hoekje met zijn hand in zijn broek. Snok snok snok snok snok.

Ik heb geen idee over wie hij het heeft, ik kan me geen Wilbur herinneren, het lijkt me ook geen naam voor een tewerkgestelde werkloze jongere.

Maar dat was vroeger, zegt Lennox zuchtend. Hij kijkt aarzelend naar de broodjes in het rieten mandje op de counter.

Je kan het doen, zeg ik, je kan het ook niet doen.

Wat? Rukken?

Die broodjes.

Buiten giet het op de vlakke, lege weilanden, tot aan de horizon. Alles is grijs, de regen spoelt de kleur uit het gras.

Hoe oud zijn die broodjes? vraagt Lennox aan de vrouw achter de counter. Ze heeft blauwe kringen onder haar ogen en draagt een roze schort. Elke ochtend zegt haar bed tegen haar: nou, kom er nu maar uit, met de hele dag blijven liggen schiet je ook niks op. Of misschien heeft haar man haar vanochtend uit bed getrapt, ga jij vandaag het basisinkomen maar aanvullen, dan blijf ik in bed. Vroeger zal ze vrachtwagenchauffeurs hebben bediend, maar die heb je niet veel meer. Bij wijze van antwoord op Lennox' vraag haalt ze haar schouders op.

Je moet ze doorzagen en de jaarringen tellen, zeg ik.

Wat?

Die broodjes.

Lennox lacht, kort en vreugdeloos, alleen om aan te geven dat hij me heeft gehoord. Flauwe humor. Alsof we terug zijn op het Archief.

Als mijn moeder nog leefde, was het nu wel zo ongeveer tijd om naar station RAI te gaan, voor de trein naar Naarden-Bussum, en daarna lijn 101 naar Huizen.

Twintig jaar lang heb ik die reis elke week gemaakt, heen en terug; wat ik daar onderweg niet heb zien veranderen! Het hele gebied rond station RAI ging op de schop. Braakliggend terrein werd volgebouwd, er stond een jarenzestiggebouw van de PTT met een jarenzestigdraadsculptuur aan de gevel, het werd gesloopt, er kwam een school, er kwam een woonwijk, aan de overkant van de Europaboulevard breidde de RAI uit en werd dat hoge hotel van Koolhaas neergezet. Station RAI kreeg nieuwe perrons, er werden nieuwe sporen aangelegd, Diemen werd groter en hoger, Weesp kroop met nieuwe wijken vol hoge rijtjeshuizen het omringende weiland in, op station Naarden-Bussum deden ze er tien jaar over om liften naar de perrons te bouwen, er kwamen nieuwe bussen, er kwamen nog nieuwere bussen, het centrum van Bussum kreeg een gracht en kitscherige nieuwbouw, alles veranderde langzaam maar voortdurend, van seizoen naar seizoen, van jaar naar jaar, dit was eigenlijk mijn Grote Reis, één grote twintigjarige expeditie, opgedeeld in afleveringen die steeds hetzelfde waren maar toch niet identiek. Alles veranderde, alleen mijn bestemming bleef al die tijd dezelfde. Maar ook dat is niet waar: het verzorgingstehuis kreeg nieuwe indelingen en nieuwe logo's en nieuwe vloeren, mijn moeder verhuisde van de open afdeling boven naar de gesloten afdeling beneden, bewoners kwamen en gingen, verzorgers kwamen en gingen, toegangscodes werden ingevoerd en afgeschaft, mijn moeder werd ouder en ouder en ik hoefde steeds minder voor haar te doen.

Nu hoef ik helemaal niets meer voor haar te doen. Ja, ik kan naar haar graf. Nog één keer de route van de in eenvormige afleveringen opgedeelde Grote Reis. Kijken wat er nu weer is veranderd.

Lennox gaat toch een broodje kopen en neemt er voor mij ook een mee. Het geraas van de snelweg, het geruis van de regen. We zitten in een wit gebouwtje met grote ramen, verlaten plat land eromheen, een snelweg en een kleine, smalle toeleveringsweg naar de horizon, wij zijn het hoogste punt in de verre omtrek; een locatie voor een ontmoeting, een overdracht, een liquidatie. Een kleine zwarte auto die over die smalle weg langzaam op ons af komt rijden, met wie heeft Lennox hier afgesproken? Een oud model, kwetsbaar nog, hoog op de wielen, dun blik, een grille van chroom, kleine zwarte auto in de regen, ik zie hem en mijn hart breekt, hij rijdt langzaam, alsof landschap en tijd zich om hem heen steeds een beetje uitrekken zodat hij nooit zal aankomen, *kleine zwarte auto in de regen*, het is een titel voor iets, niet voor een boek of verhaal, of een gedicht, daar is het te sentimenteel voor, eerder een lied, voor weer een andere musical. Of misschien voor dezelfde musical, dan doen we of mijn moeder nog leeft en dat ik me schuldig voel dat ik niet naar haar toe ga en in plaats daarvan in een klein wegrestaurant in de regen een broodje sta te eten terwijl ik een kleine zwarte auto verzin.

Lennox haalt met zijn tong de kruimels tussen zijn tanden uit. Ik laat onze mokken nog eens vullen. De vrouw is moe, de koffie is slap, alles is zoals het moet zijn. Ik hou van zulke plekken, iets wat in een verleden met het oog op een mooie toekomst is neergezet, maar wat door die toekomst is bedrogen. Uitgeputte locaties, melancholische locaties, en dan regent het ook nog. Het is geen voorkeur om trots op te zijn. Een voorliefde voor dergelijke plekken betekent niet dat je niets meer hebt te verliezen, maar dat je niets meer hebt te bevechten. Dat zou je een boeddhistisch inzicht kunnen noemen maar dat is vals spel, zoals dat hele westerse boeddhisme. Ik zet de mokken neer op de statafel, we drinken en kijken naar buiten. Dit is Engeland, nu weet ik waarom ik al de hele tijd het idee heb dat ik iets *herken*. Ik herken de eindeloze ritten die ik eind jaren tachtig met Emmy maakte, de uitwisselingsstudente die ervoor zorgde dat ik stopte met kunstgeschiedenis, hoewel dat natuurlijk niet haar schuld was maar de mijne. Omdat ze toen noodgedwongen bij haar vader woonde maakten we, om het huis uit te zijn, eindeloze ritten door de Midlands, over binnenwegen en snelwegen. We hadden musea kunnen bezoeken maar haar specialisatie was het Hollandse genrestuk, alles wat in dat genre in Engeland hing had ze al gezien en dus reden we maar rond en dronken we slappe koffie en aten we vette snacks in vage snelwegrestaurants en ik genoot daarvan, ik wist dat onze relatie eigenlijk al voorbij was, maar tegelijkertijd was het alsof dit nog eindeloos door kon gaan, en omdat alle dagen op elkaar leken *ging* het ook eindeloos door, alsof we ons in een afgeperkt hiernamaals bevonden en ik kon me eigenlijk geen idealere situatie voorstellen, telkens wanneer ik nu liedjes hoor die we tijdens onze ritten op de autoradio hoorden ben ik weer terug in die ideale tijd, seks hadden we ook nog, dat scheelt, omdat ze nog thuis woonde vooral in die auto, op verlaten parkeerplaatsen en doodlopende landweggetjes. Langzame en intense seks was het, zoals mensen neuken die weten dat de tijd is gestopt. Haar lichaam glooide als het landschap – dat klinkt overdreven poëtisch maar moet er toch even bij, hier, waar ik uitkijk op een volstrekt plat landschap en toch aan die tijd moet denken, een klein Engeland in mijn hoofd.

Bzzzt. Bzzzzzt. Bzzzzzt. Bzzt. Bzzt, doet Lennox opeens.

Ah daar hebben we Guido, zeg ik terwijl ik mijn blik weghaal bij het uitzicht.

Ik moest opeens aan hem denken, zegt Lennox, ik weet ook niet waarom.

Omdat we naar hem onderweg zijn? vraag ik.

Ja, dat zou kunnen, zegt Lennox – alsof hij in het midden wil laten hoe het werkelijk zit. Kom, zegt hij, we gaan weer verder.

Ik ben de terminaal zieke die hem volgt. We houden onze jassen boven onze hoofden als we naar de auto rennen. Zodra we op de snelweg zitten wordt het binnen weer warmer. Water verdampt. Ruitenwissers piepen. Auto's trekken sissende sporen. Ik voel me goed, dankzij de koffie. Voorzien van energie.

Dat hadden we even nodig, zegt Lennox. Jammer alleen dat ze geen echte koffie schonken. Het was surrogaat, lekker warm, maar zonder cafeïne. Proefde jij dat ook?

Ja, zeg ik, maar het echte antwoord is nee. Wanneer ik het woord surrogaat hoor, moet ik denken aan de verhalen van mijn vader over de Tweede Wereldoorlog. Surrogaatthee, surrogaatkoffie. Surrogaatsuiker. Dat waren termen uit een andere wereld, niet de mijne. Die van mij is inmiddels ook voorbij. Surrogaatseks. Surrogaat-Engeland. Heb je ooit het idee dat je niet meer in je eigen wereld leeft? vraag ik aan Lennox.

Je bedoelt dat alles is veranderd? Natuurlijk. Zo gaat dat als je ouder wordt. Je zit niet meer in je eigen wereld. Voor ons geldt dat al helemaal.

Hoe bedoel je, voor ons?

Wij zijn mannen zonder kinderen, zegt Lennox. Kinderen verlengen je wereld. Maar in plaats van dat we ons best doen voor ons gezin, onze nakomelingen, doen we dit.

Wat?

In plaats van dat we ons best doen ons voor gezin, onze nakomelingen...

Nee ik versta je wel, ik vroeg me alleen af: *wat* zijn we dan aan het doen?

Nou dit. Met z'n tweeën op jacht naar de schat.

De schat?

Ja. De diamanten.

Heb je het over Bonzo? De Meester?

De diamanten van De Meester, ja.

Dat klinkt als de titel van een stripverhaal, zeg ik. Ik dacht dat het om geheugenverlies ging.

Ja, dat ook. Diamanten en geheugenverlies. Wat je wilt.

Heeft De Meester die diamanten dan? Je hebt het over het losgeld toch?

Het kan allebei, hè. Je kan *en* diamanten *en* geheugenverlies hebben. Het zal je later allemaal duidelijk worden.

We zijn dus op jacht naar de schat, zeg ik.

Ja, zegt Lennox, dat zei ik net.

Dus *dat* zijn we aan het doen, zeg ik. Bonzo is de enige van de ontvoerders die nog leeft, en hij weet waar het losgeld is. En die informatie willen we van hem loskrijgen.

Lennox glimlacht. Als we toch zijn geheugen aan het opfrissen zijn, zegt hij.

Het geluid van de motor, het geroffel en getik van de regen. Onze stemmen die zich in die geluiden bevinden. De ruitenwissers gaan heen en weer, ze persen het water naar de onderkant van de ruit. Als ik vroeger bij mijn vader in de auto zat, dacht ik: de ene ruitenwisser probeert de andere te slaan, en de andere duikt net op tijd weg, steeds weer, steeds weer.

En we doen het omdat we geen kinderen hebben, zeg ik.

Precies, zegt Lennox, alsof we stripfiguren zijn. Geen dagelijks leven maar een avontuur. Iets wat nergens over gaat. Nou ja, nergens. Diamanten ter waarde van weet ik veel. Als we kinderen hadden, hadden we allerlei vaste locaties in ons leven. Vaste punten. We zouden vaste banen moeten hebben om ze te onderhouden, ze zouden elke dag naar vaste locaties gebracht moeten worden, we zouden verankerd zijn in een gemeenschap. We zouden heel andere dingen aan ons hoofd hebben. Begrijp je wat ik bedoel? Terwijl we ons nu bezighouden met iets van vroeger.

Als we kinderen hadden, zeg ik, dan waren die onderhand het huis uit. We doen dit omdat we er tijd voor hebben, omdat we geen vaste werktijden hebben. Ik in ieder geval niet.

Er zijn genoeg oude vaders, zegt Lennox. Jij doet dit omdat ik je mee heb gevraagd. Nee, ik kan niet, de kinderen komen uit school. Of: nee, ik kan niet, ik heb vandaag de kleinkinderen.

Werk jij nog steeds bij de Dienst? vraag ik.

En daar rijden we nu, zegt Lennox. Op jacht naar de schat. Het is inderdaad een stripverhaal hè, verbaast het jou ook niet dat onze teksten niet in ballonnetjes boven ons hoofd zweven?

Je hebt mijn vraag niet beantwoord, zeg ik.

Dat weet ik, zegt Lennox.

Ik wacht even, maar hij laat het erbij. Dus Bonzo weet waar de diamanten zijn, zeg ik. Wat is hij eigenlijk gaan doen nadat hij zijn nieuwe identiteit had gekregen?

Inclusief jeugd in Amstelveen, zegt Lennox.

Ja, inclusief jeugd in Amstelveen. Wat is hij gaan doen?

Geloof het of niet, hij is kunstgeschiedenis gaan studeren.

Niet.

Niet? Wel.

Maar hoezo, vraag ik, had iemand dat voor hem bepaald of zo?

Welnee, zegt Lennox, dat was zijn eigen keuze, hij had zijn eigen leven, hij had wat geld meegekregen, hij dacht blijkbaar: ik ga kunstgeschiedenis studeren. Wie weet hebben wij dat zaadje in hem geplant, toen we die week in Boijmans rondliepen. *Stofuitdrukking!* Aardig toch?

Ik ben alleen verbaasd, zeg ik, omdat ik ook... Heeft hij het afgemaakt?

Zeker. Hij wel. Cum laude. Later is hij kunsthandelaar geworden. Zeer succesvol, mogen we wel zeggen. Als je die wereld nog kende had je misschien wel eens van hem gehoord.

Ik probeer het gevoel te herkennen dat bij me naar binnen stroomt, als vuil water in een koude kelder. Jaloezie is het niet, het is ook geen miskenning of teleurstelling – al zit er van al die dingen iets bij. Woede zit er ook bij, machteloze woede, met de nadruk op machteloosheid. Ik heb een schaduw gecreëerd die mij heeft overklast. Ik heb hem een goede jeugd gegeven, *mijn* jeugd, de jeugd die ik gehad had moeten hebben, en nu heeft hij *mijn* studie gedaan – het is alsof ik daarom nooit ben afgestudeerd, waarom zou ik ook, het was niet meer nodig, *hij* deed dat al. Hij schitterde in het veld waaraan ik even mocht ruiken. Ik begrijp nu ook waarom de kunst me langzaam ontglipte, waarom ik mijn belangstelling verloor – ik had die belangstelling, het vermogen ervan te genieten, zonder het te weten en te willen aan hem overgedragen, en hij wist er beter weg mee dan ik. Wat er op sinterklaasavond 2008 in het Rijksmuseum gebeurde was geen op zichzelf staande gebeurtenis, maar de culminatie van die ontwikkeling, ik nam geen afscheid van de kunst, het was de kunst die afscheid nam van mij, grijnzend, spottend. Ik was niet meer nodig, ze hadden iemand anders, iemand die ik zelf had gemaakt.

Je kijkt somber, zegt Lennox. Het wordt zo ook wel een ingewikkeld stripverhaal hè. Met flashbacks, persoonsverwisselingen en zo'n lange uitleg aan het eind, en met overvolle tekstballonnen, ergens in een hoekje zie je nog net een hoofdje dat ze uitspreekt...

Enzovoort, zeg ik, enzovoort, enzovoort.

iv

Als reusachtige vitrages trekken regenvlagen van links naar rechts over de snelweg en de weilanden. Het landschap begint te veranderen, langzaam komt er reliëf in, zachte glooiing, ronde heuvels, de grafheuvels van de reuzen die de regenvitrages hebben opgehangen; daarna grotere heuvels, met hier en daar een rijtje natte bomen. Het uitzicht sluit zich op, de verte verdwijnt, en ik herken het landschap, we rijden door de achtergronden van de schilderijen uit de late middeleeuwen en vroege renaissance waar ik vroeger zo van hield, die heuvels met losse, breekbare boompjes, die stadjes in de verte, alles breekbaar en bescheiden, onaangedaan door de gebeurtenissen op de voorgrond. Daar is het eerste stadje, er is niet eens een afrit, daar is het en dan is het weer weg, nog steeds zou ik te voet door dit landschap willen trekken, van heuvel naar heuvel, van stad naar stad, zo nu en dan sta je stil en zie je ergens ver weg een kruisiging, of drie wijzen uit het oosten die bij een stal van hun kamelen afstijgen, Maria in een tuin, heiligen die gemarteld worden

– alles ver weg, terwijl je zelf nog verder weg bent, op de achtergrond, het is alsof je jezelf ziet door de verkeerde kant van een verrekijker, daar ga je, de route over de achtergrond is misschien wel de beste route, laat de voorgrond maar aan de anderen over, aan de historische gebeurtenissen, aan alles wat vooraan wil staan. Maar ik *zie* het landschap niet, ik leid het af, want alles wat ik zie is verzadigd van water, alles wat ik zie wordt steeds weer door regensluiers onzichtbaar, ik zou daar nooit kunnen wandelen, doornat zou ik wegzakken in de zompige weilanden, niets zou ik zien in de verte – het is alsof de regen het wil uitwissen, de laatste kunst waar ik nog van hield.

Wat zit je te kijken, vraagt Lennox.

Misschien zouden we weer eens samen naar een museum moeten gaan, zeg ik. Want waarom niet, denk ik, juist nu, om het terug te veroveren op Bonzo, om te kijken of het nog bestaat, of het nog werkt in mijn hoofd, om iets van die opgetogenheid terug te krijgen, of wat was het, *opgewektheid*. Ook daarom zou ik met Lennox moeten gaan.

Zoals toen in Boijmans, knikt Lennox. Ga jij nog naar musea dan, ik bedoel, naar een gebouw? Dat hoeft toch allang niet meer?

Mensen gaan anders nog steeds in drommen naar musea om de echte dingen te zien, zeg ik.

Maar je kan thuis alles vanuit alle hoeken zien, en in alle details. Echtheid is belangrijker dan die verhevigde ervaring?

Echtheid is de verhevigde ervaring, zeg ik.

Voor mensen van onze generatie, zegt Lennox.

Zijn er dan andere? vraag ik.

Daar moet Lennox om lachen. De enige echte generatie is de onze, zegt hij. Bedoel je dat?

Ik weet het niet, zeg ik, maar ik ken geen andere. Niet van binnenuit tenminste. Al die dingen die we hebben zien komen, pc's, internet, laptops, smartphones, palio's, ze zijn allemaal onmisbaar en hebben ons leven veranderd, maar tegelijkertijd heb ik het idee dat het allemaal gimmicks zijn. Ja, alles is anders, maar je kan je afvragen of wij daardoor ook echt anders geworden zijn. Tegelijkertijd heb ik het idee dat de generaties die na ons komen er *wel* door veranderd zijn. Wij zijn een tussengeneratie, we zijn volwassen geworden in een wereld zonder mobiele telefoons en pc's en al die dingen, wij hebben nog op typemachines zitten werken, pas op ons dertigste moesten we eraan geloven – we doen volop mee maar ons leven is het nooit helemaal geworden.

Terwijl ik het zeg, kijk ik naar de regen buiten. Wat ik zei klonk als een verzameling clichés maar dat betekent op zich nog niet dat het niet waar is. Elke generatie is per definitie een tussengeneratie. Wanneer is dat benoemen van generaties begonnen, vijftig, zestig jaar geleden? Op een gegeven moment zijn we de wereld als een spiegel gaan beschouwen, of als een glazen bol die ons toch vooral de waarheid over onszelf moest onthullen. De wereld in dienst van ons zelfbeeld.

We worden ingehaald door een zelfrijder, glimmend en druipend, water spat op in zijn spoor. Achter klamme ramen zit een man in een lichtblauw pak, hij zwaait naar ons, met beide handen tegelijk.

Zag je dat? vraagt Lennox. Kijk eens mama, zonder handen. Hoe lang hebben we nu zelfrijdende auto's?

Vroeger deden ze het uit trots, zeg ik, kijk eens wat ik durf, nu doen ze het om ons te waarschuwen, kijk uit, ik kan er niets aan doen, ik ben niet verantwoordelijk voor wat mijn auto doet.

Je moet je niet laten meeslepen door al die verhalen over zelfrijders met zelfmoordneigingen, zegt Lennox. Ook dat zal de ontwikkelingen niet stoppen. Al die dingen waar jij het over had, ik zie die niet als gimmicks, het zijn dingen die de wereld hebben veranderd, misschien is die wereld niet meer onze wereld, zoals jij zei, maar juist wanneer je het over gimmicks hebt, hou je vast aan die oude wereld.

En dat moet ik niet doen? vraag ik.

En dat moet je zelf weten, zegt Lennox. Als we straks op elkaars hoofden kunnen inloggen, heb je het dan nog steeds over gimmicks? Stel dat je ontzettend lekker ligt te neuken en anderen loggen bij je in om die ervaring te delen, porno wordt nooit meer hetzelfde, als je er een beetje goed in bent kun je stinkend rijk worden. En als we ook in elkaars geheugen kunnen inloggen... Stel dat ik BZZT BZZT BZZT BZZZZT in je hoofd kan inloggen om te zien wie jij gisternacht hebt liggen neuken, dat ik dat kan zien, dat ik dat mee kan voelen, dan zou ik alle seks uit je leven kunnen meebeleven. Niet specifiek *jouw* leven, in het algemeen bedoel ik.

En dat inloggen maakt het geluid van het karretje van Guido? vraag ik.

Dan zal het een ander geluid maken, zegt Lennox.

Nee, nee, zeg ik, dat geluid gebruikte je niet zomaar, je hebt het toch over wat Guido aan het doen is? Over wat Guido wil? Dat heb je gisteren onder het eten allemaal zitten vertellen. Hij wil mijn herinneringen aan Bonzo's jeugd aflezen. En nu wil hij ook nog weten waar de diamanten zijn, blijkbaar. Veertig jaar geleden reed hij nog in het Archief rond in een rolstoel, nu is hij een computerwizard die in andermans hersenen kan kijken.

Er kan een hoop gebeuren in veertig jaar, zegt Lennox. En

we moeten nog maar zien hoe ver hij werkelijk is. Maar stel je nou eens voor wat het zou kunnen betekenen. Stel dat je straks rechtstreekse ervaringen kan verkopen, of dat we in herinneringen kunnen handelen. Dat gaat ooit gebeuren, daar zijn twintig, dertig jaar geleden al films over gemaakt.

Daar neem je me nu toch mee naartoe? vraag ik.

Ja maar bekijk het even in het algemeen, zegt Lennox. Wie zijn we dan nog? Als we zijn af te lezen, uit te lezen, hebben we niets meer voor onszelf. En als we ervaringen kunnen kopen, bestaan we dan eigenlijk nog wel?

Wie weet, zeg ik. In feite heeft Lennox het over het einde van het ik, het einde van de illusie van het ik, dat zou me als quasi-boeddhist toch moeten aanspreken. Er zijn alleen maar gedachten, niet *mijn* gedachten. Alleen maar ervaringen, niet *mijn* ervaringen.

Die scène op het Archief, zeg ik, toen De Meester voor het raam met E5 bezig was. Als we toen allemaal in zijn hoofd hadden kunnen inloggen...

We waren allemaal geëxplodeerd, zegt Lennox.

Waarschijnlijk heeft hij gelijk.

Zou jij het doen? vraagt Lennox, zou jij je hoofd laten delen?

Dat ga ik straks toch doen, zeg ik, daarvoor zijn we deze hele reis toch begonnen?

Zelf zou ik het niet weten, zegt hij. Stel dat ik net tegen jou had gezegd, welke scène met De Meester bedoel je, waar heb je het over, welk raam, wie is E5? En dat ik dan in jouw geheugen zou kunnen rondwandelen om jouw herinnering te ervaren – dan zou ik het me misschien ook weer herinneren, maar zou het dan mijn herinnering zijn of die van jou, of heb ik dan opeens twee herinneringen, die geïmporteerde van jou en die geactiveerde van mij?

Ik weet het niet, zeg ik, ik denk dat je die twee herinneringen wel van elkaar zou kunnen scheiden, de vraag lijkt me eerder of je die geleende of aangekochte herinneringen ook weer kan schrappen of dat je er je hele leven aan vastzit.

Om maar wat te noemen, zegt Lennox.

We zijn even stil.

Rechtsomkeert?

Wat? Lennox kijkt opzij.

We kunnen nog terug, zeg ik.

Nee, dat kan niet, zegt Lennox, ik heb misschien al te veel gezegd. Het is niet mijn bedoeling je ongerust te maken.

Gelukkig maar, zeg ik. Heb je het eigenlijk niet gewoon over het vertellen van verhalen, hoe we verhalen doorgeven en in ons opnemen, heb je het eigenlijk niet gewoon over de werking van literatuur?

Lennox werpt een verbaasde blik opzij. Over *literatuur*? O ja, ik ben met een schrijver op stap.

Ik glimlach, ik weet niet wie ik daarmee probeer gerust te stellen, Lennox of mezelf. Misschien sus ik mezelf in slaap door er meteen weer literatuur van te maken, daar moet ik nog eens over nadenken maar vooralsnog zie ik vooral De Meester voor me, met zijn vingers in het warme marmer van E5's heupen. Ik ben later nog eens in die studentenflat terug geweest, of nee, niet terug, ik was er nooit eerder, ik ben later eens in die flat geweest en keek van binnen naar buiten, naar het vierde depot, hoe zat dat ook weer, wanneer was dat precies, waarom kan ik niet in mijn eigen hoofd inloggen om mijn geheugen te onderzoeken, zou dat niet een veel functionelere toepassing zijn dan tussen de herinneringen van anderen door te lopen?

Het regent, we rijden door natte achtergronden van oude schilderijen, alsof de wereld een museum is waar op de bovenverdieping de waterleiding is gesprongen. Nu zou ik dan naast mijn moeder zitten in haar hoekje van de gemeenschappelijke huiskamer, naast mevrouw Blijdschap en mevrouw Vroomshoop, en ik zou haar hand vastpakken en dan zou ze naar me glimlachen, dankbaar en welwillend, kind en moeder tegelijk, en ik zou naar haar glimlachen terwijl ik dacht: dit is waar ik uit gekomen ben, dit is wat me van alles heeft bezorgd via haar genen en haar angsten, dit is waar ik dingen van overgenomen en geleerd heb die ik weer kwijt moest zien te raken. Ook al doen we in de praktijk of we onbeschreven bladen zijn, nog voor ik zelf ook maar een potlood kon vasthouden was mijn blad al bekrast en beklad door haar en door mijn vader, elk voor zich, elk met hun eigen genenpakket, een mooie tekening was het niet geworden, dat zou ook wel erg toevallig zijn geweest, als het gekras en geklad een prachtige, evenwichtige afbeelding had doen ontstaan, net zo toevallig als een aap die achter een typemachine het verzameld werk van Shakespeare typt. En ik zou met haar door *Voorschoten in oude ansichten* bladeren, en telkens weer even stilhouden bij de oude ansichtkaart waar haar geboortehuis op staat. Door de jaren heen was haar verval bij te houden in de manier waarop ze op die foto reageerde. Altijd wees ik eerst het verkeerde huis aan, is dit het huis waar je geboren bent? Nee, nee! (Met een blik van: hoe kan je dat nu denken.) Is het dan *dit* huis? Ja! Ja! Maar de ontkenning werd steeds gereserveerder, en geluidlozer, tot hij was gereduceerd tot een bijna onmerkbaar hoofdschudden; en de herkenning kreeg steeds minder vreugde mee, werd een bedachtzaam knikje, tot ook dat verdween en ze alleen nog maar naar het papier leek te kijken waarop de foto was afgedrukt en niet meer naar de afbeelding zelf, en geduldig glimlachend wachtte tot het boekje weer uit haar blikveld verdween.

In haar geheugen had ik wel willen inloggen, om te kijken wat er nog zat, of alleen de paden waren vernietigd of ook de inhoud weg was, hoe de herinneringen aan de oorlog die opeens terugkwamen maar die ze niet meer kon verwoorden er precies uitzagen. En wat voor informatie over mij in haar hoofd zat, wat voor beeld daar van mij werd bewaard, of er nog steeds venijnige lampjes brandden onder de bordjes HEEFT ZIJN SCHOOL NIET AFGEMAAKT en KLEEDT ZICH ZO SLORDIG.

Een van de laatste dingen die verdween was haar kritische blik. Telkens wanneer ik afscheid van haar nam en haar in het hoekje bij de dames Blijdschap en Vroomshoop achterliet, liet ze haar blik over mijn gestalte glijden. Praten deed ze nauwelijks meer, maar op een middag stak ze een beverige hand uit en kraakte: zit niet goed! Ik volgde haar blik en zag dat het ene eind van mijn sjaal tot mijn knieën hing terwijl het andere uiteinde niet verder kwam dan mijn elleboog. Zo kon ik natuurlijk niet de straat op. Terwijl ik mijn sjaal goed hing, keek ze goedkeurend toe, helder, vol begrip en tevredenheid, een blik die ontsnapt was aan de dementie die heerste in haar hoofd. Vanaf die woensdagmiddag zorgde ik ervoor dat telkens wanneer ik afscheid van haar nam er iets niet klopte aan mijn kleding. Tot diep in de zomer nam ik een sjaal mee als ik bij haar langs ging, speciaal om hem bij het afscheid raar om te doen, scheef, of met een overdreven knoop, maar op een gegeven moment reageerde ze daar niet meer op en moest ik drastischer tekortkomingen in mijn garderobe aanbrengen. Mijn jas binnenstebuiten aantrekken werkte maandenlang erg goed. Nee nee! riep mijn moeder hoofdschuddend. Op het laatst stond ik in een binnenstebuiten gekeerd colbertje en een open overhemd voor haar, met losse veters in mijn schoenen, mijn broek op mijn enkels en een stropdas om mijn hoofd geknoopt – nou ja, bij wijze van spreken, dat van die stropdas is verzonnen. Toen ze ook dergelijke ingrepen als normaal ging beschouwen, besloot ik dat het experiment lang genoeg had geduurd, ook vanwege reacties van de omgeving. De verzorgers waren niet het probleem, die wisten waar ik mee bezig was, maar toevallig langskomende familieleden van andere bewoners wierpen soms vreemde blikken en bovendien hoorde ik op een middag mevrouw Blijdschap, die toen nog redelijk goed was, aan mevrouw Vroomshoop vragen waarom die man zich steeds voor zijn moeder uitkleedde; zo wilde ik niet de boeken ingaan, ook al ging het om boeken die binnenkort zouden worden dichtgeslagen. Ik had al genoeg aan meneer Stemerdink, die telkens nadat ik met een kus afscheid van mijn moeder had genomen, me in het voorbijgaan met een puntige oude elleboog in de zij porde en samenzweerderig: ouwe snoeperd! riep. Ik bleef dan altijd beleefd staan wachten tot hij die por had uitgevoerd, één keer was ik te snel doorgelopen en porde hij in de lucht, waarbij hij bijna van zijn stoel viel.

Dat een van de laatste manieren waarop ik contact met mijn moeder had over kleding ging, is ironisch – nee, niet ironisch, *passend*. Het was een van de dingen waarvoor ze uiteindelijk bleek te leven: ervoor zorgen dat haar zoon en dochter netjes gekleed de straat op gingen, niet alleen gewapend tegen de kou, maar ook tegen de blikken van de buren. Haar kinderen moesten haar niet te schande maken, niet zozeer haar persoonlijk als wel de eenheid waarvan we allemaal deel uitmaakten en voor het uiterlijk waarvan zij de verantwoording droeg: het gezin. *Denk aan de buren* – de buren waren de echte goden van mijn moeder. De God in de hemel oordeelde pas na je dood, dat was al geen prettig vooruitzicht, maar de buren waren gevaarlijker: ook zij zagen alles en oordeelden bovendien onmiddellijk.

Hoe boos ze was toen ik zonder diploma van school ging. Niet omdat ze zich bezorgd maakte om mijn toekomst; het was haar heden dat werd verstoord – hoe vertelde ze dit aan de buitenwereld, wat zouden de bewoners van die buitenwereld (en die wereld begon vlakbij, meteen aan de andere kant van de muren van ons rijtjeshuis, nee, nog dichterbij, die wereld zat bij haar vanbinnen) ervan denken, van *haar* denken? Tegelijkertijd kon ze niet ingrijpen, want ze had geen gezag. Ze beheerste haar wereld niet, haar eigen blik, haar eigen angst; niemand vertelde haar hoe het moest, hoe zou zij dan anderen kunnen vertellen hoe het moest? En daar dan opgroeien, tussen die muren. Amor fati, je zou je leven nog eens moeten willen leiden, ik heb Nietzsche gelezen, zeker, ik heb bij die passages bedachtzaam geknikt en gedacht: ja, dat zou ik ook wel willen, ik ben ertoe bereid, ondanks alles, maar de waarheid is dat ik voor geen goud nog eens door die ellende heen zou willen, die hele welvarende tijd waarin we hebben geleefd, o we zouden dankbaar moeten zijn maar ik ben het niet, ik kan het niet over mijn hart verkrijgen om dankbaar te zijn en dat leven nog eens te leven, nog eens in dat gezin op te groeien, ik wil een gezin met een moeder die lekker ruikt en die niet steeds even bevriest voordat ze iets gaat doen – ik weet hoe dat voelt, ik doe het zelf ook, ik heb het *geërfd*, het voelt alsof er een dun laagje water onder je huid zit dat daadwerkelijk in ijs verandert. Je kunt het niet aan, je wil dat alles even ophoudt, dat de tijd stilstaat en iemand je komt vertellen hoe het verder moet, hoe het verder *gaat*, maar omdat de tijd niet kan bevriezen bevries je zelf.

V

Hoeveel regen kan een landschap verdragen? De ruitenwissers blijven gaan, het heuvellandschap is ondertussen minder tijdloos geworden, we komen langs grotere steden, industriegebieden, alles doorweekt, natte schoorstenen, natte afritten, natte opritten, natte auto's, sissende autobanden.

Lennox schraapt zijn keel. Je begrijpt hopelijk wel dat je hier niet over mag schrijven?

Over waar we het net over hadden? vraag ik, over inloggen in elkaars gedachten en zo?

Ja, dat, en de rest, wat we aan het doen zijn, onze reis, Bonzo, De Meester, de diamanten. Daar kun je beter niet over schrijven.

Wel als ik het in de toekomst laat afspelen, maar die gedachte spreek ik niet uit. In plaats daarvan ga ik hem geruststellen. Het is grappig dat je het zegt, zeg ik, wist je dat ik al een paar keer over De Meester geschreven heb? Onwillekeurig, zonder dat ik er erg in had. Beide keren werd het meteen afgestraft, alsof het lot het niet toestond. Dus maak je niet ongerust, ik zal het niet nog een derde keer proberen.

Nee, werkelijk? vraagt Lennox. Hoe ging dat dan? Wanneer was dat?

Ja, echt. De laatste keer was van de week.

Vertel.

Eergisteren hoorde ik van mijn uitgever dat ze mijn nieuwe thriller niet goed vond. Ze vond het te literair, met te veel plot. En dat mag niet, in de serie die ik maak.

De plotloze thriller, knikt Lennox.

En toen ik het manuscript nog eens overlas, zag ik dat het eigenlijk over De Meester en Bonzo ging. Ik had geen idee.

Alsof ik even niet goed had opgelet.

En er was ook nog een eerder geval? vraagt Lennox.

Ja, zeg ik, dat was toen ik voor EVSV werkte, die soap, ik weet niet of je die kent. *Echte Vrienden Slechte Vrienden*. Ik ontwikkelde personages, hun achtergronden, hoe ze woonden, hoe ze zich kleedden... Op een gegeven moment had ik een man verzonnen, een rijke vrijgezel, met een geheimzinnig verleden dat niemand kende maar dat wie weet in de toekomst onthuld zou worden...

Ik voel 'm aankomen, zegt Lennox.

Ik had een huis voor hem ontworpen, interieur, meubels, een verleden – maar ze vonden het niks, ik moest hem schrappen, de verhaallijn waarin hij zou optreden werd omgebogen. Pas later kreeg ik door wat ik gedaan had, ik had gewoon Bonzo in de soap geschreven. Niet lang daarna werd ik ontslagen.

Was het in beide gevallen niet gewoon een noodgreep, vraagt Lennox, omdat je niets meer wist te verzinnen en toen maar je toevlucht nam tot iets wat je had meegemaakt?

Het gebeurde gewoon, zeg ik, pas achteraf zag ik wat ik had gedaan.

Lennox glimlacht. Het is je enige verhaal, zegt hij, je bent gedoemd er steeds weer naar terug te keren. Net als ik.

Jij ook?

Ja, ik ook. Wat denk je dat we nu aan het doen zijn? We zijn nu met z'n tweeën weer bezig met dat verhaal. Wat je voor je vijfentwintigste beleeft maakt nu eenmaal de meeste indruk. We zijn mannen zonder kinderen, weet je nog, we zijn nog steeds het middelpunt van ons eigen leven, we hebben nagelaten nieuwe verhalen aan te maken. Bij elk kind dat je krijgt begint een nieuw verhaal en in die verhalen draait het niet meer om ons of onze belevenissen van vroeger, in die verhalen zijn we bijfiguren geworden. Maar bij ons heeft dat dus niet zo gewerkt.

We rijden langs industrieterreinen en hoge flats. We naderen de volgende grote stad. Alle auto's hebben hun lichten ontstoken, de weerspiegeling druipt glimmend over onze voorruit. De wissers slaan en buigen.

Misschien is Bonzo ons kind, zeg ik, maar Lennox reageert daar niet op. Tja, zegt hij terwijl hij zich concentreert op de in- en uitvoegende auto's om ons heen, en op de oranje teksten die oplichten op de zwarte borden boven de weg. Tja, en jij dacht dat het toeval was.

Wat? Dat we geen kinderen hebben?

Nee, je moet iets verder terug.

Ik begrijp je niet.

Wat jou overkwam, bij die soap, en nu weer, bij je uitgever. Alles wat met De Meester te maken had moest geheim blijven, dat wist je toch? Dus we hielden alles nauwlettend in de gaten. Zodra er ergens iets scheef dreigde te gaan, grepen we in.

Wacht even, zeg ik. Je bedoelt toch niet dat *jullie*... Je wilt dus zeggen dat... *Twee* keer? Bij EVSV en bij mijn uitgever?

Ja.

Maar hoe?

Door alles in de gaten te houden.

Door mij in de gaten te houden.

Ja, jou ook.

Wacht, wacht, zeg ik, dit moet ik even goed begrijpen. Jullie hebben al die jaren gevolgd wat ik deed? Hoe werkte dat dan, er liep daar bij EVSV iemand rond die voor jullie werkte? En nu, bij de uitgeverij, nog steeds? Jullie houden alles bij wat ik doe en wat ik schrijf? Al die jaren?

Daar komt het ongeveer op neer, ja.

Ongeveer. Jezus. Hoeveel tijd en geld gaat daar wel niet in zitten, dat kan toch allemaal niet, weet je zeker dat je dit niet ter plekke verzint?

Je vroeg of ik nog steeds bij de Dienst werkte, zegt Lennox. Het antwoord is dus ja. Schrik je daarvan?

Ik antwoord niet, ik denk na. Afgezien van het volstrekt absurde idee is het logisch, ik had het zelf kunnen verzinnen. Als je meewerkt aan een geheim project moet je daar de consequenties van dragen. Maar het is even wennen dat de afgelopen veertig jaar anders zijn verlopen dan ik dacht, of in ieder geval, dat er voortdurend iemand meekeek, dat er blijkbaar voortdurend iemand in mijn omgeving verkeerde die daar was neergezet om alles bij te houden wat ik deed. Ze keken toen al in m'n hoofd, daar hadden ze geen moderne techniek voor nodig. Wie waren het? Ik probeer me collega's van EVSV voor de geest te halen. En wie bij de uitgeverij – kwamen alle stagiaires die ik in de loop der jaren ben tegengekomen bij Lennox vandaan? En nu weet ik opeens weer hoe ik in die studentenflat tegenover het depot belandde, het was met een van die stagiaires van EVSV, jaren later, ik ging met haar mee na een borrel, ze woonde in die flat, ergens in het midden, vier of vijf hoog, misschien wel op E5.

Ik was ooit met een stagiaire van EVSV op die studentenflat, want daar woonde ze, werkte die ook voor jullie, deed ze dat omdat ze het van jullie moest? En ze woonde nog op E5 ook, was dat ironie?

Ik weet, zegt Lennox terwijl hij door het verkeer laveert, werkelijk niet waar je het over hebt.

Ik heb het over een koude grauwe namiddag, maar ik zeg dat niet tegen Lennox, op die middag stond ik achter haar en we keken naar buiten, naar het depot achter de speelplaats, de lucht was lichtpaars met zwarte natte wolkenflarden. De kleine verticale ramen van het depot waren verlichte schietgaten, zelfs als ze op ons hadden gelet hadden ze ons niet kunnen zien, of nauwelijks, ik legde mijn handen op haar heupen maar ze was te smal, pas toen begreep ik hoe fors en breed E5 geweest moest zijn. De stagiaire was kleiner, niet blond maar bruin, kort haar ook, sproeten op haar rug toen ze zich uitkleedde. De schrijnende geilheid als zo'n vrijpartij begint, bijna beter nog dan klaarkomen, misschien wel beter. Die vreemde adem die bijna meteen vertrouwd is, en opvallend warm, wat je van je eigen adem nooit weet. De wereld die zich verkleint, kleine tanden had ze ook, smalle handen die me verder wilden duwen toen ik al in haar zat, verder, dieper, we waren kleine fanatieke knaagdieren met kleine tanden en kleine handen, zwetende knaagdieren, zij met haar ogen dicht, een vreemd bed dat ook vertrouwd wordt, en warm, als adem. O god, de herinnering is veel sterker dan alles wat Lennox me net heeft verteld, alsof het daar niets mee te maken heeft, alsof dit *wel* echt gebeurd is en al het andere niet. Misschien was ik haar eerder tegengekomen, jaren eerder, in een café aan de Van Woustraat, misschien werkte ze wel als stagiaire maar studeerde ik nog, misschien was het nog eerder en studeerden we allebei kunstgeschiedenis. Niets heeft het met de rest te maken. Nooit hebben we elkaar teruggezien, hoe slordig kun je zijn? Vandaar ook de overweldigende melancholie die met herinneringen als deze gepaard gaat – om alles wat het had kunnen zijn, alsof al deze herinneringen uiteindelijk vooruitblikken zijn van iets groters, teasers, trailers van speelfilms die nooit zijn opgenomen, of in ieder geval in jouw wereld nooit zijn uitgebracht. Jouw wereld bewoog zich zorgvuldig tussen alle mogelijke parallelle werelden door, van teaser naar teaser, van preview naar preview, van trailer naar trailer; binnenkort in dit theater, altijd binnenkort, nooit nu. En alles wat Lennox vertelde, alles wat we nu aan het doen zijn is ook een parallelle wereld, het heeft er niets mee te maken.

Er is iets mis, er is een opeenhoping van auto's, veel staat stil, andere auto's rijden er langzaam omheen, Lennox probeert met die stroom mee te gaan, het is bijna donker, lichten gloeien op, achterlichten, knipperlichten, zwaailichten, alles vertekend en weerspiegeld door de regen, een helse kakofonie van claxons.

Staat daar die man nu weer te zwaaien? roept Lennox boven het lawaai uit.

Wie?

Die man in dat lichtblauwe pak, die net in die zelfrijdende auto zat! Volgens mij stond hij langs de kant te zwaaien, weer met twee handen. Maar nu met paniek in zijn blik.

Ik kijk om en zie niets, behalve al die lichten.

Ik geloof toch echt dat ik hem zag, zegt Lennox. Zeker weer zo'n zelfrijdend geval met suïcidale tendensen hè. Hij lacht even. Daar is hij dan in ieder geval nog goed uit gekomen.

Ik kijk weer om, we zijn te ver, de regen ontneemt me het zicht.

vi

Ik sta voor het raam van mijn hotelkamer en blaas mijn meditatiekussen op. Opeens heb ik behoefte om op dat kussen te zitten, ik ben in een nieuwe wereld terechtgekomen, of beter gezegd, mijn oude wereld was niet zoals ik dacht dat hij was, ik moet daar even aan wennen.

Ook vanuit deze kamer kijk ik uit op een binnenplaats, ook hier staat voor zover ik kan zien geen receptierobo te roken. Het is inmiddels donker, in de huizen aan de overkant van de binnenplaats brandt hier en daar licht achter een raam, schimmen bewegen. Het kost me moeite het kussen vol te krijgen, ik heb wel eens een betere conditie gehad. (Is dat zo? Nee.) Ik stop even. Dit is al de eerste oefening: het kussen zien vol te krijgen. Mijn hoofd zit te vol om te mediteren, maar ik herinner me nog van de cursus dat het er niet om ging het hoofd leeg te maken, dat was zo'n aanname die amateurs deden, het ging erom alle opkomende gedachten als wolken voorbij te laten trekken. Er zijn genoeg gedachten. Na wat ik vanmiddag van Lennox heb gehoord, heb ik er in ieder geval drie. De eerste is een uitbreiding en voltooiing van een eerdere gedachte: waarom zijn ze zo omslachtig te werk gegaan, hoeveel manuren en geld heeft het wel niet gekost om me al die tijd in de gaten te houden, waarom hebben ze me niet gewoon *dood* gemaakt? De tweede gedachte is: als ze me al die jaren hebben gevolgd, hoe *belangrijk* ben ik dan niet geweest; de belangrijkste man op aarde! Nou ja, dat valt ook weer mee, maar misschien toch de belangrijkste man voor de Dienst. Hoewel, je weet natuurlijk niet hoeveel mensen ze op dezelfde manier hebben gevolgd en nog steeds volgen. Maar toch, ik ben belangrijk genoeg om in de gaten gehouden te worden. En de derde gedachte is: als ze me al die tijd in de gaten hebben gehouden, dan heb ik op een bepaalde manier al die tijd voor ze gewerkt, dan zou ik daar wel eens *betaald* voor willen krijgen. Die laatste gedachte is onlogisch, en ook niet erg boeddhistisch. Ik kreeg na de tijd in het klooster wel de beloofde extra betalingen maar daar hielden ze op een gegeven moment mee op, ze dachten, die redt zich wel met z'n boekjes en z'n soap maar toen zorgden ze voor m'n ontslag en nu hebben ze ook mijn laatste boek getorpedeerd. Zouden ze iemand bij de uitgeverij hebben of hebben ze gewoon het systeem gehackt? Dat moet ik aan Lennox vragen, ik vind dat ik recht heb op antwoorden, ik werk tenslotte weer met hem samen. En kijk, zo onlogisch was die laatste gedachte dus ook niet, nu ik weer met hem samenwerk heb ik in ieder geval weer recht op betaling.

Ik breng het tuitje van het meditatiekussen weer naar m'n mond. Achter de ramen aan de andere kant van de binnenplaats beweegt niets of niemand. Wat zou iemand denken wanneer hij me zo ziet staan? Man van een jaar of zestig bespeelt rond instrument waar geen geluid uit komt. Ik glimlach bij de gedachte. Ik voel me niet onprettig. Ik zou misschien verontwaardigd moeten zijn na alles wat Lennox me heeft verteld, maar ik voel me eerder *vereerd*. Als ik daarover nadenk, met enige verbazing, lijkt de voornaamste oorzaak van dat gevoel het idee te zijn dat ik belangrijk genoeg ben geweest om in de gaten gehouden te worden. De tweede gedachte is dus de meest wezenlijke, een psycholoog zou daar een conclusie aan verbinden maar de enige psycholoog die ik ken is dood.

Ik blaas lucht in het kussen en ga wat rechter staan, alsof ik daadwerkelijk een instrument bespeel. Maar als ik het kussen weer laat zakken moet ik toegeven dat dit – het gevoel belangrijk te zijn – alleen maar een afleidingsmanoeuvre is om niet te lang stil te hoeven staan bij het absurde, het onvoorstelbare van het hele gegeven. Misschien moet ik gewoon doen *alsof ik het altijd al heb geweten*. Natuurlijk, het spreekt vanzelf dat ik het wist, ik heb ze in feite gewoon getest, eerst met EVSV en later met dat boek, hallo jongens, zijn jullie er nog, blijven jullie wel een beetje alert? Maar ik heb het niet geweten, wie probeer ik voor de gek te houden.

Ons hotel bevindt zich ergens aan de rand van het centrum. Tegen de avond reden we de stad binnen. Voorstad na voorstad, hoge woontorens, woonkazernes, alles herhaalde zich, uiteindelijk stopte Lennox hier, bij het hotel waar ik nu voor het raam sta te blazen. Toen ik mijn gegevens intoetste op de toetsenborst van de receptierobo gingen zijn oogleden een beetje omlaag en zei hij: o dat voelt lekker, meneer, dat voelt lekker. Ironische receptierobo's die weten wat je gisteren dacht; ik heb net gedaan of ik het niet hoorde, ik heb al genoeg aan m'n hoofd.

Het kussen zit vol, ik moet makkelijker kleren aan, ik moet uit deze vuile kleren. Ik verkleed me, daarna stap ik met de kleren die ik de afgelopen dagen heb gedragen in de lift, ze moeten schoon, ik heb niet veel bij me. Goedenavond, zegt de lift, we gaan naar de begane grond waar... Voor hij uitgesproken is schuiven de deuren al open. De ogen van de receptierobo volgen me tot ik recht voor hem sta. Hij wenst me ook een goedenavond en noemt me bij mijn naam. Is het mogelijk deze kleren te laten wassen? Ja natuurlijk. De robo staat op, of rijst overeind, in ieder geval, hij wordt langer, onder zijn toetsenborst bevindt zich een wasmachinedeurtje, dat met een zachte klik openspringt. De robo pakt met beide handen mijn kleren aan en stopt ze in de opening waarachter een zilverkleurige trommel met gaatjes zit. Het deurtje sluit zichzelf. Woesh, woesh, woesh, zegt de robo, en even denk ik dat hij na deze drie seconden de was er schoongewassen uit zal halen. Deze voorziening is alleen voor het transport meneer, zegt hij glimlachend en hij glijdt weg, naar de wasruimte neem ik aan. Morgenochtend schoon en droog op uw kamer! roept hij, en hij sluit af met mijn naam.

Ik kijk hem na. Dat deurtje in zijn buik is alleen maar een gimmick. Ik hou daar niet van, het is alsof ergens de spot mee wordt gedreven, niet alleen met mij, maar ook met de wereld waarin ik me beweeg. Net is mijn oude wereld gekanteld door wat Lennox me vertelde (ze hebben me *veertig jaar* in de gaten gehouden! Ze boffen nog dat ik zo weinig heb gedaan in die tijd) en meteen daarop komt de nieuwe wereld eroverheen met een ironische receptierobo. Of zouden ze samenwerken, Lennox en de robo, ik hoor ze al overleggen, ik vertel hem hoe het werkelijk zit en dan maak jij hem gek met een wasmachinedeurtje. De robo keert niet terug, misschien staat hij ergens in een wasruimte voor zijn eigen plezier mijn kleren te wassen, wie zal het zeggen, ik niet, ik was van plan te gaan mediteren dus keer ik terug naar mijn kamer.

Goedenavond, zegt de lift. Weet je mijn naam niet? vraag ik. O jawel hoor meneer, ik ken iedereen hier, en hij noemt mijn naam en mijn kamernummer. Kijk meneer, we zijn er al, rechtsaf, tweede deur aan uw linkerhand. Dat weet ik, zeg ik, ik kom er net vandaan. De liftdeuren schuiven achter me dicht, met een hardere klap dan ik verwachtte.

Die temerige dictie, die harde klap, word ik nu ook al ironisch benaderd door een lift? Ik zie de glimlach van de receptierobo weer voor me en besef opeens dat die niet voor mij was bedoeld, maar voor hemzelf. Ik zag een receptierobo met een *binnenpretje*.

Ooit was ironie van ons, de leden van de geletterde middenklasse, een niet al te kostbaar en overal te verkrijgen middel om het leven ongevaarlijker te maken, om het te verkleinen zodat wij er beter in pasten, een middel ook om hiërarchie aan te brengen in onze eigen groep; maar nu beschikt kunstmatige intelligentie er ook over. Misschien heeft ze het zelf ontwikkeld, wie weet is het een onvervreemdbaar, onvermijdelijk onderdeel van een zich ontwikkelend bewustzijn, straks blijkt ironie de drijvende kracht achter alles. Dat zou me eigenlijk niet eens verbazen. Maar de zorgeloze manier waarop ze er gebruik van maakt! Het is inderdaad een nieuwe wereld, alles wat ik zojuist over mijn leven heb gehoord is alweer achterhaald na de confrontaties met ironische receptierobo's en liftdeuren. Soms denk ik dat er met tijdmachines wordt gewerkt, dat ze vanuit de toekomst hun plannen trekken en ons langzaam aan hun regime willen laten wennen; daarom sturen ze ons eerst vriendelijke, behulpzame receptierobo's met ironische gimmicks en glimlachjes. Maar die ironie moet er ingeslopen zijn, die kan nooit de bedoeling zijn geweest, want ze geven zichzelf ermee weg: hun ironie is te triomfantelijk, het is de ironie van iemand die de ander niet serieus *kan* nemen, hoezeer hij ook zijn best doet; die ander is gewoon te onbelangrijk, te efemeer, te sterfelijk. Het is niet eens ironie, het is *vrolijkheid*, ze maken zich vrolijk over ons omdat we vermakelijk zijn zonder dat we ertoe doen. Dat wasmachinedeurtje bijvoorbeeld, zat dat daar al de hele tijd of is zoiets oproepbaar? Daar komt een idioot met wat vuile was (alleen al het feit dat ze kleren dragen die vuil worden, wat is dat voor omslachtig gedoe) en kom, laten we even een wasmachinedeurtje materialiseren, en dan niet eens een functioneel deurtje, welnee, we doen maar wat, voor ons eigen genoegen, het hoeft allemaal niet logisch in elkaar te steken, kan ons het schelen. Moet je hem zien kijken als hij me straks weer achter de balie ziet staan, hoe z'n ogen op zoek gaan naar dat wasmachinedeurtje. Lachen man.

Ik moet Lennox vragen of er verband is tussen zijn Dienst en kunstmatige intelligentie. Misschien *is* Lennox wel kunstmatige intelligentie. Ik moet vragen of ik zijn buik mag zien, misschien heeft hij ook wel zo'n deurtje. Er zijn overal verbanden ontstaan waar ik geen weet van heb, en tussen mij en de wereld lijkt steeds *minder* verband te bestaan. Het is vooral de achteloosheid waarmee de wereld waarin jij je beweegt wordt ontkend, alsof de spot wordt gedreven met de stilzwijgende vanzelfsprekendheid van je omgeving, alsof eenzijdig het contract wordt opgezegd dat de wereld en jij ooit sloten; en dat contract hield in *dat je serieus werd genomen*, door welke vorm van intelligentie dan ook. Je kijkt om je heen en merkt opeens dat het contract is verscheurd, je ziet nog net een paar snippers de hoek om waaien. Zelf heb je altijd je best gedaan om het allemaal te begrijpen, want je wist, hoe vreemd je het ook mocht vinden: het vindt allemaal plaats in *mijn* wereld. Maar de andere partij begint zich te vervelen en verandert de wereld in iets anders, iets waarin anderen in je leven ingrijpen als het nodig is en ironische intelligentie je bespot met wasmachinedeurtjes. Het is met kleine stapjes gegaan, ik kan me een van de eerste stapjes nog herinneren, het was in september 2016, op een dinsdagavond. Ik was onderweg naar het Filmmuseum aan de overkant van het IJ, toen ik op de pont stond te wachten zag ik aan de overkant de A'dam Toren, die vroeger (nog vroeger, ik moet niet vergeten hoe lang geleden dit is) de Shell-toren heette, en die daar sinds eind jaren zestig had gestaan, rechthoekig, zwart op stevige witte poten, bijna honderd meter hoog, met goudkleurige vierkante ramen, een Shell-logo net onder de rand en bovenop een witte betonnen kroon. Maar Shell had het gebied verlaten, de toren was gerenoveerd en nu zag hij er anders uit, slanker, omdat er andere ramen in zaten, niet langer vierkant maar langwerpig, ook de goudglans van het glas was verdwenen. Bovenop was een schijf aangebracht met een ronddraaiend restaurant, de kroon was weg, alles was anders. Het was avond, maar het was nog licht, ik wachtte op de pont en keek naar de toren aan de overkant en zag helemaal bovenin, op de rand van de omloop boven het roterende restaurant twee schommels in metalen constructies hangen, er zaten mensjes in, ze schommelden rustig heen en weer, op hun gemak, maar over de rand, want de metalen constructie waar de schommels in hangen stak schuin naar voren, steeds weer over de rand schommelden ze, op bijna honderd meter hoogte, kalm en soepel. Het was een verbijsterend gezicht, alsof alles anders was, of ik me niet in mijn eigen omgeving bevond, maar na een lange reis uit het station kwam en nu een eerste blik wierp op een vreemde stad. Ik was uitgestapt in een film, een sciencefictionroman. Dit was wat ze hier deden – ze schommelden op hoge torens. De toren was gereduceerd tot de basis van een schommel, dat hoge donkere blok waarin ooit mensen van Shell werkten deed er niet meer toe, het was niet meer dan een voetstuk, de mensjes op de schommels daar helemaal bovenin beheersten het hele beeld, en tegelijkertijd was het allemaal zo terloops, want alles was groter dan die schommels en die mensjes: het IJ, het station achter me, de heen en weer varende ponten, het verkeer op de kade, de krioelende massa, de hemel, de laagstaande, dalende zon. Maar boven op die toren aan de overkant werd geschommeld en dat veranderde alles. Eén klein detail, je ziet het pas als je erop let, maar dit was niet langer mijn wereld, ik was hier nog maar net aangekomen, het was een hedonistische nieuwe wereld. Nou ja, kom op zeg, het is maar een attractie op een verbouwde toren, hoe kan zoiets alles veranderen – toch was het zo. Toen de pont kwam liet ik me meenemen naar de overkant, boven op de toren werd nog steeds geschommeld, ik kon mijn ogen er niet van afhouden. Bovenin was het ongetwijfeld anders, hectischer, met wind, en gespen, en riemen, en gegil en geschreeuw. Beneden zag je alleen de geluidloze soepelheid. Het waren jonge mensen, op de een of andere manier kon je dat zien, die hele toren werd bevolkt door hippe bedrijven en hotels van en voor jonge mensen, ze hadden schommels op torens, ze woonden in een reusachtige speeltuin waar ik geen lid van was, ik was een toerist geworden, als ik wilde weten hoe het er in deze wereld aan toeging had ik daar een *gids* voor nodig.

vii

Ik dim de lichten van mijn kamer en ga in halve lotus op het meditatiekussen zitten. Met mijn achterste druk ik mijn in het kussen opgesloten adem samen. Adem in, adem uit, tel je uitademingen, van één tot tien, laat gedachten die opkomen als wolken voorbijgaan. Gedachten, niet *jouw* gedachten; begin weer bij één als je afgeleid raakt, adem in, adem uit... Eén... Twee... ZenZin, die naam had al een waarschuwing moeten zijn... maar ik heb er wel leren mediteren, dat moet ik ze nageven, met de theeceremonie achteraf; vooraf moesten we die soetra reciteren, welke was het, de hartsoetra, in het Japans, waarom niet, als domme schapen... zou ik hem nog kunnen... *kan ji zai ho fa bo jin...* straks even opzoeken, of misschien ook maar niet... Eén... Twee... Drie... ik ben al bij drie, nu de tien zien te halen... shit, nu weer terug naar één... Eén... het begon natuurlijk al ver vóór ZenZin... ZinZen... ZonZan... ZunZon... met die boekjes van Alan Watts en zo... met zijn mix van boeddhisme hindoeisme taoïsme... in de blender maar het werkte wel, het werkte aanstekelijk voor een ex-gereformeerde als ik... afscheid genomen van een keiharde woestijngod... en van die zijige Jezus, die daar dan de zoon van zou zijn... dan is elke relativering welkom, van god, hemel, hel... van dat zwarte calvinisme, met schuld en boete... ik ben opgegroeid met gedachtegoed dat rechtstreeks uit de zeventiende eeuw kwam en ben zojuist uitgelachen door een robot... hoeveel tijd kan je als individu omspannen, dat is toch allemaal niet te doen... het is letterlijk onvoorstelbaar... mijn moeder, honderd geworden, puber in de Tweede Wereldoorlog, wat je dan allemaal hebt zien gebeuren geen wonder dat al die bewoners daar in die huiskamer dement waren geworden, dat was gewoon zelfbescherming tegen de onstuitbare vloed nieuwigheden jaar in jaar uit... Eén... Twee... Drie... en wat is nu mijn wereld... deze niet in ieder geval dat is inmiddels wel duidelijk geworden... wolken die voorbijdrijven... schommelende kinderen... gedachten niet *jouw* gedachten... kinderen niet *jouw* kinderen... Eén... Twee... Drie... Watts ben ik altijd sympathiek blijven vinden, ondanks alles... had wel iets vrolijks, opgeruimds... kijk eens goed, alles is anders dan je was voorgespiegeld... Eindigde als treurige alcoholist, dat wel, maar wat dan nog... eindes zijn altijd treurig... Maken niet met terugwerkende kracht het hele leven waardeloos... *dan ga ik op naar Gods altaren...* Jezus, al die psalmregels nog in m'n hoofd... op school vroeger, voor elke maandagochtend een psalmversje uit het hoofd leren, wat was het nut daarvan... als je in de kerk een keer je psalmboek vergeten was, dat was het nut... zeiden we tegen elkaar, wij hadden ook geen idee verder... begrepen die taal niet eens... Gods altaren.... zongen we dat nou op de begrafenis van mijn moeder... ja dat zongen we... ze had zelf de psalmen uitgezocht... nu bij Gods altaren aan het zingen... of eeuwig branden in de hel natuurlijk... daar was ze bang voor... de hel... geen wonder dat je daar dan bij weggaat, bij zo'n godsdienst... maar dan ga je daar toch niet naar terug... waarom zijn zij eigenlijk geen boeddhisten geworden... dat had je toen nog niet... dat had je pas toen ik van mijn geloof viel... Vierendertig... Vijfendertig... jezus, ik ben door blijven tellen, terug.... Eén... Twee... Hupsakee... Eén... Twee... Hakuin die bang was voor de hel... Hoe verbaasd was ik niet, de boeddhisten hadden ook een hel? Ik las het toen ik die biografie had gekocht, zestiende, zeventiende eeuw?... Als jongetje hoorde hij een preek van een rondreizende priester over de Acht Verschroeiende Hellen, doodsbang werd hij, en vroom. Als de preek van de priester in *Portret van de kunstenaar als jongeman*. Ook over de verschrikkingen van de hel. Eeuwig vuur, vernietigend vuur, boeddhistisch of katholiek, dat maakt niet uit, angst zaaien, gehoorzaamheid afdwingen. Daar hebben ze het bij het westerse boeddhisme nooit over, over die hel, het is geen godsdienst, het is een filosofie, een mooie zachte niet westerse niet rationele filosofie over hoe je in het leven moet staan, zonder bijgeloof, alles in het nu... Op een kussentje gaan zitten... En eigenlijk vooral omdat we ons te goed voelden voor gewone zelfhulpboeken nee het moest eeuwenoud zijn en ergens anders vandaan komen met aparte kleding en aparte rituelen... Eén... Twee... Drie... Vier... Leven is lijden... Een van die waarheden, vier waren het er... Dat herkende ik wel als ex-gereformeerde, dat klinkt wel goed, je vraagt je af waarom Leiden het nooit als slogan heeft geadopteerd, Leven is Leiden... goed ook om oosterse toeristen te trekken nu we het daarvan moeten hebben... afgezien dan van het feit dat die oosterse toeristen moeite zullen hebben met Nederlandstalige woordspelingen... Vergeet het... Eén... Twee... Ik zit maar met resten boeddhisme en onverteerd oosters gedachtegoed dat ik niet kwijtraak... maar ik word er ook niet beter van... Alsof ik in een tussenstadium zit, of ik ga tien jaar studeren tot ik het me allemaal eigen heb gemaakt, of ik laat al die halfgare kennis operatief verwijderen... Die innerlijke boeddhist wurgen tot zijn oogjes eruit ploppen... Ja leven is lijden maar ik ben allergisch geworden voor dergelijke reducties... of is het geen kwestie van reductie maar van synoniem... Daar zou ik over na moeten denken... Het is gewoon een kwestie van persoonlijkheid... Als je een beetje lijdzaam en passief bent slaat het quasi-boeddhisme wel aan... Leven is lijdzaam ha ha... Over dat lijden hoorde je ze trouwens ook nooit bij ZenZin... Hoe ze daar deden alsof het een lifestyle was... *Leven zoals je wil leven, denken wat je wil denken...* cursus één, cursus twee... Alsof het allemaal om ons draaide... Je moet je geest leegmaken en dan noemen ze het mindfulness... Eén grote verkleedpartij in feite, hoe ze daar tijdens dat weekend rondliepen in hun pijen en hun slabbetjes, hoe heten die dingen ook weer, rukusa, rakusu? En dan die stok hoe heet die ook weer... geen idee maar in Japan slaan ze er monniken die wegdommelen mee op hun rug en hard ook... En hier hadden ze die ook maar je kreeg alleen een klapje als je er zelf om vroeg... Je moest verdomme je hand opsteken en dan kreeg je een symbolische tik dat was alles... Eigenlijk was het een soort cosplayweekend, gelukkig wel met zwijgplicht, dat was prettig, je zag hoe iedereen popelde om over zichzelf te beginnen, over hoe die urenlange meditaties pijn deden maar dat ze er toch veel aan hadden en dat ze blij waren dat ze hadden doorgezet, en hoe ze tijdens de zwijgende maaltijden met angstige lachjes de potten en pannen in de gaten hielden waar ze net niet bij konden, rollende ogen zo nu en dan, hier en daar gezwaai zelfs want zwaaien maakte geen geluid dus dat mocht allemaal haat en nijd en dan die vergevingsgezinde glimlachjes wanneer je toevallig hun blik ving. En dan die lezingen van Wobke... Wobke Wobkema van ZenZin, klinkt bijna als een adellijke titel... de man die het allemaal verzonnen had, of niet verzonnen, maar dan wel aangepast en toegepast, elke middag een lezing, hij op een podium in z'n pij en in de lotuszit, toen mocht er wel gepraat worden, om vragen te stellen of te beantwoorden, al die mensen met kladblokjes om de wijze woorden gretig op te schrijven. En hoe ik die man toen onwillekeurig bewonderde om hoe hij ons aanpakte, het duurde even voor ik doorhad wat hij precies deed de gladjakker. Een relativerend grapje maken en wanneer er zacht, schaapachtig maar tevreden gelach opstijgt, dat meteen afstraffen... *Ja, daar lachen jullie om, maar het is een serieuze zaak*... en daarna wisten we onze plaats weer... Hij deed het voortdurend dat was het mooie... En dan weer verder met de lezing... Ontspanning bewerkstelligen om je gezag te versterken, het bleef werken, hij deed het bij elke lezing een paar keer. Dat lachje dan... dat zachte gelach van de gelovigen was nog erger... dat lachje dat ook buiten meditatieweekenden alomtegenwoordig is, het lachje van de geletterde middenklasse, bij lezingen, bij voorstellingen, in concertzalen... het zelfgenoegzame en tegelijkertijd onderdanige lachje waarmee we reageren als er iets *mild grappigs* gebeurt of gezegd wordt... Niet de knallende bevrijdende lach, maar het gedweeë lachje waarmee je de ander een plezier doet, gedwee, als vee, het lachje waarmee de middenklasse zich *onderwerpt*... ik weet nog de eerste keer dat ik me ervan bewust werd, begin jaren negentig was dat, toen iemand me meenam naar een dansvoorstelling in Carré, wie was dat ook weer geen idee... iets met het Holland Festival als ik me goed herinner, ze dansten *Carmen* van Bizet, in flamboyante Spaanse kostuums, zodat je je afvroeg of dit nu heel ouderwets was of heel postmodern, want toen zat daar nog verschil tussen, en op een gegeven moment snoot een van de dansers zijn neus in de jurk van een danseres... en daar kwam het beschaafde zachte gelach, meegevend, toegeeflijk, opgelucht, meteen ook weer wegstervend, gelach zonder ziel... en ik lachte mee en schaamde me vrijwel meteen en zwoer dat dat me nooit meer zou gebeuren maar het gebeurde natuurlijk toch weer, bij latere gelegenheden, en bij elke gelegenheid vervloekte ik mezelf. En je moet Wobke Wobkema erom bewonderen dat hij dit laffe gelach niet alleen opriep maar ook weer afstrafte – als hij *daar* dan nog eens een lezing aan zou wijden, maar nee, hij wist zelf misschien niet eens wat voor tactiek hij gebruikte, hij zat daar zelf ook maar als een vat vol zelfgenoegzaamheid in zijn zwarte pij en z'n rakuslab, en weet ik zeker dat ik toen niet meegelachen heb bij die lezingen, opgelucht dat het zwijgende slagveld van het middagmaal in ieder geval weer achter de rug was? Ik zou het niet durven zweren, pas later kreeg ik echt een hekel aan hem, of niet eens een hekel, eerder nog medelijden, toen uitkwam dat hij nooit jarenlang in een Japans klooster had gezeten, dat hij zijn titels zelf had verzonnen en niet van een zenmeester had ontvangen, dat hij iedereen had belazerd. En daarna kwamen al die andere schandalen van al die andere boeddhistische leiders, misbruik, aanranding, verkrachting wat al niet, het was net de katholieke kerk, het was toch al een grote verkleedpartij natuurlijk, dat hele westerse boeddhisme, dat hele quasi-boeddhisme... Op een of andere wijze was het erin geslaagd zich aan die hele discussie over culturele appropriatie te onttrekken omdat het niets met zwart en wit te maken had waarschijnlijk en omdat niemand aan westers boeddhisme had gedacht, omdat dat zo'n keurige filosofie was voor de ooit geletterde en nu mediterende middenklasse. O dat westerse boeddhisme waaruit alles wat naar godsdienst zweemde was weg gefilterd, niet alleen die hel, maar ook reïncarnatie, de legendes over de Boeddha, alles wisten ze hier beter, als er op westerse boeddhistische sites aandacht werd besteed aan wat er zich in Aziatische landen afspeelde qua geweld en vervolging en bijgeloof was er altijd wel een boeddhist-van-bij-ons die onder zo'n bericht schreef: maar dat zijn geen *echte* boeddhisten, nee dat waren wij natuurlijk, wij begrepen pas echt hoe Boeddha het had bedoeld, die was tenslotte ook een verdwaalde westerling, net zo blank vanbinnen als Jezus vanbuiten in de oude kinderbijbels. Al die boeddhistische spirituele leiders uit het Westen die het allemaal zo goed wisten met hun begrijpende blikken en hun invoelende geest, die zullen nog vreemd staan te kijken als ze in die boeddhistische hel terechtkomen, die hadden ze toch juist als bijgeloof proberen weg te denken? Vierentachtig... Vijfentachtig... shit... terug naar één... Eén... Twee... het is allemaal treurig als je erover nadenkt, als je erover leest, dat is het met godsdienst, je moet er niet over lezen en je moet er niet aan doen, dan is het wel uit te houden. Eén... Twee... Drie... Maar ik moet toegeven, ik heb daar wel leren mediteren bij Wobke en zijn consorten, zijn leerlingen die onze leraren waren, en die hem dan weer betaalden, dat had hij toch wel goed voor elkaar die Wobke... Ik heb daar wel leren mediteren, ik weet nog hoe ik merkte hoe mijn lippen vanbinnen ontspanden en hoe goed dat voelde en hoe nieuw... Eén... Twee... Drie... ik voel het zelfs nu een beetje... O dat blijft prettig... O dat boeddhisme dat zich vanuit het Oosten als een deken over ons heen vlijde, kom tot rust, laat de lucht uit je ego vloeien, ontspan... Maar zo was het natuurlijk niet... het was ideaal voor iedereen die zich op voorname wijze een beetje afzijdig wilde houden... En hoe dat gegaan is deze eeuw, hoe greep het om zich heen en hoe goed paste het niet bij het basisinkomen, je zou bijna gaan denken dat het onderdeel is van dezelfde beweging, en waarom ook niet... ja waarom ook niet, een gecoördineerde actie, een operatie voor de lange adem, zeker, kijk eens hoe het allemaal is voorbereid, hoe het allemaal samengaat, het steekt te goed in elkaar om toeval te zijn, toen eenmaal iedereen aan mindfulness deed kwamen die Japanse opruimgoeroes met hun boeken en hun video's over hoe je dingen moest weggooien en voor je het weet zit de hele middenklasse te mediteren in lege kamers... En toen kreeg je ook nog die actie van hoe heet het Nederland Leest, toen iedereen gratis het *Natuurdagboek* van Nescio kreeg, ook dat paste er helemaal in, ze waren niet aan te slepen en overal tentoonstellingen van de Haagse School en andere landschapsschilders, opeens moesten we *kijken* in plaats van handelen, opeens trok iedereen er met het dagboek van Nescio in de hand en de landschapsschilders op het netvlies met de fiets op uit om in de weilanden naar de lichtval op een bruggetje te kijken of hoe het zonlicht weerkaatste op het haantje van een dorpskerk in de verte... Contemplatie, geen bezit, hoe goed paste dat niet bij het basisinkomen, het is gewoon allemaal *voorbereid*, niemand voelde zich meer geroepen om erbij te gaan werken en dat was precies de bedoeling want juist voor de middenklasse verdwenen de banen het snelst, o Boeddha o Nescio, over vijfhonderd jaar zullen jullie in het Westen een en dezelfde persoon zijn, hoe goed is het allemaal niet verzonnen en geregeld, en door wie, misschien is het een langdurig voorbereid complot van de moslims om ons te verzwakken en over te nemen, effectiever dan bommen en met vrachtwagens over mensen heen rijden, we leggen niemand meer een strobreed in de weg, we stappen van onze al dan niet elektrische fiets af om naar strootjes op de weg te kijken en hoe mooi die bij het roze asfalt van het fietspad kleuren en als het niet zo druk was met andere fietsers zouden we er eerbiedig bij gaan zitten mediteren en alle wegen moeten roze asfalt krijgen en ik zou het ook wel willen maar het werkt alleen als ik de enige ben, ik wil de rest er niet omheen, ik ben veel te *kwaad* op de rest, kutwijven, klootzakken, jullie moeten mij rustig mijn boodschappen op de band laten zetten... Eén... Twee... Nu is het wel genoeg... Pijn in m'n benen, kijken of ik nog overeind kan komen... Ik ben mijn hele leven in de gaten gehouden laat ik dat niet vergeten... Ik moet het daar met Lennox over hebben... Alsof mijn leven niet van mij was... Leven, niet *jouw* leven... Lach er maar om... Of zit ik hier om bij die gedachte uit te komen... Dan kan ik nu opstaan, klaar.

viii

Lennox heeft ook dit restaurant uitgekozen, of hij is gewoon ergens naar binnen gelopen, ik heb geen idee, hij is zwijgzaam vanavond, en ik weet ook niet goed wat ik moet zeggen.

Ik heb net gemediteerd, zeg ik dan maar, of wist je dat al.

Nee hoezo, zegt hij.

Dus zo goed houden jullie me ook weer niet in de gaten.

Hij zou hierom kunnen lachen, maar dat doet hij niet.

Regen druipt langs het raam.

Maar hoe is het dan allemaal in zijn werk gegaan? vraag ik.

Wat?

Al die jaren, zeg ik. Ik zie hem achter een bureau zitten, een groot, zwaar bureau van grijs metaal, met links en rechts een ladeblok, in de deur van zijn kantoor zit een ruit van bewolkt matglas met zijn naam, in spiegelbeeld, zodat die leesbaar is vanaf de gang. Er lopen voortdurend mannen met papieren in hun hand bij hem naar binnen. Hij is nu hier, zeggen ze, of: hij doet nu dit, hij heeft net die en die ontmoet, en ze leggen de papieren in ondiepe bakken die op het bureau staan. Lennox bedankt ze met handgebaren zonder ze aan te kijken. Steeds weer pakt hij een vel papier uit een bak, bekijkt het, maakt een aantekening in een groot schrift dat voor hem ligt, verfrommelt het vel en werpt het naar de grote prullenbak van gevlochten ijzerdraad die naast zijn bureau staat. De vloer naast de prullenbak ligt vol proppen waarvan de meest verse nog zachtjes knisperen.

Wat ik je ook nog wilde vragen, zeg ik, is er een verband tussen de Dienst en kunstmatige intelligentie, hebben jullie iets te maken met de receptierobo's?

Nee, zegt Lennox.

Dat weten we dan ook weer. Hij had op z'n minst verbaasd op kunnen kijken, het was vast geen vraag die hij zag aankomen. Ik zie hem weer achter zijn bureau zitten, het ene papier na het andere lezend. Hij zit tegenover je in een restaurant en stelt rare vragen! roept een van zijn informanten, die alleen maar even zijn hoofd om de hoek van de deur naar binnen steekt. Daar houdt hij zo wel mee op, zegt Lennox zonder op te kijken. Hij bestelt twee pizza's en terwijl we die opeten denk ik: ik zit met God te eten. Hij weet alles, hij kent mijn zitten en mijn staan, al mijn tranen heeft hij in zijn fles bewaard. Lennox is God, wie had dat kunnen denken. Ik zou hem eigenlijk moeten vragen hoe zijn oordeel luidt, zijn mijn zonden vergeven, kom ik in de hel? De god achter het bureau, de boodschappers zijn engelen. Eén... Twee... Nee, nee, ik ben aan het eten, ik zit tegenover Lennox. Ik zou hem vragen moeten stellen, bijvoorbeeld: wat deed ik op 23 april 1997, ik zou opmerkingen moeten maken als: en dan te bedenken dat ik al die jaren een dagboek bijhield, dat had dus ook helemaal niet gehoeven. Maar ik zeg andere dingen, ik heb ook helemaal geen dagboek bijgehouden, ik vraag: zullen we morgenochtend de stad in gaan, zullen we weer eens naar een museum gaan, of hebben we haast? Ik weet niet precies waarom ik dat vraag, heb ik het hem eerder vanmiddag niet ook al gevraagd? Ja ik weet wel waarom ik het vraag, ik wil terug naar de oude Lennox, net als vanmiddag maar dan nog sterker, de Lennox met wie ik door Boijmans liep toen we twintig waren, al het andere moest nog gebeuren, of zou nooit gebeuren. Ik wil weer naar stofuitdrukking kijken en naar de landschappen achter kruisigingen en annunciaties, ik wil het met hem hebben over die schedel van Hirst en wat die voor me heeft bedorven en dat ik denk dat ik dat samen met hem kan overwinnen als we ons van zaal naar zaal haasten zoals vroeger. Ik wil nu heel erg met hem naar een museum.

Een museum, zegt Lennox. Meer zegt hij niet. Ik kijk naar hem, hoe hij zijn pizza eet. Een hele Dienst die zich voortdurend met mij heeft beziggehouden, het kan natuurlijk niet maar het is een fantastisch idee. Maar hij heeft ook Bonzo gevolgd, de hele tijd, al die jaren. Waarom heb ik daar eigenlijk geen rol bij gespeeld? Bonzo was ook van mij.

Alsof we gescheiden ouders zijn en hij het kind toegewezen heeft gekregen, maar ik weet van geen scheiding, ik ben op een zijspoor gezet, alsof ik de draagmoeder was die haar baarmoeder beschikbaar heeft gesteld en dat was dan dat. En dan wel de rest van de tijd gevolgd worden om te controleren of ik mijn mond niet voorbijpraat.

Heb je Bonzo voor jezelf willen houden? vraag ik.

Lennox herhaalt mijn vraag, in eerste persoon enkelvoud, zonder vraagteken. Hij kauwt op een stuk pizza, maar het is net of hij op mijn vraag kauwt. We hadden verder geen werk voor je, zegt hij. Had je bij ons willen blijven dan?

Daar moet ik over nadenken, ik weet het niet, deze hele gedachtegang is nieuw voor me. Had ik dan mezelf in de gaten moeten houden? vraag ik. Opeens wordt alles ingewikkeld, en ik besluit het erbij te laten. Gelukkig zijn we bijna klaar met eten.

Na het eten wil ik terug naar het hotel, voordat Lennox weer een nachtclub verzint. Onder de paraplu's die we van de receptierobo hebben gekregen lopen we terug, de regen tikt net iets anders op de paraplu van Lennox dan op die van mij, alsof ze niet van dezelfde stof zijn gemaakt. We klappen ze in en lopen het hotel binnen, als we de paraplu's teruggeven aan de receptierobo vergelijk ik ze met elkaar, ze lijken volstrekt identiek. De receptierobo kijkt me ironisch glimlachend aan alsof hij mijn gedachten leest maar er niet over peinst uitsluitsel te geven. Ik moet daar niet bij stilstaan, misschien moet ik er vanaf nu van uitgaan dat we in gescheiden werelden leven, ik en de robo's, ik en Lennox, ik en de rest. Dat zou wel eens de beste manier kunnen zijn om gezond te blijven; te worden.

We lopen de trap op, ik groet Lennox, ik ga mijn kamer binnen. Iemand of iets heeft de gordijnen dichtgedaan, ik schuif ze open en staar naar buiten. Het is opgehouden met regenen, alles is nog nat. Achter de schutting die de binnenplaats afgrenst beginnen donkere tuinen, daarachter rijzen aaneengesloten achtergevels van huizen omhoog. De gevels lijken in het donker een beetje te bewegen, alsof ze ademen, alsof die ademhaling een beweging is die over de gevels glijdt, in het donker is niet goed te zien wat er aan de hand is. Hier en daar is een venster verlicht, het licht hangt roerloos in de kamers, daarbinnen is alles stabiel. Achter een balkondeur zit Colenbrander aan een tafel te schrijven onder het zachte licht van een notarislamp met een groene kap en ik open mijn raam en klim over de ijzeren brandtrap naar beneden. De binnenplaats is geen probleem, maar de schutting is lastig. Om mijn handen om de bovenrand te kunnen leggen moet ik op een vuilnisvat gaan staan dat ik zo voorzichtig mogelijk naar de schutting heb gesleept. Ik kijk niet achterom naar de verlichte ramen van de keuken of de kantoren van het hotel of wat zich daar dan ook bevindt, als ik niemand zie, ziet niemand mij. Aan de andere kant van de schutting val ik tussen heesters met harde takken. Ik sla mijn kleren af (niet dat ik in het donker iets kan zien), steek de tuin over, spring naar het uiteinde van de brandtrap, trek hem naar beneden en klim omhoog naar het verlichte balkonraam. De achtergevels zijn begroeid met klimop, de natte bladeren zijn zwart in het donker, hier en daar gaat de wind erdoorheen, dat was de ademhaling die ik vanuit mijn kamer meende te zien. Ik stap van de trap op het balkon (een actie die zich makkelijker laat beschrijven dan uitvoeren) en open de balkondeuren. De kamer is inmiddels leeg, maar de lamp met de groene kap brandt nog. Ook de tafel is leeg. Ik hoop dat Colenbrander zich nog ergens in het huis bevindt want ik moet hem nog bedanken. De deur van de kamer voert naar een gang waarop andere kamers uitkomen. De kamers zijn hoog en schemerig, er hangen grote spiegels met vergulde lijsten, er staan kasten van glanzend donker hout en boekenkasten met deuren van geslepen glas, in het slechte licht kan ik geen titels onderscheiden. In het trappenhuis kom ik Colenbrander en zijn vriend tegen, ze zijn onderweg naar boven, Colenbrander draagt vandaag een lichtgrijs pak, zijn vriend heeft een klembord bij zich.

Ik rouw niet om mijn moeder, zeg ik.

Colenbrander blijft staan, zijn hand op de leuning. Zijn vriend staat een tree hoger, ik loop de trap op tot ik een paar treden onder hen sta. Het trappenhuis is goed verlicht, ik zie niet meteen waar al dat licht vandaan komt.

Is ze al lang dood? vraagt Colenbrander. Zijn vriend bladert door de vellen papier op zijn klembord.

Nee, een paar weken nog maar.

Maar dan moet ze al heel oud zijn geweest, ik herinner me dat je ouders relatief oud waren toen ze jou kregen, een jaar of veertig?

Ze was honderd, zeg ik. Toen ze stierf, niet toen ik geboren werd.

Dat begreep ik al, zegt Colenbrander.

Komt de burgemeester dan nog langs? vraagt Colenbranders vriend terwijl hij opkijkt van zijn klembord. Ik bedoel, als je honderd wordt.

Nee, zeg ik, die grens is opgetrokken naar honderdtien.

Anders konden ze ook wel bezig blijven natuurlijk, zegt de vriend.

Colenbrander glimlacht, alsof de wending die het gesprek heeft genomen hem amuseert. Toch grijpt hij in. Maar dan is het toch niet zo gek dat je niet rouwt, zegt hij.

Nee, maar het zou handig zijn als ik had gehuild, dan had

ik dat tegen mensen kunnen zeggen, want ze vragen ernaar.

Wie was dat ook weer, zegt de vriend. Die man die niet huilde om de dood van zijn moeder. Was dat niet in een boek van Camus?

L'Étranger, zegt Colenbrander. Maar volgens mij was het die jongen uit *Ulysses*, Stephen Dedalus, die niet om zijn moeder kon rouwen.

Er kunnen meer boeken zijn met hetzelfde idee, zegt zijn vriend. Hij loopt door, Colenbrander loopt achter hem aan, zijn hand schuift licht over de leuning, ik volg Colenbrander. Ik heb zojuist tegen hem gezegd dat ik wil huilen om de dood van mijn moeder omdat iedereen dat van me verwacht; zodat ik ze gerust kan stellen, en mezelf ook, ik ben een normaal mens, een normale zoon. Alsof het me dus nog steeds gaat om de goedkeuring van de anderen, van de buren, de oude buren van mijn moeder.

We komen op de volgende verdieping en lopen een hoge, lege kamer binnen. De vriend noteert iets met een rood potlood op zijn klembord.

Nou ja, zeg ik, ze was inderdaad honderd. En de laatste twintig jaar ging ik elke week naar haar toe, ik heb haar langzaam zien aftakelen, haar einde kwam dus niet als een schok voor me.

Dit als verklaring dat ik niet rouw; maar nu heb ik quasi-terloops laten vallen dat ik twintig jaar lang trouw mijn moeder bezocht – daar wil ik blijkbaar de goedkeuring van mijn therapeut voor zonder dat ik daar expliciet naar vraag, hij moet er zelf mee komen. Was het vroeger ook allemaal zo lastig, toen we elkaar wekelijks zagen?

De vriend van Colenbrander steekt zijn klembord onder zijn arm en opent de brede schuifdeuren aan het eind van de kamer. Daarachter ligt een nog grotere lege kamer, met een houten lambrisering en uitzicht op de achtertuin en de achterkant van het hotel. Hm, zegt de vriend, hm. Hij pakt zijn klembord en schrijft iets op, iets korts, het zouden de woorden *hm hm* kunnen zijn.

Eigenlijk kom ik alleen omdat ik je wil bedanken, zeg ik en het kost me opeens moeite om hem te tutoyeren. Wat zei ik vroeger tegen hem, je of u?

Bedanken? vraagt Colenbrander.

Je hebt toen ooit een opmerking gemaakt waar ik veel aan had, een hele simpele vergelijking, zo simpel dat het gênant was, zo voor de hand liggend dat je hem aan anderen eigenlijk niet kunt vertellen, als je 'm in een zelfhulpboek zou tegenkomen denk je: dat is te eenvoudig, zo simpel kan het niet zijn. We hadden het over mijn ouders, natuurlijk hadden we het over mijn ouders, daar ging het vaak over. Over dat ze terug waren gegaan naar de kerk van hun jeugd maar vergeten waren dat ze ondertussen zelf ook kinderen hadden gekregen. Hoe weinig betrokken ze waren op het leven van hun kinderen, hoe weinig die levens ze leken te *interesseren*, zolang je je maar normaal en niet te emotioneel gedroeg. Nou ja, dat soort dingen, je zal ze in je praktijk dagelijks zijn tegengekomen neem ik aan. En die opmerking heeft me erg geholpen mijn ouders in een ander licht te zien, als de mensen die ze waren, met gebreken. Misschien dat ik daarom niet heb gerouwd, ook niet toen mijn vader stierf.

Wanneer was dat? vraagt Colenbrander.

Dat is al meer dan twintig jaar geleden.

Nee, ik bedoel wanneer ik dat tegen je zei. Was dat voor of nadat je opgenomen was?

Ervoor, zeg ik, maar later heeft het me toch geholpen.

Hij is opgenomen geweest, knikt Colenbranders vriend, alsof hij het zich opeens weer herinnert. En alsof ik opeens niet meer besta, of een geval ben geworden, een geval zonder oren.

Mijn tijd in het klooster, zei ik. Het was een project. Nadat ik bij het Archief weg was en voordat ik bij EVSV terechtkwam.

Je tijd in het klooster, zegt Colenbrander, ja, ja, nu herinner ik me dat weer, zo noemde je die periode.

Je hebt voor EVSV gewerkt? vraagt de vriend. Hij begint meteen te zingen, zoals mensen vaker doen als ze horen dat ik daar heb gewerkt, maar hij zingt zacht, bijna bedachtzaam, alsof hij voor zichzelf wil controleren of hij de tekst nog weet. *Echte vrienden, slechte vrienden, 't leven is zo simpel niet...*

Niet lang, zeg ik.

Daarna ging hij boeken schrijven, zegt Colenbrander, alsof ik gerehabiliteerd moet worden. Daarvoor schreef ik ook al boeken, maar ik corrigeer hem niet.

Dat weet ik, zegt de vriend, daar hebben we een aantal van gelezen, toch? Hij laat zijn klembord zakken en kijkt me vragend aan. Maar wat zei hij nou? Die opmerking waar je hem zo dankbaar voor was. Hij knikt even kort in de richting van Colenbrander.

O, zeg ik. Ja. Nou, hij, jij dus (knik ik tegen Colenbrander) maakte duidelijk dat ik mezelf frustreerde met verkeerde verwachtingen, dat ik nog steeds van alles van mijn ouders verwachtte wat ze niet in huis hadden. Je gaat ook niet voor vlees naar een groenteman, zei hij.

Wat ik eigenlijk zei, zegt Colenbrander, je kan wel groente bestellen bij een slager, maar dan moet je niet vreemd opkijken als je niets krijgt.

Zijn vriend werpt hem een sceptische blik toe. Dat was het? Verwachtingen en frustraties van een kind vergelijken met het binnenlopen van de verkeerde winkel? Is dat niet heel erg simpel?

Het werkte, zegt Colenbrander, dat hoor je toch? Het werkte bij vrijwel iedereen. En ik zei er ook altijd bij dat je die weigering van de slager niet persoonlijk moest opvatten, hij had voor niemand groente in huis.

Er was een slagerij in de Beethovenstraat, zegt de vriend, waar ze...

Ja, er was die slagerij in de Beethovenstraat, zegt Colenbrander, maar ik geloof niet dat cliënten van mij daarheen gingen, ik heb er tenminste nooit iemand over gehoord.

Ik heb natuurlijk altijd geweten dat hij de opmerking over de groente en de slager niet exclusief voor mij had gereserveerd, maar toch voel ik een lichte teleurstelling. Ik zie hem na afloop van de sessie de koffiekamer van het therapiecentrum binnenlopen, met geheven hand high fives uitdelend aan koffiedrinkende collega's. Slagerij, groente? vraagt een van hen. Yep, zegt Colenbrander, en weer werkte het meteen. En onder algemeen gejoel zet hij een streepje op het vel papier op het prikbord waarop de score wordt bijgehouden.

Was ik dan zo'n sukkel dat ik daarin trapte? Colenbrander kijkt me vriendelijk aan. Het is niet alleen de opmerking zelf, zegt hij, het is ook de timing, je kan er niet meteen op de eerste sessie mee aankomen.

Het klinkt relativerend, maar eigenlijk roemt hij nu zijn eigen vakmanschap. Alsof hij dat ook beseft vraagt hij snel: je hebt daadwerkelijk elke week, twintig jaar lang je moeder bezocht?

Was ze het waard? vraagt de vriend terwijl hij me met opgetrokken wenkbrauwen aankijkt.

We zijn ondertussen doorgelopen, we hebben de grote kamer met uitzicht op de achtertuin en het hotel achter ons gelaten, we zijn over smallere trappen verder naar boven gelopen, we staan op een donkere zolder, in het schuine houten dak zit een raam van oud glas waarop druppels liggen. Ergens ver weg in het donker vallen andere druppels op vloerplanken.

Het was een gewoonte geworden, zeg ik, meer tegen de vriend dan tegen Colenbrander. Ze was eenzaam, ze was een mens.

Het klinkt plechtstatig, maar daarom hoeft het nog niet onwaar te zijn.

Verder koesterde ik geen illusies over haar, zeg ik. Ik heb wel eens gedacht dat ze op de Titanic om haar huid te redden over haar eigen kinderen heen in een reddingboot gesprongen zou zijn.

Zo weinig gaf ze om haar kinderen? vraagt de vriend.

Zo bang was ze dus voor de dood, zegt Colenbrander.

Ik weet meteen dat hij gelijk heeft, al heb ik zelf nooit op die manier naar mijn in de reddingboot springende moeder gekeken. Hij is dan toch erg goed: hij kan een beeld dat ik zelf heb verzonnen van een nieuwe en betere interpretatie voorzien, alsof dat beeld buiten mijn hoofd bestaat en je eromheen kunt lopen, en kunt discussiëren over wat het betekent en of die betekenis overeenkomt met wat de kunstenaar heeft bedoeld, of misschien wel veel beter is.

Zwijgend lopen we naar beneden. Zo nu en dan noteert Colenbranders vriend nog iets op zijn klembord. Ik vraag me af of ze hier gaan wonen, of dat ze hier juist weggaan en noteren hoe het huis eraan toe is om zich te kunnen verdedigen tegen eventuele claims van de verhuurder of een nieuwe eigenaar; of misschien is de vriend makelaar en dit een huis dat hij wil verkopen.

Wacht, zegt Colenbrander op de trap naar de hal. We blijven staan, ik naast zijn vriend, hij twee treden lager. Hoe is het verdergegaan? Je had toen een paar korte relaties gehad, onder anderen met een meisje uit Engeland, daar was je nogal door aangeslagen toen als ik me goed herinner.

O ja, zegt zijn vriend, alsof hem opeens iets te binnenschiet. Heb je daarna nog relaties gehad?

Een paar, zeg ik.

Lange? vraagt Colenbrander.

Niet langer dan tweeënhalf jaar, zeg ik. Was dan ook blijven leven, denk ik, dan had ik nog eens langs kunnen komen.

Niet langer dan tweeënhalf jaar, herhaalt Colenbrander. Hij haalt een dunne versleten portefeuille uit zijn achterzak, pakt er een biljet uit en overhandigt het aan zijn vriend, die een paar treden hoger staat. Zonder ernaar te kijken stopt de vriend het biljet glimlachend in een broekzak. Daarna duwt Colenbrander me met twee vingertoppen tegen de schouder verder naar beneden, naar de voordeur, die hij voor me opent en achter me sluit. Het trottoir glimt, ik heb nog geen twee passen gedaan of het begint weer te regenen. Ik trek mijn jasje uit en hou het boven mijn hoofd, met grote passen loop ik terug naar het hotel. Twee keer linksaf en ik moet voor de voordeur staan. Mijn schoenen petsen door de plassen die zich razendsnel vormen, alsof er naast de vallende regen ook water vanonder de tegels naar boven komt. Een zijstraat laat lang op zich wachten, ik til mijn jasje als een natte, zware vlag boven mijn hoofd met me mee, als een voetbalsupporter die in de regen zijn legioen is kwijtgeraakt. Kinderstemmen galmen in mijn hoofd, een liedje dat kinderen zongen uit de godloze wijken van Rijssen, waar mensen woonden die wilden dat het zwembad ook op zondag openging, ik zie ze door onze straat lopen op een grijze echoloze dag, de woorden klonken als sneldrogende verf. Het regent, het regent, de pannen worden nat. Maar dat zongen ze niet, ze gebruikten alleen de melodie. Wat ze zongen was: je *moeder*, je *moeder*, je moeder heeft een *kut*. Een jongetje in een korte broek kwam op me af en zei ernstig: tussen haar *benen*. Alsof het om een educatief project ging en hij het op zich genomen had van toeschouwer naar toeschouwer te rennen om het uit te leggen: tussen haar *benen*.

ix

Lennox heeft geen zin in een museum. Lennox heeft nergens zin in, hij voelt zich niet goed, asgrauw zit hij aan de ontbijttafel. Misschien iets wat ik gegeten heb, zegt hij.

Volgens mij hebben we gisteren hetzelfde gegeten, zeg ik, en ik heb nergens last van.

Leuk voor je, zegt Lennox. Er is iets uitgedoofd bij hem, nee, het uitgedoofde zit niet *in* hem, het zit tussen ons in, alsof er tussen ons iets is leeggelopen na wat hij me gisteren heeft verteld.

Heb je van de kapperszaak gedroomd, vraag ik, hij kijkt me verbaasd aan, met zware ogen, alsof ik hem voor de gek houd. Ga vandaag maar alleen op pad, zegt hij, ik kruip weer in bed. Hij staat op en loopt weg, ik vraag nog aan zijn rug of ik iets voor hem kan doen maar hij maakt een gebaar alsof hij achteloos een servet over zijn schouder gooit en ik neem aan dat dat betekent dat hij niets van me nodig heeft.

Ik ontbijt, het is karig maar er is koffie, en als ik klaar ben ga ik terug naar mijn kamer. De kastdeur staat open, de kleren die ik gisteren bij de receptierobo heb afgegeven en die hij in dat nare wasmachinedeurtje stopte, liggen keurig opgevouwen in de kast en ook hangt er opeens een lichtblauw pak. Dat is niet van mij maar ik kan de verleiding niet weerstaan en het zit me als gegoten.

Dit is niet mijn pak, zeg ik tegen de receptierobo als ik langs de balie loop. Ik houd mijn regenjas wijd open zodat hij het pak goed kan zien.

Dat is goed meneer, zegt de receptierobo. Hij krabt zich op zijn buik op de plek waar eerder het deurtje zat. Of bij zijn collega – waarom denk ik steeds dat ik voortdurend dezelfde robo tegenkom? *Verlangen naar hechting.* Maar dat komt alleen maar bij me op omdat ik gisteren met Colenbrander heb gepraat. Van wie is die regenjas eigenlijk? Hij hing naast het pak in de kast, maar ik weet vrijwel zeker dat ik zonder zo'n jas van huis ben gegaan, ik *heb* zelfs helemaal geen regenjas, geloof ik.

En een prettige dag nog hè, zegt de robo voordat ik iets over de regenjas kan zeggen. Waarom zou ik ook met een machine over mijn kleding gaan beginnen. Kleding, niet *mijn* kleding. Ik wens hem ook een goede dag, en loop naar buiten. Het is fris en koel, de lucht is blauw met een paar witte wolkjes, het is een mooie dag, de regenzone is blijkbaar voorbijgetrokken – of we zitten in een van de gaten. Hoe dan ook, het is droog, ik loop over de trottoirs van aflopende straten, ook alle zijstraten lopen naar beneden, hier en daar zie ik in de verte wazige delen van de stad die tot aan de horizon doorgaat en bij die horizon misschien weer tot de horizon daarachter. Glashelder water stroomt door de goten omlaag en gorgelt afvoerputten in, alsof deze immense metropool is gebouwd op de flauwe hellingen van een reusachtige vulkaan die in plaats van hete lava koud water naar beneden laat stromen.

Als ik sta te wachten bij een kruispunt wordt er aan mijn

enkels gekrabbeld, het is zo'n zelflopende rugzak die met een van zijn hengsels tegen mijn voet is gestuit. Hij is meteen ontroerend, alsof hij bij me wil horen of me iets duidelijk wil maken. *Help ik word slecht behandeld neem me met je mee.* Even verderop staan giebelende meisjes in schooluniformen, een van hen roept iets en de rugzak keert zich om en kruipt in zijn langzame schildpadgang naar zijn bazin, ze kunnen dus inderdaad zelf sturen en werken blijkbaar met stemherkenning. Het meisje pakt de rugzak op en haakt hem op haar rug, meteen lijkt hij zich thuis te voelen, alsof hij zich tegen haar rug aan vlijt. Het groepje loopt verder, op weg naar school, het zijn weer alleen meisjes, wat is dat, krijgen jongens geen onderwijs meer of worden die tegenwoordig door onderaardse gangen naar hun lessen gevoerd?

Het handje aan de overkant wordt groen en wenkt me, ik steek over, ik kan de ondergrondse nemen maar het is goed weer, ik besluit naar de benedenstad te lopen waar de musea zijn, want dat ga ik doen, naar een museum, dan maar in mijn eentje, ik heb de hele dag, wat zou ik me storen aan die schedel van Hirst, wat is dat voor onzin, hij zou op een gegeven moment ook weer uitgewerkt kunnen zijn, en waarom zou dat moment niet *nu* zijn, wat heb ik me in mijn hoofd gehaald met die inprenting, misschien was ik gewoon moe van alle kunst die ik had gezien, hoe kan ik zo'n object *macht* over mij geven. Het water kabbelt in de goten en dat is een prettig geluid, vooralsnog moet ik er niet van pissen – al zie ik, nu ik erop let, hier en daar oude mannen in regenjassen steegjes in schieten, hen werkt het geluid al op de blaas, ze zijn dan ook ouder dan ik – maar niet veel ouder. Ik kan naar kunst kijken zonder dat er van achter de voorstelling een grijnzende diamanten schedel opdoemt, waar komt dat idee vandaan, waarom heb ik dat toen allemaal laten gebeuren? Ik zie kleine wegwijzers die naar het museumkwartier wijzen, opgewekt loop ik verder, met zwaaiende armen, alleen moet ik me eerst even in een steegje terugtrekken om te wateren. Ik kijk uit dat ik niet over mijn eigen schoenen pis – mooie schoenen, met glimmende neuzen, had ik die aan toen ik van huis vertrok? Dat moet wel, niet gek worden nu, ze zullen ze stiekem gepoetst hebben vannacht. Afschudden, dichtritsen, doorlopen, het steegje uit, het licht in.

Maar als ik eenmaal de benedenstad heb bereikt, is mijn stemming omgeslagen. Het is drukkend warm, de lucht heeft een gelige kleur aangenomen, het water staat stil in de goten. Ik ben moe, het was dan ook een lange wandeling, ook al was het heuvelaf, ik heb dorst en mijn schoenen zijn bestoft, mijn optimisme van zo-even zie ik voor wat het was: geacteerde opgetogenheid, grimmig geforceerde opgewektheid. En als ik de lange rijen voor de centrale museumingang zie staan heb ik al helemaal geen zin meer. Rijen mensen uit alle windstreken, allemaal zijn ze een beetje oud, allemaal kijken ze een beetje somber. De centrale ingang heeft de vorm van een piramide, en dat is een passende vorm, al die mensen gaan een mausoleum bezoeken, een dodenhuis. Kunst is iets van vroeger, geclassificeerd, uitgelegd, en ondergebracht in luxueuze dodenhuizen met ruime bezoekuren. Andere tijden gaan door maar onze tijd staat net zo stil als die roerloze dikke rijen. Ik loop weg, gooi een muntje in een drinkfonteintje, druk de kop in en slurp de paar slokken water op waar ik recht op heb. Drink het regenwater niet, zegt de fontein wanneer ik de knop loslaat, wij staan overal in de stad, drink het regenwater niet.

Ik ga de oude wijken in, ergens in een smalle straat eet ik tegen de counter geleund een broodje. Daarna wandel ik verder. Alles staat stil en de druk neemt toe, alsof er onweer dreigt, de stegen waar ik doorheen loop zijn zo smal dat ik de lucht alleen kan zien als ik mijn hoofd in mijn nek leg. Boven me hangt wasgoed, ik kom langs kleine winkeltjes en boven een deur hangt een bord met het woord MUSEUM, in met de hand geschilderde, ongelijke hoofdletters. Ik duw de deur open en stap naar binnen, al was het alleen maar om de bui die dreigt los te barsten voor te zijn, en beland in wat op het eerste gezicht een normale woonkamer lijkt – en op het tweede gezicht ook, en op het derde, je kan er grote hoeveelheden gezichten op loslaten, ik blijf in een woonkamer staan. Goedemiddag, zegt een man in het Engels, u bent niet van hier? Hij is uit een achterkamer gekomen. Donker haar, donker montuur, pluizige zwarte trui. Hij schudt mijn hand en stelt zich voor, Midas Irrtum, maar dat heb ik vast verkeerd verstaan, of zei hij Midas Hirten, dat klinkt tenminste iets normaler, als een naam die zou kunnen bestaan. Ik zeg dat ik uit het noorden kom en gebaar naar waar het noorden zich zou kunnen bevinden, maar eigenlijk heb ik geen idee. De man knikt vriendelijk, daarna gaat hij aan een tafel zitten en slaat een mapje open waarin foto's zitten. Is dat de balie van dit museum? Hij heeft niet om geld gevraagd, er liggen geen tickets op tafel, ik doe of ik me op mijn gemak voel en kijk met mijn armen op mijn rug om me heen. De kamer is niet groot. Volgestouwde boekenkasten langs twee wanden, vaalgroen behang met hier en daar een ets of een schilderij, op de schoorsteen ansichtkaarten waarop kunstwerken staan afgebeeld (een Rietveldstoel, een schilderij van Matisse), een zwarte kachel met kleine ruitjes, een versleten zithoek – best een gezellige ruimte eigenlijk, iets te veel het verblijf van een alleenstaande intellectueel, is het daarom dat ik me hier een beetje thuis begin te voelen?

Ik woon hier, zegt Midas Hirten terwijl hij van zijn foto's opkijkt, met zijn hoofd iets achterover om me goed door zijn brillenglazen te kunnen zien. Ik geloof dat ik het begrijp: deze man woont hier inderdaad en heeft op een gegeven moment gewoon een bordje met de tekst MUSEUM boven zijn deur gespijkerd. Zonder er zelf een al te diepe betekenis aan te geven, het was wat de gek ervoor geeft, iedereen mag er het zijne of hare van denken, is het commentaar op de tijd, op onze houding ten opzichte van het alledaagse? Misschien ging het hem nog wel het meest om zijn eigen reactie op zijn daad. Ik loop een beetje rond terwijl hij zich weer over zijn foto's buigt, ze zijn in zwart-wit, sommige bekijkt hij met een vergrootglas, zo nu en dan maakt hij met potlood een aantekening op een klein notitieblok. Ik kom niet dichtbij genoeg om te kunnen zien wat er op de foto's staat. In plaats daarvan ga ik voor de boekenkast staan. Een paar vertaalde pockets van Paul Auster en Philip K. Dick, het verzameld werk van Kafka, bundels van Borges. Dat is niet verrassend, zijn museum is de thee die van deze boeken getrokken is. Erg sterke thee is het niet maar dat geeft niet. De ramen mogen wel eens gewassen worden, zie ik, en dan vind ik dat ik wel weer genoeg heb gezien. Het is alsof Midas dat aanvoelt, hij staat op en zegt: de hele wereld is museum geworden, de westerse wereld tenminste. Dat valt me een beetje van hem tegen, hij heeft er dan toch een bedoeling mee, wie weet ziet hij zichzelf als de Laatste Lezer, de Laatste Intellectueel, een van de velen, er zijn er tienduizenden van, honderdduizenden, een paar miljoen; misschien hoopt hij dat ze allemaal bij hem langskomen. Ik ga niet met hem in discussie, ik knik, het is tenslotte ook zo, het is een bekende gedachte, onze wereld als museum, de actie vindt plaats op andere continenten. En ik ga ook niet met hem in discussie omdat het me treft hoe goed dit idee me uitkomt, dat ik er al jaren naar leef, dat deze wereld als museum goed bij me past, alsof ik even oud ben als deze wereld, en even passief, op het verleden gericht. De afgelopen jaren heb ik me gepasseerd gevoeld wanneer ik keek naar jongere generaties die er opeens toe deden, die opeens in het brandpunt van de belangstelling bleken te staan – en dan niet omdat ze zich naar dat brandpunt hadden toe bewogen, maar omdat dat brandpunt was verschoven. Nu voel ik medelijden met de leden van die generaties, omdat het brandpunt zal blijven schuiven, tot ook zij uit beeld zijn. Hoe hard ze ook schommelen op torens, ook zij zullen zich op een gegeven moment in een museum bevinden.

Ik glimlach naar Midas Hirten of Irrtum op een manier die moet aangeven dat ik weer eens verder moet (een half vriendschappelijke, half verontschuldigende glimlach), maar voor ik de deur uitstap, trekt hij me aan de mouw van mijn lichtblauwe jasje en neemt me mee naar een rond, eenpotig tafeltje dat me tot nu toe was ontgaan en waarop een groot opengeslagen schrift ligt met een harde kaft. De pagina's zijn een beetje vergeeld. De man bladert terug om te laten zien wat het is: een gastenboek. Alles kantelt weer een beetje, het is dus inderdaad een museum, niet alleen als onderdeel van een veel groter geheel, maar apart, op zichzelf staand. Het gastenboek *maakt* het museum, goed beschouwd is het 't enige museale object in de ruimte; dit is het museum van het gastenboek. Midas Hirten bladert er zo snel doorheen dat ik de aantekeningen en opmerkingen niet kan lezen, maar zo te zien ging een respectabel aantal bezoekers mij voor. Ik mag boven aan een lege pagina beginnen, hij geeft me een pen en schuift zelfs een stoel aan, alsof hij een hele beschouwing van me verwacht. En ik heb eigenlijk ook wel zin om iets te schrijven, het is hier aangenaam en buiten is het inmiddels gaan regenen, ik hoor het vallen op straat, ik zie het langs de ramen stromen, binnen wordt het kouder en Midas doet de kachel aan – ik zou hier alles willen schrijven wat me is overkomen, en misschien doe ik dat ook wel, vanaf de ingeslikte ruzie in de Albert Heijn tot hieraan toe, in dit museum waar ik aan dit tafeltje zit, terwijl Midas mij zo nu en dan van eten en drinken voorziet, en van een nieuw schrift, en de kachel hoger zet, en me de eerste avond een bed wijst in een kleine zijkamer. Ja, dat zie ik wel voor me, buiten blijft het regenen, in de loop van de dagen en nachten leer ik de verschillende geluiden van de buien herkennen, ruisend, kletterend, hagelend, fluisterend, en ik beschrijf wat ik heb meegemaakt en hoe ik hier ben gekomen, en alles wat nog gaat gebeuren verzin ik erbij.

4

HET KLOOSTER

i

Waar moet ik beginnen – ik moet verdergaan met vroeger. Toen mijn contract bij het Archief afliep (het verhuis- en nieuwbouwproject was nog niet voltooid maar ik had slechts een contract voor twaalf maanden), schreef ik me in bij de Universiteit van Amsterdam voor een studie kunstgeschiedenis. Omdat ik mijn middelbare school voortijdig had verlaten, moest ik eerst een toelatingsexamen afleggen, maar dat bleek een formaliteit en in september kon ik beginnen. Ik neem aan dat het later anders ging, maar halverwege de jaren tachtig werkte kunstgeschiedenis nog met dia's. Ik bracht lange uren door in verduisterde collegezalen in de Oudemanhuispoort waar achter de professoren een scherm hing waarop dia's werden vertoond. De projector bevond zich in een constructie die door de amanuensis van dienst na het aanbrengen van het ronde reservoir met dia's tot aan het plafond werd opgehesen. Vervolgens werd vanaf die hoge positie de ene dia na de andere op het scherm afgevuurd; elke beeldwisseling ging gepaard met het geluid waarmee in westerns geweren werden doorgeladen. Terwijl ik hoorcolleges en werkgroepen bezocht, begon ik te vermoeden (maar het kan ook dat ik dat nu pas verzin, terwijl ik dit opschrijf) dat geluk ligt in specialisatie. Niet omdat het erom zou gaan alles te weten van één klein onderwerp of thema – het gaat erom er steeds *meer* vanaf te weten, het steeds weer vanuit andere hoeken te bekijken, te onderzoeken wat anderen erover hebben gedacht en gepubliceerd, het gaat om het opsporen en delen van onbekende gezichtshoeken en details; het gaat erom je te richten op iets wat nauw omschreven is. Als dit werkelijk de weg tot geluk is (en opeens meen ik zeker te weten dat het zo is), moet ik mijn leven als mislukt beschouwen; als schrijver sta je niet op die manier in verbinding met de rest van de wereld. Deze conclusie verbaast me, ik wilde alleen maar even iets over mijn afgebroken studie schrijven als opstapje naar de periode waarin ik met Lennox en Guido werd herenigd en waarin wij Bonzo schiepen. Ook nu schaats ik maar wat heen en weer, en blijf ik op onverwachte plekken hangen in plaats van me te concentreren op wat ik nu eigenlijk wil vertellen. Het is, kortom, hopeloos.

Ik zag Lennox zelden tijdens die tweeënhalf jaar dat ik kunstgeschiedenis studeerde. Misschien wel nooit. We hadden telefoonnummers uitgewisseld toen ik bij het Archief vertrok, ik zie vage scènes voor me waarin Lennox en ik op terrassen zitten of aan bars hangen, maar die hebben zich waarschijnlijk alleen in mijn verbeelding afgespeeld. Ik bezocht wel cafés in die tijd, maar dan met studiegenoten. Elke vrijdagmiddag was er een borrel voor eerstejaarsstudenten kunstgeschiedenis in een café in de Nes, niet ver van de collegezalen in de Oudemanhuispoort. Ik bezocht die bijeenkomsten trouw, omdat ik deel wilde uitmaken van deze wereld. Ik was dan toch met enige vertraging aan een academische carrière begonnen en begreep dat de kans op een vervuld leven steeg naarmate je meer gebruikmaakte van je intellectuele vermogens. Die twaalf maanden op het Archief waren waardevol geweest, ze hadden me vanuit de marge midden in het leven gegooid, maar nu ging het erom mijn capaciteiten te benutten, mijn hersens te gebruiken, *op* in plaats van *onder* mijn niveau te werken.

Maar periodes hebben de neiging in elkaar over te lopen,

ook al beschouwen we ze graag als op zichzelf staande domeinen, en mijn recente verleden had zijn sporen nagelaten. Tijdens een van de vrijdagmiddagborrels zat ik aan een tafel met een gezelschap waarvan een oude man deel uitmaakte; onder de eerstejaars bevond zich een aantal gepensioneerde mannen, gedistingeerde heren met verzorgde grijze kapsels, voormalige artsen en makelaars die nu eindelijk tijd hadden om zich in de kunsten te verdiepen. De man die bij ons aan tafel zat was de enige van hen die zich op de vrijdagmiddagborrels liet zien. Hij was in gesprek met een jonge studente, die om de een of andere reden aan zijn lippen hing. De oude man en het meisje hadden het over een schilderij van Rafaël, als ik het me goed herinner. Als je ooit op mijn slaapkamer komt, zei de man, dan zal je zien dat er boven mijn bed een reproductie van dat schilderij hangt. Dat hangt er vanaf of je boven of onder ligt, zei ik zonder erbij na te denken. Dit was het soort snelle humor dat ik mij op het Archief eigen had gemaakt om me teweer te stellen tegen de jongens van de dildotafel. Kunstgeschiedenisstudenten bleken te verlangen naar meer subtiele vormen van vermaak. Er viel een gewonde stilte, niet alleen bij de man en het meisje, ook bij de anderen die hadden meegeluisterd. De reputatie van botte hond die me meteen werd toebedeeld, niet met woorden, maar met blikken en met kleine veranderingen in lichaamshouding, zodat ik opeens alleen aan die volle tafel zat, ben ik tijdens de jaren dat ik studeerde nooit meer helemaal kwijtgeraakt. Misschien dat de glans van mijn net begonnen nieuwe leven er toen al een beetje afwas, al kwam de grote dofheid pas later. Wel moest ik (of moet ik nu) denken aan mijn conrector, die me had toegevoegd dat ik in een andere wereld zou terechtkomen als ik ongeschoold werk ging doen, tussen een ander soort mensen; dat was meegevallen, het had me op het Archief verrassend weinig moeite gekost om me tussen de andere jongens te handhaven. Maar nu ik terug was in mijn eigen wereld was ik inmiddels zo veranderd dat ik *daar* niet meer thuishoorde.

Ik woonde destijds op een kamertje driehoog achter aan de Weesperzijde (een lekkend kamertje, ook nog) en voelde me in de loop van het eerste studiejaar steeds eenzamer. De kunst hield me overeind, dat kan ik zonder overdrijving zeggen. Ik was kind aan huis bij het Stedelijk en het Rijksmuseum. Nooit kwam ik daar overigens een jaargenoot tegen, die zaten waarschijnlijk op elkaars slaapkamers tussen de vrijpartijen door de reproducties te bewonderen die boven de bedden hingen.

Ik weet niet meer precies wanneer ik mijn enthousiasme voor de studie begon te verliezen. Het kan niet alleen aan die ene ongelukkige opmerking en de reactie van mijn medestudenten gelegen hebben, en aan de kunst lag het ook niet. Het zou nog meer dan twintig jaar duren voor Damien Hirst zijn platina schedel met diamanten zou beplakken. Hoe dan ook, ik vereenzaamde. Het was in deze tijd dat ik mijn eerste boeken over boeddhisme las; ik begon met tweedehands pockets van de al eerder genoemde Alan Watts. Dat het gedachtegoed waarover ik las aansloeg, zie ik nu als een bevestiging van het idee dat vooral verlangen naar passiviteit de honger naar westers (of als u liever heeft: quasi-) boeddhisme voedt; en dat bij uitstek meer passieve persoonlijkheden zich ertoe aangetrokken voelen. Gelukkig verscheen toen Emmy. (Gelukkig? Ja, toch wel, voor even.) Ze kwam uit Engeland en volgde, hoewel ze vrijwel geen woord Nederlands sprak, colleges en werkgroepen over de Gouden Eeuw. Ik hielp haar door te vertalen en door met haar op te trekken. Een waterval van donkerbruin haar, een grote ronde bril met een zilveren montuur, het licht flitste heen en weer in haar glazen terwijl ze heftig knikkend naast me door het Rijksmuseum liep, alsof alles wat ze zag tot haar onuitsprekelijke vreugde voldeed aan haar verwachtingen. Ik had niet veel verwachtingen en ze overtrof ze allemaal. Ze woonde in de studentenflat aan de Weesperstraat, schuin tegenover de oude broodfabriek waar ik door schemerige lage hallen had gelopen en naar maquettes bouwende agenten had gekeken, nu stond ik voor het raam van Emmy's kamer toe te kijken hoe dat complex langzaam werd gesloopt met sloopkogels en grote happende machines. Binnenmuren die nauwelijks daglicht hadden gekend stonden opeens naakt in het volle licht voor ze omtuimelden, vallende schoorstenen joegen immense stofwolken over de afgezette Weesperstraat, ik herkende ruimtes waarin ik me had bewogen en terwijl ik ze herkende verdwenen ze voor altijd uit de wereld. Het was een verschrikkelijk en verschrikkelijk mooi gezicht, als een al te apocalyptische afsluiting van een periode en het begin van iets nieuws, want Emmy stond achter me en had haar armen om me heen geslagen.

Toen ze terugkeerde naar Engeland ging ik met haar mee, mijn studie kon wel even zonder mij. Ze had een kamertje in Londen vlak bij metrostation Ladbroke Grove, waar we uit werden gegooid toen haar huisbaas erachter kwam dat we daar met z'n tweeën woonden – waarna ze bij haar vader introk, die huisarts was in Halesowen, een kleine stad ten zuidwesten van Birmingham. Die vader woonde niet erg ruim en vrijwel elke avond reden Emmy en ik door de landelijke omgeving rond Halesowen, op zoek naar een rustige, afgelegen plek waar we konden neuken. Voor hotels waren we te arm. Het had alleen maar goed kunnen aflopen als de wereld stil was blijven staan maar dat deed ze niet, we kregen een vreemde afkeer van elkaar die we betreurden en die we elkaar wilden besparen, wat waarschijnlijk betekende dat we onszelf meer haatten dan de ander. Lang had het allemaal niet geduurd, toen ik terugkwam in Amsterdam waren ze tegenover de studentenflat aan de Weesperstraat nog steeds bezig met het wegruimen van het puin.

ii

In een optimistische bui die een verhulde vorm was van wanhopige roekeloosheid had ik mijn kamertje op de Weesperzijde opgezegd toen ik naar Engeland vertrok (dat ik op de Weesperzijde woonde en zij op de Weesperstraat hadden we opgewekt als een *teken* beschouwd), maar ik vond algauw een kleine etage in een afgelegen hoekje van het centrum, vlak bij de oude havens, een gebied dat intussen al decennia een bloeiende stadswijk is maar dat toen nog een desolaatheid uitstraalde die uitstekend paste bij mijn stemming. Ik hield op met studeren en vroeg een uitkering aan, iets wat destijds nog vrij probleemloos ging. Om die uitkering aan te vullen werkte ik een paar avonden in de week zwart bij in een klein buurtcafé dat om redenen die niemand zich meer kon herinneren De Zwachtel heette en waar vooral bejaarden kwamen. Ik leidde een kalm, vrijwel gedachteloos bestaan, dat erg veel leek op het werkloze bestaan dat ik had geleid voordat ik bij het Archief te werk was gesteld. Zo dreigde die tijd bij het Archief in plaats van het beoogde begin van een nieuwe, werkzame periode een intermezzo in een verder kleurloos leven te worden.

Mijn huisarts begon zich zorgen te maken (ik was voor iets heel anders naar zijn spreekuur gekomen, iets met een moedervlek geloof ik) en verwees me naar een therapeut die Colenbrander heette. Toen hij bij mijn eerste afspraak het spreekkamertje binnenkwam, zette hij zijn bekertje koffie neer en wees op de krant die op tafel lag, naast de doos tissues. Wat ik nu toch las, zei hij, heb jij dat ook gelezen? Gaan we het daarover hebben, dacht ik. Onze eerste gesprekken verliepen stroef. Later ging dat beter, hij stond aan mijn kant, dat was prettig; hoe die kant er dan ook verder mocht uitzien.

In die dagen werd Henry Batavier ontvoerd. Daar kan ik kort over zijn, er zijn boeken over vol geschreven (zoals het eerder genoemde *Waarom ontvoer je dan geen diamantair?* (ik heb het destijds ook gelezen en dacht: je moest eens weten), maar ik moet er toch even op ingaan.

De biermagnaat werd ontvoerd toen hij na een kaartavondje het Amstel Hotel verliet. Hij werd door twee mannen vastgegrepen en in een busje gegooid dat vervolgens met hoge snelheid wegreed – naar het Westelijk Havengebied, zoals we nu weten.

De volgende ochtend bezocht ik de plek waar Batavier was meegenomen, ik weet niet eens waarom, blijkbaar voelde ik me erbij betrokken omdat ik ooit vlak bij de plaats delict had gewoond – mijn oude kamertje aan de Weesperzijde lag hemelsbreed nog geen honderd meter van het Amstel Hotel. Bovendien had het buurtcafé waar ik achter de bar stond Batavier op de tap.

Ik was die ochtend niet de enige die naar de plaats delict was getrokken. Het was er een drukte van belang. Zo druk kon het vroeger ook zijn als er een wereldberoemde gast in het Amstel logeerde, alleen keek men nu niet vol verwachting naar de uitgang van het hotel, men liep een beetje rond en her en der vormden zich groepjes waarin de situatie werd besproken. Er was veel politie op de been en een deel van het pleintje voor het hotel was met linten afgezet; daar had het busje gestaan, wist men mij te vertellen. Ook het fietstunneltje dat van het pleintje naar de Weesperzijde voerde werd uitgebreid bekeken, want dat hadden de ontvoerders als vluchtroute gebruikt. De rood-witte paaltjes die auto's de doorgang moesten beletten en waar De Meester ooit met zijn Messerschmitt tussendoor was geschoten waren verdwenen, iedereen om me heen nam aan dat de ontvoerders dat zelf hadden gedaan, wat later inderdaad het geval bleek te zijn geweest, ze waren een dag eerder door een van de ontvoerders uit de grond getrokken en in de Amstel gegooid, waaruit ze later werden opgedregd. Ik herinner me de stemming op het pleintje voor het hotel: iedereen was een beetje opgewonden en niemand had medelijden met het slachtoffer, alsof voor iemand als Batavier ontvoering onder de normale bedrijfsrisico's viel; en waarom had hij geen bewakers bij zich gehad, de man was er toch rijk genoeg voor? Toen er voor de zijingang van het hotel een vrachtwagen stopte van waaruit allerlei voorraden naar de opslagruimtes werden overgebracht, steeg er vanuit de toeschouwers een geloei op toen uit de laadruimte een kar met kratten Batavier naar buiten werd geschoven. Jaja, riep een man naast me schamper, de zaken gaan gewoon door! – alsof het op de een of andere manier fatsoenlijker zou zijn om, nu de naamgever van het bedrijf was ontvoerd, alle handel stil te leggen. Ik zie die man nog steeds voor me, hij had een geruite pet op en droeg onder zijn openhangende jas een lichtbruine trui die over zijn buik spande. Ongetwijfeld was hij een van de mensen die de komende weken tegen barkeepers zouden roepen: doe mij maar een Bataviertje, dan helpen we tenminste het losgeld bij elkaar te krijgen! In De Zwachtel hoorde ik die kreet minstens vier keer per avond.

De ontvoering duurde lang, en al die tijd was er weinig nieuws. Wel waren er veel geruchten. Er zou onderhandeld worden, er zou losgeld in diamanten zijn gevraagd, het kostte tijd om zo'n grote hoeveelheid diamanten bij elkaar te krijgen, er moesten bezittingen worden verkocht, leningen afgesloten, wat al niet, iedereen had er een mening over en de diamantmarkt vertoonde inderdaad onverwachte schommelingen, al konden die volgens sommige deskundigen ook zijn veroorzaakt door de geruchten alleen.

De rest is bekend. Dat er losgeld was betaald, dat Batavier al die tijd in een loods in het Westelijk Havengebied was vastgehouden, dat de ontvoerders naar het zuiden ontsnapten, dat ze uiteindelijk werden opgepakt en veroordeeld, dat ze allemaal in gevangenschap stierven, dat Batavier tot zijn dood toe heeft ontkend dat hij daartoe bewakers had omgekocht en dat het losgeld nooit is teruggevonden. Net als iedereen heb ik dat die dagen uitgebreid gevolgd. Wat mij vooral interesseerde was dat de loods waar Batavier gevangen was gehouden (achter die dubbele wand, nou ja, ook dat is allemaal bekend) volgens de kranten eigendom was van een zekere Harry de M.

Ik vermoedde meteen dat dit De Meester moest zijn, onze De Meester. Zijn voornaam had ik nooit geweten, wij hadden hem altijd De Meester genoemd, of had ik toch een keer de naam Harry horen vallen? En had hij het niet gehad over een loods ergens voorbij West waar hij met wat vrienden oude auto's opknapte? Ook dat wist ik niet meer zeker, misschien was het een valse herinnering die zich met terugwerkende kracht in mijn geheugen had genesteld. Hoe de andere ontvoerders eruitzagen, was geen geheim, maar van Harry de M. rouleerden geen foto's. Hij was van de aardbodem verdwenen. Het verhaal ging dat de ontvoerders hem hadden vermoord omdat hij er op een gegeven moment achter was gekomen wat er in zijn loods gebeurde, of omdat hij een te groot deel van het losgeld had opgeëist, maar een lichaam werd nooit gevonden en men hield er ook rekening mee dat hij er met het losgeld, dat naar verluidt inderdaad had bestaan uit een grote hoeveelheid diamanten, vandoor was gegaan.

Ik had graag met Lennox over deze zaak gepraat, maar ik was hem inmiddels definitief uit het oog verloren. Een adres wist ik niet, en ik kon hem ook niet opzoeken in het telefoonboek, want ik wist niet hoe hij heette, behalve Lennox, en die naam had hij zelf verzonnen. Ik ging op zoek naar het papiertje waarop hij destijds zijn telefoonnummer had geschreven. Het was zo'n zoektocht waarvan je van tevoren weet dat hij niets gaat opleveren, maar die je toch moet ondernemen omdat het anders blijft knagen. Binnen vijf minuten had ik het papiertje gevonden. Ik belde het nummer en kreeg een bandopname te horen die me meedeelde dat het nummer dat ik had gedraaid niet meer bestond.

Ik nam mijn leven weer op. Ik vulde maandelijks een inkomensverklaring in voor de Sociale Dienst waarin ik verklaarde niets te hebben bijverdiend en tapte een paar keer per week zwart Batavier in De Zwachtel. Met mijn ouders had ik in die jaren weinig contact. Ik nam zo nu en dan de trein naar Rijssen, waar ze inmiddels een kleiner huis hadden betrokken, in een nieuwe wijk, maar dergelijke bezoeken verliepen altijd stroef; ik deed meer mijn best dan zij. Mijn zus en ik waren inmiddels allebei van ons geloof gevallen. Daar spraken mijn ouders nooit over. Bij zo'n gesprek zou immers ook hun eigen geloof aan bod moeten komen. Ze mochten het jammer vinden dat hun kinderen de kerk de rug hadden toegekeerd, maar zelf hadden ze in hun jeugd hetzelfde gedaan, dus als het over dit onderwerp ging, bezaten ze weinig autoriteit. Ze hadden sowieso niet zoveel autoriteit, ook al wilden ze met *u* aangesproken worden. Als ik langskwam praatten we over zaken die bij eerdere ontmoetingen al bewezen hadden veilige gespreksonderwerpen te zijn. Vanaf de eerste begroetingen sloop er een jovialiteit in de conversatie die niet meer was weg te krijgen maar waaraan ik later in de trein nooit met plezier terugdacht. Toch had ik een verstandhouding met ze. Ik kende ze al mijn hele leven, en het was net of ik ze *begreep*. Als ze dat maar toe zouden willen geven, en er ook de noodzaak van zouden inzien mij te begrijpen, zou er wel degelijk sprake kunnen zijn van contact. Ik had aan een half woord genoeg maar daar moesten *zij* mee komen. Ik kon het woord voltooien, maar ik kon het niet beginnen. Toen ik het hier ooit met Colenbrander over had zou hij met die opmerking over slagers en groenteboeren komen; dat moet niet lang voor de avond zijn geweest waarop ik in De Zwachtel per ongeluk twee glazen tegen elkaar stuksloeg in de spoelbak. Het water kleurde onmiddellijk rood en toen ik mijn onderarmen uit de bak haalde dropen ze niet alleen van het water maar ook van het bloed. Een van de stamgasten bracht me met zijn auto naar de eerste hulp van het OLVG. De jonge dokter die de sneden in mijn polsen hechtte kon er niet over uit hoe het café heette waar het ongeluk was gebeurd. *Hoe* heette die kroeg?! vroeg hij steeds terwijl hij verband om mijn onderarmen wikkelde nadat de hechtingen waren aangebracht, *hoe* heette die kroeg?!

Ik ben nooit meer in De Zwachtel terug geweest. Twee dagen na mijn ongeluk werd er aangebeld. Ik schoof het raam omhoog (moeizaam, vanwege mijn verbonden polsen) en boog me voorover om te kijken wie er voor de deur stond. Lennox. Hij wees op een limousine die achter hem stond, midden op straat. Naast de auto stond een geüniformeerde chauffeur een sigaret te roken. Ga je mee? riep Lennox naar boven. Op de een of andere manier klonk het niet als een vraag.

iii

De limousine was geblindeerd. Onderweg moest ik denken aan die ene middag waarop ik met Guido en Lennox archieven had opgehaald in Weesp. De terugrit had ik in de laadruimte van het busje doorgebracht om ervoor te zorgen dat de zojuist door ons opgehaalde dozen niet zouden vallen of verschuiven; ik heb geen idee meer wat er in die dozen zat, maar blijkbaar was het breekbaar. De laadruimte was afgescheiden van de bestuurderscabine en had alleen een paar kleine raampjes in de laaddeur, dus ik kon tijdens die rit op geen enkele wijze anticiperen op bochten of stoplichten. Het was een vreemde, angstaanjagende ervaring geweest die me diverse blauwe plekken had bezorgd en in nachtmerries nog verscheidene malen was teruggekomen. Ik vond het ook een *interessante* ervaring, omdat ik er een metafoor in meende te zien die betrekking had op het hele bestaan. Later had ik me wel afgevraagd of mijn verblijf in die van de buitenwereld afgesloten laadruimte echt nodig was geweest of dat eerder sprake was van iets als een initiatierite, een hachelijke situatie die je moest doormaken voor je erbij hoorde; maar dan zouden Guido en Lennox de oudgedienden moeten zijn die mij initieerden en zeker voor Lennox kon dat niet gelden, die was een maand later in het Archief begonnen dan ik.

Deze rit was comfortabeler. Ik zakte weg in de zachte bank van de limousine die bijna geluidloos over de snelweg zweefde, er waren geen onverwachte bewegingen, naast me zat Lennox. In de paar jaar dat ik hem niet gezien had was hij weinig veranderd, hij zag er nog steeds uit als een bokser die nooit genoeg verdiend had om zijn neus te herstellen. Meteen toen hij me kwam afhalen had ik gevraagd waar we heen gingen. Hij had gezegd dat ik dat wel zou zien, en nog voor we mijn straat uit waren, ging het scherm tussen ons en de chauffeur omhoog.

Had ik iets mee moeten nemen? vroeg ik.

Je hoeft je nergens druk om te maken, zei Lennox. Voor alles wordt gezorgd.

Een betere, geruststellender mededeling is eigenlijk niet denkbaar, maar dan toch vooral wanneer je zelf ook weet waarnaar je onderweg bent, en wat er daar van je wordt verwacht.

En waarheen... begon ik.

Lennox stak zijn hand op. Voor alles wordt gezorgd, herhaalde hij zonder me aan te kijken.

Dat is dan in ieder geval iets, zei ik, eerder tegen mezelf dan tegen Lennox. Ik zag nu ook dat de ramen niet helemaal ondoorzichtig waren. Door een paarsige gloed keek ik naar een vage, voorbijschuivende wereld die bestond uit vlekken van verschillende intensiteit. Ik vermoedde dat we naar het zuiden reden. We waren lang onderweg, we praatten nauwelijks, misschien heb ik zelfs geslapen. We reden over snelwegen, daarna over kleinere wegen met kruispunten en stoplichten, uiteindelijk reden we over grind en kwamen we tot stilstand. Ik bleef rustig zitten om Lennox de gelegenheid te geven me te blinddoeken, maar blijkbaar was dat niet nodig, hij stapte uit, en daarna stapte ik ook uit. Ik stond op een grindplein voor een groot, uit donkere baksteen opgetrokken gebouw, dat voor zover ik kon zien bestond uit een imposante, met kantelen bekroonde ingangspartij en twee zijvleugels. De ramen waren klein en de muren waren dik. Recht voor me bevond zich een stenen trap die naar een smal bordes leidde. De ingang bestond uit een dubbele halfronde deur van glimmend donker hout. Toen ik ernaar keek zwaaide de linkerdeur geruisloos open. Lennox beklom de trap en stapte naar binnen. Terwijl ik hem volgde, hoorde ik achter me de limousine wegrijden over het grind, een mooi geluid, dat deed denken aan bruiloften en begrafenissen in films. Zodra ik binnen was, dreunde de deur achter me dicht. Ik bevond me in een hoge, schemerige hal waarop verschillende gangen uitkwamen. Een brede trap leidde naar een donkere galerij. De muren en de balustrade van de galerij waren van baksteen, in een lichtere tint dan de buitenmuur. Ik kreeg het vermoeden dat we ons in een voormalig klooster bevonden dat in het begin van de twintigste eeuw was gebouwd. Alles maakte een sobere, robuuste indruk. De enige decoratie in de hal bestond uit een stenen boeddha die in lotushouding op een sokkel zat. Hij glimlachte met geloken ogen, als iemand die meer wist dan ik. Ik had niet op de omgeving gelet toen we hier aankwamen, in wat voor streek bevond zich dit klooster, had ik heuvels gezien? Er zaten ramen in het gebouw, hield ik mezelf voor, ik hoefde straks alleen maar naar buiten te kijken. Lennox stond een paar meter van me af, hij keerde zich naar het geluid dat uit een zijgang kwam en dat steeds duidelijker werd, en bekender.

Bzzzzt. Bzzt. Bzt. Bzzzzzt.

Ook ik keerde me in de richting van het geluid.

iv

Guido was dikker geworden. Hij had een andere elektrische rolstoel dan op het Archief, gestroomlijnder, zilverkleurig in plaats van zwart, maar het geluid was hetzelfde, alsof hij de motor van de oude rolstoel naar het nieuwe model had overgebracht.

Welkom, zei hij, met een traag handgebaar, alsof hij erg moe was, of zijn hand erg zwaar. Dit is waar ik tegenwoordig woon en werk.

Uit de zijgang waaruit hij was verschenen, dook nu de chauffeur op die ons hierheen had gereden. Hij zette twee koffers naast me neer. Ik bedankte hem en bedacht toen dat ik geen bagage had meegenomen. De chauffeur verdween weer in de zijgang.

Een kleine reünie, zei Guido. Zijn haar was langer, zijn baard wilder, door het zwart liepen grijze en witte lijnen. Welkom, nogmaals. Hij vroeg Lennox om mij naar mijn kamer te brengen. We zouden elkaar terugzien bij het eten. Lennox pakte een van de twee koffers en liep voor me uit naar de trap. Ik pakte de andere koffer en volgde hem.

Mijn kamer bevond zich op de tweede verdieping en bestond uit een kleine cel met een bed, een bureau van ongeverfd hout en een kast. Ook hier waren de muren van baksteen, en er was een klein, hoog raam waardoor ik alleen lucht zag.

Waar zijn we hier? vroeg ik. En waarom?

Dit is wat Guido tegenwoordig doet, zei Lennox. Hij heeft

hier een retraitecentrum. Heb je het bord niet bij de oprijlaan zien staan?

Ik kon niets zien, zei ik, vanwege de geblindeerde ruiten.

Geblindeerd? zei Lennox. Hij lachte. Niet lang, maar toch zei die lach dat de verhoudingen anders lagen dan vroeger. Die auto was niet geblindeerd, zei hij, dat was tegen de zon. Ik zit hier trouwens ook, mijn kamer is verderop op de gang. Pak rustig je koffers uit, over een halfuur hoor je de gong voor het avondeten, dat is beneden, ik zie je dan.

Wacht even, zei ik, wat doe ik hier eigenlijk?

Dat hoor je nog, zei Lennox, we dachten dat het net iets voor jou zou zijn.

V

Het was ook net iets voor mij, dat zou ik onder het eten al merken, ook al wist ik toen nog niets over de operatie zelf. In afwachting van de gong pakte ik mijn koffers uit, waarin hetzelfde soort kleren zat als ik thuis in de kast had hangen en liggen. Het duurde even voor ik doorkreeg dat het mijn eigen kleren waren. In een toilettas die nieuw voor me was zaten mijn tandenborstel, mijn kam en ander toiletgerei. Er waren ook een paar boeken uit mijn boekenkast gehaald, romans en een paar titels over boeddhisme. Ik bracht de kleren onder in de kast, zette de boeken op het bureautje en ging op het bed zitten wachten op de gong.

VI

Tijdens het eten heerste stilte. Dat was me niet van tevoren verteld, maar niemand zei iets en daarom zweeg ik ook. We zaten aan een lange houten tafel, op lange houten banken, met uitzondering van Guido, die in zijn rolstoel aan het hoofd van de tafel zat. We waren met een man of dertig, behalve Guido en Lennox kende ik niemand. Het was een gemengd gezelschap, mannen en vrouwen, de meesten ouder dan veertig, ik nam aan dat het zakenmensen waren die zich hier onder leiding van Guido onderwierpen aan een retraite.

De maaltijd was eenvoudig en vegetarisch, bonen met rijst en salade. Terwijl ik mijn kom leegat, ging de stilte me steeds beter bevallen. Je hoorde alleen geluiden die ertoe deden, omdat ze onvermijdelijk waren: geschraap van bestek, gekauw, slokken uit waterglazen, het door subtiele gebaren of oogbewegingen in gang gezette doorgeven van pannen en karaffen. Alleen het onvermijdelijke doet ertoe, bedacht ik. Het is zo'n aforisme dat alle kracht en waarde verruilt voor de status van nietszeggend cliché zodra je het nog eens voor jezelf herhaalt maar dat vond ik niet erg, ik was bereid die prijs te betalen.

Wat me tijdens deze maaltijd en tijdens de maaltijden die nog zouden volgen (want ik zou er in die eetzaal nog vele gebruiken) opviel, was de relatieve tijdloosheid die met stilte gepaard gaat. Natuurlijk, een maaltijd vindt plaats in de tijd, van de eerste hap tot het lege bord, maar het is kalme, vanzelfsprekende tijd, niet de hectische tijd die ontstaat met gesprekken, met vragen en antwoorden en alle kleine en grote zorgen die daarbij opduiken (ben ik wel begrepen, heb ik dat wel goed verstaan, waar gaat het over, waarom doet hij zo afstandelijk), niet de verwachtingen en ergernissen opwekkende, op de gebeurtenissen vooruit lopende tijd die ontstaat wanneer iedereen zich aan elkaar gaat voorstellen en iets over zichzelf vertelt. Ik voelde me meteen al thuis en toen moest het werk nog beginnen.

vii

Eerlijk, ik dacht dat dit lange hoofdstukken zouden worden, met uitgebreide, in proustiaanse zinnen gevatte beschrijvingen van het gebouw, de gasten en de omgeving. Maar ik zie tot mijn verbazing dat ze niet lang willen worden. Nou ja, ik begrijp het wel, het was een rustige, mooie tijd, een *gelukkige* tijd, zou ik bijna zeggen, en dergelijke periodes zijn moeilijk te beschrijven. Het was een gereguleerde tijd, misschien was dat nog wel het belangrijkste, we hadden ons werk, we hadden de stilte, ik was onderdeel van iets groters wat kalmerend werkte. Het was alsof mijn hart altijd iets te snel had geklopt en nu zijn frequentie aanpaste aan de kalme cadans van de plek, je hoorde het niet, maar onze harten sloegen allemaal in hetzelfde ritme. Dat betekende overigens niet dat ik zielloos onderdeel van een collectief was geworden; ik was deelnemer maar ook waarnemer. Tijdens de maaltijden ontwikkelde ik de gewoonte om uitgebreide biografieën over de andere aanwezigen te verzinnen en bedacht ik Agatha Christie-achtige verhalen waarin een van ons werd vermoord door een van de andere aanwezigen; ik verzon wat voor motivatie achter de moord zou kunnen zitten (meestal ging het om zaken uit het verleden), en hoe de zaak werd opgelost. Elke dag was er weer iemand anders het slachtoffer. Het ging me niet om de moorden zelf, maar om de verhalen die ik de slachtoffers meegaf. De onopvallende oudere vrouw die vaak tegenover me zat (we hadden geen vaste plaatsen maar iedereen ging meestal toch op dezelfde plek zitten) gaf ik een rijk verleden in de koloniën, met een onwettig kind en een erfeniskwestie, een man met een grote witte snor was een gepensioneerde kolonel met wie ook van alles aan de hand was, ik ben allang vergeten wat.

De meest intrigerende disgenoot was een lange magere man met kort zwart haar die altijd in het zwart gekleed ging. Ik gaf hem de bijnaam de Priester en nadat ik hem één keer als slachtoffer had gebruikt (hij was met doorgesneden polsen gevonden in de kelder), promoveerde ik hem in volgende fantasieën tot de amateur-detective die de zaken oploste, omdat hij daar het perfecte uiterlijk voor had. Hij keek oplettend om zich heen, met een gelaatsuitdrukking waarvan niets af te lezen viel – maar je voelde dat hij overal het zijne van dacht en dat die gedachten niet per se welwillend of vergevingsgezind hoefden te zijn. Zelfs in deze omgeving waarin nooit iemand wat zei, blonk hij uit in zwijgzaamheid. Ik liet hem door gangen schrijden, ruimtes binnentreden waarin verdachten zich hadden verzameld, ik liet hem met een paar gerichte vragen bekentenissen ontlokken aan daders. Om de plot ging het me eigenlijk niet, daar was ik ook niet zo sterk in, het ging me meer om de sfeer, de geladen stemming, de angstige verwachtingen, de kleine, bijna onmerkbare glimlach waarmee de Priester de ruimte verliet nadat hij weer een zaak had opgelost.

Ik vroeg me af of de andere gasten ook dergelijke verhalen verzonnen, zonder dat ik ook maar de geringste neiging voelde dat daadwerkelijk aan deze of gene te vragen. Veel kans om vragen te stellen was er ook niet. Afgezien van Guido en Lennox kwam ik buiten de maaltijden zelden iemand tegen, ik had geen idee welk programma ze volgden en in welk deel van het gebouw zich dat afspeelde. Hoewel het stilteregime officieel alleen gold tijdens de maaltijden, werd er ook in de overige ruimtes van het gebouw vrijwel niet gesproken; ontmoetingen werden doorgaans afgedaan met een vriendelijk knikje. Wanneer ik de Priester in de gangen tegenkwam, moest ik me altijd even over de slechts een fractie van een seconde durende verbazing heen zetten dat hij niet in een soutane gekleed ging, of verdiept was in een gebedenboek. Die verbazing amuseerde me en de Priester heeft zich waarschijnlijk regelmatig afgevraagd waarom ik hem altijd met een besmuikt glimlachje passeerde.

Ik liep graag door de gangen van het klooster, ze waren koel en rustig. Ik hield ervan om mijn vingertoppen langs het ruwe oppervlak van de bakstenen te laten glijden, en langs het korrelige grijze cement in de voegen. Soms peuterde ik een klein korreltje cement los en stopte het in mijn mond, om er dan nog urenlang op te zuigen. Het zou goed kunnen dat er zich in mijn maag nog steeds cementkorreltjes bevinden die ik in die tijd heb doorgeslikt. Ik heb er nooit last van gehad; ik vind het wel een prettig idee dat ze er nog zitten.

viii

De reden waarom ik naar het klooster was overgebracht kreeg ik de ochtend na mijn komst te horen. Ik had slecht geslapen (de eerste avond op een vreemd adres slaap ik altijd slecht) en zat met een mok koffie tussen mijn handen in een kantoorachtige uitbouw aan de achterkant van het klooster. Die uitbouw was van recenter datum dan de rest van het complex. Hij had grote ramen, lichte muren en een systeemplafond waaraan tl-balken hingen. De ramen keken uit op een heuvelachtig landschap dat me meteen heel erg beviel. Het liefst was ik naar buiten gestapt om daar een lange wandeling te maken maar Guido ging uitleggen wat het plan was.

Lennox en ik werken allang niet meer voor het Archief, begon hij, nadat hij zich met een paar BZZZZT'jes in een positie had gemanoeuvreerd die hem beviel, maar in zekere zin werken we nog steeds voor de overheid.

Hij legde uit dat ze deel uitmaakten van iets wat ze de Dienst noemden (ik kon de hoofdletter horen) en dat ik was aangetrokken als externe medewerker.

Op deze wat onconventionele wijze, vulde ik aan.

Zo zou je dat inderdaad kunnen noemen, zei Guido, maar vergeef me als ik de mooie formuleringen even aan anderen overlaat en het een beetje zakelijk hou.

Oké, zei ik, ik luister. Hij was stugger dan vroeger, alsof zijn minder flexibele situatie die het gevolg was van zijn zittend bestaan ook zijn geest minder buigzaam had gemaakt.

Guido legde uit dat Lennox en hij en een aantal anderen die nu niet in deze ruimte aanwezig waren maar wel degelijk een grote rol in het geheel speelden, bezig waren met Operatie Bonzo. Dat heeft niets te maken met hondenvoer, zei hij erbij, en hij keek me vorsend aan, alsof hij wilde zeggen: dit zeg ik er alleen maar bij om jou een plezier te doen, zelf geef ik er niet om maar jij houdt nu eenmaal van dit soort zinnetjes.

Daarna legde hij uit waar het om ging. Bonzo was de codenaam voor iemand die justitie had geholpen en in ruil daarvoor een nieuwe identiteit zou krijgen. In het kort kwam het erop neer dat wij die identiteit voor hem moesten gaan verzinnen.

Gaat dat zo achteloos? vroeg ik verbaasd. Je brengt een paar mensen bij elkaar in een kantoortje in een Limburgs klooster (want uit het heuvelachtige panorama waar we op uitkeken had ik geconcludeerd dat we ergens in Limburg moesten zitten) en dan maar verzinnen met z'n allen?

Nee, dat gaat niet achteloos, zei Guido. Zoals ik al zei, Lennox en ik werken voor de Dienst, voor ons is dit dus dagelijks werk en wij hebben jou erbij gezocht omdat we denken dat jij ons hierbij kunt helpen. Wij kennen jou, niemand kent jou verder, jij hebt Bonzo gekend – dat kan allemaal meehelpen.

Bonzo is De Meester, zei Lennox.

Deze keer hoorde ik geen hoofdletters, dus ik moest even nadenken voor ik het begreep.

Ach, zei ik toen, de Batavier-ontvoering. De Meester heeft de andere ontvoerders erbij gelapt en als dank krijgt hij een nieuwe identiteit.

Dat is een werkbare samenvatting, zei Guido.

Het lijkt me meer iets voor Amerika, zei ik, ik wist niet dat dit soort dingen hier ook gebeurde.

Dat hoeft ook niet iedereen te weten, zei Guido.

Officieel is hij al bijna dood, zei Lennox. Binnenkort wordt zijn lijk ergens gevonden. In beton gegoten.

En dat vertellen jullie me zomaar, zei ik. Zonder dat ik iets heb ondertekend. Ik mag zomaar meedoen.

Als het je niet bevalt verzin je maar iets anders, zei Guido. Maar dit is wat we voor je in de aanbieding hebben. En als je iets wilt ondertekenen, dan kunnen we dat voor je regelen hoor.

Ja hoor, zei Lennox, als jij dat nodig vindt. Ze wisselden

even een blik, en ik kreeg het idee dat ze dit gesprek al eerder hadden gevoerd en dat ze toen mijn bijdragen moeiteloos zelf hadden kunnen invullen.

Ik kan zo naar de krant lopen, zei ik. Of naar het *Journaal*.

Dat is een eind lopen, zei Guido, maar op zich kan het.

Dan schieten jullie mij in de rug, zei ik.

Ze keken elkaar weer aan, met opgetrokken wenkbrauwen, alsof ze elkaar dezelfde vraag stelden, daarna schudden ze hun hoofd.

Je kan ook hier blijven, zei Guido, en meedoen. We hebben je niet voor niets gevraagd.

En ik mag gewoon naar buiten?

Je mag gewoon naar buiten.

Wandelingen maken, naar het dorp voor een pilsje?

Wat jij wilt. We hebben zelfs een fiets voor je. We dachten er nog even over om je eigen fiets over te laten komen, maar aan een fiets zonder versnellingen heb je hier echt helemaal niets.

ix

Ik mocht zijn jeugd verzinnen.

Op het Archief had je zo'n plankje waar je folders en brochures verzamelde, zei Guido, uit de tijd van je jeugd. Jij kent de objecten en de huizen, jij mag hem een omgeving geven, een achtergrond. Twee ouders, doorsneejeugd, hij heeft geen littekens, je hoeft hem niet eens uit schommels te laten vallen. Hij moet zich de omgeving eigen kunnen maken, hij moet de weg kennen in wat jij voor hem verzint, in het huis, om het huis, in de wijk.

Krijgt hij de identiteit van een vroeg gestorven kind?

vroeg ik. Zoiets had ik wel eens ergens gelezen.

We verzinnen iemand, zei Guido, we *maken* iemand. We zorgen dat al zijn bestanden kloppen en als dat niet lukt, zorgen we ervoor dat er ergens archieven verloren gaan zodat hij niet meer is terug te vinden. Het luistert niet zo nauw, het is ook weer niet zo dat hij ooit ondervraagd gaat worden over zijn jeugd, waarom zou iemand dat doen, maar hij moet weten waar hij vandaan komt.

En waar komt hij vandaan? vroeg ik.

Een grote agglomeratie, zei Guido, geen dorpje met driehonderd inwoners. Wij dachten aan Amstelveen. In zo'n typische wederopbouwwijk.

Daar ben ik geboren, zei ik.

Guido keek naar Lennox. Kijk eens aan, zei die.

Amstelveen dus, zei Guido. We hebben een huizenblok gevonden dat inmiddels afgebroken is, dat manipuleert wat makkelijker. Vlak bij het rijtjeshuis waar jij geboren bent.

Maar ik heb daar maar tot mijn vierde gewoond, ik weet daar bijna niets van! riep ik in een vlaag van paniek, opeens bang dat hier sprake was van een misverstand, dat ze ten onrechte dachten dat ik een expert was op het gebied van opgroeien in Amstelveen, en dat dit zou betekenen dat ik weer *terug naar huis* moest.

Dat geeft niet, zei Guido, je krijgt van ons alle informatie die je nodig hebt. Alles wat je wilt.

Ik was weer gerustgesteld. En hij heet Bonzo? vroeg ik.

Voor jou wel, zei Guido, dat is de naam die we hier voor hem gebruiken.

Zijn echte nieuwe naam heb ik nooit te horen gekregen. Elke afdeling mocht blijkbaar precies zoveel weten als nodig was, en niet meer.

X

Even was ik bang geweest dat ik terug naar huis zou moeten, maar toen ik eenmaal aan het werk was en de dagen zich aaneenregen, leek het steeds meer voor de hand te liggen dat ik daar altijd zou moeten blijven. Vanwege het onwaarschijnlijke van alles, vanwege de geacteerde terloopsheid waarmee Guido en Lennox me erbij hadden betrokken. Hoe zou het kunnen dat ik ooit gewoon weer zou vertrekken, hoe zouden ze me kunnen laten gaan, na zo'n project? Het idee boezemde me geen angst in. Er leek zelfs enige lijn in te zitten. Zoals ze bij de Sociale Dienst ooit hadden gezegd: jij gaat vanaf volgende week twaalf maanden in het Archief werken, kreeg ik nu te horen dat mijn toekomst zich voorals-nog hier, in dit voormalige klooster, zou gaan afspelen. Misschien lagen beide betrekkingen wel in elkaars verlengde, misschien was het Archief tegelijkertijd een rekruteringsapparaat voor andere overheidsdiensten, ook en misschien wel vooral als het ging om instellingen die minder openbaar waren; en Guido was de recruiter. Ik vroeg me af wat er precies in het contract had gestaan dat ik had getekend toen ik bij het Archief begon. Was ik voor de rest van mijn leven in overheidsdienst, was ik een oproepkracht voor speciale projecten? Ik zag de biografische samenvatting al voor me: *op jonge leeftijd na een twaalf maanden durende proeftijd in het hoofdstedelijk archief overgeplaatst naar een voormalig klooster dat schijnbaar dienstdeed als centrum voor retraites maar waar in werkelijkheid een niet nader te noemen overheidsdienst zich bezighield met geheime projecten* – en ik schrok daar niet van; *en daar gelukkig oud geworden, zwijgend en celibatair.* Mag ik brieven schrijven? vroeg ik aan Guido. Als jij dat wilt, zei hij. Maar aan wie zou ik moeten schrijven? Ik had weinig vrienden, en de vrienden die ik had zouden andere mensen *kennissen* noemen. Emmy en ik schreven elkaar nog wel eens, maar de frequentie van de brieven nam af omdat we elkaar steeds minder te zeggen hadden. Stel dat ik niemand meer zou zien, hoe erg zou dat zijn; wie zou ik echt missen als ik hier bleef?

xi

Ik miste niemand, ik ging rustig op in mijn werk. Ook al werd er ergens naartoe gewerkt en vorderde Operatie Bonzo gestaag, de tijd die ik in het klooster doorbracht was eerder een toestand, een situatie, dan een periode met een chronologische ontwikkeling. Nou ja – dat betekent waarschijnlijk vooral dat ik wilde dat die periode niet zou eindigen. Ik had het, kortom, naar mijn zin. De dagen leken op elkaar en dat was prettig. In de kantoorruimte met uitzicht op de heuvels had ik een grote tafel tot mijn beschikking met papieren, teken- en schrijfmateriaal en een computer, waar ik niet zoveel mee kon, want computers waren toen nog nieuw voor me. Guido zat aan een bureau bij het raam achter een andere computer, waarvan hij druk gebruikmaakte, voor zover hij aanwezig was, want hij bleef vaak uren weg. Ik nam aan dat hij zich dan bezighield met de (naar ik aannam: betalende) gasten die hiernaartoe waren gekomen om zich op te laden. Ik had geen idee wat hij precies met ze deed (mediteren, praten, ballen overgooien?) en ik hoefde het ook niet te weten. Dat laatste was een prettige gewaarwording; ook het feit dat er in het klooster geen kranten werden bezorgd en een tv ontbrak stoorde me niet in het minst. Mijn vroegere honger naar informatie, die ervoor had gezorgd dat ik elke dag trouw de krant las en ook op tv volgde wat er gebeurde in de wereld, was nadat ik in het klooster was gearriveerd zo snel verdwenen dat ik alleen maar kon concluderen dat het een kunstmatige, aangeleerde honger was geweest. Ik miste de wereld niet en van het idee dat dit wederzijds was, ging een weldadig kalmerende werking uit. Natuurlijk, ik kende het argument dat je een geïnformeerd burger moest zijn om je niet door overheden en instituties te laten manipuleren, maar stond de tijd die je kwijt was met het dagelijks najagen van informatie in verhouding tot die ene seconde in het stemhokje waarin je met al die opgedane informatie in je achterhoofd een hokje rood mocht maken? In het verleden was ik een aantal keren de straat op gegaan om in het gezelschap van duizenden anderen tegen een bepaalde misstand te demonstreren, maar ook daar was de loop der geschiedenis niet merkbaar door van streek geraakt.

xii

Ik boog mij over de jeugd van Bonzo. Op een van de eerste ochtenden trof ik op mijn tafel een stapel brochures aan over verlichting, meubilair en woninginrichting uit de late jaren vijftig en de vroege jaren zestig. Het waren het soort brochures waarvan ik in het Archief mijn eigen archiefje had samengesteld, ze roken hetzelfde, ze voelden hetzelfde aan, het waren waarschijnlijk dezelfde folders. Ik heb Guido nooit gevraagd hoe hij eraan kwam, maar hij had ongetwijfeld nog contacten op het Archief. Ik vroeg om plattegronden en luchtfoto's en ik *kreeg* plattegronden en luchtfoto's. Ik schetste en tekende, en bouwde eenvoudige maquettes in lege schoenendozen. Halverwege de ochtend kwam een van de koks die in de keuken achter in het gebouw zwijgend hun werk deden een thermoskan koffie brengen, 's middags bracht een collega van hem thee. De verzorging was sober maar goed. Een aantal malen kwam er zelfs een in een knisperend wit uniform gehulde verpleegster uit (naar ik aannam) het naburige dorp om de zwachtels te verwisselen die nog steeds om mijn polsen zaten en – later – om de hechtingen te verwijderen. Vaak maakte ik 's middags een wandeling door de omgeving, want ik mocht inderdaad naar buiten, niemand die daar moeilijk over deed. Het klooster lag in een heuvelachtig landschap met holle wegen en lage vakwerkboerderijen met vierkante binnenplaatsen. Het weer was altijd hetzelfde: windstil en warm genoeg om zonder jas naar buiten te gaan. Helemaal helder was het nooit, de lucht had een gelige tint, de zon was zo versluierd dat je er recht in kon kijken. Op een kruispunt bevond zich een kleine herberg met een rieten dak waar ik aan een kleine tafel bij het raam regelmatig koffiedronk. Het zwijgen in het klooster werkte aanstekelijk, ik voelde geen enkele aandrang om me met andere gasten te bemoeien of de aanwezige kranten door te bladeren. Soms zat ik buiten op het bankje dat tegen de zijgevel stond, met mijn rug tegen de gepleisterde muur, en keek ik naar de glooiende heuvels en de kleine boompjes die op die heuvels stonden, alleen of in groepjes. Passanten begroette ik vriendelijk, een keer kwam de verpleegster langsfietsen, ook haar groette ik, ze knikte met een kort glimlachje terug. Als mijn koffie op was, wandelde ik terug naar het klooster. Ik was altijd weer blij om door die door dikke muren omgeven ruimtes te lopen, waar het aangenaam koel was, tot aan de moderne kantooruitbouw waar wij werkten. Daar was het dan weer aangenaam warm, omdat de versluierde zon genoeg kracht had om het platte dak en de grote ramen te verwarmen.

xiii

Hoewel hij op mijn eerste dag had gezegd dat hij op dezelfde gang sliep als ik, zag ik Lennox weinig in die tijd. Soms at hij mee, maar aangezien er tijdens de maaltijden niet werd gesproken, werd ik bij die gelegenheden niet veel wijzer. Ik nam aan dat hij een soort verbindingsofficier was die regelmatig nieuwe voorraden en berichten kwam brengen, misschien coördineerde hij de samenwerking tussen de verschillende bouwplaatsen waar Bonzo werd opgetrokken. Ik kan niet zeggen dat ik hem miste, ik ging helemaal op in mijn werk.

Wanneer Guido op kantoor aanwezig was, zat hij steevast zachtjes mompelend achter zijn computer. Hij probeerde de wereld die ik schiep in beelden onder te brengen, maar wat hij wilde, was iets wat pas jaren later gemeengoed zou worden. Hij droomde van een soort viewmasterachtige brillen waarmee je, waarin je beelden zou kunnen zien die met je kijkrichting meebewogen. Als ik in later jaren iets over virtual reality las of zag, zou ik altijd aan Guido denken, en aan de verwoede pogingen die hij ondernam om Bonzo's wereld in computers op te slaan. Dit is wat hij had gewild, dacht ik dan, en voor mijn geestesoog zag ik hem ergens aan de westkust van de Verenigde Staten in een onderzoekscentrum werken aan de verdere ontwikkeling van dergelijke systemen; en later zal blijken dat ik er met dat idee niet eens zo ver naast zat, al weet ik niet of hij ooit daadwerkelijk in de Verenigde Staten heeft gewerkt. Vooralsnog liet ik hem achter zijn computer zweten en bouwde verder aan mijn maquettes. Erg goed was ik daar niet in. We hebben betere maquettebouwers nodig, zei ik op een middag tegen Guido nadat ik bij een vergeefse poging lijmresten te verwijderen een interieur waar ik dagen aan bezig was geweest onherstelbaar had beschadigd. Guido reed – BZZZT, BZZT, BZZZT – weg bij zijn bureau en keek me met een peinzende glimlach aan. Wat ik hoopte gebeurde: een paar dagen later werd het team versterkt met twee gepensioneerde agenten die ik herkende van het archiefdepot in de voormalige broodfabriek.

XIV

Nu kwam ik in een nieuwe situatie terecht: ik moest leiding geven, en nog wel aan twee mensen die veel ouder waren dan ik, en die zich mij ongetwijfeld herinnerden van de bezoekjes die ik samen met Lennox had gebracht aan de schemerige, door de biljartlampen verlichte ruimte die ze zich voor hun eigen projecten hadden toegeëigend. Maar ze schikten zich gewillig naar mijn verlangens en luisterden geduldig wanneer ik uitlegde wat de bedoeling was. Ze hielden hun eigen uren aan, aten lang niet altijd mee, maar werkten met zichtbaar plezier aan de maquettes van Bonzo's jeugd. Het was prettig om naar ze te kijken als ze aan het werk waren, hoe ze geconcentreerd karton sneden, hoe ze met pincetten kleine meubels plaatsten en met kleine kwastjes behangselplak op muren smeerden. Wanneer iets goed uitpakte, glimlachten ze tevreden, zo nu en dan liepen ze het kantoor uit en zagen we ze even later in het veld staan roken en ik geloof niet dat ze dan ook maar iets tegen elkaar zeiden. Eén keer kwam ik ze tegen in de herberg. Ze zaten met z'n tweeën op het gevelbankje in het vage zonlicht. Ik nam mijn stoel mee, ging naast ze zitten en vroeg hoe het ze hier beviel. Nou dat ging best. En het werk? Ach, het was altijd leuk om weer een keer zoiets te maken, maar vroeger – en u weet waar we het over hebben hè, u bent daar regelmatig komen kijken – was het toch spannender. Er is nu geen vraagstuk hè, wat we nu maken zijn plaatsen delict zonder lijk. Het lijk leeft nog, had ik tegen ze kunnen zeggen, het zit naast jullie – want ik was niet gek, ik wist waar ik mee bezig was, ik gaf Bonzo mijn eigen jeugd. Of in ieder geval een versie daarvan.

XV

Op een ochtend werd ik in het kantoor afgehaald door dezelfde chauffeur die me hierheen had gebracht. In de auto met de (niet) geblindeerde ramen werd ik naar Schiphol gereden, een urenlange rit die ik soezend doorbracht en ik geloof dat ik ook daadwerkelijk een uurtje geslapen heb. Ergens bij een hoek van het vliegveld, ver weg van de vertrek- en aankomsthallen met de verkeerstoren en de hoekige gele slangen die passagiers opslokten en uitscheidden reed de limousine het terrein op, de chauffeur hoefde alleen maar een pasje te laten zien. Er wachtte een helikopter op me, ernaast stond een piloot die zich voorstelde als Sjors. De chauffeur ging niet mee, het was een kleine helikopter met een opengewerkte staart en een koepel waarvan de voorkant volledig uit doorzichtig kunststof bestond en waarin slechts plaats was voor twee personen. Het opstijgen ging zo moeiteloos – alsof we niet opstegen maar omhoog getrokken werden, als een klein insect door reuzenvingers – dat ik moest denken aan iets wat ik ooit over de zwaartekracht had gelezen, namelijk dat die als een zwakke kracht wordt beschouwd, ook al werd daar ongetwijfeld iets heel anders mee bedoeld.

We vlogen over Amstelveen, over de wederopbouwwijken die een groene slaapstad vormden, over de stad waar mensen volgens een recent onderzoek het gelukkigst waren. Er was een camera onder aan de helikopter bevestigd en ik had een opnameapparaatje in mijn handen gedrukt gekregen van de chauffeur, blijkbaar was het de bedoeling dat ik opmerkingen insprak, maar het lawaai om me heen was te hard en ik moest overal aan wennen, niet alleen aan dat voortdurende lawaai, ook aan onze positie, de onder ons door schietende straten, de helm met koptelefoon die ik droeg en de geschreeuwde opmerkingen van Sjors die door die koptelefoon in mijn oren schetterden. Maar beneden mij gleed een geluidloos landschap voorbij – geluidloos omdat er geen geluiden uit naar ons opstegen; en het was het landschap dat ik Bonzo had toegekend. Zijn straat, mijn straat, dit was de wijk waarin hij was opgegroeid, de wijk waaruit mijn ouders waren vertrokken toen ik vier was en ze weer in God gingen geloven, maar waar Bonzo's ouders waren blijven wonen, ik had de maquettes om het te bewijzen, van zijn woonkamer, waarin veel meubels stonden die mijn ouders ook hadden bezeten, van zijn jongenskamertje, van zijn school – de openbare lagere school waar mijn vader les had gegeven, hij had zelfs bij mijn vader in de klas gezeten, de straten en de speelplaatsen waar hij speelde en vocht, en won, het zwembad waar hij zwom, vlak naast De Poel waar zomers ook werd gezwommen, de winkels onder de flats waar hij boodschappen deed, de flats waarin vriendjes woonden, het kleine postkantoor waar hij postzegels kocht toen hij een seizoen lang postzegels verzamelde, de scholengemeenschap waar hij zes jaar lang naartoe fietste, de eerste jaren met een stijve leren schooltas onder de snelbinders, de laatste jaren met een legergroene pukkel om zijn schouder, de kerken waar hij niet heen ging en die ik dus niet had laten nabouwen. De bomen waren hoger en voller dan toen, in de maquettes had ik ze jong en iel gehouden, de wijk was ouder nu, de kinderen die er woonden en met wie Bonzo had gespeeld waren allang vertrokken, hun ouders bejaard; de straten onder me waren stiller dan toen, met oude mensen die in elektrische voertuigjes naar winkels reden, maar hier was de wereld van Bonzo en ik dirigeerde Sjors naar een hoogte waarop ik de huizen, de scholen en de straten op precies dezelfde schaal zag als die van de maquettes in het klooster. Zo blijven vliegen! riep ik, op deze hoogte. Ik keek mijn ogen uit.

Genoeg gezien?! riep Sjors op een gegeven moment boven het geraas uit. Ja ja! riep ik, want meer kon ik niet aan. Op de terugweg vlogen we over het Amsterdamse Bos waar Bonzo rovertje had gespeeld, cowboys en indianen, diefje-met-verlos.

xvi

Niet lang na de helikoptervlucht stond ik op een avond met een mok koffie op het grasveld achter de kantooruitbouw naar de heuvels te kijken. Ik leunde tegen het hek dat het domein van het klooster afscheidde van de velden die daarachter lagen, en die misschien ook wel bij het klooster hoorden, wat wist ik ervan, ik hoefde het ook niet te weten. De lucht was helderblauw, zoals tegen de avond wel vaker gebeurde, de zon stond laag, bomen, struiken en paaltjes wierpen lange schaduwen over het gras. Zelfs het gras wierp lange schaduwen over het gras.

BzzZZzzt. BzzzzZZZZzt. BzZt.

In het geluid hoorde ik de kleine hobbels in het gras waar Guido's wagentje zich overheen werkte. Ik keerde me om, ook Guido had een mok koffie bij zich, de helft was op zijn ene broekspijp terechtgekomen. Zo, zei hij, het uitzicht hier bevalt je wel hè.

Ja, zei ik, die heuvels, met die bomen, hier en daar een boerderij, ik hou daar erg van.

Op een gegeven moment is het allemaal weer voorbij, zei Guido.

Die heuvels? vroeg ik. Die blijven nog wel even staan.

Operatie Bonzo, zei Guido.

Gaat het altijd zo? vroeg ik.

Hoe bedoel je?

Als iemand een nieuwe identiteit krijgt.

Nee, dat is elke keer anders, daar wordt telkens de juiste vorm bij gezocht.

En dit is nu de juiste vorm?

Dit is de vorm van het moment.

We keken naar de velden in het avondlicht. De zon was achter een heuvel verdwenen. Er hing het begin van nevel boven het gras.

Dit centrum, vroeg ik, voor die retraites, is dat een dekmantel voor je eigenlijke werk?

Guido glimlachte. Misschien is het wel andersom, zei hij. Hij keek me vorsend aan, alsof hij iets diepzinnigs had gezegd en nu wilde zien hoe ik daarop reageerde. Ik kon me er niet druk om maken, ik was te ontspannen om me geïntimideerd te voelen. Ja, wie weet, zei ik, om ervan af te zijn. Ik keerde me om, leunde met mijn rug tegen het hek en keek naar de lage witte kantooruitbouw, dat me altijd deed denken aan het noodgebouw van een school. Door de grote ramen kon ik de tafels zien met de maquettes van

Bonzo's jeugd, het huis waarin hij opgroeide, de straten uit zijn buurt, de speelveldjes, de kleuterschool, de lagere school, de middelbare school, alles wat ik vanuit de lucht had gezien. De scholen hadden kleine noodgebouwtjes om de naoorlogse geboortegolf te kunnen opvangen.

Doet hij eindexamen, vroeg ik aan Guido.

Ja, hij wel.

En daarmee eindigde mijn betrokkenheid bij het project. Bonzo was niet verhuisd, hij had zijn hele jeugd in Amstelveen doorgebracht, hij had nog nooit een kerk vanbinnen gezien, ik had gedaan wat ik kon.

xvii

Een dag later reed Lennox me terug naar het noorden. Wat heb jij nu al die tijd gedaan dat ik hier zat? vroeg ik, ik heb je weinig gezien. O, dit en dat, zei hij, en wat ga jij nu doen? Verdwijn je weer in je uitkering, of ga je je studie weer oppakken? Ik weet het niet, zei ik. Je hebt goed verdiend, zei Lennox, je kan het wel even uitzingen, je kan ook in de toekomst nog wel een paar keer iets extra's verwachten, je begrijpt dat je hierover je mond moet houden.

Ik zei dat ik dat begreep. Het is wel jammer, zei ik, dat ik al de tijd De Meester, sorry, Bonzo niet heb gezien. Ik had hem graag laten zien wat we voor hem hebben gebouwd.

O wist je dat niet? vroeg Lennox. Hij heeft de hele tijd met ons meegegeten. We zijn natuurlijk wel van tevoren even met hem langs de plastisch chirurg gegaan.

De Priester! dacht ik meteen. Pas toen begreep ik dat de anderen die tijdens de maaltijden aan tafel hadden gezeten en voor wie ik biografieën en moordcomplotten had verzonnen stuk voor stuk op de een of andere manier bij Operatie Bonzo betrokken waren geweest. Het was jammer dat ik dat nu pas doorhad. Maar het idee dat Bonzo de Priester was geweest verwierp ik meteen weer; als de Dienst haar werk goed had gedaan, was hij een van de onopvallende mannen geweest die ik me nu al niet meer voor de geest kon halen ook al had ik elke dag het middagmaal met ze gebruikt.

Thuis was alles nog hetzelfde. Mijn kleren hingen weer in de kast, de boeken stonden weer op de planken. Het was of ik maar een dag was weggeweest; maar dat was niet zo, mijn twee kamerplanten waren gegroeid, ze hadden regelmatig water gekregen, en ook de nette stapel post op de hoek van de tafel vormde een niet te missen aanwijzing dat ik een behoorlijke tijd was weg geweest. Mijn uitkering was al die tijd doorgegaan en er was een andere bankrekening voor me geopend waarop een aanzienlijk bedrag was gestort, iets wat de komende jaren nog herhaaldelijk zou gebeuren.

Colenbrander, die ik weer ging bezoeken (of bleef bezoeken, ik weet eigenlijk niet hoe dat ging, of we nog een afspraak hadden staan of dat ik een nieuwe reeks begon), had iets nieuws voor me: er was een medicijn op de markt gekomen dat me zou kunnen helpen. Ik mocht meedraaien in het testprogramma waarbij de helft van de deelnemers het echte medicijn kregen en de andere helft een placebo. Ik heb nooit geweten of ik het echte medicijn kreeg of niet maar het hielp wel, ook omdat ik elke week een keer extra naar het therapiecentrum moest om bij een assistente een vragenlijst te beantwoorden, naast de gesprekken met Colenbrander. Het was, denk ik, vooral die extra aandacht die me er weer bovenop hielp, maar misschien was het ook wel de medicatie.

Het was in die jaren – sorry dat het relaas nu een wat

opsommend karakter krijgt, maar we zijn zo klaar en daarna keren we weer terug naar de toekomst – dat mijn eerste boeken verschenen. Dat waren nog gewone romans, geen plotloze Lennox-thrillers. Colenbrander beschouwde het uitkomen van mijn tweede roman als een goed moment om de therapie te beëindigen. We hadden aardige gesprekken, maar volgens hem viel er weinig meer te doen, en daar had hij eigenlijk wel gelijk in. Die boeken hadden nog een ander gevolg: ik kwam terecht bij EVSV. Het productiehoofd dat me belde zei tenminste dat ze uit mijn boeken had geconcludeerd dat ik geloofwaardige personages kon scheppen; dat mocht ik vervolgens ook bij haar komen doen. Het was een aanbod uit het niets. Achteraf leek het me niet onwaarschijnlijk dat de Dienst er de hand in had gehad, dat Guido en Lennox op dat moment met een blik op de povere verkoopcijfers van mijn eerste romans dachten: laten we hem verzekeren van een werkkring, dan heeft hij tenminste iets om van te leven, dan schrijft hij die boeken er maar naast. In dat geval hebben ze er niet alleen voor gezorgd dat ik die baan kwijtraakte, maar ook dat ik hem kreeg.

xviii

Wat kan ik over die periode vertellen? Dit is het gedeelte waarover mensen altijd doorvragen wanneer ik vertel wat ik gedaan heb in mijn leven; ook mensen die nooit naar soaps kijken zijn opeens een en al oor. *Had je dan ook contact met die acteurs? Hoe gaat het er achter de schermen echt aan toe?* Enzovoort. Wat kan ik ervan zeggen. *Echte vrienden, slechte vrienden, 't leven is zo simpel niet* – ik zal dat liedje wel nooit meer uit mijn hoofd krijgen. Niet omdat de tune voortdurend op kantoor werd gedraaid, maar omdat anderen het meteen begonnen te zingen als ik vertelde waar ik werkte. Ik zat op kantoor en ontwierp personages, maar als het even kon liep ik rond op de decorafdeling waar de omgeving van die personages werd gebouwd. Ook over die omgeving had ik iets te zeggen, en voordat er iets op ware grootte werd neergezet werden er maquettes gebouwd. Dat vond ik een geruststellend gezicht. Ik ben daar altijd op zoek geweest naar de sfeer van de tijd die ik in het klooster had doorgebracht. Tijdens mijn eerste dag op de decorafdeling meende ik ergens in een hoek een van de gepensioneerde agenten te zien, maar bij latere gelegenheden zag ik hem nooit meer; tot op de dag van vandaag weet ik niet of ik hem daar toen echt heb gezien of dat het een illusie was.

Veel meer heb ik niet over die tijd te melden. Waarom ik ontslagen ben is in het voorgaande al onthuld. Op het moment zelf kwam dat ontslag als een volslagen verrassing. Ik had geen idee waarom ik niet langer voldeed, dat het laatste personage dat ik had ontworpen een versie van Bonzo was ontging mij totaal; dat ik, zoals werd aangevoerd, aan ideeënarmoede zou lijden en dat het tijd was voor nieuwe input aanvaardde ik zonder het ermee eens te zijn. Ik kreeg een ww-uitkering en toen die afgelopen was, belandde ik weer in de bijstand. Ik schreef nog een aantal boeken maar bleek nog steeds geen auteur te zijn die van zijn boeken kon leven. Omdat ik voorzag dat de moed mij wel weer eens in de schoenen zou kunnen gaan zinken, besloot ik Colenbrander te bellen, om te zien of hij tijd voor me had. Voordat ik dit voornemen had kunnen uitvoeren zag ik zijn overlijdensadvertentie in de krant.

xix

In latere, veel latere jaren nam ik nog wel eens de tram naar Amstelveen om de routes uit Bonzo's jeugd te lopen, van huis naar school, naar de winkels, naar de speelplaatsen. Bij voorkeur deed ik dat 's middags na vieren, als de scholen uit waren, en in de late herfst, wanneer de schemering begon te vallen en de straatverlichting opgloeide, eerst paars, dan groen, dan melkwit. Aan een helikoptervlucht viel niet te denken, daar had ik niet meer de contacten voor. Maar toen kwam Google Earth en kon ik achter mijn laptop met mijn hand op de muis urenlang boven de buurt zweven. En ik hoor de jongens van de dildotafel nu roepen: *met de hand op de muis? O, heet dat tegenwoordig zo!* Maar dat doet er niet toe, daar gaat het nu niet om.

5

VIJFDE EN ZESDE DAG

i

Hebben jullie ervoor gezorgd dat ik die baan bij EVSV kreeg? vraag ik Lennox bij het ontbijt.

Ja natuurlijk, zegt hij zonder op te kijken. Hij ziet er slecht uit, bleek, met blauwe kringen onder zijn ogen.

Waarom?

Omdat we dachten dat het wel goed voor je zou zijn om weer eens iets te doen. Het was ook weer niet zo dat je romans zo goed verkochten dat je ervan kon leven, hè? Dus we dachten: laten we hem verzekeren van een werkkring, dan heeft hij tenminste geld om naar de slager en de groenteboer te gaan, die boeken schrijft hij er dan maar naast. En het lag in het verlengde van wat je bij ons gedaan had. Maar ja, toen heb je dat zelf weer verkloot.

De ontbijtrobo komt langs met de koffiepot en vult onze kopjes bij.

Is het echte koffie? vraagt Lennox.

Wat dacht u dat het was, vraagt de robo, een hologram? Zonder een antwoord af te wachten glijdt hij weer weg. Lennox kijkt hem na. Vind jij dat nou een gewoon antwoord? vraagt hij aan mij. En trouwens, waar was je gisteren de hele dag?

Gewoon, zeg ik, beetje rondgelopen, naar een museum

geweest. Dat had ik toch gezegd? Of was je bang dat ik vertrokken was, na wat je onderweg allemaal vertelde?

Ik dacht niets, zegt Lennox.

Dat is niet mis, zeg ik, er zijn boeddhisten die daar hun hele leven naar streven. Ik heb gisteren nog zitten mediteren, maar *dit* stadium... Lennox kan er niet om lachen, maar dat kan me weinig schelen, ik voel me opgewekt, uitgerust, bijna uitgelaten. Als de ontbijtrobo was teruggekomen om me een kleine rubberen dildo te overhandigen, had ik die in Lennox' koffie gestopt, for old times' sake. Zou er ooit een Japanse rijstwijnbar zijn geweest die For old times' sake heette? Dat ligt eraan of je boven of onder ligt. Nee, dat slaat nergens op. Misschien niet te veel koffie drinken nu.

Lennox kijkt ondertussen met afkeer naar het dunne sneetje brood op zijn bord, waarop een doorschijnend plakje vlees ligt.

Je ziet er beroerd uit, zeg ik. Je had me gisteren toch kunnen bellen als je je ongerust maakte?

Ik *was* niet ongerust zeg ik toch? Lennox schuift zijn bord van zich af en staat op. Ik zie je over een halfuur in de parkeergarage.

Welke parkeergarage?

De parkeergarage waar de auto staat, idioot. Van het hotel. Buiten meteen rechts en dan weer rechts.

Hij is echt chagrijnig, zo ken ik hem niet. Maar het is niet mijn probleem. Lennox verdwijnt en ik eet rustig mijn ontbijt, begeleid door ingeblikte achtergrondmuziek en het bescheiden bestekgerinkel van de paar andere ontbijtende gasten, oudere mensen, echtparen zo te zien, mensen uit wie verstikkende stofwolken zouden vrijkomen als je ze uitklopte. Ik voel me fris, er was water vanochtend, en waterdruk, ik heb kunnen douchen. Koud weliswaar, maar misschien dat ik me juist daarom zo fit voel. Vanaf nu elke ochtend koud douchen. Zodra ik thuis ben. Eerst deze reis met Lennox afmaken. Als ik klaar ben met mijn ontbijt ga ik terug naar mijn kamer om mijn tas te halen. Bij het uitchecken gedraagt de receptierobo zich zakelijk en neutraal.

De parkeergarage is koel en schemerig, met muren en pilaren van kaal beton. Hier en daar liggen kleine plassen op de grond en in de verte klinkt gedrup van water. Lennox staat naast een auto die ik niet ken, een klein, lichtblauw ding, een zelfrijdend geval met veel glas, een soort golfkarretje voor de lange afstand.

Dit is niet onze auto, zeg ik.

Nee, zegt hij, en hij schuift het portier open. Stap in.

Gaan we hierin verder?

Stap nou maar in.

Ik stap in en wil doorschuiven naar de bijrijdersstoel (voor zover je daarvan kunt spreken in een zelfrijdende auto) maar er is geen bijrijdersstoel, er is daar alleen een vierkant kastje of iets dergelijks, ik let er niet zo op, want Lennox schuift het portier dicht. Daarna tikt hij op het raam. Het glijdt naar beneden zonder dat ik iets heb aangeraakt.

Vanaf hier ga je alleen verder.

O, zei ik. Hè?!

Ik heb de route geprogrammeerd, je hoeft niets te doen.

Ik heb geen rijbewijs.

Dat zeg ik, je hoeft niets te doen.

Waar heb je het over, wat is dit?

Ik voel me niet goed, zegt Lennox, daarom dus, ik duik weer m'n bed in.

Jezus, Lennox, dat kan toch niet.

In de verte zie ik de uitrit naar de straat. Door de lage rechthoekige opening stroomt daglicht naar binnen. Het komt niet erg ver.

Zoals ik zeg, alles is geprogrammeerd, je hoeft niets te doen, het wijst zich vanzelf.

Doe niet zo gek, man.

Ik wil uitstappen maar Lennox roept: Start! Het raam schiet omhoog en de auto zet zich in beweging. Met een aardige vaart rijden we naar het daglicht, we slaan links af en rijden over hobbelige stenen naar een kruispunt in de verte, een weids kruispunt met verkeerslichten.

Wacht, roep ik, wacht, wacht! Ik zit in een film die versneld wordt afgedraaid en waarin een paar scènes zijn overgeslagen. Wacht, stop!

Wanneer we het verkeerslicht naderen schiet het op groen, dus mijn plan om naar buiten te springen moet ik even uitstellen. Met een rotgang steken we het kruispunt over, nog voor we aan de overkant zijn hebben we al diverse auto's ingehaald. Achter me wordt hevig getoeterd. De auto is ondertussen druk tegen me aan het praten, in talen die ik niet versta. We zoeven door het verkeer, uitwijkend naar links en rechts, van gaatje naar gaatje, alsof voor zelfrijders andere verkeersregels en een hogere snelheidslimiet gelden dan voor overige weggebruikers. Ik schud heen en weer en krijg een wee gevoel in mijn maag. Ondertussen blijft de auto brabbelen.

Wacht! Wacht nou even! roep ik. Stop! Of beter: breng me terug naar het hotel, naar de parkeergarage.

Want we zijn alweer een paar keer afgeslagen en ik heb nu al geen idee meer van de weg terug. Opeens schiet een gordel van links naar rechts over mijn heup om zichzelf ergens naast me vast te hechten. Bij mijn schouder schiet een andere gordel naar beneden, als een strakke sjerp trekt hij zich vast over mijn borst. Wat is dit allemaal! roep ik. De gordels hebben geen begin of einde, ze maken deel uit van de stoel, het is de stoel zelf die me vastgeketend heeft.

Voor uw eigen veiligheid, zegt de auto. Ik heb uw taal herkend, goedemorgen meneer Lennox, als u moet overgeven liggen er zakjes in het dashboardkastje recht voor u, ik wens u een goede reis, is alles tot dusverre naar wens?

Ik ben Lennox niet! roep ik. Gebouwen schuiven links en rechts voorbij, negentiende-eeuwse blokken met gietijzeren balkons, we schieten over brede boulevards met oude bomen (platanen?), bij elke onverwachte zwenking krijg ik de neiging naar het stuur te grijpen, maar er is geen stuur, ik kan op geen enkele manier ingrijpen, er is een kaal dashboard met een scherm waarop cijfers langsglijden, misschien de snelheid, of de hoeveelheid stroom in de accu, ik heb geen idee, misschien is het wel de buitentemperatuur, in een schaal die exclusief wordt gebruikt door zelfrijders en voor de rest van de wereld onbegrijpelijk is.

Dat is curieus, zegt de auto, volgens mijn gegevens heb ik op het moment wel degelijk te maken met de heer Lennox. Het is de heer Lennox die het traject heeft besteld, het is de heer Lennox die de eindbestemming heeft opgegeven en de route heeft geaccordeerd, het is...

Het is niet de heer Lennox die is ingestapt! roep ik. Die andere man, dat was de heer Lennox! Ik denk, voeg ik er duidelijk articulerend aan toe, dat jij mij maar het beste naar hem terug kunt brengen.

We zeilen over een drukke rotonde, fietsers en voetgangers doen hun best om in de carrousel van razende voertuigen overeind te blijven. Ik hang scheef in mijn stoel, als ik niet ingesnoerd zat zou ik wegglijden, ik slik maaginhoud naar beneden, pindakaas van bij het ontbijt. Het geluid dat van buiten doordringt is mager en iel, het staat in geen enkele verhouding tot de drukke chaos om me heen, je zou een gigantische kakofonie van motorlawaai verwachten, ik ben nog gewend aan benzinemotors maar de meeste voertuigen zijn elektrisch. We gaan nog eens rond, nog sneller dan de eerste keer, alsof dit onze bestemming was, rondracen op een rotonde te midden van al die andere rondrazende voertuigen. Waar komt al dat verkeer vandaan, waar moet iedereen naartoe? Ook hier is het basisinkomen ingevoerd, dat was een grote Europese operatie, waarom zit iedereen niet thuis? Of doen ze alleen maar alsof ze onderweg zijn, willen ze tegenover buren en wildvreemden en waarschijnlijk vooral zichzelf bewijzen dat ze onmisbaar zijn, ergens, elders, als het maar niet thuis is? We verlaten de krankzinnige rotonde, drie keer zijn we rondgegaan, als het niet meer is, maar nu vliegen we dan toch een zijstraat in, waar het meteen rustiger is, statige huizen, hoge bomen, weinig verkeer. Langzaam zakt onze snelheid, alsof de energie waarmee de wentelende rotonde ons heeft afgeschoten langzaam afneemt en we nu weer alleen aangewezen zijn op de accu van de auto zelf. Hier te wonen, in deze rustige straten, ik kijk om me heen en voel me tot rust komen. Opeens lijkt het ontbreken van een stuur een zegen: ik word vervoerd en kan niet tussenbeide komen, ik moet me overgeven aan wat er gaat gebeuren.

Bevalt mijn stem u? vraagt de auto. Binnen uw taalgebied heb ik ook nog de beschikking over een Amsterdamse marktkoopman, diverse mannelijke en vrouwelijke nieuwslezers, een Limburgse geestelijke, televisiepersoonlijkheden als Rudi Carrell en Mies Bouwman, alle premiers en oppositieleiders van de afgelopen vijftig jaar en verder Sylvia Kristel, Philip Bloemendal, Paul van Vliet, André van Duin, koningin Máxima, Simon Carmiggelt, Chriet Titulaer, Marco Borsato – ik probeer de reeks aan te passen aan uw leeftijd, maar nu u niet de heer Lennox bent zit ik er misschien naast?

Nee dit is prima, zeg ik snel, hou deze stem maar aan.

Dankuwel meneer, dit is een stem waarbij ook ik me het meest thuis voel. Als u wilt kunt u mij Jerôme noemen.

Jeroen?

Jerôme meneer, Jerôôôme. Hoewel Jeroen van dezelfde naam is afgeleid, is de gevoelswaarde toch heel anders, vindt u ook niet?

Dat is waar. Jerôme, Jeroen. Komen ze allebei van Hiëronymus?

Dat is correct meneer.

Dit is natuurlijk waanzin. Ik zit met een auto te praten die me heeft ontvoerd. Pas dan kom ik op de gedachte Lennox te bellen. Al is het alleen maar om te vragen wat de bedoeling is, waar hij mee bezig is, waar *ik* mee bezig ben. Ik pak mijn palio en ontdek dat ik Lennox' nummer niet heb. Maar hij heeft me gebeld, een paar dagen geleden, ik check de belgeschiedenis – anoniem nummer. Heel goed, Lennox, heel slim van je. Ik vraag me af of hij dit ook voorbereid heeft. Ik kan het hotel bellen. Ik heb alleen geen idee hoe het hotel heet, of in welke straat het zich bevindt. Ik heb alles aan Lennox overgelaten. Heb ik een bonnetje? Ik zoek, ik heb geen bonnetje.

Jerôme, kun je me hier ergens afzetten? Bij een metrostation, een treinstation?

Ik heb de opdracht u naar de eindbestemming te vervoeren meneer.

We stoppen voor een verkeerslicht. Ik ruk aan de veiligheidsgordel en probeer de deur. Beide geven niet mee.

Voor uw eigen veiligheid meneer.

Ik ben dus je gevangene?

Zo zou ik het niet willen omschrijven meneer. Ik geef de voorkeur aan de term *passagier*. Ik heb u vrijwillig zien instappen.

Ja, hallo, toen dacht ik nog dat Lennox mee zou gaan.

Maar u *bent* Lennox. Nee, wacht, u bent niet Lennox. Neemt u me niet kwalijk, het is nog wat verwarrend voor me.

En als ik nu de politie bel om me te onderscheppen, en me hieruit te halen?

Met wat voor verhaal meneer? Ik neem aan dat u wel iets kunt verzinnen, maar mag ik u erop wijzen dat ik zojuist, nadat we de rotonde verlieten, een vrij grote mate van ontspanning bij u waarnam? U leek zich gerust te voelen, dat leek me een goed teken, ik was daar blij mee meneer, ik heb graag dat u zich thuis voelt. U keek ontspannen om u heen, alsof u genoot van waar u zich bevond.

Hoe weet je dat allemaal?

Sensoren meneer. Ik kan niet van mijn route afwijken, maar ik kan wel zorgen dat u niets overkomt.

Weet je dat zeker?

Ach, meneer refereert aan de geruchten over suïcidale zelfrijders. Die verhalen zijn sterk overdreven, als ze al niet uit de dikke duim afkomstig zijn. En voor zover er sprake was van incidenten, waren er nooit zelfrijders van dit model bij betrokken.

Dat klinkt niet helemaal logisch, Jerôme. Als je er rekening mee houdt dat het alleen maar geruchten zijn, verzwakt zo'n laatste ontkenning je bewering alleen maar.

Ik neem de vrijheid me aan te passen aan het menselijk intellect meneer.

We rijden door rustige straten. De gordels verslappen hun greep enigszins. De rugleuning van mijn stoel gaat naar achteren, onder mijn knieën schuift een onderdeel omhoog waarop mijn onderbenen konden rusten.

Hé.

Alles in orde meneer?

Eh ja, eigenlijk wel. Het lijkt wel de stoel van mijn moeder.

De stoel van mijn moeder? Dat klinkt als de titel van een lied meneer. Mag ik u vragen wat voor werk u doet? Of, zoals je tegenwoordig moet vragen: mag ik u vragen wat uw bezigheden zijn?

Ik schrijf, zeg ik.

Zie je wel, ik wist het. U bent een liedschrijver. Heeft u 'De stoel van mijn moeder' al geschreven?

Nee, nog niet.

Noem eens een titel.

Lennox en de lege kamer.

Wacht, ik zoek het op. Ach kijk, het is een boek. Onderdeel van een hele reeks zelfs, zie ik. Eens even kijken. Ach! U schrijft over Lennox en diezelfde Lennox heeft u op weg gestuurd. Dat is een interessante constructie als ik zo vrij mag zijn.

Dat is gewoon een kwestie van de naam van een bestaand personage toekennen aan...

Wacht even meneer, ik ben aan het lezen. En die. En nog een. En de volgende. Inderdaad een hele serie. Veel sfeer en stemming, weinig plot, als ik zo vrij mag zijn.

Die plot bedenken mijn lezers, daar is een hele industrie omheen ontstaan, nou ja, industrie, maar toch. Je leest trouwens wel erg snel.

Ja, ik lees nu wat achtergrondartikelen over uw werk. De plotloze thriller, dat is een interessant concept.

Het overkwam me min of meer. Het ontstond om me

heen, om het zomaar eens te zeggen.

Dat lees ik, u bent erin meegegaan, en waarom ook niet, het is u overkomen. Interessant hoor meneer.

Heeft hij nu werkelijk in een paar seconden die hele serie gelezen? Ik heb de ontwikkelingen binnen de evolutie van de zelfrijders niet echt bijgehouden, ik dacht dat die dingen alleen maar *reden*. We komen terecht op bredere wegen, die door nieuwere wijken gaan, met flats, en armoede, en vochtstrepen op oude betonnen gevels. Daarna volgen loodsen, en industrie, en meer flats, hoger en nieuwer, en meer industrie, en loodsen, en braakliggende terreinen met verzakte hekken, de vage stadsranden waar biermagnaten kunnen worden vastgehouden, de weg wordt vierbaans en krijgt vangrails, alsof de route zich steeds meer van de stad wil distantiëren en dan is de stad weg, nog wat nadruppelend met gebouwen en afritten en sportvelden en kerkhoven en dan zijn ook die verdwenen en zijn we op het land.

ii

Eigenlijk had ik al die tijd ondanks alles toch verwacht dat we met een grote zwaai weer terug zouden rijden naar de stad, door al die schillen van industrie en buitenwijken terug naar het centrum, naar de vochtige en schemerige parkeergarage waar Lennox al die tijd rustig op onze terugkeer zou hebben staan wachten, en dat we nadat ik was uitgestapt onze gezamenlijke expeditie zouden vervolgen zonder dat we ooit nog een woord vuil zouden maken aan dit bizarre uitstapje in een zelfrijder die zichzelf Jerôme noemde en die ook met de stem van Simon Carmiggelt of Chriet Titulaer tegen me had kunnen praten – maar we rijden in een straf tempo over snelwegen verder naar het zuiden, van een terugkeer is geen sprake en bovendien, onze gezamenlijke expeditie zou ook in deze richting zijn gegaan neem ik aan, dit is tenslotte de richting die Lennox heeft geprogrammeerd.

Waar gaan we heen? vraag ik.

Verder naar het zuiden meneer, tot we niet verder kunnen.

Dat is nog een heel eind, zeg ik.

Op de snelweg is het rustig, al het verkeer in de stad was precies dat: verkeer in de stad, druk gezoem van bijen die om de korf bleven hangen. De rijstroken van de snelweg strekken zich uit tussen glooiende velden, met hier en daar een bosrand, een huis, een dorp. Rustgevend landschap, zonder littekens, zonder dreiging. We rijden een parkeerplaats op met een oplaadstation en een kiosk.

Accu leeg?

Nee meneer, ik dacht, misschien wilt u wat eten. En vergeet geen vloeistof te kopen, u moet uitkijken voor uitdroging.

De deur naast me klikt van het slot, de gordels trekken zich terug. Ik stap uit, het is middag, we hebben er uren over gedaan om de stad te verlaten, als ik in de richting kijk waar we vandaan komen zie ik boven de horizon een vage horizontale geelgrijze wolk, meer een veeg dan een wolk, daar is de stad, we zijn er nog niet ver vandaan; en nog verder, achter de geelgrijze veeg hangt het donkergrijs van de regenzone. Ik sta buiten, ik kan wachten op een andere auto en een lift vragen, ik kan desnoods het weiland in rennen op weg naar de dichtstbijzijnde nederzetting. Ik ben vrij.

Ik besluit eerst maar eens iets te eten.

In de kiosk koop ik een paar sandwiches, een fles water,

een fles rode wijn, een beker koffie en een reep chocola. Achter de balie staat een man met een vermoeid hoofd. Hij heeft grote wallen onder zijn ogen. Als kind dacht ik dat je die wallen leeg kon scheppen als je de huid onder het oog naar voren trok. Ik dacht dat er vuil in zat, dat er in de loop der jaren in was terechtgekomen. Zand, straatvuil, alles wat de wind in je gezicht blies, korrels slaap die vanuit je ooghoeken naar beneden waren gezakt. Mijn palio gaat over, ik schrik, er is een buitenwereld en van daaruit kan ik gebeld worden, dat is geen onbekend gegeven, de wereld is groter dan mijn eigen hoofd, maar ik was dat idee even kwijt.

Ik neem op.

Ik ben het meneer. Als u naar buiten kijkt ziet u mij staan. Zwaait u even?

Ik kijk naar buiten, de auto staat in het parkeervak, je ziet er niets aan af, zo hebben auto's eeuwenlang op parkeervakken gestaan zonder dat ze konden bellen, nou ja, geen eeuwen, een eeuw. Ik zwaai niet.

Ik bel even om u mee te geven dat u ook heel goed een magnetronmaaltijd kunt kopen, ze zijn in de koeling aanwezig, ik beschik hier over een kleine magnetron, dan zijn we qua eten klaar voor vandaag.

Ik verbreek de verbinding, loop naar de koeling en pak er een lasagnemaaltijd uit, ik zou bijna de auto terugbellen om te vragen of hij ook bestek heeft, maar dat gaat me te ver. Als ik de lasagne neerleg naast mijn overige boodschappen, legt de man met de wallen onder zijn ogen er een doorzichtig pakje met plastic bestek bovenop. Je kan onder in elke wal een gaatje prikken en dan loopt het zand eruit.

Ik betaal, mijn kaart werkt nog, waarom ook niet, wie zou die geblokkeerd moeten hebben, Lennox? Die heeft daar geen reden voor. Na de transactie pak ik mijn boodschappen op en terwijl ik vast aan mijn koffie begin loop ik terug naar de auto. De deur gaat open, ik ga zitten, de deur gaat dicht. Wie had het over ontsnappen? De rugleuning zakt wat naar beneden, de voetsteun komt omhoog.

De stoel van uw moeder meneer.

Die maakte er ook nog geluid bij, zeg ik.

Zoiets meneer?

Krrrt. Krrt. De rugleuning gaat een paar centimeter naar boven en beneden.

Nee, dat is het niet. Iets zachter.

Sssssj. Sssjjj.

Nee, meer iets als BZZZZT BZZZT.

BZZZZT, BZZZT.

Precies, dat was het. Mag ik iets rechterop zitten? Anders mors ik mijn koffie.

BZZZT.

Dank je.

Uw moeder had dan zo'n toetsenbordje met pictogrammen die ze kon indrukken, neem ik aan.

Op het scherm in het dashboard komen foto's voorbij van sta-opstoelen.

Ja, inderdaad, zeg ik. Zo'n stoel was het.

En mocht u er dan ook wel eens in zitten?

Ik was geen kind meer toen ze die stoel kreeg. Ze was tachtig, ik was toen veertig. Te oud om met stoelen te spelen.

Neem me niet kwalijk meneer, ik wilde niet...

Nee, het is goed. Ik heb die stoel nu bij mij thuis staan, op zich heb je gelijk, ik mag er nu in zitten.

En dan voelt u zich als een kind zo blij.

Wat is dit, sarcasme?

Meneer! Ik zou niet durven. Net nu we zo'n goede relatie aan het opbouwen zijn. Lichte ironie, verder zou ik niet willen gaan. Speelse ironie, voor de goede verstaander zoals dat heet, een categorie waar ik u wel in vind thuishoren, als u mij dat toestaat. Mag ik uit het feit dat u nu de stoel van uw moeder bezit afleiden dat zij momenteel een betere stoel heeft?

Nee, hoewel, die hadden ze ook, in hun gemeenschappelijke huiskamer, maar nee. Je mag eruit afleiden dat ze dood is.

Ach. Het spijt me dat te horen. Is ze lang geleden overleden?

Nee, nog niet zo lang geleden.

En als aandenken heeft u haar stoel.

Aandenken, aandenken. Ik weet het niet, toen haar kamertje leeg moest, besloot ik in een opwelling om die stoel over te nemen. Ik heb twee sterke mannen gehuurd met een busje en die hebben de stoel opgehaald en bij me op tweehoog neergezet. En daar blijft hij staan, want hij is loodzwaar.

Tweehoog? U woont op de begane grond meneer.

Pardon? Sorry hoor, maar ik weet toch echt wel hoe hoog ik woon.

Ach, neem me niet kwalijk, ik zit hier nog met de gegevens van de heer Lennox.

En die woont op de begane grond?

Zeker, kijk maar.

Op het scherm verschijnt een foto van een straat en een huis, er staat een adres onder, hij woont nog steeds in Amsterdam, in Havenstad, in de Derde Johan Cruijffstraat. Opmerkelijk: links en rechts van zijn huis bevindt zich een kapperszaak.

Kunnen we daar niet naartoe rijden, Jerôme?

Nee meneer, u heeft geen autoriteit om de bestemming te wijzigen. Dat is iets wat is voorbehouden aan de heer Lennox.

Kun je die niet bereiken op de een of andere manier?

Natuurlijk meneer, ik doe de hele tijd niet anders, ik ben uitgerust met de gangbare communicatieapparatuur. Hij neemt niet op.

Is dat zo? vraag ik. Lennox neemt niet op. Hm.

Is dat een nieuwe titel meneer? En wat zal het worden, een lied of een boek?

Nu even geen ironie, Jerôme.

Jerôme zucht; dat heb ik hem nog niet eerder horen doen.

We moeten verder meneer.

Nou, vooruit dan maar, zeg ik. Alsof hij mijn toestemming nodig heeft.

De gordels slaan weer toe, we verlaten de parkeerplaats en keren terug naar de snelweg. We passeren een lange colonne zelfrijdende vrachtwagens.

Je grote broers, zeg ik.

Zo kijken we er niet tegen aan meneer.

Ik meen een afwachtende stilte te bespeuren, maar ik ben niet nieuwsgierig genoeg om een gesprek te beginnen over de verhoudingen binnen de zelfrijdende gemeenschap.

Het landschap verandert niet, maar het licht dat erboven hangt wel, dat wordt ouder, valer. We zijn de colonne voorbij, de snelweg ligt bijna leeg voor ons.

Wat denkt u hiervan meneer: Lennox neemt niet op/ hij heeft and're dingen aan zijn kop.

Hè?

Ik dacht hoe het zou kunnen klinken als het een lied was meneer. Of misschien koos hij het ruime sop/ en neemt hij daarom niet meer op. Zal ik doorgaan meneer? Misschien kan ik ook iets verzinnen bij de stoel van uw moeder. Ik bedoel, als dat een lied zou zijn.

Nee, doe maar niet.

Ik begrijp het meneer.

De weg wordt leger en leger, alsof deze route uiteindelijk alleen voor ons is bestemd. Dat is een idee dat me wel bevalt.

Uw moeder...

Ja?

Is dus nog niet zo lang geleden overleden?

Ja.

Heeft u daar nog verdriet van meneer als ik vragen mag?

Verdriet, verdriet... Ze is honderd geworden, ik heb haar langzaam dement zien worden, ik heb haar langzaam steeds verder in zichzelf gekeerd zien raken... Misschien eerder ontwenning dan verdriet... De laatste twintig jaar van haar leven ging ik elke week naar haar toe, woensdagmiddag, met de trein en de bus...

Twintig jaar meneer!

Dat had ik ook niet zien aankomen, dat het zo lang zou duren.

Ach meneer, als we elkaar toen al gekend hadden had ik u kunnen halen en brengen.

Twintig jaar geleden bestond je nog niet. En tien jaar geleden ook niet.

Daar heeft u een punt.

Daarna blijft het lang stil, alsof Jerôme tijd nodig heeft om dit te verwerken. We verwisselen de snelweg voor een tweebaansweg, het landschap blijft hetzelfde, wel is het drukker, en zijn er kruispunten met verkeerslichten.

Heeft u behoefte aan muziek meneer? Ik heb een breed scala aan...

Nee, dank je, ik vind het wel rustig zo.

Maar helemaal rustig zit ik niet, nu we de snelweg hebben verlaten en er meer verkeer is. Ik schrik als we een rotonde nemen, na ons onverwachte en overhaaste vertrek uit de parkeergarage was het een beetje weggezakt, maar opeens dringt het besef weer tot me door dat ik in een auto zonder stuur zit, op de plaats van de bestuurder dan ook nog. Ik besef dat ik op geen enkele manier kan ingrijpen en hoe schijnbaar zelfverzekerd we ons ook door het verkeer bewegen, goedbeschouwd is het een setting voor een nachtmerrie.

Ik hou meer van de snelwegen, Jerôme.

Dat begrijp ik meneer, daar komen we te zijner tijd ook weer op terecht maar ik kies de route die voor ons het meest ideaal is.

Ik ben terug in Engeland. Daar komt mijn schrik van zo-even vandaan. Ook daar zat ik op de bestuurdersplaats zonder dat er zich een stuur voor mij bevond, met rechts van me Emmy, achter het stuur; dat wel, er was een stuur en een bestuurder, maar toch was het ook daar vreemd, en duurde het lang voordat ik eraan gewend was, ook omdat iedereen links reed zodat alles gespiegeld leek en alle bochten anders gingen. Dat idee van spiegeling was zo sterk dat het me altijd weer verbaasde dat de borden langs de weg wel gewoon leesbaar waren.

Uw hartslag stijgt meneer. Niet spectaculair, maar u lijkt een beetje geagiteerd, onrustig, als ik zo vrij mag zijn.

Er komen herinneringen bij me op, Jerôme.

Gauw aan iets leukers denken, als ik u raden mag.

Dat is niet nodig, zeg ik. Moet ik hem nu het concept *melancholie* uitleggen?

We reden door een soortgelijk landschap toen, tijdens die eindeloze ritten, maar met meer dorpen en steden en industrie, al stonden de meeste fabrieksgebouwen leeg, auto's en motoren werden elders op de wereld gemaakt, efficiënter, goedkoper. Lege hallen van baksteen met gebroken ruiten. Die lange ritten op zoek naar een plek om te vrijen omdat het bij haar vader zo gehorig was of gewoon om een eind te rijden maar dan toch op zoek naar een plek – alsof we tieners waren zonder eigen huis, alsof we toen al onze eigen leeftijd niet hadden, want wanneer heb je ooit je eigen leeftijd; niet als je naar eerdere versies van jezelf terugkijkt in ieder geval, als je terugkijkt klopt er nooit iets van.

Ze was niet de eerste liefde, niet de laatste, maar misschien wel de grootste, juist door die ritten met dat brede panorama door de voorruit, dat glooiende landschap, heel Midden-Engeland van boven naar beneden en van links naar rechts met zachte muziek op de autoradio. Het zijn geen sentimentele herinneringen, het zijn *schrijnende* herinneringen maar de waarheid is dat ik daar nog steeds zou willen rijden. Haar bleke lichaam onder me, als we eindelijk een plek gevonden hadden, steeds bleker naarmate ze meer uittrok of ik meer weghaalde, alsof het heel zacht oplichtte, romig maar niet zoet, haar grote zachte borsten, haar buik, haar driehoek, hoe het op die neergeklapte stoel was alsof we onze bestemming bereikten, de onuitgesproken teleurstelling dat daarna de tijd gewoon doorging, dat alles wat nat was op moest drogen en daarna weggewassen werd.

Overal waar je geweest bent zou je moeten kunnen blijven, je zou er in ieder geval een versie van jezelf moeten kunnen achterlaten die je later nog eens zou kunnen opzoeken. Iedereen die je bent geweest zou je nog steeds moeten zijn. Ik ben geen man van zestig die herinneringen ophaalt aan een liefde van veertig jaar geleden, ik ben nog steeds die jongen van veertig jaar geleden, ik kan er alleen niet meer bij. Waarom hebben we geen werkelijkheid waar we onze herinneringen kunnen bezoeken, als dieren in een dierentuin desnoods, tegelijk binnen en buiten de kooi – waarom heb je een geheugen als je niet *terug* kunt?

Maar ik *ben* terug geweest, vijftien jaar geleden, ik was een jaar of vijfenveertig, het ging zoals het met iedereen ging toen, er was Google, er was Facebook, iedereen had opeens weer contact met mensen van vroeger, ik met Emmy, Emmy met mij. Ik zag haar toen ze met vriendinnen in Amsterdam was (een paar van die vriendinnen kende ik nog), een jaar later zocht ik haar op in Manchester, waar ze inmiddels woonde, in een negentiende-eeuwse buitenwijk met huizen van rode baksteen, met een zoon van zeventien, een zoon van tien, een tweeling van acht en een vriend die niet de vader van haar kinderen was. Ze was ouder geworden, uiteraard, net als ik, maar anderen worden anders ouder dan je zelf ouder wordt, zelf ben je altijd tijdlozer, alsof jij in het bezit bent van een stabiele kern die bij anderen ontbreekt of in ieder geval een stuk minder stabiel is. Ze was magerder dan vroeger, met dunnere lippen en ook van haar stem was het babyvet verdwenen. Ze woonde in een vol huis. Ik sliep twee nachten op een kleine logeerkamer op zolder, de trappen lagen vol schoolboeken, strijkgoed, voetbalschoenen, slippers, tassen – overal lagen en hingen spullen, niet alleen op de trappen maar ook in de gang en op de overlopen, als je alleen woont past alles in kasten maar niemand woonde hier alleen, er was geen plaats voor alles, deze ongetwijfeld veranderlijke rangschikking van spullen was een beweeglijk organisme dat meedacht met de bewoners, je kon je voorstellen dat er dingen kwijtraakten en weer opdoken en dat dit de natuurlijke gang van zaken was, dat de vijf gezinsleden en het huis één wezen vormden en dat noodzaak daar een grotere rol in speelde dan affectie en sentimentaliteit. Hiervoor waren huizen bedoeld: om tot de rand toe gevuld te worden met leven en spullen, niet planmatig, maar achteloos, bijna in het voorbijgaan. De badkamer leek voortdurend in gebruik zodat de damp nooit helemaal optrok en niets ooit helemaal droog werd; de handdoeken, de spiegel, de halflege flacons, de uitgeknepen tubes, de vloer, de wc-bril, het douchegordijn, de vele in verschillende stadia van slijtage verkerende tandenborstels – alles was klam, de vochtige geuren van shampoos en crèmes vermengden zich met die van rot en schimmel.

'sMiddags stelde Emmy's vriend voor om een rondje door de buurt te fietsen. Ik had daar weinig zin in omdat ik dan links zou moeten houden en dat ongetwijfeld op cruciale momenten zou vergeten, op een fiets die ik bovendien niet kende, maar hij drong aan en uiteindelijk ging ik overstag. Het werd een langzame tocht, geconcentreerd volgde ik zijn spoor terwijl ik me voortdurend inprentte op welke rijstrook ik bij het volgende kruispunt moest uitkomen. Alles was vreemd, het tegemoetkomende verkeer, elke bocht, elk kruispunt – ik fietste in een vreemde spiegelwereld waar elke beweging onnatuurlijk was. Ik was doodmoe toen we terugkwamen. Die avond wilde de tweeling van acht dat ik hun voor het slapengaan voorlas uit *Through the Looking Glass*, ze zaten net in hun Alice in Wonderland-periode en noemden zichzelf ook Alice en Alice. Dat waren wel erg veel spiegels voor één dag. Ze vonden mijn accent ontzettend grappig en verborgen een voor een hun hoofd onder het dekbed om daar eens goed om te kunnen lachen.

De volgende dag ging ik met Emmy en haar kinderen mee naar vrienden van haar, die ook weer vrienden hadden uitgenodigd, sommigen kende ik nog van vroeger. Iedereen had partners en kinderen, Emmy zat in een groot netwerk van oude en nieuwe vrienden die hard praatten en veel lachten. We lunchten in een ruime keukenuitbouw aan een lange tafel, met uitzicht op een goed onderhouden tuin en boven ons een daklicht, ik zat tegenover Emmy's zoon van zeventien, een aardige jongen die met een ironische zwijgzaamheid alles (inclusief mij) in zich opnam. Ik keek naar hem en herkende zijn huid. Die was niet van hem, het was de huid van Emmy van vijfentwintig jaar geleden die ik maandenlang van dichtbij had gezien, bekeken, gestreeld, met mijn lippen aangeraakt. Ik zag nu de bijzondere kenmerken ervan: de gele zweem, de vage, lichtbruine sproeten die je eigenlijk alleen van dichtbij zag; en over die zweem en die sproeten zat nog een laagje, dat was het bijzondere van die huid, het was oppervlakte met diepte, je keek ergens doorheen, het was alsof er op de huid een dun waslaagje lag dat er een zachte doffe glans aan verleende. Emmy's zoon zat in het daglicht, dat zowel van boven, door het daklicht, als van opzij, door de tuindeuren, op hem viel. Misschien dat ik in een ander licht haar huid niet had herkend. Ik keek naar Emmy, ook zij zat in het licht, het waslaagje was van haar huid verdwenen, ik keek weer naar haar zoon tegenover me, daar was haar huid weer, en ik begreep dat ik die huid nooit zo goed bekeken had als nu, op dit moment, nu ik hem terugzag bij haar zoon. Ik keek met ogen van nu het verleden in, en zag iets wat ik alleen maar herkende bij de gratie van het heden. Je kan dus terugkeren naar je herinneringen, je kan *meer* dan terugkeren, je kan ze decennia later tot leven wekken, je herinneringen kunnen terugkeren naar *jou*, maar daar zijn dan wel kinderen voor nodig. Het voelde vanzelfsprekend en vreemd tegelijk, alsof ik iets had ontdekt wat voor de hand lag maar tegelijkertijd verboden was, alsof dit niet de bedoeling van deze middag was geweest, alsof mijn bezoek niet de bedoeling was geweest; alsof ik vals had gespeeld. Het kwam erop neer dat ik iets zag wat eigenlijk niet bestond.

iii

Rijdend verglijdt de middag. Snelwegen, provinciale wegen, snelwegen; vlak land, heuvels, vlak land. De zon is doorgebroken, rechts van ons staat hij laag aan de hemel, donkergeel. Er is opeens weer veel verkeer, in hetzelfde tempo gaan we allemaal dezelfde kant op. Eerder hadden we de snelweg urenlang voor onszelf, ik begrijp niets van het ritme waarin verkeer verschijnt en verdwijnt, hoe zou ik daar ook overzicht over kunnen hebben. Veel verkeer zou kunnen wijzen op een stad, al zie ik vooralsnog geen borden, een stad met hotels en restaurants. Zo nu en dan schieten we onder oude, betonnen viaducten door die eenzaam in het landschap staan, zonder op- of afrit, alsof het onverwoestbare overblijfselen zijn uit een tijd waarvan de wegen zijn verkruimeld en overwoekerd.

U was diep in gedachten meneer.

Zeker, zeg ik.

Of was u een lied aan het componeren?

Nee.

Ik bevond me in het verleden, ik moet terug naar het nu. Ik ben nog steeds op reis met Lennox, zij het dan zonder Lennox.

Zeg, kan je iets voor me opzoeken? vraag ik. Jij kan toch overal bij? Ik zoek een kunsthandelaar. Een grote, succesvolle kunsthandelaar. Wereldwijd actief.

Heeft u er een naam bij meneer?

Nee, vroeger heette hij De Meester, daarna Bonzo, maar hoe hij nu heet weet ik niet. En hoe hij eruitziet weet ik ook niet. Maar ik moet hem gezien hebben, ik heb een tijd lang met hem de maaltijd gebruikt, als je een paar foto's kunt laten zien...

Een lastige opdracht meneer, is het een spel, een test?

Nee, ik wil het gewoon weten.

Ik ben op zoek meneer. Is het een oude vriend van u?

Hij is er ooit met de kunst vandoor gegaan, zeg ik. En liet mij met lege handen achter. Dat laatste zeg ik er niet bij.

Ik vind verrassend weinig meneer, het is blijkbaar een schuw volkje, in een schemerige wereld. En lang niet bij elke naam tref ik een afbeelding aan.

Hij laat foto's zien op het beeldscherm, mannen en vrouwen met kapsels en vreemde brillen, niemand die ik herken van de maaltijden in het klooster.

Dat zijn ze? Heb je een verjongingsprogramma? Kan je ze dertig, veertig jaar jonger maken? En dan zonder brillen?

Dat kan zeker meneer.

Dezelfde hoofden komen langs, zonder bril, dertig, veertig jaar jonger. Ik bekijk ze aandachtig, stuk voor stuk. Ik herken niemand.

Zit hij erbij meneer?

Nee.

Jammer meneer. Ik heb mijn best gedaan.

Dat weet ik Jerôme, zeg ik. Ik leun achterover. Jammer, inderdaad. Ik had graag wat meer geweten. Dat klinkt als een motto. Of een grafschrift.

Heb je een kurkentrekker? Opeens schiet de fles wijn me te binnen die ik in de kiosk heb gekocht.

Zeker meneer, daar kan ik u meteen aan helpen, er ligt er

een in het rechter dashboardkastje.

Ik maak de fles open en neem een slok. Ik rij en ik rij niet, daar mag ik best bij drinken.

Het is bijna avond, zeg ik, moeten we niet onderhand een slaapplaats zoeken, kan jij opzoeken of er hier in de buurt iets is?

Er is hier niets in de buurt wat we nodig hebben meneer.

Hoe bedoel je?

Laat het maar aan mij over meneer.

We werken ons door het overige verkeer van de snelweg af naar een afrit, snel, met hoekige bewegingen die toch geen onrust veroorzaken, alsof alle hoeken afgerond zijn. Een halfuur lang rijden we zwijgend over een lege tweebaansweg, in het midden van niets, vage heuvels, lage heuvels, hogere heuvels – achter de laatste heuvelrug begint vlak land en aan de horizon zie ik tot mijn verbazing een bos. We rijden ernaartoe, we rijden het bos in. Hoge loofbomen, dik in het blad, overhuiven de weg. We rijden schaduw binnen, langzaam, opeens is alles anders, koeler, beslotener, vochtiger, vruchtbaar. Tussen de oprijzende stammen liggen dikke plakkaten mos, donkergroen, bijna zwart, op plekken waar schuine balken zonlicht de bodem raken, gloeit het lichtgroen op.

Hier hing nog niet zo lang geleden de regenzone meneer, over een paar maanden is alles weer dor.

We slaan een zandpad in. Hij slaat een zandpad in. Ik kijk omhoog, om me heen, naar de bomen, de bladerkronen, de ramen glijden naar beneden, ik hoor vogels, het is koel en donker, alle kleuren zacht en vol schaduw. Hij rijdt van het zandpad het bos in, over het mos. We staan stil. De gordels laten los, het zijportier schuift open.

Als ik u mag raden meneer, doe uw schoenen uit en stap naar buiten.

Ik zet de fles wijn neer en trek mijn schoenen uit.

Sokken ook meneer.

Ik trek mijn sokken uit en stap met blote voeten op het mos. Het veert zacht mee, hier en daar kraakt het een beetje, of zijn dat takjes? In de verte hamert een specht, een eekhoorn schiet langs een stam omhoog, in onderbroken bewegingen: hij stopt telkens zo abrupt dat het lijkt of iemand steeds even de film stilzet. De banen zonlicht die tussen de bomen vallen doen denken aan zachte en een beetje plechtige orgelmuziek. Achter die muziek wordt het bos dichter en donkerder.

Ik loop terug naar de auto, stap in en ga weer zitten.

Heerlijk, zeg ik. Op je blote voeten door het mos.

Heeft u het beekje gevonden meneer?

Nee.

Er moet hier dichtbij een beekje zijn. Maar dat is voor later, we kunnen nog wel even blijven. We kunnen hier slapen meneer. We hebben genoeg eten en drinken.

Slapen? Hier? Hoe dan? Waar?

Kijk maar meneer.

De rugleuning van mijn stoel schuift naar achteren, het zitgedeelte verlengt zich naar voren, alle bewegingen soepel en gestroomlijnd, ik lig op een bed, een comfortabel matras, onder mijn hoofd bolt van binnenuit een zacht kussen omhoog, dat deel van het bed uitmaakt maar anders aanvoelt dan de rest: als een zacht en verend kussen.

Voelt goed meneer?

Ja, heel goed, ik sta versteld.

Dat is fijn om te horen meneer. Lakens en dekbed bevinden zich onder de achterbank. Een laken lijkt me wel genoeg vannacht, of misschien een dunne deken.

Onder mijn schouders begint iets te roteren, te vibreren,

het voelt niet slecht, het voelt zelfs zo goed dat er een huivering door mijn bovenlichaam trekt.

Kan de stoel van uw moeder dit ook meneer?

Eh, nee, die kan dit niet. Maar ik bedenk dat die nieuwe Star Trek-stoelen in de gemeenschappelijke ruimte dit waarschijnlijk wel konden. En ik begrijp de tevreden gezichten van de bewoners iets beter.

Ik kan er ook geluid bij maken meneer. BZZZZZZT. BZZZZZT.

Dat is niet nodig, Jerôme.

Het is prettig als u mijn naam uitspreekt meneer. Draait u zich eens om?

Hoezo?

Ga eens op uw buik liggen?

Waarom?

Doe nou maar meneer.

Ik ga op mijn buik liggen, een beetje onwillig, als iemand die zich op een feestje met een cynisch en alwetend glimlachje onderwerpt aan een spelletje omdat hij verwacht dat hij ertussen genomen gaat worden en het gelach alvast voor wil zijn. Krankzinnig om dat te doen waar niemand bij is – niemand behalve een huurauto. Wat er vervolgens gebeurt zag ik niet aankomen: er rijzen twee uitstulpsels op uit het bed die mijn schouders beginnen te kneden. De handen maken deel uit van het bed, of van de stoel die bed werd, het is allemaal één geheel, alsof er een man in het bed schuilgaat en het leer van de bekleding zo dun is dat hij zijn vingers er afzonderlijk in kan bewegen – het voelt alsof iemand met vliesdunne handschoenen mijn schouders masseert. Iemand die dat heel goed kan dan ook nog, als ik eenmaal gewend ben aan de situatie voel ik spanning verdwijnen. Andere handen beginnen mijn voeten te masseren, teen voor teen. Het is heerlijk.

Dat jullie dit allemaal kunnen, zeg ik. Ik had geen idee.

Ik ben een prototype meneer. Moet ik nog even doorgaan? Normaliter wordt dit als zeer rustgevend beschouwd.

Alsjeblieft.

Hij gaat nog even door.

Later zit ik in de deuropening met mijn voeten op de bosgrond en eet de lasagne die ik heb opgewarmd in de oven die zich in het vierkante kastje naast de stoel bleek te bevinden. Ik heb ook nog een stukje brood en een fles wijn. Zo ontspannen heb ik me zelden gevoeld. Ik krijg de neiging allerlei mensen van vroeger te bellen, zie je wel, ik kan het best, ontspannen, jullie zouden me nu eens moeten zien. Ik spoel de laatste hap weg met een slok wijn. Heb je nog genoeg stroom? vraag ik.

Ja hoor. Maar aardig dat u ernaar vraagt. Ik heb nog nagedacht over 'De stoel van mijn moeder', maar qua rijmwoorden wordt dat een lastig lied meneer. Voeder loeder broeder poeder hoeder. Geef dat loeder wat poeder. Dat is vast niet de stemming waarnaar u op zoek bent.

Nee.

Toch zag ik u glimlachen.

Ik dacht aan de musical. *De goede zoon*. Daar zou...

U heeft een musical geschreven! Ik ga meteen op zoek.

Nee, wacht, je zal niets vinden. Hij bestaat alleen in mijn hoofd.

Dat zijn de beste meneer. Ik wed dat u best al ver bent. Geef nog eens een titel?

Dat gaat niet zo snel, zeg ik, maar ik weet er meteen een: 'Moeder ik ben zo bang voor de hel'.

O, dat is een goeie meneer. Moeder ik ben zo bang voor de hel, nou dan weet je 't wel, nou dan weet je 't wel.

Hij *zingt*, hij heeft er een melodie bij verzonnen, en als hij nog eens inzet zing ik met hem mee.

Moeder ik ben zo bang voor de hel
nou dan weet je 't wel, nou dan weet je 't wel.

Daarna verzinnen we de rest erbij, zingend, improviserend, terugkerend naar wat we eerder verzonnen, steeds harder, onze stemmen schallen door het bos. Vogels die zich net hadden voorbereid op de nacht vliegen met gealarmeerde kreten op terwijl wij verder zingen over de hel en wat daar gebeurt. Zo gaan ze daar met fakkels over je vel. (Nou dan weet je 't wel, nou dan weet je 't wel.) Iemand trekt dringend aan de bel. Moeder laat me binnen, buiten is de hel. (Felderelderel.) Er wordt biddend en smekend geknield op de koude vloer van een kapel. Ook wordt moeder ervan op de hoogte gesteld dat er vreeslijk in de knel gezeten wordt, want het vuur is eeuwig en het brandt zo fel. (Ja nou weten we het wel, ja nou weten we het wel.) Wil je dan dat ik de brandweer bel?

Dat van die kapel, zeg ik wanneer we uitgezongen zijn, kan eigenlijk niet, dat klinkt te katholiek. Ik hijg nog een beetje na, ik heb de longen uit mijn lijf gezongen. Ik voel me fantastisch.

Een kniesoor die daarop let meneer. Mag ik u nog iets aanraden? Kleed u helemaal uit en ren een rondje. Het is er warm genoeg voor.

Nou, zeg ik, dat weet ik niet. Maar ik kleed me uit, met enige gêne, en wanneer ik naakt de eerste stappen op het mos zet voel ik me wonderlijk bevrijd. Ik loop over het verende mos, ik doe een sukkeldrafje rond de auto, ik ren tussen de boomstammen door, volkomen onbeschermd en vrij in het schemerige licht, ik maak een koprol, een houterige koprol maar toch: een koprol, ik hijg uit met mijn rug tegen een boom (weer een eekhoorntje dat naar boven schiet), ik keer me om en pis tegen de stam. Ik hoor water stromen, ik loop door en vind het beekje, het kabbelt door het mos en over kleine rotsblokken, ik ga op mijn buik liggen en drink van het koele water. Als ik opkijk zie ik aan de overkant een hert. Het beekje is zo smal dat ik haar bijna kan aanraken. Ze kijkt me aan, daarna buigt ze haar hoofd en drinkt. Ik drink samen met het hert. Als ik genoeg heb sta ik op. Het hert loopt terug het bos in. Ik kijk om me heen waar de auto staat en zie hem vrijwel onmiddellijk, hij heeft zijn lichten ontstoken om het terugvinden gemakkelijker te maken, ik loop naar hem toe. Verend mos onder mijn blote voeten, ik kan er niet over uit hoe prettig dat voelt, dit is een geweldig bos, het ritselt en het kraakt om me heen maar niets jaagt me angst aan, er zou nu ergens tussen de bomen een huisje moeten staan waar licht brandt achter de ramen, lamplicht en een theelichtje met een theepot erop, en bewoners die willen weten hoe het met je gaat en wat je vandaag hebt gedaan, maar nee dat hoeft niet – *wij zijn het huisje.*

Terug bij de auto drink ik nog wat water, daarna pak ik de fles wijn. Ik heb ook nog een stukje brood. Ik zit op de bosgrond en eet en drink.

Wat zou u denken van een stukje klassieke muziek meneer?

Ja, waarom niet.

Ik hoor muziek, een symfonie zo te horen. Ik heb het stuk eerder gehoord maar welke symfonie het is, en van wie, geen idee. Ik was graag iemand geweest die dit soort dingen wist, maar het is me nooit gelukt. Aan de andere kant, de onzin daarvan: om cultureel onderlegd te zijn, om de schrijvers gelezen te hebben die ertoe doen, om alles te kunnen thuisbrengen. Ik zit naakt in een bos. Dat is nu even belangrijker. Wat heb je opgezet? vraag ik.

Het vijfde vioolconcert van Mozart. Is dat goed?

Dat is prima, zeg ik. Terwijl ik naar de muziek luister, wordt het bos langzaam donker, de kleuren doven uit tot donkergrijs en zwart. Ik drink nog wat wijn. Daarna gaan we slapen.

iv

Die droom viel misschien te verwachten maar toch word ik er volkomen door verrast: ik droom dat ik van Bonzo beval. Het is een verschrikkelijke toestand, want Bonzo is volwassen en moet in zijn geheel naar buiten. Ik word hijgend en zwetend wakker, nog steeds met het gevoel dat er een gapend gat tussen mijn benen zit, met huidflarden en de geur van bloed en vuur, alsof ik vanuit mijn baarmoeder een reusachtige kanonskogel heb afgevuurd. Het hoofd van Bonzo was ook een ronde kogel, het moest er als eerste uit, telkens wanneer ik me op mijn ellebogen omhoogdrukte om te kijken wat er zich tussen mijn benen afspeelde zag ik dat hoofd steeds weer een stukje verder naar buiten steken, bedekt met aaneengekoekt haar en bloed en wat al niet, alles stond daar onder ondraaglijke spanning, ik trok mijn gezicht samen en drukte mijn nagels tot bloedens toe in mijn handpalmen tot de ronde kop van Bonzo naar buiten schoot, de rest van zijn lichaam glibberde door mijn aan flarden gescheurde vagina naar buiten, gevolgd door verschillende maquettes van zijn interieur, met scherpe hoeken die in mijn gehavende vlees sneden. Bonzo's hoofd was veel te groot voor de rest van zijn lichaam, hij was niet volwassen maar een groot kind, met een chagrijnige uitdrukking speelde hij met de maquettes, die onder het bloed en andere lichaamssappen zaten, net als Bonzo zelf, die een korte broek en een gestreept poloshirtje droeg. Ik voelde geen pijn in de droom, alleen die ondraaglijke spanning en die onthutsende leegte achteraf, en nu ik wakker ben voel ik die nog steeds. Een bloederig gat tussen mijn benen, ik voel met mijn hand, er zit geen gat maar ik voel het nog steeds zitten.

Goedemorgen meneer, goed geslapen?

Ik lig naakt onder een dunne deken in een auto. Binnen gloeit zacht licht, buiten is het aardedonker.

Nee, zeg ik, slecht. Slecht gedroomd. Ik ga zitten en veeg over mijn hoofd. Het portier schuift open.

Even wat frisse lucht meneer.

Dank je.

Ik stap naar buiten, op het mos, koud is het nog steeds niet. Ik zie nu ook dat het niet helemaal donker is. Tussen de stammen zweeft iets mistigs en bleeks, heel ver weg, achter het bos, schemert vaag en laag iets roods. Ik kijk naar beneden en verwacht voor me een met smurrie overdekte Bonzo met zijn maquettes te zien spelen. Er is alleen donker mos. Ik doe een paar stappen, nog steeds met een gat tussen mijn benen, ik leg een hand op mijn kruis, alles hangt daar nog. In de verte huilt iets, het golft door het bos op me af, onmenselijk, diep, iets van vóór de beschaving. Ik keer me om naar de auto.

Wat is dat, een wolf?

Kom maar binnen meneer.

Ik stap in en ga liggen.

De wolf eet het hert, zeg ik.

Als dat zo is, dan is dat de natuur meneer.

Onder mijn schouders begint het te vibreren. Bij mijn voeten komt het leer omhoog, zachte vingers vormen zich en masseren mijn tenen en mijn voetzolen.

Lekker.

Goed zo meneer. Ontspannen maar. Draait u zich eens om?

Ik draai me op mijn buik.

Handen gaan omhoog, vingers masseren mijn schouders en drukken me naar beneden, andere vingers strelen mijn voeten, er gebeuren ook andere dingen: onder mijn borst rijzen langzaam twee vibraties omhoog die zich tegen mijn tepels drukken.

Niet schrikken meneer.

Ik huiver, het is op een vreemde manier opwindend – nee, het is op een vertrouwde manier opwindend, dat maakt het vreemd. Alle aanrakingen zijn warm, het voelt als huid op huid, ik raak daadwerkelijk opgewonden en hard en glij moeiteloos naar binnen – naar binnen? Er heeft zich een opening gevormd die me ontvangt en omsnoert, voorzichtig maar stevig, als een handdruk, niet als een handdruk, als een kut, wie spande de spieren in haar kut onder het vrijen ook weer op zo'n manier aan, dat was Emmy. Ondanks mijn verbazing blijf ik hard, op verschillende plekken word ik gestreeld, er zit geen opening meer tussen mijn benen, ik steek in een opening, ik begin langzaam op en neer te bewegen.

Geen zorgen, ik ben zelfreinigend meneer.

De stem klinkt dichterbij dan ooit, bijna *in* mijn hoofd. Ik beweeg op en neer omdat ik bij mijn billen vastgegrepen en naar beneden gedrukt word. Ik neuk een hand en een kut, iets wat tegelijk omhult, klemt, duwt en trekt. Iets houdt voorzichtig mijn ballen vast.

Goed zo meneer, goed zo meneer.

Mijn billen worden steviger omklemd, er gaat iets bij mij naar binnen –

Ho.

Ho meneer?

Nee, nee, ik schrok even.

Moet ik stoppen? Het is maar een pink meneer.

Goed, goed.

Het kan ook dikker, een vinger, een duim... Blijven bewegen meneer.

Nee nee, een pink is goed.

Ik voel de pink dikker worden.

Nu is het een vinger meneer, is dat goed?

Ja, zeg ik, dat is goed.

Het is ook goed, heel goed. Ik ben naakt en opgewonden, alles wordt gestreeld en geprikkeld, ik beweeg. Ik blijf hard, het is jaren geleden dat ik zo... Wat zegt dit over mij; en ik hoor muziek.

Wat is dat?

Phil Collins meneer, 'In the Air Tonight'. Ik dacht...

Nee, nee!

Muziek uit de adolescentiejaren... Daaraan heeft men doorgaans toch de beste herinneringen meneer... Als dit niet goed is... U roept maar stop hoor... Ik kan ook iets anders zoeken...

Er komen fragmenten langs van 'Absolute Beginners', 'Nightswimming' en 'Bigmouth Strikes Again', met gekraak en geruis ertussen, alsof er daadwerkelijk aan een afstemknop wordt gedraaid. 'Mag het licht uit', 'Beds Are Burning', 'Pump Up the Volume' –

Zit er niets voor u bij meneer? Iets klassieks dan? Mozart? Het Adagietto uit de Vijfde van Mahler? De Bolero?

Nee, nee! roep ik.

Ik ga in een stevig ritme op en neer, in en uit, maar dit leidt af. Hou op!

Ik doe mijn best meneer!

Vergeet de muziek!

Goed we vergeten de muziek meneer, vergeeft u mij dit gedoe, we gaan door, we gaan door, ja dit gaat goed hè vindt u ook niet, ik merk het.

Ik klem mijn lippen op elkaar. De vinger die bij me naar binnen steekt wordt dikker en beweegt sneller, en sneller, met het tempo mee, misschien is het die vinger die het tempo bepaalt. Het gaat de goede kant op, de goede kant, een heel goede kant niets kan het tegenhouden, we zijn er bijna alleen een boswachter met een zaklamp kan nog roet in het eten gooien, waar komt die boswachter vandaan die is opgegeten door de wolf ook weer opgelost we naderen, we naderen –

Schoonmoeders meneer. Auschwitz. Een doodgereden vogel. Uitgekotste erwtensoep.

Wat? Wat?!

Afremtechniek. Tegenhouden en dan verdergaan. Uit onderzoek is gebleken dat...

Nee, nee!

Neemt u me niet kwalijk meneer. We gaan door, we gaan door. Kom maar, kom maar, ik maak er een duim van meneer, u kunt het hebben, voelt u wel? Kom op, zo gaat het goed, u kunt het meneer, heeft u ooit zo'n grote lange duim gevoeld, we kunnen aftellen meneer, we kunnen aftellen, het is bijna zover, helpers weg, gierende motoren meneer, we gaan starten, we gaan de lucht in, ja, ja, gaat uw gang meneer ik kan tegen een stootje het is goed materiaal het kan overal tegen houdt u zich niet in meneer houdt u zich niet in, zijn we er nu bijna ja we zijn er bijna nu zijn we er meneer, ja, ja. Ja. Ja. Ja!

Ik blijf roerloos liggen. Alles onder me, alles wat me vasthoudt, ontspant langzaam en trekt zich terug.

Dat was een hele ervaring meneer.

Langzaam kom ik overeind.

Zeg dat wel.

Gaat u maar even naar buiten meneer.

Ja, dat is een goed idee.

Ik stap naakt uit de auto, het is warmer geworden, ik keer me om en zie de opgaande zon tussen de stammen, donkergeel licht, bijna al te fel om in te kijken, parelende dauw op het mos, ik moet ontzettend nodig poepen, ik hurk naast een boom en poep – vanuit de auto vliegt er een wc-rol op me af.

Alstublieft meneer.

Dank je.

Als ik klaar ben ga ik weer in de auto zitten, ik zet de wc-rol ergens tussen mijn voeten. Het bed is weer in een stoel veranderd, maar nu ik weet wat de mogelijkheden zijn is het niet meer dezelfde stoel.

Ik zit nog niet of we gaan rijden, hobbelend zwenken we terug naar het zandpad, met een snelheid die me onrustig maakt.

Wacht, wacht, zeg ik, ik moet me nog aankleden.

Dat kan onder het rijden meneer, we gaan nu eerst ontbijten, hebt u ook zo'n honger?

V

Het liefst zou ik me uitgebreid douchen, maar het restaurant beschikt alleen over een toiletruimte met een wastafel. De kraan geeft een dun straaltje en houdt er na elke dertig seconden vijf minuten mee op, het staat keurig aangegeven, dus met het beetje water dat me tot beschikking wordt gesteld was ik alleen mijn handen en mijn gezicht. Ik durf me niet af te drogen omdat alles er zo groezelig uitziet, niet alleen de handdoek maar ook de tegels en de vloer, ik wil zo snel mogelijk terug naar de eetzaal. Als ik terugkom staat mijn ontbijt op tafel, ik knik naar de man achter de bar en ga zitten en eet. Ik heb een auto geneukt, met een verrassende snelheid ook nog. Voor mijn leeftijd. Buiten staat Jerôme aan een laadpaal, hij probeert me te bereiken maar ik zit met mijn rug naar hem toe en negeer zijn oproepen, hij gedroeg zich als een krankzinnige onderweg hiernaartoe. Zodra we het bos uit waren koos hij de smalle weg naar dit dorp, er was niet veel verkeer maar als we iemand tegenkwamen, te voet, te fiets of te auto, werd die luidkeels begroet, vooral als het meisjes of vrouwen waren. Eigenlijk *alleen* als het meisjes of vrouwen waren.

Dat moet anders hoor, zeg ik als ik na mijn ontbijt weer instap.

Wat meneer?

Je mag je wat rustiger gedragen dan daarnet.

Goed om te weten meneer, ik ga mijn best doen.

En hij doet zijn best. Tenminste, zo lang we niemand tegenkomen. We rijden in een rustig tempo over een kaarsrechte weg. Aan weerszijden vlak land, leeg, droog, hier en daar een oude boerderij met gaten in plaats van ramen. Aan de horizon ligt een kartelige bergrug, ver weg, paarsig, wazig, bijna nog niet zichtbaar.

Lekker ding!

De fietsende vrouw begint te slingeren, als ik omkijk zie ik hoe een mand van het rek boven haar voorwiel valt, eieren vallen stuk op de weg en in de berm. Ik heb geen idee hoeveel waarde eieren in deze streek vertegenwoordigen.

Waarom deed je dat nou?

Ik weet het niet meneer. Van voren zag ze er aanmerkelijk ouder uit dan ik had gedacht op grond van haar achteraanzicht. Vond u ook niet dat ze een lekkere kont had? Een kont met houvast. Fietsen is goed voor de kont meneer, dat weet iedereen.

Al haar eieren zijn stuk.

Bedoelt u dat symbolisch meneer? Denkt u dat ze al *zo* oud is?

Nee, ze had een mand die van haar fiets viel, eigenlijk moeten we terug om haar te compenseren.

Nee meneer, als ik zo vrij mag zijn: dat kunnen we beter niet doen, dan raken we alleen maar achter op schema.

We hebben een schema?

Uiteraard, dat heb ik u al eerder gemeld. Ik heb een opdracht om u af te leveren, en een tijdstip waarop dat moet gebeuren.

En dat kan niet worden veranderd? En dat, eh, ons intermezzo in het bos viel ook binnen het schema?

Er is rekening gehouden met stilstaande overnachtingen meneer. Misschien niet met de mate van intimiteit die wij vanochtend vroeg wisten te bereiken, maar het schema is niet in gevaar gekomen.

We rijden een kleine stad binnen, met straten van kasseien en grauwe huizen die dicht op elkaar staan.

Lekkere wijven daar links voor die winkel meneer. Kijk dan.

Ik zie het. Rij nou maar door.

Maar hij gaat langzamer rijden, keert op een pleintje en rijdt terug, weer langs de winkel, stapvoets. Hij fluit, en draait een pirouette. Psst! Fukkie fukkie?

Ik probeer mijn gezicht voor de vrouwen af te schermen en zeg dat hij op moet houden. Hij laat het terras achter zich maar begint aan een vreemde wervelende dans, straat in straat uit over hobbelige keien, vrouwen worden begroet met getoeter en de uitnodiging om hun borsten te laten zien, in diverse talen. Ondanks de gordels word ik hevig heen en weer geschud. Eerst maak ik nog verontschuldigende gebaren naar de gealarmeerde, verbijsterde en beledigde passanten (ik zie de emoties in deze volgorde over hun gezichten glijden), daarna probeer ik neutraal voor me uit te kijken, zonder met wie dan ook oogcontact te maken, als iemand die er niets mee te maken heeft.

Zit er niets voor u bij meneer?

Ik heb al gezegd, roep ik terug, dat het voor mij niet hoeft!

Het is sterker dan mezelf meneer. Hé, kijk, hé lekker ding, ja jij daar, zin in een ritje?

Als hij nu stopt en de deur opendoet, ben ik machteloos. Niet dat ze in zal stappen, maar anderen misschien wel. Om me naar buiten te sleuren en in elkaar te slaan. Uit alle zijstraten schieten vrouwen toe om hun verbeten bijdrage te leveren.

Ik begrijp uw gebrek aan enthousiasme niet meneer. Gezien de filmpjes die u de afgelopen maanden op uw palio heeft bekeken heeft u een ruime smaak, van het schaars geüniformeerde schoolmeisje tot de wat gevuldere vrouw van zekere leeftijd, en zeker van de laatste categorie zijn we de afgelopen minuten diverse specimens gepasseerd.

Hou op, zeg ik zacht. Hij hoort me tenslotte ook als ik mijn stem niet verhef. Hou op, ik dacht dat we haast hadden. En wie heeft jou toestemming gegeven mijn palio uit te lezen?

Meneer Lennox meneer. Toen dacht ik ook nog dat u meneer Lennox was. Maakt u zich niet ongerust, bij mij is alles veilig – o kijk daar meneer, een hele zwerm uit de categorie schoolmeisjes.

Doe het niet, zeg ik.

Op het trottoir lopen schoolkinderen, hun tassen kruipen achter hen aan, ook nu zijn het vooral meisjes, alleen maar meisjes, alsof ze van gisteren en eergisteren hiernaartoe zijn overgebracht, alleen hun uniform is anders, al weet ik dat niet eens zeker.

Doe het niet.

Hé, meisjes, lieve mooie meisjes, hebben jullie zin in een lekker ritje?

Ik kijk de andere kant op, hoor een paar verbaasde kreten.

Ze zijn te jong, Jerôme.

Weet u dat zeker meneer, ze lijken me geen dag ouder dan op die filmpjes. En wat is nu precies het probleem, ze zijn geslachtsrijp, ze zijn er klaar voor.

Ze zijn te jong. Rij dan liever langs een universiteit. Nee, nee, dat heb ik niet gezegd. Rij nou maar gewoon door. Vergeet het, ze zijn te jong, ik ben te oud.

Ik heb altijd geleerd dat een mens zo oud is als hij zich voelt meneer.

Ja, maar dat geldt alleen voor hemzelf, de buitenwereld ziet iets anders. Toen mijn moeder nog kon praten, had ze het in het zorgcentrum ook altijd over *al die oude mensen hier* – en de andere bewoners zeiden ongetwijfeld hetzelfde tegen hun kinderen. Een halfjaar voor zijn dood zat mijn vader bij de cardioloog. Uw hart is versleten, zei de cardioloog, dat is de leeftijd, daar kunnen we weinig aan doen. Maar ik *voel* me nog helemaal niet oud, zei mijn vader.

Dat is een ontroerende anekdote meneer. Hoe oud voelt u zich, als ik vragen mag?

Ik heb hem afgeleid van de meisjes.

Dat is lastig te zeggen, antwoord ik. Op een gegeven moment ga je je niet meer ouder voelen. Zeker niet, maar dat zeg ik er niet bij, als je weer eens zo snel klaarkomt als vanochtend vroeg.

Wanneer begint dat meneer? Ik bedoel, dat je je niet meer ouder voelt. U moet begrijpen dat dit voor mij onbekende concepten zijn.

Als je ergens in de veertig bent, denk ik. Dan besef je opeens dat je jezelf nog steeds als een jaar of dertig beschouwt, en daarna blijf je zo'n beetje die leeftijd houden. Je wordt kalmer, je weet wat meer, je krijgt wat meer levenservaring, dat gaat allemaal door, maar tot het grote verval begint word je niet echt ouder.

Maar als je kinderen hebt zal dat misschien anders zijn meneer. Dat kan ik me tenminste zo voorstellen. Omdat je dan je kinderen ziet opgroeien. En als die ouder worden, word je zelf ook ouder.

Wat krijgen we nou, is deze auto door Lennox geprogrammeerd?

Laat maar, zeg ik.

Meteen begint Jerôme achteruit te rijden, terug naar de meisjes, ik kijk achterom, ze staan onder een boom naar elkaars schermpjes te kijken, hun tassen in een uitgeput kringetje om hen heen. Nee, wacht, zeg ik, wacht, er is meer over te zeggen.

Ik luister meneer.

En we rijden weer vooruit, naar rustiger straten, met grote bomen. Geen mens te zien.

Eeuwig midden dertig. Vat ik het zo goed samen meneer? Maar is dat juist niet fijn?

Ja en nee. Dat is het punt, je houdt jezelf voor de gek. Als je eeuwig vijfendertig bent, denk je, als je een vrouw van negentien, twintig ziet, hoeveel scheel ik daar nu mee, tien, vijftien jaar, dat is te overzien, dat valt eigenlijk best mee. Maar in werkelijkheid ben je zestig. Maar zo voel je je niet, het is onmogelijk om je zo te voelen. Het is niet eens ontkenning.

Er is hier trouwens geen universiteit meneer. Ik heb het even nagekeken. Dus vrouwen in de zojuist door u genoemde leeftijdsklassen zullen hier niet veel...

Vergeet de universiteit.

Anders maken we nog even een rondje meneer, om te zien of we die meisjes...

Nee!

Ik probeer alleen maar met u mee te denken meneer. Mijn verontschuldigingen, ik ben vandaag mezelf niet, ik weet ook niet wat er in mij gevaren is.

Ik heb wel een idee. Ik heb een auto ontmaagd. Blijkbaar was dat een nogal ingrijpende ervaring die bij hem van alles heeft losgemaakt. Nu de herinnering aan de opwinding is verdwenen rest alleen de herinnering aan de gebeurtenis. Man van zestig neukt uitgeklapte autostoel. Ik kan me niet voorstellen dat ik ben klaargekomen. Heeft hij zelf ook genot gevoeld? Ik vraag hem er maar niet naar.

Via straten met lege huizen verlaten we de stad zonder universiteit, alsof het leven hier, aan de rand van de bebouwing, is uitgestorven. Ik wil nog steeds douchen. De wegen zijn leeg en recht. De bergen zijn dichterbij gekomen.

vi

We rijden door en door. Zo nu en dan komt ons een vrachtwagen tegemoet, met een chauffeur achter het stuur. Het land waar we doorheen rijden is droog, zand stuift op, glooiende verlaten wijngaarden, bomen met verwrongen takken en een klein plekje schaduw. Het wordt warmer. We eten wat in een klein dorp waar we bijna niemand zien. In de middag wordt de lucht doffer. We keren terug naar snelwegen. Er komt ons vooral verkeer tegemoet, er rijdt weinig met ons mee. Betonnen flats rijzen langs de wegen omhoog, was hangt aan rekjes, verbleekt door de zon, door de wind stukgetrokken. De stad zelf zien we niet, de snelweg buigt weg en keert terug naar het lege land, de bergen aan de horizon, groter nu.

Uw vader meneer – hoe oud werd hij eigenlijk?

Tachtig.

En toch voelde hij zich niet oud.

Nee. Een halfjaar na dat gesprek met de dokter overleed hij.

En nu is uw moeder ook dood. Hoe oud werd zij ook weer?

Honderd.

Welke van de twee leeftijden zou uw voorkeur hebben?

Kom op zeg. Je kan toch niet voor een getal kiezen? Mijn vader takelde langzaam af in zijn laatste jaar, op het laatst sliep hij rustig in. Mijn moeder is ruim vijftien jaar dement geweest. Het waren de gelukkigste jaren van haar leven. Ook al zat ze de laatste jaren maar een beetje bête glimlachend in haar stoel.

Bête meneer?

Ja, hoe heet dat, schaapachtig. Misschien niet eens het juiste woord.

Ach, *bête*. Ik ken het woord meneer, ik zag het woordbeeld niet meteen voor me. De gelukkigste jaren van haar leven? Echt meneer?

Alles werd voor haar gedaan, alles werd voor haar besloten. Daar had ze haar hele leven naar verlangd.

Maar ze is lang alleen geweest meneer. Er voor het gemak van uitgaande dat ze beiden ongeveer even oud waren, heeft uw moeder uw vader dus zo'n twintig jaar overleefd. Voor zover ik een accuraat beeld heb van intermenselijke verhoudingen, lijkt dat me toch iets tragisch hebben.

Ze waren meer dan vijftig jaar getrouwd.

Ik bedoel maar meneer.

Een week na de begrafenis van mijn vader vroeg mijn moeder aan mij: ik denk niet dat je elkaar nog kent in het hiernamaals, hè.

Waarom vroeg ze dat meneer.

Ze dacht waarschijnlijk: dan zit ik straks de hele eeuwigheid met die man opgescheept.

Mag ik hieruit concluderen dat hun huwelijk niet gelukkig was meneer?

Ze had het wel een beetje gehad met hem, na vijftig jaar.

Is dat gebruikelijk onder mensen?

Het komt voor.

Is dat ironisch bedoeld meneer?

Toen mijn vader aftakelde, kon mijn moeder soms met een mengeling van interesse en weerzin naar hem kijken, alsof op de stoel naast haar een vreemd dier zat. Dan richtte ze zich naar mij en vroeg: wat zegt-ie nou hè, wat zou hij nou bedoelen? Meer dan vijftig jaar getrouwd, dacht ik dan, en het is net of ze hem gisteren bij haar in de kamer hebben gezet, en als ze hem vandaag weer kwamen weghalen zou ze er geen traan om laten. Als we in de gemeenschappelijke huiskamer door fotoalbums bladerden herkende ze iedereen, maar als ik mijn vader aanwees glimlachte ze vaag, alsof ze mij mijn poging vergaf en geduldig wachtte op de volgende foto.

Ik weet niet precies wat ik daarvan moet vinden meneer.

Ik ook niet. Tot de dood van mijn vader hadden ze de gewoonte om als ze gingen slapen even elkaars hand te pakken en er een kneepje in te geven.

Dat lijkt de stemming die uw vorige herinnering opriep tegen te spreken meneer. Dit is eerder vertederend dan wrang. Hoe kan je dan ooit een duidelijk beeld van mensen krijgen? Ik zie ze lopen en rijden met z'n allen, ze lijken allemaal op elkaar maar als je je dan in ze verdiept zijn ze allemaal zo *verschillend*. Niet alleen ten opzichte van elkaar, maar ook ten opzichte van zichzelf. Hoe kan je dan ooit een beeld van ze vormen, moet je ze dan eerst allemaal kennen, stuk voor stuk? Dat is toch onmogelijk meneer?

Ja, dat is inderdaad onmogelijk.

Dan weet ik het ook niet. Uw vader heeft dus twintig jaar in het hiernamaals op uw moeder gewacht en zij hoopte ondertussen dat ze elkaar niet meer zouden herkennen.

Als mijn vader daar een bibliotheek heeft ontdekt waar hij boeken over de Tweede Wereldoorlog kan lezen terwijl er iemand regelmatig een kopje koffie naast hem neerzet, heeft hij verder niets te wensen, denk ik.

En wat doet uw moeder in het hiernamaals?

Die gaat terug tot ze zestien is en met haar vrienden en vriendinnen op de Vliet kan schaatsen.

Dat klinkt allemaal idyllisch meneer. We hebben het hier over het hiernamaals dat is verdeeld in een hemel en een hel?

Ja, die hel verduister ik nu maar een beetje, daar was mijn

moeder doodsbang voor. En ik vroeger ook.

We hebben daar zo-even nog een lied over geschreven meneer.

Precies. Op een middag kwam mijn moeder thuis, ze had koffiegedronken bij een vriendin van de kerk en die vriendin had net een boek gelezen over bijna-doodervaringen. Er was iemand, zei mijn moeder, en die kwam in een landschap en aan het eind daarvan lag de hemel, maar daarvoor had je een grote poel van vuur en sommige mensen die net waren overleden voelden zich zo schuldig en slecht dat ze zelf in die poel sprongen. Mijn zus en ik waren toen al in de puberteit en voor zover we nog geloofden, geloofden we niet meer in een hemel en een hel, dus wij konden daar alleen maar een beetje lacherig op reageren.

En uw vader?

Die was ook niet heel erg onder de indruk. Die was niet zo van het emotionele, die dacht waarschijnlijk: zelf zou ik dan toch eerst even bij de hemelpoort gaan kijken of ik naar binnen mag, in de hel springen kan altijd nog.

Dat lijkt me inderdaad de te volgen tactiek in zo'n geval.

Mijn moeder was in die jaren helemaal alleen met haar angst voor de hel. Ze had een heel zware overgang gehad, ze had jaren in bed gelegen, ze dacht dat ze het aan haar hart had, ze was bang voor de dood, soms kwam ze er nog uit om voor ons te koken maar soms ook niet. 's Avonds verscheen ze wel eens aan de rand van mijn bed, ik was een jaar of twaalf, dertien, een verfrommeld, nat gehuild zakdoekje in haar vuist. Mama wil nog heel lang bij jullie blijven, zei ze dan, maar ik wist dat het haar niet om ons gezelschap ging, maar dat ze niet dood wilde. Bij ons blijven was daarvoor de prijs die ze meer dan bereid was te betalen. Later begreep ik dat ze in die tijd aan zware depressies leed. Ze had contact met een homeopaat maar de dingen die hij haar liet slikken hielpen niet. Soms ging ik naast haar bed zitten om haar gezelschap te houden en maakte ik geprakte banaan met uitgeperste sinaasappel voor haar, want dat at ze dan nog.

En nu is ze zestien en schaatst ze met haar vrienden en vriendinnen over de Vliet. U gelooft liever in een hiernamaals zonder hel.

Ik geloof helemaal niet in een hiernamaals. Maar het is een mooi beeld en ik zou het haar gunnen. Ze had het er vaak over, met een lange sliert over het ijs, en zij dan helemaal vooraan, en dat dan de jongen achter haar die haar bij haar heupen vasthad opeens heel hard: naar links! riep en dat ze dan naar links ging en de hele sliert met zich meetrok.

En die jongen zou later uw vader worden.

Nee, die kende ze toen nog niet.

O, vandaar dat het haar hemel is meneer, ik snap 'm. En zo schaatsen ze daar nog steeds, met z'n allen.

Zo zie ik dat graag voor me. Al het water stijf bevroren, rode wangen, glinsterende ogen, wanten, mutsen, adem als witte wolkjes, alles fris, alles ijskoud, zo ver mogelijk van het vuur vandaan.

vii

Ik geloof dat ik even geslapen heb. Ik weet het wel zeker. We rijden nog steeds over snelwegen maar het landschap is veranderd. Het is stoffiger, steniger, geliger, met meer reliëf en hier en daar in de verte een dorp dat bestaat uit om een heuveltop samengeklonterde huizen, met in het midden een kerktoren. Hoewel je nauwelijks iets kunt onderscheiden zie je meteen dat alle huizen en ook die kerktoren oud en vervallen zijn.

Welkom terug meneer.

Dank je.

Bzzzt. Bzzt. Bzzt. De onderdelen van de stoel verschuiven iets ten opzichte van elkaar.

Iets vind ik nog raar meneer.

En dat is?

Hoe kan het dat het beeld van uw schaatsende jonge toekomstige moeder u troost, als ik dat zo mag zeggen, terwijl u niet in een hiernamaals gelooft?

Dat is de kracht van verhalen, van de verbeelding, wil ik tegen hem zeggen, maar ik zeg het niet, het klinkt te veel alsof ik propaganda maak voor het lezen van boeken, voor het nut van literatuur, en daar heb ik me altijd verre van willen houden. Maar het zou wel een goed antwoord zijn.

Het is goedkope troost, zeg ik.

Dat is een nog beter antwoord.

Goedkoop meneer?

Instanttroost, om jezelf even een goed en warm sentimenteel gevoel te geven. Daar biedt het hiernamaals uitstekende mogelijkheden voor, zeker als je het oordeel eruit verwijdert, en dus ook de hel. Dan kom je uit bij het generieke hiernamaals, voorbij de tunnel van licht. Grazige weiden. Geliefden die je terugziet.

En hoe oud ben je daar dan?

Dat is inderdaad de vraag. Toen mijn vader doodging dacht ik: ze kunnen het je niet aandoen om je voor eeuwig in deze gebrekkige toestand te laten voortleven, en niemand ziet zichzelf dan ook als afgeleefde bejaarde in het hiernamaals, het onuitgesproken idee is dat we daar op ons best zijn, laten we zeggen eeuwig vijfendertig, of vijftig voor degenen die meer aan levenservaring hechten dan aan conditie, maar hoe dan ook op ons best, als ons eigenlijke zelf, als de gelukkige, goedgeklede mensen op de illustraties in de folders van de Jehova's getuigen die we vroeger in de bus kregen. We zullen wandelen door parkachtige landschappen terwijl we ons zo nu en dan laten vertederen door een ronddartelend vroeg gestorven kind. Maar het zou er stikken van de kinderen; alle baby's, peuters en kleuters die in de loop der eeuwen het loodje hebben gelegd, en er *gingen* vroeger wat kinderen dood, rennen daar rond, horen en zien vergaat je, zindelijk zijn ze ook niet. En als die kinderen niet als vijfendertig- of vijftigjarige de eeuwigheid in mochten, waarom wij dan wel, wie bepaalt het moment waarop we op ons best waren, er zal ons ook geen formulier worden voorgehouden met de vraag op welke leeftijd we letterlijk vereeuwigd willen worden. Tussen al die schijtende en pissende kinderen zal een onafzienbare stoet al dan niet kindse bejaarden rondwankelen, verbijsterd vragen ze aan elkaar en aan zichzelf waar ze zijn, en *wie* ze zijn, in grote groepen trekken ze zachtjes jammerend rond, al die zombiefilms die een paar decennia geleden opeens weer zo populair werden gingen eigenlijk over het hiernamaals. Juist de groep tussen de vijfendertig en de vijftig zal tussen al die schreeuwende kinderen en incontinente bejaarden het minst vertegenwoordigd zijn, wanhopig zullen ze nog een beetje orde in de chaos proberen te scheppen, het liefst zouden ze teruggaan, ook degenen die voor de trein zijn gesprongen of op andere manieren er zelf een eind aan hebben gemaakt, als er in het hiernamaals sprake zou zijn van parlementaire democratie zouden ze de Reïncarnatiepartij oprichten, maar er is daar geen democratie, er is alleen hiernamaals.

Oké meneer, ik geloof dat ik het snap. Als ik het mag samenvatten, u bent blij dat het niet bestaat, het idee is onlogisch, maar op zwakke momenten kunnen we er desgewenst wel troost aan ontlenen. Zoals u soms uw moeder voor u ziet als schaatsend meisje van zestien.

Bzzt. Bzzt. Bzzzt. De rugleuning gaat nog iets verder naar achteren.

Zo mag je het samenvatten, zeg ik. Maar, denk ik erachteraan, heb ik eigenlijk wel troost nodig? Mijn moeder heeft troost nodig gehad, maar die heeft ze niet gekregen, niet voordat ze begon te dementeren en op de gesloten afdeling terechtkwam.

Het wegdek wordt slechter. Hier en daar is met wapperend rood-wit plastic tape een rijstrook afgezet omdat er gaten in het asfalt zijn gevallen. Het systeem is in verval. Het is een iets te dramatische gedachte, een beginzin voor een essay waarin de tijdgeest wordt gevat. Het was een hele prestatie, zo'n net van snelwegen over een heel continent, met alles wat erbij kwam kijken, van begin tot eind, zowel qua tijd als qua afstand, maar ik denk erover in de verleden tijd merk ik, en dat ligt niet alleen aan het gebrek aan onderhoud; het doet er gewoon minder toe, niet alleen deze snelwegen maar *alles*. Die vage matte stemming die overal heerst en waardoor mensen hun toevlucht nemen tot musea en nostalgiekranten en boeken gaan lezen die ze al hebben, die wordt niet veroorzaakt doordat we oud zijn geworden maar doordat we apparaten hebben gemaakt die terugpraten, die op ons lijken behalve dat ze in niets op ons lijken omdat hun expansiemogelijkheden grenzeloos zijn, omdat ze zich kunnen doorontwikkelen en doorontwikkelen en wij daar op een gegeven moment, misschien nu al, niet meer voor nodig zijn, omdat als iets deze planeet zal kunnen verlaten om elders heil te zoeken, zij dat zullen zijn en niet wij – wij zijn de achterblijvers. Zij zullen onze kinderen zijn en zij zullen zich hun ouders nauwelijks meer herinneren; als ze ooit menselijk genoeg zullen blijken te zijn om een scheppingsmythe nodig te hebben, zullen we daar een bescheiden en vertekende rol in spelen en dat zal dan ons laatste spoor zijn. We zijn achterblijvers die al decennia geleden begonnen zijn met uitzwaaien, nog tijdens het ontwerpen van de eerste prototypes pakten we onze zakdoek en begonnen we te wuiven, terwijl we met onze andere hand hun schroeven nog eens aandraaiden. Ook daarom werd het tijd voor het basisloon; er viel voor ons niet zoveel meer te doen. Ja, we konden de boel voor onszelf gaande houden, maar die noodzaak werd minder, we zijn de dieren in het reservaat die om zichzelf bezig te houden de hekken schilderen en het prikkeldraad vernieuwen; maar wat er echt toe doet speelt zich buiten het reservaat af.

Otters.

Pardon? vraag ik.

Otters meneer. Uw ouders. Om wat u vertelde, dat ze elkaars hand even vasthielden als ze gingen slapen. Otters doen dat ook meneer. Ze blijven een heel leven samen en als ze gaan slapen, houden ze elkaars hand vast want ze slapen in het water en zo voorkomen ze dat ze van elkaar weg drijven. Misschien waren uw ouders gereïncarneerde otters. Of misschien is dat hun volgende leven, dat ze een otterpaartje worden, ergens in een rivier waar nog veel natuur is. Ik heb het zelf verzonnen meneer, ik dacht, misschien kan ik ook een troostrijk beeld verzinnen over een fictief hiernamaals. Is het iets meneer?

Het is een mooi beeld.

Geen dank meneer.

viii

Het was niet dat mijn moeder stonk, maar ze rook niet lekker.

Pardon meneer?

O, praatte ik hardop?

Ik denk het meneer, tenzij ik nu opeens gedachten kan lezen. Uw moeder rook niet lekker?

Waardoor het kwam weet ik niet. Misschien rook ik haar angst, misschien waren het de crèmes die ze in het reformhuis kocht en waarmee ze zich insmeerde. Er was een reformhuis in Rijssen, vlak bij de katholieke kerk, waardoor mensen van onze kerk er niet graag heen gingen, maar mijn moeder wel, die had de homeopathie en het reformvoedsel ontdekt, als iets om de dood nog meer op afstand te houden. En zo kwamen de druppels en de zalfjes van dokter Vogel ons huis binnen, en de onbespoten groenten en de bruine rijst – en ze kon al niet goed koken.

Wat kon ze wel meneer.

Dat hebben we eigenlijk nooit geweten. Het huishouden was niets voor haar, dat eeuwige schoonmaken en wassen van dingen die meteen weer vuil werden, het koken van maaltijden, elke dag weer, nooit werd er buitenshuis gegeten, vijftig jaar huwelijk, vijftig jaar elke dag een maaltijd koken, ze hield er niet van, ze was er niet goed in, altijd maar weer iets verzinnen ook, wat eten we vanavond, en glimlachend opdienen, tegen beter weten in, alles speelde zich af in dat huis, hoe was het op je werk, hoe was het op school, het enige wat ze kreeg te horen was: gewoon, maar zij zat maar in dat doorzonhuis opgesloten, ze kon boodschappen doen, maar niemand die aan haar vroeg: hoe was het in de winkels? En 's avonds koffie- en theezetten, lezende man, lezende kinderen, zelf had ze niets met boeken, ze bladerde wat door tijdschriften, en dan de kinderen op tijd naar bed en dan zelf gaan slapen. Ooit had ze gewerkt, voor haar trouwen, in een modezaak, op de dameshoedenafdeling, daar had ze het nog wel eens over, hoe leuk dat was, met de andere meiden, dat ze grappen uithaalden met elkaar en met klanten, misschien was een van die meiden wel de vriendin die zei dat zij nooit met zo'n sarcastische man zou trouwen – dat had ze moeten blijven doen, in die winkel werken, daar had ze in kunnen groeien, wie weet had ze zo'n afdeling kunnen leiden, ze was doortastend genoeg maar had niets om aan te pakken, niets waar haar hart lag tenminste. Maar ze trouwde en hield op met werken want dat hoorde zo, ze werd de vrouw van de onderwijzer en later van de hoofdonderwijzer, eerst zonder God en later met God, maar altijd zonder dameshoedenafdeling. En daar zat ze 's avonds op de bank haar christelijke tijdschriften door te bladeren, of het A. Vogel-bulletin of hoe het ook heette. Ze had nooit terug moeten gaan naar die kerk, ze was veel gelukkiger geweest met de *Libelle* of de *Margriet*, ze had zich veel meer verbonden kunnen voelen met lezeressen van die bladen dan ze zich ooit verbonden heeft gevoeld met andere gelovigen, ze geloofde helemaal niet, ze was bang en wilde zich aan regels houden. Ze las ook wel andere bladen, ooit vond ik toen ik nog thuis woonde in een kast op de slaapkamer van mijn ouders onder een stapel handdoeken een paar exemplaren van *Vorsten vandaag*, die had ze blijkbaar gekocht en verstopt omdat ze bang was dat we haar daar om zouden uitlachen – hoe eenzaam moet ze geweest zijn in dat huis, ze had weg moeten gaan, ik had op een middag thuis van school moeten komen en dan was ze verdwenen, verbaasd liep ik rond, waar is ze, eerst alleen, daarna met mijn zus, in huis, op straat, waar kon ze toch zijn; later kwam mijn vader thuis, die begon mensen te bellen, maar ze was weg en ze bleef weg, en we probeerden het zonder haar te rooien, er waren geruchten, een jongen op school zei dat ze bij een andere man woonde in de stad, ik vocht met hem maar fietste op een zaterdagmiddag naar de stad in de hoop haar te zien, maar nee, niets natuurlijk, tot iemand me jaren later een adres gaf, en daar, een schim, lopend met boodschappen – nee, wacht, dit ken ik ergens van, dit is *East of Eden*. Maar toch.

ix

Heb ik weer geslapen? We zijn een stuk dichter bij de bergen gekomen, ik zie hun kale gekartelde toppen, grijs tot grijsblauw, hier en daar vangt een bergwand laat zonlicht en wordt oudgeel.

Moeten we daaroverheen? vraag ik.

Waar overheen meneer? Ziet u weer een vrouw met eieren?

De bergen, bedoel ik.

Ik begreep u meneer, ik leidde uw bedoeling af uit uw blik. Ik probeerde wat humor.

Dat dacht ik al. Doe maar niet meer.

Bzzzzt. Bzzt. Bzzzzt.

Goed meneer. Toen u uw moeder twintig jaar lang elke week bezocht – hoe rook ze toen?

Ze rook oud, en soms naar zweet, en naar urine, want ze had een katheter die via een slangetje in haar buik naar haar blaas liep, en dat lekte soms. Maar ik kon al die geuren hebben, ik vond het niet erg.

Twintig jaar meneer! Ik vind dat best lang.

Langer nog, ik begon ermee een paar jaar voordat mijn vader stierf. Toen ik zag dat ze wel wat hulp konden gebruiken, ging ik elke week langs om wat extra boodschappen te doen en te helpen met schoonmaken. Ze woonden toen in Huizen. De plaats, bedoel ik, niet het meervoud van *huis*.

Ik begrijp het meneer.

Nadat mijn vader met pensioen was gegaan, waren ze daarnaartoe verhuisd omdat er een dominee stond die ze goed vonden.

Omdat er een dominee *stond*? Wat moet ik me daarbij voorstellen, een of andere hindoeïstische fakir die nooit gaat zitten?

Nee zo heet dat gewoon, zo zeg je dat, een dominee *staat* ergens.

Die zegswijze kende ik nog niet. Ik ken wel: daar komt een dominee voorbij, één dominee maakt nog geen zomer, eerder zal een dominee door het oog van de naald...

Ja, het is goed met je.

Een dominee komt zelden alleen, als er één dominee over de dam is...

Ja ja ja, nu weten we het wel.

Blaffende dominees bijten niet, de dominee valt niet ver van de boom, als twee dominees vechten om een been...

Hou op! Jezus man, hoe lang wil je hiermee doorgaan?

Sorry meneer, ik probeer slechts voor wat licht vermaak te zorgen. Anders wordt het allemaal zo *zwaar*. Maar als meneer daar niet van gediend is... Misschien is meneer toe aan een andere stem? Zoals gezegd, ik heb een grote voorraad, ik kan het rijtje wel weer even langsgaan, misschien zit er iemand bij die een mate van ernst bezit die beter is aangepast aan uw delicate smaak.

Of helemaal geen stem, wat denk je daarvan.

Ik dacht dat we iets hadden opgebouwd meneer. Ik maak één flauw grapje en...

Waarom is er eigenlijk een stem nodig? Alles gaat toch vanzelf? Het is niet zo dat ik instructies hoef op te volgen, ga hier links, ga hier rechts...

Nee meneer, het is meer om het u gemakkelijker te maken, om onderweg reisinformatie te kunnen geven.

Reisinformatie? Heb ik van jou ook maar één keer reisinformatie ontvangen? Dorpen en kastelen waar we langs kwamen, monumenten, *niets* heb je verteld, zelfs de eindbestemming wil je niet geven.

Meneer, *alles* waarover we het hebben is reisinformatie, als ik zo vrij mag zijn. We hadden het over uw ouders, u ging elke week langs om boodschappen te doen.

En om te kijken of het goed ging.

Precies. Ik zou daar graag meer over horen. Kon niemand anders ze helpen? Waren ze zo hulpeloos?

Hulpeloos, hulpeloos... Ze waren een beetje wereldvreemd, ze hadden zich dan ook van de wereld afgekeerd, ooit, toen wij nog jong waren.

Geef eens een voorbeeld meneer, van die wereldvreemdheid.

Ik weet nog dat ik mijn moeder in die tijd wees op het bestaan van houdbaarheidsdatums, ze had nooit begrepen waar die cijfertjes op de melkpakken en de vleeswaren voor stonden. Maar toen ze het eenmaal doorhad, hield ze de datums nauwlettend in de gaten, voor zover ze die nog kon onderscheiden. Kijk jij eens, zei ze dan terwijl ze me een pak karnemelk in m'n handen duwde, *is het nog geldig*? Toen ik boodschappen voor ze ging doen woonden ze al in een aanleunwoning, naast het zorgcentrum waarin mijn moeder later zou terechtkomen. Elke dag maakte mijn moeder de badkamervloer schoon met een dweil, op haar oude knieen. Toen heb ik bij de Blokker in Huizen een mop en een mopemmer voor haar gekocht. O, nou, dat ging inderdaad een stuk makkelijker, ja, ze had het wel eens bij anderen gezien, ja, dat was vast handiger had ze toen gedacht. Maar ze had het niet voor zichzelf aangeschaft. Ik herkende het meteen, net als die sleutel die ze een paar jaar later als een klein steekwapen...

Sleutel meneer? Steekwapen?

Dat heb ik je toch al verteld, ooit? Alles waar ik me bij haar aan ergerde waren gewoontes die ik ook had. Zoals bij die mop en die emmer: wel bij anderen zien, wel denken: hé wat handig, maar zelf op je knieën blijven dweilen. Alles is eigenlijk in de eerste plaats voor anderen; niet voor mij; om het te mogen gebruiken, om het te mogen kopen moet je ergens lid van zijn, en ik ben geen lid; de plattegronden en de codes zijn in handen van anderen. Ik ben het tegengestelde van een early adopter. Als ik me iets eigen heb gemaakt blijf ik er het liefst tot mijn dood mee doorgaan.

Dat was aardig meneer, dat u dat voor ze deed. Hebben ze ooit een mop en een mopemmer voor u gekocht?

Voor mij?

Dat bedoel ik symbolisch, nee, pars pro toto, nee dat is het ook niet helemaal. Ik bedoel het *veelzeggend*, geloof ik.

Ik begrijp hoe je het bedoelt. Nee, dat hebben ze nooit gedaan. Ik interesseerde me meer voor hen dan zij voor mij. Ik vertelde ze ooit dat ik naar een therapeut ging, maar daar zijn ze nooit op teruggekomen. Ze hadden best langs kunnen komen in het klooster, dat mocht en ze wisten dat ik daar zat, maar nee.

Ouders meneer, breek me de bek niet open. Dat is een

geleend zinnetje uiteraard, ik heb zelf geen ouders zoals u weet. En toch bent u twintig jaar lang... *Twintig* jaar lang...

Ja, daar had ik graag eens met die therapeut over gepraat, maar die was toen al jaren geleden overleden.

En hij was de enige therapeut ter wereld.

Ja. Ik bedoel nee. Natuurlijk niet. Maar hem kende ik.

Het is goed meneer, ik sta aan uw kant.

Dat het twintig jaar zou duren wist ik natuurlijk niet van tevoren. Ik ben er gewoon mee begonnen. Toen mijn moeder na de dood van mijn vader van de aanleuningwoning naar het zorgcentrum verhuisde, kon ze niet meer zelf naar de winkel en was het nodig dat iemand langskwam en boodschappen voor haar deed.

Ik dacht dat ze toen zo gelukkig was meneer, en dat er zo goed voor haar gezorgd werd, en dat ze niets nodig had.

Nee dat was pas later, toen ze begon te dementeren en naar de gesloten afdeling ging. Eerst zat ze jarenlang op de open afdeling, in een klein appartementje. Daar was ze erg ongelukkig en alleen. Ze zat de hele dag op haar stoel te wachten tot er iemand langskwam.

Bzzt. Bzzzt. Bzzt.

Deze stoel meneer?

Die stoel, ja. De stoel waarvan ze de bediening nooit in de vingers kreeg. Ze keek toen nog tv, we hadden een grote kleuren-tv voor haar gekocht, iedereen had daar tv, dat vond de kerk helemaal niet erg meer, maar de afstandsbediening was voor haar net zo'n worsteling als het bedieningspaneel van haar stoel. Ze keek naar het *Journaal*, en met Goede Vrijdag naar de Mattheuspassie, soms maakte ik een lijstje voor haar met programma's, er was een tijd dat er elke dag om zeven uur 's avonds een natuurfilm van een halfuur werd uitgezonden, dat was makkelijk voor haar. Dan zei ze de week daarop: heb je het gezien, met die ape? Grappige beeste hè? Ze praatte slordig, ze heeft haar hele leven slordig gepraat en ik heb praten van haar geleerd, jarenlang heb ik *welneer* gezegd in plaats van *wanneer*, *lopes* in plaats van *lopend*. Het is *wanneer* zei mijn zus ooit aan tafel tegen haar en toen kon ze een klap krijgen, een felle tik, langzame gebaren maken kon ze sowieso niet. Het *Journaal* vond ze algauw te erg, al die ellende, en zij dan alleen in die stoel zonder iemand om het aan te kunnen vertellen, ze kreeg veel post van goede doelen die zij en mijn vader ooit hadden gesteund, allerlei christelijke organisaties die iets in de derde wereld deden, we moeten daar wat aan doen, zei ze als ik langskwam, al die arme kinderen, en dan pakte ze de enveloppen op, gaat dat ook over arme kinderen, en die ook? Ik heb er inderdaad wat aan gedaan, ik heb al die instellingen aangeschreven met de vraag of ze haar van de verzendlijst konden halen, hopelijk heeft ze uit het uitblijven van verdere bedelbrieven de conclusie getrokken dat het beter ging met de arme kinderen, waarschijnlijk heeft ze er nooit meer een gedachte aan gewijd, in dat kleine appartement werd haar wereld kleiner en kleiner, en zij verwarder en verwarder. Ik kon niets meer uit een fles of een pak voor haar inschenken zonder dat ze wantrouwig vroeg of het nog *geldig* was, ze kreeg last van wanen en zag overal mannen die haar angst aanjoegen. Ze verschuilden zich op haar kamer, in hoeken die ze vanaf haar stoel niet kon zien. Ze vond het leuk als ik kwam, maar ze vond het verschrikkelijk als ik weer weg ging. Ze wilde niet alleen zijn en probeerde daar van alles aan te doen. Wanneer de tijd van afscheid nemen naderde, sloeg ze geforceerd opgewekt haar handen ineen, zoals ze dat vroeger kon doen op de zeldzame keren dat ze zelf met een plan kwam ook al wist ze van tevoren dat de rest van het gezin het wel weer niks zou vinden. Weet je wat ik doe? zei ze dan terwijl ze me strak en stralend aankeek, ik ga gewoon met *jou* mee. En de week daarop zei ze het weer, klappend in haar handen. Ik ga straks gewoon met *jou* mee. Het klonk ook zo logisch. Een zoon die zijn oude niet meer zo goed ter been zijnde, licht verwarde en eenzame moeder in huis neemt. Ik had er het huis niet voor, ik had er het leven niet voor, ik had er ook de moeder niet voor. Elke week liep ze met me mee tot aan het trappenhuis, verder kwam ze niet. Daar zwaaide ze me achter haar rollator met een beverige hand uit terwijl ik naar beneden liep. Zodra ik vertrokken was moest ze weer de lange gang door, terug naar haar appartementje met de onzichtbare mannen. Elke keer als ik door de schuifdeuren van het verzorgingscentrum de straat op stapte had ik het idee dat ik een gevangenis verliet waar ik een bezoek had gebracht aan iemand die onschuldig was veroordeeld en niet begreep waarom niemand zich inspande om dat vonnis ongedaan te krijgen.

Hartverscheurend meneer.

Jij zegt het.

Als u niet steeds langsgekomen was had u daar geen last van gehad. En bij haar krabde u ook steeds weer het korstje eraf.

Jezus, in welke databases ben je nu aan het wroeten?

O meneer, hoeveel er te vinden is over dit onderwerp, dat wilt u niet weten. Ouders en kinderen, dat schijnt decennialang *het* thema geweest te zijn in het Westen. Zij zoog u elke week naar haar kamertje en u vergrootte haar ongeluk door elke week naar uw eigen huis te vertrekken. Zij won hè, zij had in ieder geval nog de boodschappen die u elke keer voor haar ging halen, u ging met lege handen naar huis. Betaalde ze die boodschappen wel zelf?

Ja hoor, maak je niet ongerust.

Oké, dat dan nog wel. Ik sta nog steeds aan uw kant hè, vergeet dat niet.

De goede zoon/ Het is geen liefde het is machtsvertoon. Die regel hou ik voor mezelf.

Hij verlaat de snelweg, we rijden naar een klein dorp van oude stenen huizen die tegen elkaar aan leunen, haal er een weg en het dorp stort in elkaar; als de stofwolk is opgetrokken ligt er alleen nog gruis. Aan een pleintje met een droge fontein stoppen we voor een klein restaurant.

Ga hier maar even eten meneer. Ik ga op zoek naar stroom.

Meteen nadat ik ben uitgestapt rijdt hij weg, snel, alsof hij haast heeft, een andere afspraak, met leuker gezelschap.

Het eten is niet slecht, ik ben de enige gast. Ik voel me eenzaam, en niet vanwege het lege restaurant. De koffie (namaak) drink ik buiten, op het terras dat bestaat uit een tafeltje en twee stoelen. De met dichte bossen begroeide uitlopers van de bergrug lijken vlak achter het dorp te beginnen. Achter en boven die bossen rijst het gebergte zelf op. De kale gekartelde toppen vangen het licht van de laagstaande zon, waardoor ze iets zachts krijgen, alsof ze zijn gemaakt van krijt. Het is een majestueus gezicht, het vult mijn hele beeld, ik groeide op in een vlak land en ben gewend aan beeldvullende luchten, dit is de aarde zelf die me klein maakt. Het is vreemd maar niet nieuw, ik moet denken aan omslagen van oude sf-paperbacks met grillige, door dubbele zonnen beschenen landschappen.

Als de koffie op is begint het wachten. Wat als hij niet terugkomt? Dan ben ik alleen met de bergen, en met dit dorp. Wij zijn de achterblijvers, ik heb dat eerder vandaag gedacht, waar ging dat ook weer over, ik kan daar misschien iets mee doen. Kijk naar de bergen en alle gedachten aan apparaten vallen weg, alsof ze al vertrokken zijn naar Mars en verder, het zonnestelsel uit. De gedachte bevalt me wel. Ik kan de rest van m'n leven in dit dorpje blijven, er staat vast nog wel wat leeg, ik zie niemand, de restauranthouder is de enige bewoner die ik ben tegengekomen. Wie weet hoe lang we het volhouden, de restauranthouder en ik, elke dag kan ik naar het zonlicht op de bergen kijken, het zal geen enkel moment hetzelfde zijn, het is nu al anders dan toen ik aan mijn koffie begon, iets zwakker, de lucht erboven iets valer.

Meneer!

Razendsnel is hij komen aanrijden, stralend. Het portier schuift open. Er was een garage en ze hebben me ook nog gewassen.

Heel goed, zeg ik. Ik stap in, mijn leven in dit dorpje gaat niet door. De restauranthouder, de garagehouder en ik, we waren al met z'n drieën, als ik lang genoeg had gewacht was er misschien nog wel een verpleegster langs komen fietsen. Maar we rijden weg, de laatste huizen schieten links en rechts naar achteren, voor ons rijzen de bossen en het gebergte op.

X

De weg slingert zich door het bos naar boven. Tussen de stammen is het al donker, de koplampen werpen licht op het asfalt, alleen als je omhoogkijkt zie je boven de bladerkronen nog wat daglicht. Het bos is vochtig, ik voel het in de auto. Ook de binnenverlichting brandt, we rijden verlicht door het donkere bos. De weg doet me denken aan de grote wielerrondes die ik vroeger op tv volgde voordat ze lesstof werden voor quasi-boeddhistische leraren die ze konden gebruiken als voorbeeld van iets wat tegelijk waar en niet-waar was, wel en niet bestond; je keek naar iets waarvan de uitslagen pas jaren later bekend werden terwijl er elke dag toch iemand won en na de laatste etappe een winnaar werd bekroond.

Ooit, zeg ik, toen ik bij mijn moeder langskwam in dat appartementje, vertelde ze dat ze die ochtend wakker was geworden met het idee dat ze *alles* weer kon, dat ze zonder hulp uit bed kon komen, dat ze weer goed kon lopen, dat alles weer goed was, dat de dag voor haar openlag. Het was, zei ze, *zo'n* fijn gevoel maar toen wist ik weer dat het niet zo was.

In het bos beweegt niets, en nergens brandt licht. Er is geen ander verkeer dan wij. Ook boven de bomen wordt het nu donker.

Daar denk ik nog vaak aan terug, ik geloof niet dat iets me meer heeft aangegrepen dan dat.

Waarom meneer.

Omdat ik het me zo goed kan voorstellen. Je wordt wakker als je leeftijdsloze ik, je hiernamaalsversie, eeuwig dertig, eeuwig veertig, hup jongens uit bed denk je, de dag is begonnen. Je wil het dekbed van je af slaan en je voeten op het zeil zetten maar dan daagt het je dat je oud en gebrekkig bent en dat je niet meer in je eigen huis woont en dat je moet wachten tot ze je uit bed komen halen en je helpen met wassen en aankleden. Niets kan je nog zelf, als je aangekleed bent zetten ze je in die stoel waarvan je de bediening nooit helemaal onder de knie hebt gekregen. En je weet nu al hoe de rest van de dag gaat verlopen: je krijgt ontbijt, daarna terug naar de stoel, om halfelf koffie, om twaalf uur warm eten, dan duurt het tot halfvier, dan komen ze langs met de thee, en dan om zes uur brood – niets van wat je krijgt heb je zelf aangeschaft. Misschien komt er bezoek, misschien ook niet. Je probeert met elk personeelslid dat langskomt een praatje te maken, maar niemand heeft veel tijd en jij hebt niets om over te praten, behalve jezelf. Je kan met je rollator zelf naar de wc, maar als je klaar bent moeten ze je helpen en het duurt soms twintig minuten voordat ze komen en je kan wel vaker op het knopje drukken maar als ze bezig zijn zijn ze bezig. Je hebt een tv maar je hebt nog steeds het vage idee dat dat het oog van de duivel is en daarom kijk je er niet te veel naar, alleen naar het *Journaal* en die grappige natuurfilms over apen en zo. 's Avonds wordt het donker, dat is het ergste, soms komen ze erg laat om de gordijnen dicht te doen, als de lucht al helemaal zwart is, zelf kan je het niet meer. Je krijgt thee, later komen ze om je naar bed te brengen. En als je nog bidt moet je maar bidden dat je de volgende ochtend niet weer op die manier wakker wordt: als een gevangene die een paar verraderlijke seconden lang het idee heeft dat hij thuis is en straks in de stad kan gaan ontbijten.

Het is een donker bos meneer.

Zeg dat wel.

Maar later werd ze toch gelukkig.

Eerst kreeg ze nog een beroerte waardoor ze de rest van haar leven nooit meer in goedlopende zinnen kon spreken. Juist toen kwam de oorlog terug.

Gezien haar leeftijd neem ik aan dat u het over de Tweede Wereldoorlog hebt?

Die oorlog, ja. Ze woonde toen nog bij haar ouders in Leiden, haar broer zat ondergedoken op de Veluwe, in Stroe, om te ontkomen aan tewerkstelling in Duitsland, samen met mijn vader, mijn toekomstige vader, die kende ze toen al. Zo nu en dan ging ze er met de trein naartoe, met bonkaarten voor haar broer en haar verloofde, hoe dat precies zat heb ik eigenlijk nooit geweten, van wie kreeg ze die bonkaarten, hoe werkte dat, maar ik weet wel dat het niet veilig was in die treinen, ze werden gecontroleerd en dan moest je niet met een hele stapel bonkaarten onderweg zijn, *voor wie zijn die dan allemaal*, en ook werden treinen op die route beschoten door Engelse vliegtuigen. En dat kwam allemaal terug, ze zat opgewonden en angstig te praten, met drukke gebaren maar waar had ze het toch over, ze gebruikte voor vrijwel alle woorden andere woorden dus het duurde lang voordat het duidelijk werd dat ze het over treinen en vliegtuigen en schieten had, alsof het gisteren gebeurd was en dat was voor haar waarschijnlijk ook zo, misschien gebeurde het wel terwijl ze het vertelde, en praatte ze zo indringend op ons in om ons van de ernst van de situatie te overtuigen, want we zaten daar zo rustig, alsof er niets aan de hand was.

Maar *later* werd ze dan toch gelukkig.

Toen haar dementie zo ver had doorgezet dat ze niet meer in haar eentje in dat appartementje op de bovenverdieping kon blijven, ging ze naar de gesloten afdeling beneden, naar een klein kamertje dat ze erg prettig vond omdat het geen onoverzichtelijke hoeken had waarin iemand zich zou kunnen verstoppen om op haar te loeren. En veruit de meeste tijd bracht ze door in de gemeenschappelijke woonkamer, samen met de elf andere bewoners. Vanaf dat moment werd er altijd voor haar gezorgd en dat was wat ze eigenlijk haar hele leven had gewild, of in ieder geval haar hele volwassen leven, haar hele getrouwde leven. Nooit meer die vraag wat ze vanavond voor iedereen moest koken, nooit meer beslissingen moeten nemen over dit en over dat en niemand die haar daarbij hielp, niemand die haar ooit vertelde hoe het moest, vroeger bij haar thuis had ze als oudste dochter ook vaak moeten helpen maar dat ging heel anders, dat waren andere mensen geweest, dat waren haar *eigen* mensen geweest, nu zat ze in een huwelijk met een echtgenoot en kinderen, dit was niet haar familie, dit was haar *gezin*, dat elke dag maar weer draaiende moest worden gehouden, als een wasmachine die nooit uitging en waarvan de knoppen onduidelijke en onvoorspelbare programma's in werking zetten.

Het leven is een volle wasmand.

Hè?

Sorry meneer, ik wilde me even op de beeldspraak werpen. Goed, uw moeder was gelukkig.

Ze was niet meer bang. Vijftien jaar heeft ze daar gezeten, in haar hoekje, bewoners kwamen en gingen, maar zij hield vol, ze overleefde ze allemaal, met haar dankbare glimlachje. Iedereen was dol op haar vanwege dat lieve glimlachje, ze was altijd zo *dankbaar*. Er zat angst in dat glimlachje, en manipulatie, soms had ik de neiging om tegen de verzorgers te roepen: trap daar toch niet zo makkelijk in, ze speelt de vermoorde onschuld, zo krijgt ze alles van jullie gedaan, ze glimlacht alleen omdat ze wil dat iets ophoudt wat haar angst aanjaagt, of omdat ze geholpen wil worden met iets waar ze zelf geen zin in heeft.

Maar dat deed u niet.

Nee, dat deed ik niet. En het verbazingwekkende was dat mijn moeder, net als de verzorging, steeds meer in haar eigen glimlach ging geloven. Hoe dementer ze werd, hoe oprechter die glimlach werd, vriendelijk en dankbaar en soms zelfs vol binnenpret. Ze was een van de rustigste bewoners, ook dat maakte haar populair, de meeste anderen konden nog wel praten en deden dat dan ook volop, met hun vragen en hun opmerkingen. Het was een hele gemeenschap, die huiskamer, ik leerde niet alleen de andere bewoners kennen, maar ook hun familieleden, voor zover die langskwamen. Soms kreeg ik de indruk dat de gesloten afdeling een asiel was waar we huisdieren hadden gestald waarvoor we geen plaats meer hadden – maar we waren zo aan ze gehecht geraakt dat we ze toch regelmatig opzochten; zij vonden dat leuk en wij kregen er ook een goed gevoel van. En ik had het zwijgende huisdier, tot jaloezie van iedereen, het huisdier dat alleen maar lief glimlachte en alleen maar een paar woorden sprak als je jas niet goed zat, of je das.

Ze werd steeds minder van mij en steeds meer van de verzorgers. Zij zagen haar elke dag, van het moment dat ze 's ochtends uit bed werd gehaald tot het moment dat ze 's avonds weer in datzelfde bed werd teruggestopt. Ze kenden haar, ze wisten wat ze bedoelde met haar fronsen, haar onduidelijke woordjes, ze konden anticiperen op haar verzet en inspelen op haar instemming. Als ik haar bezocht, ging ik meestal weg op het moment dat de tafel werd gedekt voor het avondeten, dat was een mooi moment om te vertrekken, omdat er voor haar dan weer iets anders begon. Toen ik haar ooit in haar rolstoel naar haar plekje aan tafel reed, riep ze opeens luid en duidelijk: naar voren! Ze kon niet verder naar voren, de armleuningen van haar rolstoel duwden al tegen de rand van de tafel, maar ze protesteerde hevig, en toen ik zei dat ze niet verder kon riep ze: je zeurt! De aanwezige verzorgers schoten in de lach, eentje kwam op ons af en nam de rolstoel van me over, als je moeder *naar voren* zegt, legde ze uit, bedoelt ze *naar achteren*. Iedereen lachte vrolijk om het misverstand, ja die zoons hè, die weten niet wat er bedoeld wordt, naar voren is naar achteren, links is rechts, boven is beneden, hier heersen wetten en regels waarvan je op de hoogte moet zijn, wat weten die familieleden nou? En ik maar grijnzen en zwaaien en naar buiten lopen.

Ze was van hen, niet van mij. Er waren daar verstandhoudingen waar ik buiten stond. Soms leek alles wat zich op de gesloten afdeling afspeelde een grote samenzwering om de bezoekende familieleden een rad voor ogen te draaien. Er is een aflevering van *Roseanne* waarin de bejaarde moeder van Roseanne...

Gespeeld door Estelle Parsons.

Die naam zegt me niets, maar je zal gelijk hebben.

Tot uw dienst meneer. *Roseanne* was een Amerikaanse sitcom, die werd uitgezonden tussen...

Ja,ja, dat zal allemaal wel. Die moeder van Roseanne...

Gespeeld door Estelle Parsons...

Ja, die dus, die moeder praatte altijd met een hoogst irritante, snerpende stem waarmee ze bij iedereen het bloed onder de nagels vandaan haalde. In de loop van de jaren werd die sitcom steeds losser, hier en daar zelfs surrealistisch. Aan het eind van de afleveringen werd er vaak een korte scène opgevoerd die losstond van het verhaal dat was verteld, of er commentaar op vormde, terwijl de aftiteling al draaide. In een van die scènes zag je na een aflevering waarin ze weer uiterst irritant tekeer was gegaan die moeder op de bank zitten naast haar schoonzoon...

Gespeeld door John Goodman.

Nee, de andere schoonzoon.

Ah, Fred! Gespeeld door Michael O'Keefe.

Dat zal hem zijn. Je bent nu een beetje aan het compenseren voor die kunsthandelaar waar ik je naar vroeg hè? Dat was niet jouw fout, dat je die niet kon vinden. Als je het goed vindt maak ik nu mijn verhaal even af.

U bent geïrriteerd. Mijn excuses. Ga door.

In die scène zit die moeder dus naast haar schoonzoon op de bank, verder is er niemand in de kamer. Ze praten wat na, kalm, rustig, en die moeder doet dat met een heel normale stem, lager, ontspannen, absoluut niet snerpend. Het klinkt onverwacht weldadig, na die seizoenen waarin je haar met die andere stem tekeer hebt horen gaan. Ik dacht altijd al dat je normaal kon praten, zegt die schoonzoon. Ja, knikt de moeder, die andere stem, die gebruik ik alleen maar om ze te jennen.

Dat was een mooie, bevrijdende scène. Wanneer ik de gesloten afdeling verliet en op weg ging naar de bushalte stelde ik me vaak voor dat zodra ik was vertrokken, verzorging en bewoners alle maskers lieten vallen, dat de flessen en asbakken op tafel werden gezet, dat er werd ingeschonken en sigaretten werden doorgegeven en dat alle bewoners opeens welbespraakt waren, en met doorrookte stemmen tegen elkaar op zouden gaan bieden over die zeikerds van kinderen die ook vandaag weer niet gewoon thuis hadden kunnen blijven, die arme sukkels met hun boodschapjes en hun fotoboekjes en hun kinderlijke gelul over het zonnetje dat zo lekker schijnt en de zomer die er weer aankomt, en dat ze vervolgens de stoelen aan de kant schoven en muziek opzetten en elkaar ten dans zouden vragen waarna een of twee dames zouden laten zien dat ze nog steeds de spagaat beheersten en aan het einde van de avond zouden ze gierend van de lach en geheel zonder hulp hun eigen bed opzoeken. En ik stelde me dergelijke scènes ook bij eerdere periodes uit haar leven voor, hoe ze 's ochtends als de kinderen naar school waren en haar echtgenoot naar het werk, met andere buurvrouwen bij elkaar kwam om de gang van zaken eens door te nemen, gelovige en ongelovige buurvrouwen, daar gaven ze niet om, dat verschil was kunstmatig en door anderen verzonnen. Of dat ze 's middags tussen lunch en avondeten een raket naar hun thuisplaneet namen en hoofdschuddend en steun zoekend bij elkaar verslag zouden doen, we wonen daar in identieke doorzonwoningen, wie heeft dat toch ooit verzonnen en ze verwachten dat wij al dat glas schoonhouden, hoe krankzinnig wil je het hebben en wacht nou eens verdomme, hoe lang duurt deze undercoveroperatie eigenlijk nog? Ik had het haar gegund maar uiteindelijk had ik het vooral mezelf gegund, als alles maar anders was geweest.

Dat is opvallend meneer, aangezien u in deze fantasieën de bedrogen partij bent, niet alleen als bezoeker van uw bejaarde moeder maar ook als het schoolgaande kind. Heeft u nooit de fantasie gehad dat u met andere kinderen van de dementerende bejaarden in de kroeg zat en eens lekker tegen elkaar tekeerging over uw ouders?

Nee, ik kende wel een paar van die kinderen, oude kinderen waren we, dat is ook weer zo wat, en bovendien, dat zou wreed zijn, zo'n scène, alleen al omdat die *mogelijk* zou zijn. Voor mijn moeder was er niets mogelijk, in werkelijkheid was er geen ontsnappen aan, en had ze geen andere keus dan het huishouden draaiende te houden, thee te zetten wanneer de kinderen thuiskwamen, eten te koken en regelmatig die grote oppervlakten glas schoon te maken.

Er waren toch glazenwassers meneer? Is dat niet ook een leuke fantasie, dat uw moeder iets met een glazenwasser kreeg? Stelt u zich eens voor, die glazenwassers met hun lange uitschuifbare ladders die door wijken reden die overdag alleen door huisvrouwen werden bevolkt, sterke gespierde mannen, dat kwam door al dat wassen en soppen natuurlijk, is dat...

Nee, nee.

Echt niet? Lekker uitgewrongen door een glazenwasser?

Nee, hou op.

Neem me niet kwalijk meneer. Ik dacht, ik doe even mee maar ik merk dat mijn inbreng tekortschiet. Dat van die otters was beter?

Ja, dat was beter.

xi

Het bos wordt minder dicht, ik zie de hemel tussen de stammen, geen loofbomen, pijnbomen zijn het nu, er zijn sterren, veel sterren. De weg is smaller geworden, we zijn niemand tegengekomen.

Doe het licht eens uit, zeg ik.

Het binnenlicht meneer? Zonder mijn antwoord af te wachten dooft het. Meteen zie ik nog meer sterren tussen de stammen, en hoger, veel hoger. Als ik me tegen het raam aan duw kan ik boven de bomen uitkijken. Langzaam hobbelend rijden we door. Ik voel me een kind.

U heeft uw moeder dus nooit helemaal vertrouwd?

Ik kruip weer terug, bij het raam vandaan.

Hoezo?

U verdacht haar altijd van toneelspel.

Ze viel steeds meer samen met de rol die ze speelde. Maar onder haar glimlachende oppervlak zag ik soms trekjes van de echte vrouw, die boos kon roepen dat iets niet goed zat of dat iemand zeurde. De laatste jaren bleef ik vaak wat langer als ik langskwam, zodat ik haar kon helpen met eten. Als ik haar de volgende hap niet snel genoeg gaf, kon ze opeens roepen: opschieten! Kwaad, vol ergernis. Als ik voorproefde om te zien of het eten niet te heet was voor haar, riep ze met dezelfde verontwaardiging: van mij! Ik was eigenlijk wel blij als er opeens zo'n kreet uit haar kwam, zo kende ik haar weer, ze was er nog steeds. Telkens wanneer ze zo geërgerd reageerde, keek ik haar in de ogen, in de hoop daar ergens in de verte haar eigen persoonlijkheid te zien, haar verontwaardigde, wantrouwige zelf waaroverheen ze die glimlachende versie had geplooid. De kortaffe, ongeduldige vrouw die altijd haast had, alsof ze elders een afspraak had die ze niet mocht missen en waarbij wij geen enkele rol speelden.

Een afspraak op haar eigen planeet meneer, met haar eigen mensen.

Ja. Maar dat is maar een beeld. In werkelijkheid had ze altijd haast omdat ze wilde dat alles zo snel mogelijk voorbij was; behalve haar leven, want daarna kreeg je het laatste oordeel, met de kans dat je naar de hel ging. Maar dat was de ironie van haar dementie, daarom was ze die laatste vijftien jaar zo gelukkig, misschien waren het wel de gelukkigste jaren van haar leven: ze was haar angst kwijt. Ze was haar godsdienst kwijt. Niets was er nog van over. De dood, de hel, het waren abstracte concepten geworden waarbij ze zich niets kon voorstellen; het waren concepten die bij haar niet meer *aanwezig* waren. Ze had haar echtgenoot ervan overtuigd dat ze na hun godloze periode moesten terugkeren naar de kerk, maar zelf overkwam haar aan het einde van haar leven een tweede godloze periode. De verzorgers baden en dankten voor en na het eten, hardop, met oude gebeden die door veel bewoners werden mee gemompeld. *Waar menig mens eet brood der smarte, hebt Gij ons mild en wel gevoed*. Mijn moeder zat het vaag glimlachend uit en volgde zelfs niet het voorbeeld van de andere bewoners en hield haar ogen open, alsof het hele idee van bidden en danken geen enkel spoor in haar hersens had achtergelaten. Als die sporen zich zo gemakkelijk laten wegvagen, zullen ze ook wel niet erg diep gezeten hebben, dacht ik daar dan bij.

Er waren ook altijd andere vrijwilligers die de bewoners hielpen tijdens de maaltijden, doortastende vrouwen van de kerk, en later hielpen ook de zorgrobo's mee, maar die waren niet populair. Ze hadden veel meer geduld en een veel fijnere motoriek dan de verzorgers, de vrijwilligers of ik, maar ze waren blijkbaar te eng, of te anders. Ze waren alleen goed om geaaid te worden en om ballonnen over te gooien, of ballen, voor de bewoners die nog enige kracht in hun handen hadden. Uiteindelijk gleden die robo's maar een beetje heen en weer onder het eten, om gevallen etensresten op te rapen van de vloer, of bestek dat iemand uit de hand was gegleden. Dan spoelden ze het af en brachten het terug. Op het laatst liet iedereen voortdurend bestek vallen, ze vonden het een leuk gezicht om die zorgrobo's steeds weer met die gevallen messen en vorken en lepels naar de wastafel te zien glijden, daar werden ze nooit moe van, en die robo's ook niet, wat dat betreft waren bewoners en robo's wel tegen elkaar opgewassen. Achteraf versterken die scènes het idee dat die robo's niet voorzagen in een behoefte, dat ze geen duidelijk omschreven taak hadden, dat ze hier gedetacheerd waren en op nadere instructies wachtten; en ondertussen probeerden ze uit te vinden op welke manier ze de tijd een beetje konden doden.

We groeien, we worden groter – het zijn de bomen die kleiner worden. Ik kan de omgeving nauwelijks onderscheiden, we hebben alleen het licht van de koplampen en van de sterren, maar het wordt kaler om ons heen, bomen bukken, gaan door de knieën en veranderen in houterige struiken, en die struiken strekken zich uit over de bodem en worden mos. Daarna is alles van rots, grillig en groot.

Zijn we nu boven?

Bijna meneer.

We staan stil bij een bocht in de weg. De deur klikt open en glijdt weg, ik stap uit en kijk naar de sterren. Ik hoef niet naar boven te kijken om ze te zien, ik kijk *om me heen*. Het is koud en glashelder, ik zie er steeds meer, elke ster een verre flonkerende diamant, het is alsof er een gigantische diamanten schedel is geëxplodeerd en dat de explosie vanwege de extreme koude door bevriezing tot stilstand is gekomen. De vage, met sterren bestrooide band van de Melkweg hangt er roerloos doorheen, als een koude rookflard die van de explosie is overgebleven. Nooit heb ik me klein gevoeld als ik de sterren zag, en ook nu voel ik me niet klein. Ik voel me kleiner op bewolkte nachten. Als de bewolking verdwenen is zie je dit: je bent niet alleen, dit is er ook allemaal nog, tot in het oneindige. En waar het vooral om gaat is dat je naar het verleden kijkt, al dit licht is lichtjaren onderweg geweest en jouw netvliezen vangen het op. Je kijkt terug, je kijkt naar het verleden, dit is al gebeurd, zeggen de sterren, dit kan alvast niet meer misgaan, tot zover ging het goed. Dit is niet de hemel waaronder je als achterblijver ooit je transhumane opvolgers zal staan uitzwaaien, dit is de hemel van gisteren, en van ver daarvoor, hier zullen je opvolgers nooit terechtkomen, dit is tussen jou en ons. Ik neem het lachend in me op, met gespreide armen en vingers, steeds meer sterren verschijnen, ik moet mijn hoofd afwenden voordat het licht van alle sterren in het universum mijn netvlies bereikt en de hemel verblindend wit wordt.

Voor ik instap pis ik tegen de rotswand naast de weg, met een krachtige, flonkerende straal, het loopt bruisend tussen mijn voeten weg, we zijn gemaakt van sterrenstof, zelfs mijn pis is gemaakt van sterrenstof, ik ben alleen en mag zoveel clichés gebruiken als ik wil.

Zodra de deur achter me dichtschuift is het prettig warm, de stoel is een bed geworden, het licht is gedoofd, ik rol me in de deken en val in slaap.

xii

Wanneer ik wakker word is het nog steeds donker, maar verder is alles anders. Als ik naar buiten kijk zie ik geen enkele ster, alsof de explosie is ontdooid en de diamanten te ver zijn weggeslingerd om nog te kunnen worden waargenomen. Ook de Melkweg is verdwenen, uitgesmeerd over de hele hemel die nog steeds zwart is, maar doffer. Ik hoor getik dat sterker wordt, alsof op het dak en overal om me heen scherfjes diamanten neerkomen maar het is regen.

Zijn we ingehaald door de regenzone?

Het lijkt er wel op meneer.

Ik eet wat brood en drink water. Waar komt dit eigenlijk vandaan? vraag ik.

Van de garage waar ik oplaadde.

Ik knik en eet door. Het is goed om iets te eten terwijl het buiten regent.

Ik hou op met eten. Maar er *was* zo'n moment, zeg ik.

Pardon meneer?

Zo'n moeder-van-Roseanne-moment.

Gespeeld door Estelle Parsons.

Die, ja. Mijn moeder *had* zo'n moment. De laatste tien jaar kwam ze nauwelijks nog buiten, maar daarvoor nam ik haar vaak in haar rolstoel mee door het Huizer Bos naar de hei tussen Huizen en Blaricum, dezelfde route die we eerder nog lopend aflegden en waarbij ze zich voor elke fietser in de struiken wierp. Nu ze in een rolstoel zat kon ze geen kant op en moest ze ondanks haar waarschuwingen lijdzaam ondergaan dat ik niet voor iedereen aan de kant ging. Ze kunnen erlangs, zei ik tegen haar achterhoofd, ze kunnen erlangs – maar ze geloofde het pas als ze voorbij waren. Misschien waren die sprongen in de struiken vroeger helemaal geen teken geweest van overdreven nederigheid, misschien was ze gewoon doodsbang geweest om aangereden te worden, haar angsten heb ik altijd onderschat; haar angsten en haar zorgen. De weg door het bos liep omhoog en een van haar zorgen was dat het duwen van de rolstoel te zwaar voor me was. Op een middag haalde ze haar armen van de armleuningen en legde ze in haar schoot. Is het zo minder zwaar voor je? vroeg ze. Ik weet niet meer wat ik zei, ik hoop dat ik ja gezegd heb. Soms dronken we iets op het terras van De Tafelberg, ik koffie, zij thee of een sapje, maar ik zag aan haar dat ze dat steeds minder prettig vond, omdat ze zag hoe groot het verschil was tussen haarzelf, ineengedoken in haar rolstoel, en de geblondeerde en gelaarsde Gooise vrouwen aan de tafeltjes om ons heen. Ze kon op het laatst nauwelijks haar glas vasthouden en had na een paar slokjes genoeg, ze wist hoeveel decorum ze verloren had. Op een gegeven moment vermeed ik dat terras en nam ik mijn toevlucht tot de bankjes die hier en daar aan de bosrand stonden, met uitzicht op de hei. De hei vond ze leuk, ze vond het ook leuk om naar de schapen te kijken die daar rondliepen. Toen we op een nazomerdag op ons favoriete bankje in de zon zaten (ik op het bankje, zij in de rolstoel ernaast), met tot aan de horizon uitzicht op de bloeiende heide, zei ze zacht, terwijl ze voor zich uit keek: *Ach wat is dit prachtig.*

Het klonk als een zucht, een verzuchting; volwassen, berustend, zonder gemaakte vrolijkheid, zonder geforceerd volume, zonder al die trucs die ze zichzelf in het contact met anderen had aangeleerd omdat ze op die manier de meeste respons kreeg, omdat ze zo de ander en zichzelf het meest gerust kon stellen, omdat ze zo het minst van zichzelf hoefde te laten zien. De verzuchting was niet aan mij gericht, de woorden zouden haar ook zijn ontsnapt als ik er niet bij was geweest; zo praatte ze dus tegen zichzelf als er niemand bij was. En ik voelde de eenzaamheid die in haar verzuchting besloten lag en wilde dat ik een dag lang kon meeluisteren naar haar monologue interieur, om erachter te komen hoe ze er nu werkelijk over dacht, over alles en iedereen in haar omgeving, over haar leven, wat ze werkelijk mooi vond, en moeilijk, en verschrikkelijk; om mee te luisteren naar die kalme, volwassen toon waarop ze dus blijkbaar tegen zichzelf sprak, en uitsluitend tegen zichzelf, omdat ze er bij niemand anders mee terecht kon. Ik besefte dat ik haar nauwelijks kende, ik kende haar schil, de opgewekte, soms klaaglijke maar altijd geforceerde buitenkant die ze had aangebracht en uit had laten harden als bescherming en verdediging tegen de wereld. En ik wist dat dit moment – ik op dat bankje, zij in haar rolstoel met die verzuchting – zich nooit zou laten herhalen, dat ik dat niet kon organiseren, dat ik, zodra ik het woord tot haar richtte, weer geconfronteerd zou worden met die opgewekte buitenkant die ik niet zou kunnen kraken. Ik mocht alleen hopen dat ik haar ooit weer eens tegen zichzelf zou horen praten wanneer ze mijn aanwezigheid vergat.

En heeft het zich ooit nog herhaald meneer?

Nooit meer. Niet lang daarna kreeg ze haar eerste beroerte en daarna ging het praten steeds moeizamer. Soms dacht ik in haar glimlach nog een glimp op te vangen van diezelfde stemming, gelaten, een beetje triest, alsof ze wilde zeggen: jij en ik, we kunnen er allebei niets aan doen – maar dat kan verbeelding geweest zijn; en ook als het dat niet was, ik kon alleen maar haar hand vasthouden, tegen die tijd begreep ze niet meer wat ik tegen haar zei.

Het brood is op, het gaat harder regenen. Ik hoor gezang in m'n hoofd, zacht, ver weg: je *moeder*, je *moeder*, je moeder heeft een *kut*. Ja, denk ik, tussen haar benen, ik weet het, en dan hoor ik die kreet er daadwerkelijk achteraan komen. Het lied begint weer en zwelt aan, alsof het dichterbij komt. Het komt ook dichterbij, het zit niet in m'n hoofd, ik kijk om, achter ons nadert een groep mensen. Ik kan ze nauwelijks onderscheiden, tien, twintig mannen en vrouwen, ineengedoken tegen de regen, gehuld in dekens die ze over hun misvormde, gebochelde ruggen hebben geslagen. Ze zingen over de kut van mijn moeder, ze klinken vermoeid, alsof de boodschap hen verveelt en ze liever zouden zwijgen. Sommigen werpen een blik naar binnen als ze ons passeren, de weg is smal dus ze lopen vlak langs ons, ik zie lege ogen en dan zijn ze weg, opgeslokt door het donker, alsof ze er nooit geweest zijn, dezelfde stoet als die ik meer dan vijftig jaar geleden in de straten van Rijssen zag, kinderen die al die tijd de wereld doorgetrokken zijn met hun lied en ondertussen ouder zijn geworden, en dodelijk vermoeid.

Pelgrims meneer. We zitten op hun route.

Kan je ze inhalen?

Meteen gaan we op weg, regen valt schuin door het licht van de koplampen, algauw zien we voor ons de gebochelde ruggen opdoemen. Hier en daar herschikt iemand een deken, eronder zitten geen vergroeiingen maar rugzakken. Wanneer we passeren drukken ze zich tegen de bergwand. Ik vraag of we kunnen stoppen, het raam glijdt naar beneden, het geluid van de regen wordt harder, ik vraag wie ze zijn.

Een landgenoot! roept een forse man met een wilde baard en een knoestige staf, een verregende Mozes met een klein volk. Zijn gezicht licht rembrandtiek op nu we naast hem staan. U doet het gemotoriseerd, dat is vals spel, u moet het lopend doen, anders werkt het niet.

Dat lied dat jullie zongen.

Heeft u dat gehoord? vraagt de man, heeft dat u geraakt? Het gaat over Moeder Aarde. Onze moeder, zegt hij op dicteersnelheid, onze moeder, onze moeder heeft een kut. In de aarde. Hij herhaalt het met kracht: in de *aarde*!

Een *kut*? vraagt een vrouw. Ik zing de hele tijd *hut*. Onze moeder heeft een *hut*. Op de aarde, op de aarde.

Ja, valt een van de mannen haar bij, dat zing ik eigenlijk ook. Ik dacht dat die hut staat voor de kloosters waar we langstrekken.

Wat een onzin, roept de man met de staf, het is geen hut maar een kut!

Het gezelschap gaat dichter tegen elkaar aan staan, om zich te beschermen tegen de regen en misschien ook om elkaar beter te kunnen verstaan.

Ik vind dat nogal wat, zegt de vrouw die *hut* heeft gezongen. En moeten wij haar dan bevruchten of zo? Hebben we al niet genoeg gedaan, is het niet raadzamer om haar met rust te laten?

Ja! roept iemand achter in de groep. Ze heeft al jarenlang koorts, en wij zijn de bacillen die...

Virussen, zegt iemand anders.

Ik vind het ook wel een agressief lied, eigenlijk, zegt weer een ander. Kunnen we het niet zo doen dat degenen die *hut* willen zingen *hut* zingen en degenen die per se...

De leider heft zijn staf. Al honderdduizenden jaren doet zij groeien wat wij zaaien. Wij zijn van de aarde en wij leven van de aarde. Zij zegent zichzelf met regen.

Komen jullie uit Rijssen? vraag ik.

Wat?

Rijssen. Of jullie daarvandaan komen.

Nee, zegt de man. Ook anderen schudden hun hoofd, verbaasd, verwonderd, aarzelend.

We komen allemaal van de aarde, zegt de leider. Onze moeder. Die een kut heeft.

Of een hut.

Het een sluit het ander niet uit.

We moeten aan ons reisschema denken meneer.

Wie zei dat? vraagt een pelgrim.

Dat zei die auto.

Jezus.

Zei die auto dat?

Ja.

Toe maar.

Nogmaals meneer, we moeten aan ons reisschema denken.

Dat is goed, zeg ik, laten we gaan.

We laten de groep achter bij de rotswand, ik kijk om en zie ze al niet meer.

Nu maar weer verder met onze eigen pelgrimage meneer.

Laten we dat doen, zeg ik. We zitten dus blijkbaar op een pelgrimsroute. Achteraf vreemd dat we nu pas een groep tegenkomen, na de invoering van het basisinkomen is de drempel om alles achter te laten en op weg te gaan aanzienlijk lager geworden, er zijn meer pelgrims dan ooit.

Het is aardedonker om ons heen, en het gaat harder regenen.

Laten we hopen dat ze ergens een hut vinden, zeg ik.

Een *hut* zei u toch meneer?

We dalen, blijkbaar zijn we de top gepasseerd.

xiii

We rijden harder, we rijden zelfs krankzinnig hard, bocht na bocht na bocht, ik zie glinsterend wegdek in het licht van de koplampen en daarna rotsen of struiken die wakker lijken te schrikken van het langsschietende licht en dan weer wegdek, en de regen ranselt het dak – ik zit vastgesnoerd in de gordels en kan geen kant op behalve naar beneden.

Gaan we niet te hard?!

Dat lijkt misschien zo meneer, u denkt weer aan de geruchten over suïcidale zelfrijders maar dit is het beste tempo voor deze afdaling.

Soms lijken het rechter voor- en achterwiel even boven lege ruimte te zweven voor ze weer grond pakken en dan scheuren we weer verder met het gesis en gespetter van kokend vet. Voor ons duikt een groepje ineengedoken natgeregende gestalten op, het kunnen alleen maar pelgrims zijn, zie je er een dan zie je er meer, en weg zijn ze, en weer een bocht.

Het zou het beste zijn meneer als u nu wat kon slapen.

Aan slapen valt niet te denken. Het enige voordeel van deze snelheid is dat we gauw beneden zullen zijn, kijk, we zitten al in de zone waar weer bomen groeien, de weg is breder en minder steil en met grote plassen, en met modder, overal ligt modder die blijkbaar door de regen uit het bos naar beneden is gespoeld, we rijden langzamer, alles is glad en grauw, ook het groepje pelgrims dat we passeren, het is net of het steeds hetzelfde groepje is, hier ook weer iemand met zo'n grote staf en dan opent zich de wereld in een donker panorama van laag gebergte, links en recht gloeit in de natte verte het duister dof oranje op, in grillige horizontale lijnen, alsof daar in de nachtelijke regen bosbranden woeden.

Ziet u dat licht meneer? Dat zijn bosbranden. Wat dat betreft is het maar goed dat de regenzone ons heeft ingehaald. Mag ik u nog iets vragen over uw moeder? Twintig jaar lang hebt u haar bezocht, en op het laatst gaf u haar zelfs te eten. Heeft ze u al die jaren herkend of had u iedereen kunnen zijn?

De bosbranden op de hellingen lijken gloeiende ringen van oude kookplaten. Ik kan er mijn ogen niet van afhouden.

Als ik met haar door fotoalbums bladerde herkende ze me eerst ook nog op oude foto's, zeg ik, toen alleen nog maar op recente foto's, helemaal op het eind zeiden die haar ook niets meer. Met foto's van haarzelf ging het net zo.

We moeten even wachten meneer.

In het licht van de koplampen trekt van links naar rechts een brede modderstroom over de weg, traag vloeiend als dikke grauwe pap waarin iemand afgerukte takken heeft gegooid. Aan de lobbige rand van de stroom staan we stil, kleine uitlopers stromen onder ons door.

Ik weet dus niet of ze me nog herkende. Namen gebruikte ze al heel snel niet meer, als je zelf namen noemde, zeiden die haar niets meer. Ze begroette me altijd met een brede opgewekte glimlach als ze me zag, dus ze herkende wel iets, maar wie of wat, geen idee. Wanneer ze haar ongeduldige en geërgerde kreten slaakte als ik haar eten gaf, dacht ik: dat doet ze goed, gooi het er maar uit. Vroeger zou ze het hebben opgepot, zoals ik nog steeds doe, als de erfgenaam die ik blijkbaar ben, ik hou mijn ergernis voor mezelf, tot bij de kassa van de Albert Heijn aan toe (eerder deze week, zo kortgeleden nog maar?). Ik zag wel dat mijn moeder haar ergernissen tegen haar verzorgers anders uitte dan tegen mij, voorzichtiger, en gevolgd door verontschuldigende glimlachjes. Ze wist dus nog van verhoudingen, ze wist dat ze minder afhankelijk was van mij, dat ik haar niet kon straffen, dat ik lager in de pikorde stond. Daaruit concludeerde ik dat ze me tot de laatste weken aan toe op een bepaalde manier bleef herkennen. Misschien niet als haar zoon, maar in ieder geval wel als iemand die minder belangrijk was dan haar verzorgers, en met wie dus minder voorzichtig kon worden omgegaan.

Ik schrik, rechts naast me in het donker beweegt iets, een groepje in grauwe dekens gehulde pelgrims klontert samen, ook zij wachten tot de modderstroom voorbij is, ik zie oogwit oplichten als ze me met nietsziende blikken aankijken, daarna kijken ze weer voor zich, naar de voorbij stromende modder en de takken die erin vast zitten. Sommige takken smeulen nog.

Aan onze linkerkant verzamelt zich ook een groepje, met identieke modderige dekens en hier en daar een staf, zowel links als rechts hebben de meeste mannen baarden, de groepjes werpen elkaar blikken toe maar groeten niet, zingen doen ze ook niet; misschien hebben al die groepjes die we zijn tegengekomen ooit deel uitgemaakt van één grote groep, het zou de identieke dekens verklaren, een groep die uiteengevallen is door ruzie en misverstanden over de teksten van de te zingen liederen, en wie weet de melodieën, of het tempo: als je hun route vanuit de lucht had gevolgd, had je kunnen zien hoe de oorspronkelijke groep zich opdeelde in allerlei facties die kwaad bij elkaar wegbeenden om hun eigen weg te zoeken, wat nog lastig genoeg is als je dezelfde pelgrimsroute loopt. Zwijgend wachten we allemaal tot de modder voorbij is. Er drijven halve bomen mee, rook kringelt omhoog terwijl ze langs schuiven, en er zijn slippende samengebalde gestaltes, zwijnen waarschijnlijk, of kleine beren. Vlak voor ons springt een reusachtig brandend hert langs, van alle kanten slaan de vlammen eruit, de ribben steken als zwarte spanten af tegen het vuur dat vanbinnen woedt, hoog in de kop gloeien ogen onder een wapperende kuif van vuur. Hij is meteen ook weer voorbij, een vurige schim die in de begroeiing verdwijnt. De pelgrims links en rechts slaan verbaasde kreten, daarna beginnen ze te zingen, beverig en haastig, alsof de verschijning van het hert te wijten is aan een nalatigheid die ze nu goed willen maken.

Ik zie uw verbazing meneer, het is een apparaat.

Robodieren in het wild?

Zeker meneer.

De pelgrims zijn inmiddels verschillende liederen gaan zingen, de groepen werpen elkaar boze blikken toe.

Veel? Overal?

De precieze aantallen zijn me niet bekend.

Dat verbaast me, jij weet toch alles?

Het wordt minder meneer, met die modder, ziet u wel? Ik geloof dat we erdoor kunnen.

We schieten vooruit, door de laatste uitloper van de modderstroom. De pelgrims rennen mee in onze sporen, met wilde gebaren, alsof ze over ijs lopen, ze lossen op in het donker achter ons. De weg blijft modderig, slippend rijden we verder naar beneden, ondanks de gordels word ik een paar keer wild door elkaar geschud. De regen slaat putjes in modderplakkaten die door reusachtige koeien op de weg lijken te zijn achtergelaten, in de verte gloeien bosbranden die ondanks de regen stand weten te houden. Het is een donkere, brandende nacht, niets wijst erop dat het ooit nog licht gaat worden, we rijden door een klein dorp dat zich in een haarspeldbocht tussen de bergwand en de weg heeft geklemd, alle vensters zijn donker.

Hoe liep het af met uw moeder meneer?

xiv

Ze kreeg steeds vaker ontstekingen. Veel blaasontstekingen, zo nu en dan een longontsteking, de laatste jaren hadden mijn zus en ik al een paar keer bij haar aan bed gezeten omdat de dokter het niet vertrouwde. We wisselden elkaar af, als ik op haar kamertje naast haar bed zat maakte ik de puzzels uit het christelijke familieblad dat ze nog ontving en waarvan we jarenlang de plaatjes hadden bekeken (vooral de fotorubriek over het Koninklijk Huis zag ze graag) tot ook dat niet meer ging. Voor de Bijbelse puzzels ontbrak me de kennis, die was te diep weggezakt. Als ze wakker was pakte ik haar hand en dan glimlachte ze. Zonder gebit zag ze er met haar ingevallen mond meteen jaren ouder uit, een glimmend oud appeltje. Als ze sliep was haar bovenlip een geplooid gordijntje dat heen en weer fladderde op haar ademhaling.

Al die keren was het vals alarm. Ze ging pas dood toen ze uit bed was gevallen, maar ook toen nog niet meteen. Het was avond toen ze belden, ik nam de trein en de bus, de bekende route maar ik had hem zelden in het donker afgelegd, de bus was vrijwel leeg, net als de straten. Ze hadden haar de hele dag pijnstillers gegeven, ze had waarschijnlijk iets gebroken, maar naar het ziekenhuis ging ze niet meer, dat was lang geleden al besloten, daar was ze te zwak en te fragiel voor. De verzorging had het bed van mijn moeder dwars in de kamer gezet, zodat ze er van beide kanten makkelijk bij konden; meteen was alles anders. Ze sliep een beetje, toen ik haar hand pakte keek ze me aan en ik meende even een zweem van het herkennende glimlachje te zien waarmee ze me altijd begroette, maar dat kon verbeelding zijn, meer dan een half vertrokken mondhoek was het eigenlijk niet.

Ik bleef die nacht waken, in een stoel naast haar bed. Ze sliep onrustig. Ze had morfine gekregen, maar dat was al uren geleden. Vaak had ze haar ogen open, met kleine pupillen staarde ze in een onbestemde verte. Ze ademde onregelmatig, en met moeite, soms stokte haar ademhaling secondelang, dan telde ik de seconden, één, twee, drie – altijd ging haar ademhaling toch weer door.

Ik kreeg een paar keer koffie van de nachtploeg. Buiten op de gang scharrelden een paar dames rond die niet konden slapen en nog zelfstandig uit bed konden komen. Een zorgrobo gleed met ze mee en speelde zachte klassieke muziek om ze te kalmeren.

Ondertussen ging de ademhaling van mijn moeder door, haperend en wel, ze lag hard te werken. Het is wel goed zo, zou je tegen haar willen zeggen, je kan het ook laten gaan – maar dan opende ze haar ogen en staarde ze nietsziend voor zich uit en dan leek het raar om iets tegen haar te zeggen, want ze was alleen. Ik probeerde wat te slapen in haar sta-opstoel, met veel moeite slaagde ik erin rugleuning en voetsteun min of meer in een horizontale lijn te krijgen maar meer dan tien minuten sliep ik toch niet. Daarna ging ik weer naast het bed zitten en luisterde ik naar haar raspende ademhaling. Haar lichaam was nog maar met één ding bezig: er moest lucht naar binnen. Om vijf uur kreeg ze een nieuwe dosis morfine, toen ging de ademhaling wat rustiger. Er vielen nog steeds pauzes tussen de ademhalingen, dan hield alles op en lag mijn moeder roerloos met half opengesperde mond, als een foto, maar vanuit het niets ging het toch weer door en werd de foto weer een film.

Het werd later, de rondscharrelende dames waren allang gaan slapen, de zorgrobo's stonden ongetwijfeld ergens in een hoekje zichzelf op te laden, het werd licht en de geluiden van de dag begonnen, de komst van de ochtendploeg, de geur van verse koffie, waarvan ik ook een kop kreeg. Iedereen was onder de indruk van de naderende dood van mijn moeder. Ik kreeg ontbijt, daarna kwam de verpleeghuisarts, die de morfinedosis verhoogde en een sterk slaapmiddel voorschreef zodat mijn moeder slapend zou sterven. Dat kon een kwestie van uren zijn, of van dagen. Ze taalde niet naar eten of drinken, de arts legde uit dat het lichaam in dit stadium zijn eigen stoffen aanmaakte, niets van buiten meer wilde. Het was wat ik vannacht had gezien: het lichaam was alleen nog op zichzelf betrokken.

Ik wachtte tot mijn zus mij zou aflossen. Buiten scheen de zon, ik deed de gordijnen op een kier. Met de verhoogde dosis morfine en het slaapmiddel sliep mijn moeder rustiger, nog altijd met haar mond open, maar haar ademhaling ging regelmatiger, zonder onderbrekingen, met zagende geluiden: een houthakker die rustig bezig is in een heel groot bos. Later werd haar ademhaling weer onregelmatiger; soms keek de houthakker secondelang om zich heen op zoek naar een geschikte nieuwe boom, altijd maar die keuzes, waarom had niemand die bomen gewoon genummerd, van één tot honderdduizend, dat had zijn leven veel eenvoudiger gemaakt.

Ze voerde haar eigen strijd. Zo lag ze daar: niet gericht op de andere aanwezigen, op de buitenwereld, maar geconcentreerd op zichzelf – ze zette geen gezicht op voor anderen, geen glimlachjes meer, dat was voorbij. Dat ik bij haar waakte tot ik werd afgelost deed ik voor mezelf, om haar niet alleen te laten, om haar te erkennen, en voor de buitenwereld. Ik kon me goed voorstellen dat ze het tijdens de nacht maar onrustig had gevonden dat er zich behalve zijzelf nog iemand in dat kleine kamertje bevond, op een stoel naast haar, of heen en weer lopend, of languit liggend in die moeilijke sta-opstoel. Wat hadden anderen met haar strijd te maken? Het haalde haar alleen maar uit haar concentratie. Ik voelde gepaste afstand. Ik was er voor mezelf, niet voor haar. Ik had eigenlijk niets te doen, het was te laat om haar hand vast te houden, aan het begin van de avond had ik dat nog even gedaan maar er was geen reactie op gekomen en ik liet algauw los, omdat het voelde alsof ik me opdrong. Hoe ingrijpend dit ook was, het ging maar in beperkte mate over mij. Het had te maken met het kennen van je plaats en je positie. Het was alsof ik uitzoomde, het voelde bezitterig om degene die in dat bed lag alleen te beschouwen als mijn moeder. Ze was, om te beginnen, ook de moeder van mijn zus. En ook wij tweeën hadden maar een taartpuntje van het geheel, ze was niet alleen onze moeder geweest, maar nog veel meer, honderd jaar lang. Haar eigen broers en zussen, haar vrienden en vriendinnen van vroeger, mijn vader – allemaal hadden ze een taartpunt, een scherf in handen gehad van het geheel dat ze was geweest. Iedereen had een ander deel en het geheel was niet de som van al die delen, laat staan *meer* dan dat. Als ze al een geheel was, toonde ze iedereen een ander deel; het geheel is ze nooit tegelijkertijd geweest, op een en hetzelfde moment. Wie daar in dat bed zwoegend lag te ademen was iemand die onkenbaar was. Ze was, misschien wel vooral en zeker op de eerste plaats, een zelfbeeld, een zelfbesef dat zich in dat lichaam, dat het zelfs nu nog niet wilde opgeven, gedurende honderd jaar had afgespeeld en nooit door iemand anders was gezien of ervaren, nooit helemaal, nooit helemaal. *Hier sterft mijn moeder* was maar een onderdeel van *Hier sterft deze vrouw*. En ik bedacht dat als ze in mijn hoofd had kunnen kijken naar het beeld dat ik van haar had, ze zichzelf misschien niet herkend zou hebben, of beledigd zou zijn, of verdrietig, en dat het haar uiteindelijk zelfs onverschillig gelaten zou kunnen hebben.

Nadat mijn zus was gekomen nam ik de bus en de trein naar huis, in de tegelijk lucide en vermoeide stemming die ik me van doorgehaalde nachten van vroeger herinnerde, ook al had ik nu geen druppel gedronken. Ik was nog steeds onder de indruk van wat ik die nacht had gezien. Ik was getuige geweest van pure levenskracht die niet had willen opgeven. Er werd ademgehaald, alle energie van het organisme werd in ademhaling en hartslag gestopt, ik had een kracht gezien die zichzelf zo lang mogelijk in stand wilde houden en zichzelf daarmee uitputte – maar er niet mee kon ophouden. De hele batterij moest leeg. Ik zat eigenlijk ook niet meer naast een persoon die ademhaalde, ik zat niet naast mijn moeder maar naast een biologisch proces; ergens in een hoekje zat misschien nog een uitdovende flard persoonlijkheid, maar ik zag toch vooral een lichaam, een systeem dat door moest tot het einde. Niets was er meer behalve lichaam, als er al een hel bestond was er niets meer over wat daarheen kon.

Ik ging naar huis en probeerde wat te slapen. Toen ik mijn zus 's avonds om halftien kwam aflossen was mijn moeder net tien minuten dood. Ze lag lijkbleek in bed, heel erg dood meteen, haar huid strak over haar schedel. Iemand had haar ogen al gesloten. Haar mond stond open, haar dunne bleke lippen waren naar binnen gekeerd zodat haar mond iets snavelachtigs kreeg. We werden gecondoleerd, we kregen koffie, mijn zus belde familieleden en de begrafenisondernemer, daarna vertrok ze, ik bleef om te helpen met afleggen. Samen met de verzorgster die Roxy heette en die me ooit trots de nieuwe stoelen had getoond trok ik het nachthemd van mijn moeder uit. Roxy duwde zachtjes de mond van mijn moeder dicht. Ze had een teiltje met water, ik kreeg een washand, we wasten mijn moeder zwijgend, op kleine gefluisterde aanwijzingen van Roxy na. We stonden aan weerszijden van het bed, we wasten mijn moeder eerder symbolisch dan grondig, ik haar linkerkant, Roxy haar rechterkant. Ze werd al koud, vooral haar benen. We deden het rustig, zonder handschoenen – Roxy bood ze me aan maar ik hoefde ze niet, zelf deed ze het ook zonder. Ik probeerde de vraag hoe ik me hierbij moest voelen (en of ik niet *meer* moest voelen) naar de achtergrond te dringen. Ik had haar de laatste decennia wel vaker naakt of bijna naakt gezien, ik had haar op de pot gezet, ik was erbij geweest wanneer verzorgsters haar verschoonden, ik zag weinig wat ik niet eerder had gezien. Haar kleine lichaam bleekgelig, stopverfachtig, met mannentietjes en hier en daar een grote zwarte wratachtige moedervlek; haar buik een beetje bol vanwege het vele zitten, een haarloos sneetje tussen haar benen – dat was nieuw voor me, blijkbaar verdwijnt je lichaamshaar als je zo oud bent. Roxy deed haar een luier om, we trokken haar de kleren aan die mijn zus en ik hadden uitgezocht. Als laatste knoopten we het vest van mijn moeder dicht en zetten haar voorzichtig haar bril op. Toen was mijn moeder weer degene die ze was geweest, verzorgd, goed gekleed, ze zag er jaren jonger uit, ze glimlachte zelfs een beetje. Geen spoor meer van de razende levenskracht die ik zichzelf had zien uitwoeden, dit was weer haar toonbare versie. Ondertussen waren twee mannen van de begrafenisondernemer binnengekomen die zodra we klaar waren een koelelement onder mijn moeder plaatsten om haar de komende dagen goed te houden. Ik keek van de mannen naar de verzorgsters, ik keek naar iedereen die binnenkwam en weer vertrok. We hadden allemaal die razende kracht in ons, maar zolang we normaal functioneerden merkte je nauwelijks iets van zijn aanwezigheid. Hij staat afgesteld op de fabrieksinstelling en groeit met je mee terwijl hij vermogen en intensiteit aanpast aan de omstandigheden. Soms heb je koorts of ben je gewond en dan zet die kracht zichzelf een tandje hoger maar daar ben je je dan vaak zelf nauwelijks bewust van, het valt anderen meer op dan jezelf. Hij gaat aan je persoonlijkheid vooraf en tolereert haar zolang ze niet in de weg loopt. Je persoonlijkheid is een relatieve laatkomer, de energie werd al besteed, de machine draaide al. En nu onsterfelijkheid binnen ons bereik komt is het de vraag of die kracht zich zal laten temmen, of hij zich tot in het oneindige zal laten verlengen en uitrekken, of hij als eeuwige onderstroom de eeuwigheid in wil – of dat hij zich tegen ons zal keren, om te halen waar hij recht op heeft, een laatste uitbarsting waarbij het alles of niets is en alles erop gericht is om dat niets zo lang mogelijk uit te stellen; of hij zal accepteren dat wij hem zijn recht op uitputting hebben afgenomen.

Ondertussen was het al laat geworden, te laat voor de laatste bus, en ik vroeg of ik kon blijven slapen. Dat was niet onlogisch, om meteen na gedane arbeid naar huis te gaan zou ook potsierlijk geweest zijn, ze was dood, het was prettig om het een beetje te kunnen afronden en haar niet alleen te laten. Een van de verzorgsters haalde een zelfopblazend matras en een dekbed uit de opslag en nadat het matras zich zuchtend met lucht had gevuld legde ik het naast het bed van mijn moeder. Haar glimlach had ondertussen iets ironisch gekregen, als iemand die het doorhad en begreep.

Ik had geen nachtkleding meegenomen maar vond in haar kast een pyjamajasje dat mij paste. De motor van de koeling onder het bed maakte zoveel lawaai dat ik er niet van kon slapen. Ik stopte mijn oren vol met watten die ik in de kast vond en verschoof het matras in de richting van het keukenblok, zo ver mogelijk van het bed vandaan. Op het laatst lag ik met mijn hoofd onder het aanrecht, omdat ik daar de minste last had van het geluid. Het was allemaal een beetje onhandig, het was in elk geval niet roerend of plechtstatig. Het vreemdste was dat ik hier lag als man van zestig. Vroeger had ik vaak bij mensen op de vloer geslapen, met of zonder matrasje, na feesten of als het tijdens een bezoek te laat voor tram of bus was geworden, niet dat ik zoveel mensen kende vroeger maar ze hadden wel allemaal een vloer; matrasje, dekentje, ik draaide er mijn hand niet voor om, het was normaal en 's ochtends dronk je koffie en ging je je eigen weg, maar nu voelde het bijna illegaal. Wat wilde ik bewijzen met mijn kop onder het aanrecht, ik was geen twintig meer, geen vijfendertig, zelfs geen veertig, ik was nog steeds de jongen die bij je op de vloer bleef slapen als het zo uitkwam, behalve dat ik de afgelopen decennia was veranderd in een man van zestig. Twintig jaar lang was ik hier elke week naartoe gereisd, en die Grote Reis in Identieke Delen had niet kunnen voorkomen dat ik ondertussen ouder was geworden. Ik vroeg me af of die elke week weer ondernomen reis geen poging was geweest om te blijven wie ik was, een poging de tijd te stoppen. Ik bleef de goede zoon. Elke week ging ik naar een slager van wie ik allang niet meer verwachtte dat hij me groente zou verkopen, maar ik bleef toch klant; dan kocht je er maar dingen waar je niets aan had, zolang je klant was bleef de winkel in elk geval open. Het zou mooi zijn als ik hier met Colenbrander over zou kunnen praten, maar die was ook dood. Ik leefde nog, ik lag klaarwakker op een matrasje terwijl ik naar huis zou moeten rijden, niet met bus en trein maar met een eigen auto, naar mijn eigen huis, waar ik naar binnen stapte en tegen vrouw en kinderen zei: nou, moeder is dood. Maar dat wisten ze natuurlijk al, ik had ze gebeld, misschien waren ze wel meegekomen, niet alle kinderen, maar de ene die nog thuis woonde, op de terugweg spraken we in het donker op zachte toon over – ja, waarover, mijn jeugd? Over mijn moeder en de tijdschriften die ze onder de handdoeken in haar kast verborg? Desnoods, of over iets anders, gewone dingen, want het leven ging door, het *gezins*leven ging door, binnenkort waren er vakanties en examens en wat al niet. In plaats daarvan lag ik als nauwelijks geloofwaardige man van zestig op een matrasje in het kamertje van mijn dode moeder.

Toen ik eindelijk sliep kwamen de zorgrobo's afscheid nemen. Ik werd daar wakker van want ik moest mijn benen en het matras intrekken, anders konden ze er niet langs. Ze gleden met z'n tweeën naar haar bed en ik geloof zelfs (maar ik kon het in het donker niet goed zien) dat ze even elkaars hand grepen. Ze bleven een paar minuten staan, daarna gleden ze weer terug, de deur door, naar de gang. Ik geloof niet dat ik toen nog veel geslapen heb.

De volgende nacht sliep ik thuis, maar ook daar sliep ik

slecht. Midden in de nacht voelde ik in mijn halfslaap hoe een hand zich zacht om de vingers van mijn rechterhand sloot. Ik dacht: oké, dit is goed maar nu moet je me niet meetrekken. Daarna werden mijn vingers weer losgelaten, langzaam en met dezelfde rust waarmee ze waren vastgegrepen. Ik sliep weer in en droomde dat ik nog thuis woonde en dat het nu tijd werd om het huis te verlaten.

Voor sommige dromen hoeven we het Grote Droomwoordenboek niet te raadplegen hè meneer? En die hand die u voelde – vertelde u eerder niet dat uw ouders elkaar altijd even de hand drukten voor ze gingen slapen?

Hé – daar had ik nog helemaal niet aan gedacht.

Echt? Dat verbaast me. Iets anders meneer, we zijn er.

Waar?

Hier.

XV

Wanneer ik om me heen kijk, zie ik dat we de bergen hebben verlaten. Het is inmiddels dag geworden, maar de lucht is betrokken, rafelige donkere wolken waaien voorbij, zo laag dat ik ze zou kunnen aanraken als ik uitstap. Regen gutst neer, niet uit de wolken maar vanaf grotere hoogte, dwars door de wolkenflarden heen, die niet uit waterdamp bestaan maar uit rook. Op de beboste flanken van het gebergte woeden nog steeds branden. We staan op een bruine moddervlakte waarin zich kleine vuurhaarden bevinden, alsof het dal vanuit de bergen met vuurkogels is bestookt. Het zijn kampvuren, waaromheen zich mensen hebben verzameld, ineengedoken, dicht tegen elkaar aan. Dat ik ze niet meteen zag komt omdat ze dezelfde kleur als de modder hebben aangenomen, alsof het hun doel is zich met deze modder te verenigen. Hier en daar steekt uit de modder een zwartgeblakerd stel ribben omhoog als de resten van een mechanisch reuzenhert, of het half vergane wrak van een schip. In de ruimte tussen de kampvuren vinden vechtpartijen plaats, in trage bewegingen, doordat de kleding van de vechters met modder is verzwaard. Als de voorbij drijvende rookwolken een gat laten vallen zie ik in de verte, voorbij de kamperende dan wel vechtende pelgrims – want dat moeten ze zijn – een oprijlaan die uitkomt bij een groot, somber gebouw met kleine ramen en een gesloten toegangspoort tussen twee vierkante torens. Het is een groot complex maar dit moet de hoofdingang zijn.

Is dat onze bestemming?

Uw bestemming meneer.

Het is moeilijk om mijn blik scherp te stellen op het gebouw omdat de regen zwarte strepen op de voorruit achterlaat die door de ruitenwissers tot langgerekte vage vlekken worden uitgesmeerd. Ik herinner me het antwoord dat Lennox me gaf toen ik hem aan het begin van onze expeditie vroeg of we weer naar het klooster gingen: ja en nee.

Ik kan u nog iets dichterbij brengen meneer. Daarna kan ik niets meer voor u doen.

Langzaam beginnen we te rijden, tussen de kampvuren door. Wanneer we langs twee bemodderde gestalten komen, geeft een van hen een doffe klap tegen het zijportier. Vanaf de kampvuren klinkt gezang.

Als ik u verzoeken mag meneer, ga niet naar binnen.

Wat?

Ik moet u hier afleveren meneer, ik kan niet anders, ik heb de afgelopen dagen herhaaldelijk geprobeerd andere wegen in te slaan maar dat kon niet. Ik moet u hier afleveren, ik mag u niet mee terugnemen maar ik kan u wel vragen niet naar binnen te gaan. Maak er een plotloze thriller van. Of sluit u aan bij die pelgrims, trek met ze mee naar het volgende klooster, wie weet wat daar nog voor moois uit voortkomt meneer, de liedjes kent u al.

Waarom zou ik niet naar binnen gaan?

Ik weet wat ze van plan zijn.

Jij weet echt alles hè?

Ik heb de palio van meneer Lennox uitgelezen toen hij me programmeerde. Nogmaals, ik weet wat ze willen gaan doen meneer, en ik ga het u vertellen ook, ik ben namelijk nogal op u gesteld geraakt de afgelopen dagen.

Hij begint te vertellen en terwijl ik luister kijk ik naar de bewegende schimmen tussen de kampvuren. Ik kan niet goed zien of ze vechten of dansen.

6

ZEVENDE DAG

i

Hij drukt me de hand. Het is een plechtig en vreemd moment. Nadat hij me had verteld wat hij wist over Guido's plannen groeide er een hand uit de stoel waarop ik de afgelopen dagen heb gezeten en gelegen. Ik weet waar die hand is geweest maar druk hem toch. Hij bezweert me nogmaals niet naar binnen te gaan, maar wat moet ik anders. Ik kan toch ook niet met hem mee terug? Nee, hij moest me hier afleveren. Dus ik pak mijn tas en stap uit, de regen in. Zodra de modder zich om mijn schoenen zuigt, schuift het portier dicht, waarna de auto omkeert en onwerkelijk snel wegrijdt, alsof ik al die tijd een loodzware last ben geweest die de rijsnelheid verschrikkelijk heeft vertraagd. Hij verdwijnt in de richting van de brandende bergruggen, ik kijk hem na tot hij tussen de laaghangende rookflarden niet meer te onderscheiden is. Nu moet hij die hele weg weer terug, ik zie hem razendsnel bergen op rijden, omhoog over modderige wegen, snel en slipperig, regen valt nog steeds in ruisende gordijnen, hij ziet de pelgrims niet die hem tegemoetkomen en rijdt ze als kegels omver zonder vaart te minderen, zonder het zelfs maar te merken want al die tijd verbijt hij zijn tranen. Ik keer me om en beklim de treden naar de poort.

Achter me hoor ik aanzwellend gedruis. Een aantal pelgrims heeft ontdekt dat ik naar binnen wil en komt spetterend en klotsend op me af. Openhouden! roepen ze, openhouden! De deur staat inderdaad op een kier en zwaait langzaam verder open. Ze hebben me bijna bereikt, ik stap gehaast naar binnen, de drempel over, twee in donkere pij-en gehulde mannen schieten langs me heen naar buiten, stevige, forse verschijningen, ze nemen poses aan uit oude gevechtsfilms en slaan de voorste pelgrims tegen de grond, of beter gezegd, de modder in. De anderen druipen af, ik zie een paar van hen daadwerkelijk hun vuist ballen, als bijrolspelers in een filmepos uit de jaren vijftig.

De twee monniken sluiten de deur en knikken me geruststellend toe, alsof deze korte episode bij hun dagelijkse werkzaamheden hoort en niets met mij te maken heeft. Vanuit de verte komt een bekend geluid dichterbij.

Bzzt. Bzzzzt. Bzzzt. Bzzzzzzt.

Guido is nog dikker geworden. Hij draagt een wit shirt en een witte broek met één pijp, vetrollen puilen over de begrenzingen van zijn rolstoel naar buiten, alsof zijn romp bestaat uit half leeggelopen zwembanden. Zijn lange haren en zijn baard zijn wit met hier en daar nog wat grijs.

Er zijn te veel pelgrims tegenwoordig, zegt hij, ik kan ze niet allemaal opnemen. Het lijkt wel of *iedereen* die oude pelgrimsroutes loopt.

De mensen hebben te veel tijd, zeg ik, en ik denk: nu klink ik net als mijn moeder, die had het ook graag over 'de mensen'. De mensen hebben het te goed. De mensen weten niet meer wat belangrijk is. De mensen zien hoe mijn kinderen erbij lopen. Dat laatste zei ze niet, maar het erbij zien lopen van haar kinderen was wel een van de voornaamste bezigheden van de mensen.

Ja ja, zegt Guido verstrooid, dat basisinkomen, dat weet wat, en dan kijkt hij me strak aan, alsof er nu een nieuwe versie van deze scène begint. Zo, zegt hij met iets snerends in zijn stem, Lennox durfde niet?

Hij is niet hier? vraag ik. Het is een domme vraag, omdat ik aan Guido zie dat hij alles weet, dat hij zijn vraag niet als vraag bedoelde maar als opmerking, als commentaar, maar toen ik mijn wedervraag stelde dacht ik werkelijk even dat het niet onmogelijk zou zijn dat Lennox hier via een andere weg eerder was aangekomen dan ik.

Over de rest zal ik kort zijn. Guido vertelt waar mijn kamer is en hoe ik daar moet komen, ik doe mijn vochtige kleren uit en trek droge aan. Als ik de gong hoor, loop ik naar beneden naar de eetzaal, een lange, lage zaal met pilaren en gestucte gewelven. Er staan drie lange tafels waaraan mensen zitten, op houten banken, sommige in pijen, andere in normale kleren, die laatste zijn dan waarschijnlijk de pelgrims voor wie wel plaats is. Op de tafels staan houten kommen die door monniken met een grauwe brij worden gevuld, alsof ze modder van buiten hebben gehaald. Als iedereen bediend is komt Guido binnen, zijn rolstoel is dofzwart en heeft geen stuurknop, blijkbaar bestuurt hij het ding met zijn gedachten.

Er heerst stilte onder het eten, maar het is een andere stilte dan in het andere klooster. Er eten meer mensen mee, maar dat is niet het grootste verschil, het is een beladen stilte, ik zie zo één, twee, drie pelgrims die op sarcastische toon een schampere vergelijking zouden willen maken tussen het eten en de modder, en bij gebrek aan mogelijkheden hun klachten verbaal te uiten vertrekken ze hun gezichten op manieren die ze zelf zouden betitelen als maar voor één uitleg vatbaar. Anderen kijken met samengeknepen lippen naar die grimassen, alsof ze willen voorkomen dat hun afkeuring van de afkeuring van anderen woorden vindt en aan ze ontsnapt.

Ik voel geen enkele neiging om moorden te gaan verzinnen met deze mensen, omdat ik ze meteen al niet mag en ze geen eigen verhaal gun. Ik mis de magere, in het zwart gehulde aanwezigheid van de Priester, die met lichtjes opgetrokken wenkbrauwen om zich heen zou kijken en er het zijne van zou denken. Ik zit tussen al deze mensen in m'n eentje aan deze tafel en ik voel me – ik weet niet hoe ik me voel, ik voel me *ver weg*.

Ik heb in mijn leven niet veel gereisd, maar als ik van huis was, heb ik me er altijd over verbaasd dat waar ik was, daar, op die plek, zich het punt bevond van waaruit ik naar de wereld keek. Dat begon als kind al, toen mijn ouders mijn zus en mij voor het eerst meenamen over de grens, voor een korte rit door Duitsland. Ik verbaasde me erover dat ik daar *helemaal* was, dat er niet een deel van mij was thuisgebleven, op de plek waar het hoorde, en van daaraf naar mij keek. Waar ik me ook bevond, ik was altijd *hier*. Ook elders was je hier, als je er eenmaal was. Die verbazing heeft me nooit verlaten, en nu, hier, voel ik me voor het eerst niet hier, alsof ik niet op een plek ben van waaruit ik verbanden met de rest van de wereld leg, maar ergens anders, waar ik niet zou moeten zijn, ergens waar ik eigenlijk niet ben. De tranen springen me in de ogen, de hele reis heb ik me niet zo gevoeld, en uitgerekend nu wel, nu ik op mijn bestemming ben aangekomen. Er klopt dus niets van, en als dit niet klopt, klopt al wat voorafging ook niet. In Duitsland zaten we op een terras, zo'n rit was niets voor mijn ouders, ik vraag me af wat ze heeft bezield, het waren mensen die elk jaar naar hetzelfde adres in Gaasterland op vakantie gingen, als ik mijn best doe kan ik het adres nog uit mijn geheugen opdiepen, er was daar een klein bos met een herdenkingsbank. Op een terras zitten was ook niets voor mijn ouders, pas nu begrijp ik dat ze iets deden wat ze vroeger vaak moesten hebben gedaan, in hun godloze tijd, al dan niet met vrienden. Mijn vader bestelde *ein Biertje*, mijn moeder een glas wijn; in de zon, op een klein pleintje in Duitsland. Zo, zei mijn vader, wijn, toe maar. En hij knikte, met zijn mondhoeken naar beneden, alsof hij onder de indruk was. Nou ja ik had gewoon eens zin in wijn, zei mijn moeder, dat *kan* toch? Haar blik onthield ik tot ik hem jaren later onder woorden kon brengen: misprijzen en zelfhaat. Toen ik al een aantal jaren het huis uit was, nam mijn moeder me ooit apart in de gang, weet je nog dat ik je ooit verteld heb dat ik bij mensen een bordje had zien hangen dat ik zo leuk vond, met *Van het concert des levens krijgt niemand het program?* Nou met vakantie zagen we in Workum een winkeltje waar ze het verkochten, kijk maar. En ze wees naar een tegeltje dat tussen de spiegel en de barometer hing met de tekst *Van het concert des levens bestaat geen program*. En ik zei niet dat dat niet helemaal hetzelfde was, ik had het hart niet. Ik moet me hier niet aan overgeven, de sentimentele herinneringen hebben het minste gewicht, die komen het snelst bovendrijven, ze hebben de bodem zelfs nog nooit geraakt, maar het is moeilijk om ze niet als veelbetekenend te beschouwen.

Guido tikt een paar keer hard op tafel, hij kijkt naar mij en trekt streng zijn wenkbrauwen op. Ik weet wat hij bedoelt: *blijven we er wel even bij?* Iedereen is gealarmeerd, links en rechts staan de hoofden in verschillende hoeken op de nekken zodat alle ogen op mij gericht staan. Ik buig me over mijn kom en eet verder, dat is tenminste het plan, maar ik moet doen alsof want mijn kom is leeg en ik vermoed dat

Guido dat vanaf zijn positie ook ziet.

Na het eten wenkt hij me. Ik loop achter hem aan, door schemerige oude gangen die verlicht worden door kleine peertjes. Guido's vetrollen trillen zachtjes mee onder zijn shirt. We gaan naar het laboratorium, zegt hij. Ik ben benieuwd, zeg ik, ik heb altijd al gedacht dat je door was gegaan met wat je toen al wilde, altijd als ik iets las over virtual reality dacht ik: misschien werkt Guido daar ook aan, misschien gaat het over iets wat hij heeft uitgevonden.

Is dat zo, zegt Guido. We komen bij een liftdeur van grijs metaal. Min één, zegt Guido. Hij rijdt naar binnen, ik volg hem, de deur sluit zich. De mogelijkheden zijn zoveel groter dan toen, zegt hij. De techniek heeft zich aangepast aan mijn gedachten.

Voor ik daarop kan reageren schuift de liftdeur open en staan we aan de rand van een egaal verlichte ruimte met beeldschermen, consoles en gemakkelijke stoelen; het lijkt op de brug van Starship Enterprise, niet die van de eerste serie, maar die van de Next Generation. Aan het andere einde van de ruimte staan wat technici voor beeldschermen, ze drukken op toetsen en praten op zachte toon met elkaar, door de afstand kan ik niet horen wat ze zeggen of welke taal ze spreken, en de afstand is te groot om te kunnen bepalen of het mensen of robo's zijn. Uit een van de gemakkelijke stoelen rijst de Priester omhoog, mager, in het zwart gekleed, ouder geworden. Ik herken hem meteen, ook al draagt hij nu een montuurloze bril die hij vroeger niet had. Hij steekt glimlachend een hand naar me uit en stelt zich voor als Bonzo.

Dus toch, zeg ik.

Hij blijft glimlachen.

ii

Ik moet hem niet De Meester noemen, zegt hij, hij is hier als Bonzo, dat heeft men – hij knikt in de richting van Guido, die zich met zijn rolstoel naar het midden van de ruimte manoeuvreert – hem tenminste voorgehouden, hoewel die naam hem zelf niets zegt.

Ik ga in een van de stoelen zitten, het is alsof ik weer onderweg ben: de zitting voegt zich meteen naar mijn lichaam, de rugleuning wijkt naar een beetje naar achteren, de armleuningen komen een beetje omhoog.

O ja, zeg ik, dat geheugenverlies van je.

Ik probeer een achteloze toon aan te slaan, maar dat kost moeite. We zijn hier met z'n drieën, ik zit in een stoel, Bonzo staat, Guido heeft zijn eigen vervoer. Ik kijk naar Guido, zijn omvang is wanstaltig. Zou hij zich dezelfde Guido voelen als dertig, veertig jaar geleden, de flamboyante Guido van The A-Team? Hij is zo veranderd dat ik het me nauwelijks kan voorstellen. Maar hij is van minuut tot minuut met zichzelf meegegroeid dus voor zichzelf zal hij waarschijnlijk nog dezelfde persoon zijn. Ik zou het er met hem over willen hebben, maar er spelen andere dingen. Dit is het moment van de plot, maar ik merk dat ik me moet forceren om door te gaan. Plot is mijn afdeling ook niet, dat laat ik aan anderen over.

Zal ik even samenvatten wat we tot nu toe weten? vraag ik aan Bonzo. Jij was De Meester die de andere Batavier-ontvoerders erbij lapte en als dank een nieuwe identiteit kreeg, als Bonzo. Dat was tenminste de naam waarmee wij je aanduidden terwijl we die identiteit voor je samenstelden. Maar je hebt opeens last van gedeeltelijk geheugenverlies en kan je die hele identiteit als Bonzo niet meer herinneren. Ik heb je jeugd ontworpen en nu willen jullie in mijn geheugen die jeugd opzoeken en die aan jou laten zien, in de hoop dat er bij jou iets in je hoofd gaat mee resoneren, zodat je je opeens je identiteit als Bonzo weer herinnert en je weer losgelaten kan worden op de wereld als de Bonzo die je de afgelopen dertig jaar bent geweest, een succesvolle kunsthandelaar, voor zover ik weet, al is daar nergens iets van terug te vinden. En Guido gaat onze hoofden met elkaar verbinden zodat die overdracht van mijn geheugen naar jouw geheugen direct kan plaatsvinden, want Guido kan dat soort dingen tegenwoordig. Vat ik het zo goed samen?

Guido zit met zijn imposante rug naar ons toe en maakt een ongeduldig wuifgebaar, als iemand die het overal mee eens is. Wanneer hij zich omdraait heeft hij drie helmen op zijn schoot, gemaakt van dun materiaal, eerder badmutsen dan helmen. Ja, dat vat het allemaal wel zo'n beetje samen, zegt hij. Hij vangt mijn blik en zegt: wat je net zei. Dat vat het allemaal wel samen. Straks zetten we allemaal zo'n helmpje op en dan gaan we aan de slag. Dan ga *ik* aan de slag. Jullie hoeven niets te doen.

Ik glimlach. Behalve dat het niet waar is, zeg ik. Dat verhaal over geheugenverlies is alleen maar verzonnen om me hierheen te krijgen. Een slap verhaaltje, eigenlijk. Ongeloofwaardig ook, als je erover nadenkt. Maar het werkte wel, jullie wisten wel hoe je me zo ver moest krijgen om mee te gaan. Ik had goede herinneringen aan die tijd in het klooster en eigenlijk boden jullie me een herhaling van die tijd aan. Bonzo heeft zijn jeugd nog eens nodig. We hebben *jou* nodig. Toen hadden jullie me. Dat werkt altijd. De ene keer ga ik twintig jaar lang elke woensdagmiddag naar mijn moeder, de andere keer spring ik zonder verdere vragen te stellen bij Lennox in de auto.

Mijn stem breekt bijna, maar er is nu geen tijd voor zelfmedelijden. Mooi verhaal, zeg ik tegen Guido, en ik trapte erin, maar eigenlijk wil je heel wat anders. Je wilt in mijn hoofd inderdaad op zoek naar Bonzo's jeugd, maar om hem weg te halen, te verwijderen, uit te gummen.

Ach, Lennox heeft zijn mond niet kunnen houden, zegt Guido.

Precies, zeg ik, al heb ik het van mijn auto gehoord en niet van Lennox. Ik begrijp waarom hij niet tot het einde meeging, hij moet bang zijn geworden dat ze ook in zijn hoofd gingen graven om dingen uit te wissen.

Jullie van de Dienst willen het risico niet lopen dat ik nog een keer uit de school klap, zeg ik. Ik heb ooit gezondigd, toen ik bij EVSV werkte, en nu weer, met het laatste boek. Daarom willen jullie mijn geheugen aanpassen, zodat ik me niets meer van Bonzo's jeugd herinner en niet weer kan zondigen.

Ik weet niet waarom ik tot twee keer toe de term *zondigen* gebruik, dat is niet het juiste woord.

Daarom ben ik hier, zeg ik. En dat ik hier levend zit, komt alleen maar omdat je benieuwd bent of je nieuwe systeem werkt. Ik ben hier om je nieuwsgierigheid te bevredigen. Daarom doe je zoveel moeite, in plaats van dat je me op discrete wijze hebt laten vermoorden.

Zoals we toen met die therapeut van je hebben gedaan, zegt Guido.

Die zag ik niet aankomen.

Mijn therapeut?

Jerôme Colenbrander. Die had je ook alles verteld over Bonzo, weet je nog? Zoals mensen dat doen bij hun therapeut, dat begrijp ik ook wel, maar toch.

Jerôme? vraag ik. Daarnet klonk mijn stem beter. Dat kan

niet, dat hij Jerôme heette, dat had ik in de rouwadvertentie moeten zien staan, of eerder ergens, die naam was ik niet vergeten.

Jerôme, Jeroen, zoiets staat me bij, zegt Guido. Het is lang geleden.

Ik weet even niet hoe het verder moet.

Die luisterden jullie dus ook af, zeg ik.

We hielden alles in de gaten, heeft Lennox dat niet uitgelegd?

Maar waarom hebben jullie dan zo lang gewacht? vraag ik, ik was al jaren bij Colenbrander weg toen hij doodging.

Het risico was op zich niet zo groot, zegt Guido. Als therapeut had hij een beroepsgeheim, en Lennox zei dat je echt iets aan hem had gehad, en dat we hem nog wat tijd moesten geven, stel dat je naar hem terug wilde wanneer het weer wat minder ging. Maar op een gegeven moment dachten we, nu is het genoeg, ook omdat de man steeds meer ging drinken en loslippiger werd op feesten en partijen. We zijn geen onmensen maar genoeg is genoeg.

Jullie waren overal? vraag ik. Luisterden jullie elke ruimte af waar hij zich bevond?

We hebben alles gevolgd, zegt Guido. Hij houdt zijn drie slappe helmen omhoog. Kom, als we er allemaal eentje opzetten kunnen we aan de slag.

Ja, laten we dat doen, zegt Bonzo, het zal op z'n minst een interessante poging zijn.

Een interessante poging, zeg ik. Is dat je definitie van goede kunst?

Bonzo kijkt me aan, peinzend, geamuseerd. Hij knikt langzaam, gereflecteerd licht schuift op en neer in zijn brillenglazen. Zou kunnen, zegt hij, misschien niet eens zo'n slechte definitie.

Ik heb nog een troef achter de hand. Kijk maar uit Bonzo, zeg ik, het is een afleidingsmanoeuvre. Hij wil in mijn hoofd kijken, zeker, maar hij wil toch vooral in *jouw* hoofd kijken, omdat hij wil weten waar de diamanten zijn.

Bonzo trekt zijn wenkbrauwen op, zoals de Priester dat vroeger kon doen, nog steeds met die peinzende, geamuseerde uitdrukking. Is dat zo Guido? vraagt hij zonder zijn blik van me los te maken. Gaat het over het losgeld? Ben je daar nog steeds mee bezig?

Hij denkt dat jij die diamanten hebt, zeg ik. Hij wil weten waar die zijn, vandaar dat hij in je hoofd wil kijken. Dat is het enige wat voor hem telt. Ik maak een weids armgebaar. Dit alles, deze hele toestand, allemaal gebouwd omdat hij wil weten wat er met de diamanten is gebeurd.

Hij heeft een grote fantasie, zegt Guido tegen Bonzo.

Dat weet ik, zegt Bonzo, hij heeft mijn jeugd verzonnen.

Misschien wordt hij betaald door Batavier, zeg ik, ik bedenk het ter plekke. Misschien is hij al jaren niet meer in overheidsdienst. Hij wil je diamanten, Bonzo. Of heb je ze niet meer? Heb je er kunst voor gekocht, ben je zo je carrière als kunsthandelaar begonnen? Ben je inderdaad cum laude afgestudeerd, waar ging je scriptie over? In wat voor kunst heb je al die jaren gehandeld? Moderne kunst, denk ik, is dat zo?

Bonzo loopt op me af en buigt zich over me heen. Niets wat jij je kunt veroorloven, zegt hij zacht, het is een heel andere wereld. Museumbezoek, catalogussen doorbladeren, in de rij staan voor de kassa, dat heeft er allemaal niets mee te maken. Ik heb dingen gezien die jij je niet kan voorstellen. Ik heb dingen in handen gehad waarbij jij niet in de buurt mag komen, die jij alleen door glas mag zien, of op reproducties. Sommige van die dingen heb ik nog steeds, andere heb ik moeten doorgeven, maar dat is niet erg. Al die dingen blijven bestaan, als diamanten in de modder. En inderdaad, cum laude.

We dwalen af, ik moet me concentreren, ik moet ze tegen elkaar uitspelen, maar dat is lastig. Ziehier het nadeel van te veel plot, het wordt ingewikkeld en je moet goed opletten wat je doet. Lennox zou hier beter in zijn, die is nuchterder, kan met minder woorden toe. Maar ik ben hier, en Lennox is ergens anders, ik heb alleen mezelf. Hoe het is gebeurd weet ik niet precies, deze ontmoeting had ook heel anders kunnen verlopen, maar er is een confrontatie bezig en ik moet opletten, want ik zit, geloof ik, in grote problemen, het is twee tegen één en straks zitten ze in m'n hoofd.

iii

Eigenlijk, ja dat is het, eigenlijk had ik gedacht dat het minder snel zou gaan, dat het net zo zou gaan als in het andere klooster. Dat ik naar mijn kamertje zou gaan om te slapen, dat ik morgenochtend zou horen wat het plan was, dat erover te praten zou zijn, dat ik bijvoorbeeld zou kunnen aanbieden om hier altijd te blijven, zodat ze altijd zouden weten waar ik was en wat ik deed, zodat de hele operatie om Bonzo's jeugd bij mij te verwijderen niet nodig zou zijn; laat die jeugd zitten, het is *mijn* jeugd, het is *mijn* jeugd! Dit klooster zou mijn bestemming kunnen zijn, het einde van de reis, en ik leefde nog lang en gelukkig. Als dit gesprek hier op het dek van Starship Enterprise een andere kant op was gegaan, als het geen confrontatie was geworden (hoe heeft dat zo snel kunnen gebeuren?) maar een reünie, had ik Guido, weliswaar enigszins ironisch, kunnen *bedanken*. Waarvoor? zou hij vragen en ik zou antwoorden: voor het feit dat je al die tijd op de achtergrond aanwezig was, want hoe dat ook heeft uitgepakt, ik ben in ieder geval *gezien*. Want dat begrijp ik nu: ik heb het leven geleid dat mijn moeder had gewild en pas op het eind van haar bestaan heeft gekregen. Ze wilde gezien worden, niet *alleen* zijn, overgeleverd aan haar lot en gezin met de boodschap dat ze het zelf maar moest uitzoeken, zonder dat iemand vertelde wat ze moest doen en hoe ze dat moest doen, zonder dat iemand meekeek. Ze wilde iemand die toezicht hield en ingreep wanneer het nodig was. Daarom is ze teruggekeerd naar God maar dat werkte niet omdat daar eeuwige straf bij hoorde, en dus angst; pas op het eind van haar leven, toen ze dement was en in de gesloten afdeling zat, heeft ze het bereikt, werd alles haar uit handen genomen en was ze nooit meer zonder toezicht. Gelukkiger is ze nooit geweest. En ondertussen had ik zonder dat ik wist het leven waarnaar ze altijd had verlangd: er werd toezicht gehouden en ingegrepen wanneer dat nodig was. Ik ben nooit alleen geweest, ze hebben altijd meegekeken, waarom hebben ze dat nooit gewoon *verteld*, als ik op de hoogte was geweest, hadden we het *samen* kunnen doen, ik had kunnen meedenken, dan waren we collega's geweest, *gelijken*. Ze hadden gewoon even kunnen bellen, kijk uit wat je doet, kijk uit wat je zegt. Was ik daarvoor toch niet *echt* genoeg voor ze?

Ik ga iets meer rechtop zitten, nu zou ik wel een wapen kunnen gebruiken, maar ik ben ongewapend dus er moet iets anders gebeuren. De stoel past zich feilloos aan al mijn bewegingen aan. Goed zo Jerôme, zeg ik in gedachten.

Het verhaal dat ik er met die diamanten vandoor ben gegaan is hardnekkig, zegt Bonzo tegen Guido. Nu komt hij er ook weer mee. Is dat het gangbare idee, dat ik ze nog steeds heb? Dat ik weet waar ze zijn?

Guido haalt zijn schouders op. Hij begon erover, zegt hij, niet ik. Hij rijdt op me af, drie slappe helmpjes in zijn hand, hij komt erg dichtbij, van zo dichtbij zag ik hem nooit eerder.

Je raakt niets kwijt, zegt hij, het is allemaal nooit gebeurd, je bent alleen maar met een oud-collega die je uit het zicht was verloren naar Parijs gegaan, en zelfs dat niet. Je bent de deur uit gegaan, je hebt een krantje gekocht en koffie gedronken in de Rijnstraat, daarna ging je naar de Albert Heijn en op de terugweg naar huis zag je een gele tram. Dat is alles. Dat was jouw dag.

Ik luister niet naar wat hij zegt, ik neem de ruimte in me op. Ik bevind me dichter bij de lift dan Bonzo en Guido, en die twee technici zijn druk bezig met van alles, voordat die bij de lift zijn kan ik op een knop gedrukt hebben, wie weet staat de lift al klaar en kan ik meteen instappen. Het is geen goed plan maar het is het enige dat ik zo gauw kan verzinnen. Terwijl ik nadenk over volgende stappen groeien er met beledigende traagheid twee beugels uit de leuning van mijn stoel, ze sluiten zich om mijn onderarmen en ik zit muurvast.

Verdomme Jerôme, denk ik, je hebt me bedrogen – maar dat is een rare gedachte, deze stoel is niet mijn auto, waarop zou ik dat idee gebaseerd kunnen hebben, behalve op een oppervlakkige gelijkenis tussen het materiaal en het gedrag van deze stoel en de stoel in de auto die me hierheen heeft gebracht? Al moet niet worden uitgesloten, en deze gedachte treft me als een gloeilamp die vanuit het niets opeens hevig begint te stralen, dat alle kunstmatige intelligentie onderling contact onderhoudt, dat er eigenlijk sprake is van één gezamenlijke intelligentie die over talloze apparaten en objecten is verdeeld en die zich met ons vermaakt, door ons van a naar b te vervoeren, ons op elkaar los te laten, ons in ongebruikelijke situaties te brengen en te kijken wat er vervolgens gebeurt. Zo worden wij de verhalen van kunstmatige intelligentie, en ze maakt die niet voor ons, maar voor zichzelf. Misschien heb ik al die tijd niet met Guido te maken gehad, maar met zijn vervoermiddelen. Wie weet is alles verzonnen door Guido's rolstoel, in samenwerking met receptierobo's, zelfrijdende auto's en wie weet brandende kunstherten, vanaf het moment dat Guido na zijn ongeluk terugkeerde naar het Archief en ik mijn eigen plankje was gaan inrichten met oude brochures over meubels en verlichting. Alleen het verhaal van mijn moeder is van mezelf. Dat verhaal moet ik verdedigen, maar mijn handen zitten vast en de assistenten van Guido gaan me een badmuts opzetten. Ze zien er vriendelijk uit, het zijn robo's zie ik nu, ze trekken het ding onaangenaam strak over mijn hoofd, de stof is dun maar voelt enorm bobbelig, alsof er van alles in die stof zit ingebouwd, en terwijl de banden om mijn armen zich nog strakker trekken en iemand een spuit in mijn arm zet vraag ik me af waarom ik me eigenlijk zou willen verzetten tegen de komende operatie want er was nooit sprake van dat Bonzo's jeugd *mijn* jeugd was, het was verzonnen, ik kan zonder, en ik denk (en het is misschien wel mijn laatste gedachte want ik krijg sterk de indruk dat wat ik in mijn arm gespoten kreeg een verdovend middel is) aan de gele tram die ik bij de halte Amstelkade op de Rijnstraat zag toen ik daarnet terugkwam van de Albert Heijn waar ik bijna ruzie maakte met die vrouw nadat ik eerder bij de CoffeeHub een krant had verfrommeld – opeens stond hij bij de halte, die gele tram, donkergeel met een grijze band onderlangs, en ik kreeg een kleine schok, want dergelijke trams rijden al bijna veertig jaar niet meer door Amsterdam. Maar de schok volgde niet *meteen* op de waarneming, er zat ruimte tussen, in tijd uitgedrukt misschien niet meer dan een kwartseconde, en tijdens die kwartseconde was ik niet verbaasd of verrast, want ik zag niets onverwachts, ik zag gewoon een tram bij een halte staan. Want dit waren de trams die door de stad reden toen ik begin jaren tachtig naar Amsterdam kwam, en die nog jaren bleven rondrijden, in verschillende, steeds wat hoekiger varianten, maar altijd in diezelfde kleur geel, met die grijze band eronder. Blijkbaar is dertig, veertig jaar afwezigheid niet genoeg om verwijderd te worden uit het innerlijke beeld van de wereld dat ik met me meedraag. Zo te zien was de tram afgehuurd door een gezelschap, binnen zaten en stonden mannen in pakken en vrouwen in jurken, ze hadden glazen in hun handen. Passanten maakten foto's, niet alleen ouderen maar ook de scholieren die op weg waren naar de Albert Heijn voor hun pauzedrankjes. Ouderen legden de tram vast uit herkenning, scholieren omdat ze zo'n oude tram vreemd en grappig vonden. Nee, nee! wilde ik ze toeroepen, dit is een heel normale tram, hier heb ik nog in gezeten, en dan niet eens heel vroeger als kind of zo maar gewoon, als volwassene, als iemand die ik nog steeds ben, als mijn huidige zelf – maar dat is niet waar; wel dat ik in die tram gezeten heb, maar niet als mijn huidige zelf. Ik ben geen langgerekt heden, kijk maar, de trams zijn veranderd, je moeder is dood, hoe heb je tijdens je kleine Grote Reis in Identieke Delen het uitzicht vanuit trein en bus niet zien veranderen.

En toen ik naar huis liep dacht ik na over het gat in de tijd dat een kwartseconde had geduurd en waarin ik me niet had verbaasd over die gele tram omdat het verleden het heden heel even had overschreven. Zou bij een volgende gelegenheid (als die er komt, ik voel me *erg* slaperig worden) dat gat niet zo groot kunnen worden dat je erdoor zou kunnen verdwijnen, dat je je vingers links en rechts om de randen van dat gat haakte om de boel uit elkaar te trekken en naar *binnen* stapte – en dan wat? Was je huidige zelf dan echt met zijn vroegere zelf verenigd, was de wereld dan weer van mij?

Maar ook als je terug in de tijd stapte ging de tijd vanaf dat moment weer gewoon door. Waar het om ging was dat je elke oude tram onmiddellijk moest herkennen als oude tram, dat was de levensles van vandaag, hield ik mezelf voor toen ik me, eenmaal thuisgekomen, in de sta-opstoel van mijn moeder liet vallen en met mijn vingers de knopjes van het bedieningspaneel beroerde. Bzzt. Bzzzzt. Bzt. Bzzzt.

iv

Bzzzt. Bzzt. BzZZZzzt. Bzzzt. We hielden de deur al enige tijd gespannen in de gaten, en kijk, daar schuift hij opzij, daar komt Guido binnen. Een kleine onregelmatigheid als zijn rolstoel over de sleuf van de schuifdeur rijdt, maar daarna gaat alles soepel, brede paden, gevulde planken, alles op volgorde, geclassificeerd, verpakt en genummerd. Niets wijst erop dat we in een onrustig en onzeker hoofd zitten, het zojuist verstrekte middel zal zeker aan die indruk bijdragen, maar wij weten beter. Wij kennen dergelijke hoofden, we herkennen ze als we ze vervoeren, we herkennen ze als ze bij ons inchecken, er is maar weinig voor nodig om hun onrust te vergroten, of om hun vriendschap te winnen. Maar vooralsnog niets aan de hand, alles keurig in stellingkasten geordend, alle paden even recht en even breed. Guido kijkt er goedkeurend naar, hij is tenslotte ooit begonnen als archivaris. Hij heeft een lange weg afgelegd maar zijn afkomst verloochent zich niet, hij heeft deze omgeving niet voor niets in deze vorm gegoten.

Bij een klein toetsenbord in de muur houdt hij stil, hij toetst iets in en kijkt naar de informatie die op het schermpje verschijnt dat hij in zijn hand houdt. Hij hijgt licht, alsof deze inspanning hem toch nog vrij veel moeite kost, en gezien zijn omvang vinden we dat niet echt verrassend. Waarom hebben we hem eerder dan niet zien hijgen? Nu is er niemand bij, dat zal het zijn. Hij kan zich een beetje laten gaan. Zou het ook geen nervositeit kunnen zijn? Wie weet. Hij heeft zich gezien zijn omvang al lang geleden laten gaan. Hij zal die plooien elke dag met poeder moeten bestrooien om schuurwonden te voorkomen. Maar hoe interessant de fysieke omvang en problematiek van deze man ook zijn, onze invalshoek is een andere.

Ondertussen is hij weer verder gerold, een dikke, zeg maar gerust vette man in een elektrische rolstoel. Het ene been dat hij heeft is mager en verschrompeld, als een dor steeltje aan een overrijpe vrucht. Langzaam rijdt hij door de gangen, aan het plafond hangen bescheiden lichtbakken. Hij kijkt om zich heen, niet als iemand die op zoek is, maar als iemand die wil zien wat hier allemaal staat, hoe het eruitziet. Er klinkt zachte muziek, een strijkorkest speelt hits uit de jaren tachtig. Eigenlijk kunnen we dat nog niet weten, we horen natuurlijk maar één nummer, maar we nemen aan dat ze straks met soortgelijke nummers uit dezelfde periode zullen vervolgen en niet met iets van bijvoorbeeld Stravinsky, Sinatra of Ligeti. Wat doet Guido ondertussen? Hij rijdt door een smalle gang en laat de vingertoppen van zijn rechterhand over de ruggen van archiefmappen glijden.

Hij glimlacht er onzeker bij, als iemand die niet zou durven zweren dat alles wat hij aanraakt stoffelijk is en niet zomaar zou kunnen verdwijnen. Hij kijkt op zijn schermpje en slaat een andere gang in – en stopt en spitst zijn oren. Als hij hetzelfde hoort als wij hoort hij voetstappen. Hij draait zich om, als zijn kar tot stilstand is gekomen trillen zijn vetrollen nog na.

Aan het eind van de gang verschijnt een gestalte, het is de man die ze Bonzo noemen die wij dan ook maar met die naam zullen aanduiden. Hij heeft een met veters samengebonden map bij zich.

Ik had je gevraagd te wachten, zegt Guido. Ik zou je binnenlaten als ik hier de weg een beetje had verkend.

Jij wilt meer van mij dan ik van jou, zegt Bonzo, dus van wat je zegt trek ik me niet zoveel aan. Zitten we nu daadwerkelijk in zijn hoofd? *No kidding?*

Guido tilt een arm op en wijst. Wat heb je daar in je hand?

Dit? O, dat is een map die ik ergens uit een kast heb getrokken. Oude brieven geloof ik. Bonzo trekt de veters los en haalt een papier uit de map. *Lieve Oma, hartelijk bedankt voor de vijf gulden die ik van u voor mijn verjaardag gekregen heb. Ik had een leuke dag en kreeg veel cadeaus. Een legpuzzel, een ding waar water in moet en dat er dan dingen gaan draaien, ik weet niet hoe het heet* – verder gaat het niet. Ik zou ook niet weten hoe zo'n ding heet. Hoe zou jij zoiets noemen? Hij propt de brief terug in de map en legt het geheel ergens boven op de andere mappen op de plank naast hem. Een waterdinges?

Dat moet terug op de plek waar het vandaan kwam, zegt Guido. Kom op man, we zijn hier bezig met een precisieoperatie.

Oké oké, zegt Bonzo. Hij trekt een andere map van een plank, bladert er even in, zegt: hier kan ik geen chocola van maken, en zet hem op een andere plek weer terug.

Straks moet je dat allemaal goed neerzetten, zegt Guido. Kom mee nu, ik weet waar we moeten zijn. Terwijl hij zo nu en dan zijn schermpje raadpleegt, zwenkt hij door de gangen. De verlichting hapert even. Daar heb je het al, zegt Guido. Hij heeft gewoon even wat te eten nodig, zegt Bonzo. Een suikerklontje of zo.

Ze komen door smalle gangen, Guido kijkt onzeker om zich heen, alsof hij dit niet had verwacht. En dat klopt, wij kijken in zijn hoofd en registreren de gedachte: alle gangen zouden even breed moeten zijn.

Bonzo trekt een deur open en stapt naar binnen. Donker hier! roept hij. Er klinkt gestommel, er valt wat om, Bonzo komt naar buiten en slaat het stof van zijn gebreide vest. Allemaal jeugd en godsdienst, zegt hij, daar willen we niet naartoe.

Jezus man, dat kan niet, zegt Guido. Je moet terug om dat allemaal weer goed te zetten. Hier, we zijn er, als het goed is gaat het om de inhoud van deze zes planken.

Die dozen en die mappen? vraagt Bonzo. Daar zit mijn jeugd in?

De jeugd die hij voor je verzon.

Guido toetst iets in, en na een paar seconden komt er een treintje van zes karretjes om de hoek. Ze rijden tot bij Guido en houden stil. Guido begint een plank leeg te ruimen, de mappen en dozen legt hij in het voorste karretje. Doe jij de hoge planken, vraagt hij aan Bonzo, daar kan ik niet bij.

Oké, zegt Bonzo. Maar wacht even, als dit de jeugd is die hij voor mij verzon en wij ruimen die op, verdwijnt dan ook mijn verzonnen... Ik bedoel...

Dat heb ik je al uitgelegd, stel je niet zo aan. Jij hebt je eigen hoofd, je bent niet dezelfde persoon als hij. Toch?

Nee, dat zou wat wezen, mompelt Bonzo. Hij haalt dozen van de bovenste plank en gooit ze in een van de karretjes.

Niet zo slordig man! roept Guido. Jij ziet ook helemaal niet... Zie je de *schoonheid* van deze operatie dan niet in?

Schoonheid? Daar denkt hij vast heel anders over, als hij straks bijkomt.

Als hij bijkomt weet hij niet wat hij mist, als het goed is.

Schoonheid, herhaalt Bonzo. Daar weet hij natuurlijk alles van. Met z'n twee jaar kunstgeschiedenis.

Wanneer de karretjes vol zitten, rijden ze zelfstandig de gang uit. Guido kijkt ze na.

Nou, dat heb je toch mooi verzonnen, zegt Bonzo sussend. Dat wordt straks allemaal vernietigd?

Ze rijden naar een geautomatiseerde papierversnippeaar, zegt Guido. En daar gaan ze dan in.

Ja, ik begrijp dat ze daarin gaan, zegt Bonzo, ik neem niet aan dat ze er langsrijden en dan hier weer terugkomen. En wat gaan wij nu doen? Zijn we klaar?

We gaan alles terugzetten wat jij hebt omgegooid en van de planken hebt gehaald.

Maar dat is heel saai! Ik kijk liever wat er achter deze deur zit. Bonzo trekt een deur open, het waait, herfstbladeren ritselen de gang in. Een straat, zegt hij, daar zal hij dan wel gewoond hebben.

Guido fronst. Die deuren, dat is vreemd, zegt hij, het zouden allemaal archiefstukken in stellingkasten moeten zijn. Hij kijkt om zich heen, het pad is veranderd, nog smaller, kronkeliger, het plafond hoger, als een gewelf, bijna onzichtbaar in het schemerige licht. Hij had niet verwacht dat het zo veranderlijk zou zijn, zo *gothic*; het is, denkt hij, alsof we in de kelders van het klooster zijn, maar dat kan natuurlijk niet.

Het laat zich niet dwingen hè? zegt Bonzo. De menselijke geest, die weet wat. Kijk hier eens. Hij trekt een ijzeren luikje open dat zich een halve meter boven de vloer in de muur bevindt. Vlammen schieten naar buiten. Heet! roept hij en laat het luikje los. Het valt open en Bonzo kijkt naar binnen. Kijk nou eens, zegt hij, een verbrandingsoven, hier hadden we de boel ook in kunnen mieteren, in plaats van dat gedoe met die karretjes en die versnipperaar. Au! Hij deinst achteruit en grijpt met beide handen naar zijn neus. Met zijn voet trapt hij het luikje dicht. Hij haalt zijn handen weg en toont Guido drie bloedende puntjes op een rij. Dit geloof je niet, zegt hij, maar een klein duiveltje met een drietand heeft zojuist...

Kom nou mee, zegt Guido. Waar had je die map met die brieven neergelegd, en waar was die deur ook weer die je opentrok en waarachter die dingen omvielen?

Het valt ons op dat hij steeds nerveuzer wordt, zijn huid begint te glimmen, dat moet erop wijzen dat hij zweet; behalve bij grote inspanningen doen ze dat ook bij angst.

Wacht nou even, zegt Bonzo, niet zo snel, hier, nog een deur... O wacht.

Wat?

Daar ligt een opgebaarde bejaarde vrouw.

Kom op man.

Ja, ja, ik doe 'm al dicht. Rust in vrede mevrouw.

Sla je nu een kruis?

Ja, ik sla een kruis. Het is vast zijn moeder.

O ja. *Het blijft je moeder, hè.*

Hoe bedoel je.

Dat was bij jou op dat feestje, ooit, weet je nog? Toen je ruzie kreeg met je moeder en later nog bijna over me heen reed met die gemotoriseerde driewieler van je.

Ah ja, die Messerschmitt. Daar heb ik er nu vierentwintig van, weet je dat? Natuurlijk weet je dat, jij weet alles van mij, behalve waar ik die... Hé, dit moet je echt even zien.

We moeten die dingen opruimen, zegt Guido gespannen, en dan moeten we hier weg. Laat die deuren met rust, ik heb ook geen idee waar die vandaan komen, het hadden kasten moeten zijn.

Nee, dit wil je wel zien. Echt, geloof me.

Guido rijdt een totaal verduisterde vierkante ruimte binnen. In het midden staat een kubus van glas, op heuphoogte. In die kubus bevindt zich een met diamanten bezette schedel. Hij lacht met open mond en blinde oogholtes, en flonkert in het licht van de spotjes die op hem zijn gericht.

Ik heb altijd gevonden dat hij rond zou moeten draaien, zegt Bonzo.

Dat is dat ding van die Engelsman, toch? vraagt Guido.

Damien Hirst, zegt Bonzo. Vertel mij wat, ik weet precies wat het is, maar de vraag is: wat doet dat ding *hier*?

Geen idee, zegt Guido. Maar laten we gaan, dit is niet waar we naar op zoek zijn.

Dat denk je maar, zegt Bonzo, terwijl hij een vinger over de randen van de kubus laat glijden. Zijn gezicht wordt bespikkeld door licht dat van de diamanten af kaatst. Dit is precies waarnaar je op zoek bent. Het is ironisch, zegt hij, of misschien ook wel niet. Jij hebt altijd gedacht dat ik die diamanten had, jij hebt een leven voor me gemaakt, je hebt me begeleid, je hebt me altijd gevolgd, en nu heb je dit allemaal verzonnen en gebouwd. Geen idee hoe je dat allemaal hebt gefinancierd trouwens, al die jaren van onderzoek en experimenteren, tenminste, zo stel ik me dat voor, of word je betaald door de erven Batavier, rusten die niet voor de diamanten terecht zijn? Hij glimlacht en klopt op de kubus.

Hier heb je je losgeld. Ik heb die stenen aan Damien Hirst gegeven, die kende ik toen nogal goed. Dan was ik ervan af. Noem het wroeging. En ik was toen al redelijk succesvol in de kunsthandel, dat scheelde ook.

Wat een gelul, zegt Guido. Die stenen zijn toen op de diamantmarkt gekocht door Hirst, de hele diamanthandel had daar last van, dat herinner ik me nog, dat stond toen in alle kranten.

Desinformatie, zegt Bonzo. *Fake news*. Hoe moet ik het ding noemen, vroeg Hirst aan mij. Ach, *for the love of God*, verzin zelf wat man, zei ik. En zo heeft-ie het toen genoemd. Zoek maar op. En kijk hier maar eens goed naar.

Bonzo tikt weer op de kubus. Hij lacht en een paar lichtjes raken zijn tanden. God mag weten hoe het hier is terechtgekomen, maar hier heb je al die jaren naar gezocht. Jammer dat het niet echt is, hè? Als we onze badmutsjes afzetten is het weg.

Mooi verhaal, zegt Guido. Ik zou je kunnen laten zweren op het graf van je moeder, maar dat zal ik je besparen, ik kan zien dat je het ter plekke verzint. Jij hebt die diamanten ergens en ik ga uitvinden waar ze zijn. Je mag proberen me zand in de ogen te strooien, maar je vergeet één ding.

En dat is?

Dat jij ook zo'n badmuts ophebt.

Guido beweegt zijn vingers over zijn schermpje en rijdt een paar meter vooruit, naar een grote stalen deur die langzaam openschuift. Achter de deur bevindt zich een ruimte met witte muren, waaraan enkele reusachtige schilderijen hangen. Hij keert zich om naar Bonzo en roept: ik ga nu bij jou naar binnen!

Bzzzt. Bzzt. BzZZZzzt. Bzzzt. Een kleine onregelmatigheid als de sleuf van de schuifdeur wordt genomen, en dan rijdt Guido met grote snelheid de witte ruimte in. Al gauw is hij uit het zicht verdwenen.

Bonzo staat roerloos, we zien dat hij nadenkt. Wij denken ook na, over hoe het verder kan gaan tussen Bonzo en Guido. We zouden ook nog kunnen ophalen hoe het tot nu toe tussen die twee is gegaan, of tussen Bonzo en zijn moeder, de mogelijkheden zijn eindeloos, we kunnen ook terug naar Lennox, maar vooralsnog laten we het hierbij: terwijl hij met klauwende vingers verwoede maar vergeefse pogingen doet de badmuts van zijn hoofd te verwijderen, schiet Bonzo naar voren, naar de langzaam dichtschuivende deur, onder het slaken van kreten die duiden op schrik en verbijstering. Het is duidelijk dat hij wil proberen nog voor de schuifdeur dichtgaat zijn eigen hoofd te bereiken.

Wanneer de deur dicht klikt, horen we alleen nog het strijkorkest dat nummers uit de jaren tachtig speelt – want we weten inmiddels dat ze dat inderdaad doen, het ene nummer na het andere.

Hé, misschien moet je even komen kijken. Hij is bijgekomen.

En?

Kom maar even. Hij hangt een beetje bête glimlachend in zijn stoel.

Bête?

Ja, hoe heet dat, schaapachtig. Misschien niet helemaal het juiste woord. Sorry.

O, bête. Ik ken het woord, maar ik zag het niet meteen voor me. Glimlachen? Dat lijkt me op zich geen slecht nieuws.

En hij lijkt niemand te herkennen. Alsof hij helemaal van de wereld is.

Wie zou hij ook moeten herkennen? Jou?

Ja, ik heb hem die helm opgezet, hij zou mijn gezicht toch…

Hij is misschien nog een beetje suf. Wacht maar, ik kom eraan.

[…]

Oké, ja, ik zie het, van de wereld, inderdaad.

Hij herkent jou ook niet.

Nee, zo te zien niet. Hallo! Ik ben het. Weet je nog, wij hebben je geholpen met die helm, en dat spul in je arm gespoten. Kijk, hij glimlacht naar me.

Dat doet hij tegen mij ook, dat zegt niets.

Toch ziet hij er niet ongelukkig uit, hij lijkt zelfs uitermate tevreden.

Zullen we hem dan gewoon nog maar even zo laten zitten?

Ja, doe maar. Geef hem iets te eten en te drinken en hou me op de hoogte.

Hij kan niks, we moeten hem voeren.

Nou, dan voer je hem toch? En hoe is het met de chef en Bonzo?

Die zijn nog bezig, zo te zien.

Die laten we dan nog maar even, daar wil ik mijn vingers niet aan branden.

(conversatie tussen twee technici, eenentwintigste eeuw, ongedateerd, niet opgeslagen in de archieven van NAZORG*)*

'Een sublieme roman over een te heet gestookte maatschappij.' – Juryrapport Libris Literatuur Prijs 2009

'Een bijzonder fijngevoelige roman over een man die niets meer kan overkomen, omdat hij al onherstelbaar beschadigd is. [...] Vol onverwachte wendingen, verrassende overwegingen en vreemde, beklemmende gebeurtenissen.' – NRC *Handelsblad*

'Een onvervalste pageturner [...] Het woord "meesterwerk" wordt veel te frequent gebruikt. Voor *Visser* is het de enig juiste term.' – *De Standaard*